Coniugis audisset factum cum Porcia Bru

Coniugis audisset factum cum Porcia

Coniugis audisset factum cum Porcia

Coniugis audisset factum cum Porcia Bru

Coniugis audisset factum cum Porcia Bru

Coniugis audisset factum cum Porcia

Coniugis audisset factum cum Porcia Bru

Coniugis audisset factum cum Porcia Bru

Coniugis audisset factum cum Porcia

Coniugis audisset factum cum Por

Coniugis audisset factum cum

Coniugis audisset factum cum

Die Legenden von Phantásien

Ralf Isau

Die geheime Bibliothek des Thaddäus Tillmann Trutz

Die Legenden von Phantásien

Ralf Isau

Die geheime Bibliothek des Thaddäus Tillmann Trutz

Roman

DROEMER

Besuchen Sie uns im Internet:
www.knaur.de

Sagen Sie uns Ihre Meinung zu diesem Buch:
phantasien@droemer-knaur.de

Ralf Isau im Internet:
www.isau.de

Redaktion: Dr. Andreas Gößling, München
Umschlaggestaltung: ZERO Werbeagentur, München
Druck und Bindung: Clausen & Bosse, Leck
Printed in Germany
ISBN 3-426-19642-5

2 4 5 3 1

An dieser Stelle sollte ursprünglich eine Karte von Phantásien erscheinen. Dieses Vorhaben musste jedoch aus drucktechnischen Gründen aufgegeben werden, weil sich in Phantásien die Grenzen ständig verschieben, die Himmelsrichtungen verändern und zudem etliche Orte immerfort wandern.

Zum Gedenken an Michael Ende,
der mehr als nur Phantásien entdeckt hat

DER ZAUDERER

Im Zaudern machte ihm so schnell keiner etwas vor. Karl war ein Experte im Verschleppen von Entscheidungen. An diesem Abend sollte sein Talent indes auf eine harte Probe gestellt werden. Der Novemberwind hatte ihm erst den Mut entrissen und zerrte nun gierig an seinem Mantel. Es dämmerte schon. Zum wiederholten Mal klappte der junge Mann seine Taschenuhr auf und haderte mit dem hastigen Minutenzeiger. Die Zeit verrann und mit ihr eine unwiederbringliche Gelegenheit. Er musste endlich zu einem Entschluss kommen.

Verstohlen spähte Karl zu dem erleuchteten Buchladen hinüber. Ein alter Mann mit schlohweißer Sturmfrisur saß hinter dem großen Schaufenster in einem Ohrenbackensessel und blätterte in einem großen Buch. Vermutlich Herr Trutz, dachte er. Konnte er sich überhaupt noch bei dem gewiss sehr akkuraten Buchhändler sehen lassen? Wer stellte denn einen Gehilfen ein, der sich schon zum Bewerbungsgespräch verspätete, und das um zwölf, nein, mittlerweile dreizehn Minuten? Hätte der Straßenbahnschaffner sich doch an seinen Fahrplan gehalten! Er war überhaupt an allem schuld, dachte Karl, bezweifelte jedoch selbst, dass er damit mildernde Umstände geltend machen konnte. Seit zehn Minuten stand er jetzt schon an der Backsteinmauer gegenüber dem Buchladen, blickte zu dem erleuchteten Schaufenster hinüber und wälzte die immer gleiche Frage im Kopf herum: Hatte es überhaupt einen Sinn, sich bei Herrn Trutz vorzustellen?

Ach, wenn er doch nur wie jene unerschrockenen Romanhelden wäre, von deren Abenteuern er so gerne las! Die wussten immer, was zu tun war, scheuten sich vor keiner kniffligen Entscheidung, strotzten vor Mumm und weckten ihre Lebensgeister, indem sie noch vor dem Frühstück einen feuerspeienden Drachen erlegten. Karl dagegen war schon seit dem Morgen wie betäubt. Dabei musste er keine schuppige Echse aufspießen, sondern nur einen alten Mann davon überzeugen, dass er, Karl Konrad Koreander, haargenau der war, den Herr Trutz mit seiner Zeitungsannonce gesucht hatte.

Karl zog einen Fetzen Papier aus der Tasche seines grauen Fischgrätmantels, schob mit dem Ringfinger die zierliche goldene Brille auf seiner Nase zurecht und las zum hundertsten Mal den Text:

Buchverkäufer
und
Nachfolger
für Antiquariat gesucht

Sie sind phantasievoll, fleißig, zuverlässig, lieben Bücher, können eigenverantwortlich arbeiten und haben Mut zu ungewöhnlichen Entscheidungen. Größere Herausforderungen schrecken Sie nicht.
Mit bestandener Probezeit werden Sie kommissarisch die Führung des Ladens übernehmen und ihn nach meinem Fort-

gang erben, sofern es dann weiterhin Ihr Wunsch und Wille ist, mein Lebenswerk fortzuführen. Junge Bewerber bevorzugt.
Bitte vereinbaren Sie mit mir telefonisch einen Termin (Tel. 1 57 46).
Thaddäus Tillmann Trutz

»Mut zu ungewöhnlichen Entscheidungen! Größere Herausforderungen schrecken Sie nicht!«, schnaubte Karl. Er war das genaue Gegenteil von dem, was da geschrieben stand. Sein Selbstvertrauen hatte bestenfalls die Größe einer Walnuss. Wichtigen Entscheidungen ging er geschickt aus dem Weg. Phantasie, na gut, die mochte er schon haben. Und natürlich liebte er Bücher! Nur deshalb hatte er sich ja auf diese wahnwitzige Verabredung eingelassen. Aber Herr Trutz suchte wohl kaum einen Träumer, sondern einen zukünftigen Geschäftsführer: entschlussfreudig, unerschrocken. Karl schüttelte den Kopf, zerknüllte den Zeitungsausschnitt und stopfte ihn in die Tasche zurück. Zeit, nach Hause zu marschieren. Das hier war nichts für ihn.

Er hatte sich schon zum Gehen gewandt, als ein schepperndes Klopfen ihn zusammenfahren ließ. Mit eingezogenem Kopf drehte er sich zu dem Laden um, von dem das Geräusch gekommen war. Hinter der Fensterscheibe saß vorgebeugt der alte Mann. In seiner Rechten hielt er einen schwarzen Gehstock mit silbernem Knauf – damit hatte er wohl gegen das Glas geschlagen. Mit der freien Hand winkte er den Zauderer zu sich heran.

Karl tippte sich auf die Brust und formte mit den Lippen die Frage: *Meinen Sie mich?*

Der Alte nickte und winkte heftiger. Karl zögerte immer noch. Vielleicht wollte Herr Trutz – so er es denn war – ihm nur eine Standpauke halten, um ihn danach gleich wieder aus dem Laden zu jagen. Als sich der Buchhändler erneut mit seinem Stock Aufmerksamkeit verschaffte, zersprang unter seinem Gehämmer endlich Karls Unentschlossenheit. Eben schickte er sich an, die Straße zu überqueren, als Stiefelgetrappel ihn aufs Neue zurückschrecken ließ.

Ein Trupp uniformierter Männer in braunen Mänteln war wie aus dem Nichts erschienen, jedenfalls stellte es sich für Karl so dar. Abgelenkt von dem energisch winkenden Alten, hatte er die Parteigänger erst bemerkt, als sie in Viererreihen aus der Straßenmündung gekommen waren. Rasch drückte er sich an die Ziegelsteinmauer, als wolle er mit ihr verschmelzen, und wagte nicht, sich zu bewegen. Vor seinen Augen verwandelten sich die durch Gleichschritt und Chorgesang vereinten Marschierer in ein furchteinflößendes, vielbeiniges, vielköpfiges braunes Wesen. Im Takt der knallenden Stiefel zog es auf der Straße an ihm vorüber. Atemlos starrte Karl auf die in Verzückung erstarrten Gesichter, die wie dämonische Wasserspeier ihr Volkslied hervorsprudelten und darin die einzigartige Schönheit des Vaterlands beschworen. Derlei Zurschaustellungen nationaler Gesinnung erfüllten ihn stets mit Unbehagen. Er verharrte an der Mauer, bis der lärmende Hundertfüßler vorübergezogen war. Als der Kopf des Untiers um die nächste Straßenecke bog, schien ein Zauber von ihm abzufallen: Der Leib löste sich wieder in viele braune Mäntel auf, die nach und nach verschwanden. Karl atmete auf und huschte über die Straße.

Vor der Ladentür blieb er stehen und las andachtsvoll die in verspielten Buchstaben eingeschliffene Inschrift auf der gläsernen Füllung.

ANTIQUARIAT
INHABER: THADDÄUS TILLMANN TRUTZ

Was würde er dafür geben, seinen eigenen Namen dort geschrieben zu sehen!

Unvermittelt wurde die Tür aufgerissen, und ein helles Messingglöckchen bimmelte Karl in die Wirklichkeit zurück. Vor ihm stand, leicht vorgebeugt, der alte Mann mit dem Stock. Er war nicht viel größer als einen Meter sechzig und trug einen dunkelblauen Wollanzug mit braunen Lederknöpfen, ein weißes Hemd und eine farbenfrohe Seidenweste. Mit seinem wilden weißen Haarschopf erinnerte er Karl an Ludwig van Beethoven, wobei das Gesicht deutlich runzliger war und weniger zornig anmutete als das auf unzähligen Büsten verewigte Konterfei des berühmten Komponisten. Eher schon wirkte es neugierig, auch ein wenig ungeduldig.

Durch ein Monokel musterte der Buchhändler seinen Besucher eindringlich, und erst nachdem er sich dessen Aufmerksamkeit einigermaßen sicher war, sagte er: »Sie sind ein sehr zögerlicher junger Mann, Herr Koreander.«

Karl stutzte. »Sie kennen meinen Namen?«

»Wenn Sie der Bewerber sind, mit dem ich mich für heute Abend verabredet habe, dann schon.«

»Ja ... der bin ich ... aber ...«

»Das ist prächtig! Und ich bin der, dessen Namenszug Sie da gerade auf der Tür bewundert haben wie die Signatur eines alten Meisters. Ich dachte schon, Sie wären zu Stein erstarrt.«

Karls Augenbrauen zogen sich über seiner runden Brille zusammen. Meinte der kauzige Alte das etwa ernst? Er schüttelte die ihm dargebotene Hand und hörte sich stammeln: »Es tut mir Leid. Ich … habe mich verspätet. Die Straßenbahn …«

Herr Trutz schüttelte den Kopf. »Jetzt kommen Sie erst mal rein. Hier draußen kann es auf die Dauer ziemlich ungemütlich werden, wie Sie ja wohl schon bemerkt haben.«

Hatte er damit den eisigen Wind gemeint? Oder die grölenden Braunhemden? Herr Trutz blieb seinem Gast eine Erklärung schuldig und machte auf dem Absatz kehrt, um wieder zu dem hochlehnigen Sessel zurückzutippeln. Umständlich ließ er sich in das wuchtige Möbel sinken, in dem er ein wenig verloren wirkte. Von einem runden Beistelltischchen nahm er aus einem Alabasteraschenbecher eine gebogene Meerschaumpfeife, die einen silbernen Deckel mit Lochmuster besaß und farblich wunderbar mit dem ins Gelbliche spielenden Alabaster harmonierte. Während er ein paar blaue Wölkchen in die Luft paffte, musterte er den Bewerber mit unverhohlener Neugier.

Karl war dem Ladenbesitzer gerade weit genug gefolgt, um weder zu aufdringlich noch übermäßig scheu zu wirken. Er atmete den aromatischen Tabakgeruch ein und ließ seinen Blick durch den schmalen Raum schweifen. Nichts in diesem Laden schien neu zu sein. Eine schüsselförmige Deckenlampe aus mattiertem Glas tauchte alles in dämmriges gelbes Licht. Die knarrenden Holzdielen waren abgescheuert und stellenweise von kleinen, fadenscheinigen Teppichen orientalischer Machart bedeckt. Die Regalböden bogen sich unter ihrer Last, der Tresen neben dem Ohrenbackensessel sah antik aus, und die Registrierkasse hätte gut und gern dem Frühwerk von Leonardo da Vinci entstammen können. In Karls Augen war der mit Büchern voll gestopfte Laden eine Insel der Glückseligkeit.

Um nicht den Eindruck hemmungsloser Neugier zu erwecken, wandte er sich schnell wieder dem Inhaber zu und versuchte nicht daran zu denken, was Herr Trutz durch sein silbernes Monokel sah: einen groß gewachsenen, bebrillten jungen Mann von vierundzwanzig Jahren, mit klobigen Gliedmaßen, der in einem abgetragenen grauen Mantel steckte und hingebungsvoll seine Schuhspitzen betrachtete. Sein aschblondes Haar lichtete sich bereits. Vermutlich würde ihn der Antiquariatsinhaber für zehn Jahre älter halten, als er tatsächlich war, und schnell wieder abwimmeln.

»Was ist Ihr größter Wunsch?«, fragte Herr Trutz unvermittelt.

Karl starrte den alten Mann mit offenem Mund an. Die Eröffnung des Bewerbungsgesprächs hatte er sich ganz anders vorgestellt, und seine Erwiderung klang nicht gerade wie die eines zukünftigen Geschäftsführers: »Ich liebe Bücher.«

Herrn Trutzens rechtes Auge, in dem das Monokel klemmte, zog sich noch etwas weiter zusammen. »Sagen Sie das nur, weil ich so etwas in meine Annonce geschrieben habe?«

»Nein, weil es stimmt.«

»Aber es beantwortet nicht meine Frage: Was ist Ihr größter Wunsch, Herr Koreander?«

Karls Blick sank wieder auf die abgescheuerten Schuhspitzen. »Entschuldigen Sie, Herr Trutz, aber was ich sagen wollte, ist Folgendes: Ich liebe Geschichten von Abenteuern und großen Gefühlen, Märchen und Legenden, Fabeln und Sagen, Prosa und Poesie – mit ihnen möchte ich mich umgeben, darin leben und ...«

»Und?«

»... andere Menschen daran teilhaben lassen.«

Das Monokel fiel aus der Augenhöhle des Herrn Trutz, wurde aber von einer schwarzen Seidenschnur abgefangen.

»Für einen jungen Mann haben Sie reichlich antiquierte Ansichten.«

Karl schob das Kinn vor. »Sie meinen, weil mancher heute lieber Bücher auf dem Scheiterhaufen verbrennt, anstatt sie zu lesen? Wenn das die neuen Zeiten sind, bin ich gerne altmodisch. Apropos antiquiert – wenn ich mich nicht irre, ist das hier doch ein Antiquariat, oder?«

Die blauen Augen des Buchhändlers funkelten verschmitzt. »Gute Antwort, junger Mann! Ja, es ist eines, wie jeder auf der Tür draußen lesen kann. Aber Sie wissen hoffentlich, dass die Behörde unsereinen mit Argwohn betrachtet. Sie schickt uns regelmäßig ihre Zensoren, stille Herren mittleren Alters mit abgewetzten Ärmeln, die in den Regalen herumstöbern und glänzende Augen bekommen, sobald sie ein Buch finden, das auf ihrer schwarzen Liste steht. Dann blühen sie auf. Sie erteilen eine Verwarnung, im Wiederholungsfall gibt es eine Anzeige, und natürlich beschlagnahmen sie das ›entartete‹ Buch, um es für die nächste Verbrennung wegzusperren.«

Karl seufzte. »Wenn man sie nur irgendwie retten könnte!«

»Das würden Sie wagen?«

Der junge Mann erschrak. *Würde ich es?* Ausweichend antwortete er: »Ich bin von der Universität geflogen, weil meine Fragen den Herren Professoren unangenehm aufgestoßen sind.«

Herr Trutz sog an seiner Meerschaumpfeife und schickte ein weiteres blaues Wölkchen auf die Reise. »Was haben Sie studiert?«

»Geschichte. Natürlich nur die amtlich zugelassene. Auf die Dauer war das ziemlich eintönig.«

»Und woher kommt Ihre Liebe zur Literatur?«

»Schon als kleiner Junge habe ich Bücher nur so verschlungen. Sie halfen mir über manche trostlose Stunde hinweg.«

Herr Trutz nickte versonnen, als habe er aus Karls Worten wesentlich mehr herausgehört, als der von sich preisgeben wollte. »Als Marie, meine liebe Frau, gestorben ist, habe ich auch aus einem Buch neue Kraft geschöpft – was nicht heißen soll, dass ich sie nicht immer noch sehr, sehr vermisse.«

Karl konnte es dem traurigen Blick des Witwers ansehen. Er fühlte sich ein wenig unbehaglich. »Das tut mir Leid.«

Herr Trutz nickte abermals. Ein wehmütiges Lächeln huschte über sein Gesicht. Für einen Moment wirkte er abwesend, aber dann straffte er sich und fragte, mit dem Pfeifenstiel auf die Regale deutend: »Möchten Sie sich ein wenig in meinem Laden umsehen, Herr Koreander?«

»Gerne. Wenn ich Ihre Zeit damit nicht zu sehr ...«

»Das geht schon in Ordnung. Wir beide müssen heute Abend eine Entscheidung fällen. Wenn Sie in Zukunft hier arbeiten wollen, sollten Sie ja auch wissen, wie Ihr Wirkungsfeld aussieht, oder?«

Karl nickte und wandte sich benommen den Regalen zu. Dieser schrullige Alte tat ja gerade so, als hätte er an seinem Bewerber Gefallen gefunden. Karl brauchte einen Moment, um seine Fassung zurückzugewinnen, dann aber bewunderte er mit wachsender Verzückung die Schätze des Thaddäus Tillmann Trutz.

Auf den ersten Blick war der Laden nicht besonders groß, nur ein schmaler Schlauch, in dem die dunklen Holzregale bis an die Decke reichten. Die Bücher standen in doppelten Reihen auf den Brettern. Wer sich hier auskennen wollte, musste schon ein phänomenales Gedächtnis besitzen. Da gab es winzige Büchlein, kaum größer als eine Streichholzschachtel, und riesige Folianten, dicke Schwarten und dünne

Fibeln, wertvolle Einbände in Leder und Gold ebenso wie schlichte Pappkladden oder ziehharmonikaartige Leporellos. Karl entdeckte Seltenes und Banales, Anspruchsvolles wie auch Triviales, Heiteres und Hochdramatisches, Prosa und Poesie, Leichtes und Besinnliches. Auch auf den Holzdielen türmten sich überall Bücher. Herr Trutz schien keine hohe Meinung von der Ausdauer der Behördenschnüffler zu haben, denn die vom Staat als unbedenklich eingestuften Werke füllten hauptsächlich die Regale in der Nähe des Eingangs. Je tiefer Karl jedoch in den Laden vordrang, desto häufiger stieß er auf Werke verfemter Literaten. Als er das Buch eines von ihm sehr geschätzten Denkers entdeckte, nahm er es in die Hand, hielt es sich unter die Nase und fächerte die Seiten auf.

»Was um Himmels willen tun Sie da?« Herr Trutz beobachtete ihn von seinem Sessel aus, und seine Stimme klang belustigt.

Karl lächelte verlegen. »Ist nur so eine Angewohnheit von mir: Ich schnuppere gerne in die Bücher hinein. Ist Ihnen noch nie aufgefallen, dass jedes einen anderen Geruch hat?«

»Was Sie nicht sagen!«

»Probieren Sie's mal. Viele meiner Lieblingswerke kann ich mit verbundenen Augen erkennen.«

Herr Trutz schüttelte den Kopf. »Ich habe mindestens schon drei Dutzend Bewerber in meinem Antiquariat empfangen, aber keiner war wie Sie.«

Karl hätte gerne gewusst, ob das nun gut oder schlecht für ihn war, aber er traute sich nicht diese Frage zu stellen. Mit einem schiefen Grinsen wandte er sich wieder dem Regal zu, stellte das beschnupperte Buch zurück und setzte seine Erkundung fort.

Der Gang zwischen den Regalen endete vor einer quer stehenden Bücherwand. Dieses Regal war offenbar ein Raumteiler, denn Karl bemerkte nun rechts einen schmalen Durchgang. Während er so tat, als lese er die Titel der Bücher unmittelbar daneben, beugte er sich zur Seite und spähte in das finstere Rechteck. Das Dunkel dahinter verschluckte wie ein schwarzer Samtvorhang alles Licht. Karl wagte einen kleinen Schritt nach rechts und beugte sich vor. Ein Frösteln überlief ihn, als er noch immer nicht erkennen konnte, was sich hinter dem Durchgang verbarg. Wie war das möglich? So riesig konnte der sich anschließende Raum doch nicht sein. Der Schein der Lampe musste auf *irgendetwas* fallen, einen Tisch, einen Stuhl, einen Karton – oder vielleicht auf ein weiteres Regal? Versteckte der absonderliche Alte seine kostbarsten Schätze etwa dort, in diesem undurchdringlichen Dunkel?

»Kommen Sie zurecht?«, hallte Herrn Trutzens Stimme durch den Laden.

Karl zuckte zusammen, er fühlte sich ertappt. Als er sich zu dem Buchhändler umdrehte, erschrak er abermals. »Ach du liebes bisschen!«

Herr Trutz saß noch immer in seinem Ohrenbackensessel, lächelte freundlich und paffte blaue Wolken in die Luft – aber etwas stimmte trotzdem nicht. Karl blinzelte. Fast kam es ihm so vor, als blicke er verkehrt herum durch ein Fernrohr. Der Laden wirkte mit einem Mal wie in die Länge gezogen. Rauchte der Alte etwa irgendein verbotenes Zeugs, das die Sinne benebelte?

»Alles in Ordnung mit Ihnen?«, fragte der Buchhändler.

»J-ja«, stotterte Karl und deutete auf den dunklen Durchgang. »Was befindet sich eigentlich hinter diesem Regal hier?«

»Das hängt immer von dem ab, der drum herumgeht.«

Der geheimnisvolle Ton, in dem Herr Trutz das gesagt

hatte, bestätigte einmal mehr den Eindruck eines schrulligen alten Mannes. Karl trat vor die dunkle Öffnung. Noch immer konnte er nichts dahinter sehen. Wieder lief ihm ein Schauer über den Rücken.

»Nur zu«, drängte Herr Trutz aus dem Hintergrund. »Wenn Sie der sind, für den ich Sie halte, werden Sie keine Überraschung erleben.«

Kann er nicht einen Moment seinen Mund halten!? Am liebsten hätte Karl sich laut beklagt, aber das verbot ihm der Anstand. Zögerlich, wie es seine Art war, machte er einen Schritt nach vorn. Und das Dunkel lichtete sich.

Nun stand er direkt unter einem Regalbrett, das wie ein Türsturz den oberen Abschluss des Durchgangs bildete. Er blickte in tiefe Schatten, die undeutlich Regale erkennen ließen. Merkwürdigerweise schienen diese weiter auseinander zu stehen, als es der schmale Laden zulassen dürfte. Karl wagte einen weiteren Schritt. Zu seiner Verwunderung wurde das Kabinett hinter der Bücherwand sogleich heller.

Lag es daran, dass er den Lichteinfall zuvor mit seinem Körper behindert hatte? Wie auch immer, er stand in einem annähernd quadratischen Raum, der nach allem, nur nicht nach Pfeifentabak roch und dessen Wände mit weiteren, zum Bersten vollen Regalen bedeckt waren. Also doch eine geheime Sammlung, in der Thaddäus Tillmann Trutz seine literarischen Schätze aufbewahrt, dachte Karl. Menschenkenntnis schien der alte Kauz ja zu haben. Er werde *keine* Überraschung erleben, hatte er ihm schließlich prophezeit.

Aus der Ferne hallte einmal mehr die Stimme des Ladenbesitzers herüber. »Sind Sie noch da, Herr Koreander?«

»Warum sollte ich nicht mehr da sein?«, rief Karl zurück.

»Und? Haben Ihre Erwartungen sich erfüllt?«

Karl hatte gerade ein Buch aus dem Regal gezogen und

fächerte die Seiten unter seiner Nase auf. *Jasmin?*, wunderte er sich. Noch nie hatte er ein Buch beschnuppert, das nach Jasmin roch. »Sie wurden bei weitem übertroffen«, antwortete er benommen.

»Lassen Sie sich ruhig Zeit.«

Er nickte, obwohl Herr Trutz ihn ja nicht sehen konnte, und schritt ehrfürchtig die Regalmeter ab. Hier und da roch er an weiteren Büchern. Die Duftnoten waren vielfältig und zum Teil ziemlich überraschend. Neben Alpenveilchen, Flieder und Rosmarin entdeckte er auch so Exotisches wie Moschus, Nardenöl und Stinkende Nieswurz. Nicht alle Werke waren also wohlriechend. Karl sehnte sich nach ein bisschen mehr Licht, um die faszinierenden Bücher genauer in Augenschein nehmen zu können.

Als hätte ein eifriger Diener in seinen Kopf hineingelauscht und darin den unausgesprochenen Wunsch entdeckt, wurde es im Kabinett noch einmal heller. Karl hielt den goldenen Schimmer zunächst für eine indirekte Beleuchtung hinter dem Regal, aber dann machte er eine Entdeckung, die ihm die Fassung raubte.

Es waren die Bücher, die strahlten!

Als seien sie aus Glas!, war sein erster Gedanke, während er das vielfarbige Leuchten bestaunte. Doch dieser Eindruck trog, wie er bei genauerem Hinsehen feststellte. Die Einbände waren aus Leder, Karton oder Pergament und keineswegs durchscheinend. Das Strahlen umgab die Bücher vielmehr wie eine Aura und vermischte sich im Kabinett zu bernsteinfarbenem Licht. Bestimmt bestäubt der alte Kauz sie mit einem phosphoreszierenden Pulver, so wie bei einem Zifferblatt, redete sich Karl ein, obwohl er noch nie eine Uhr gesehen hatte, die auch nur annähernd wie diese Bücher leuchtete. Staunend las er einige der Titel. Die Buchstaben waren als Einziges schwarz und wirkten daher wie aus dem Licht herausgestanzt.

Die höchst absonderliche Reise des Herrn Tuff
Lebenserinnerungen eines Grashüpfers
Der Fisch, der ein Vogel sein wollte
Das Uyulála-Rätsel, gelöst durch Professor Engywuck
Siebenhundertsiebenundsiebzig Wege zur Unvernunft
Das vertrocknete Herz

Es machte durchaus Sinn, dass der Duft der Bücher mit ihren Namen harmonierte, wenigstens ungefähr. Karl roch das Meer, frisch gemähtes Gras, alten Fisch, eine geheimnisvoll aromatische, ihm gänzlich unbekannte Duftnote, außerdem schales Bier und Rosenblätter. Einige der Verfasser waren ihm geläufig, aber er kannte keinen einzigen dieser Titel. Hatte Herr Trutz hier etwa wahr gemacht, wovon er selbst kaum zu träumen wagte? Er entsann sich seiner eigenen, erst vor wenigen Minuten gesprochenen Worte. *Wenn man sie nur irgendwie retten könnte!*

Sein Blick wanderte weiter über die Rücken der Einbände, und dabei stieß er auf einen anderen Durchgang. Hortete Herr Trutz dort etwa noch mehr »verbotene Früchte«? Diente sein Antiquariat womöglich nur als Tarnung für eine geheime Bibliothek, in der er die bedrohten Werke unbequem gewordener Geister aufbewahrte? Voller Wissbegier betrat Karl den nächsten Raum.

Dieser war noch größer als das benachbarte Kabinett und besaß sogar zwei weitere Durchgänge. Auch hier lag ein betäubendes Potpourri unterschiedlichster Gerüche in der Luft, das in seiner Gesamtheit aber ein wenig anders als das Duftgemisch im letzten Zimmer roch. Wie dort erstreckten sich auch hier die Regale bis ... Karls Gedanken stockten. Ja, bis wohin eigentlich? Er blickte nach oben, konnte aber keine Decke sehen. In der Nähe stand eine Leiter. Daran stieg er empor, erst zehn, dann zwanzig, dann dreißig Sprossen. Endlich kapitulierte er vor seinem wild pochenden Herzen und kletterte mit weichen Knien wieder zurück. *Phantastisch, diese Bibliothek!*, dachte er und lief durch den linken Durchlass in einen noch größeren Raum.

Auf diese Weise erkundete Karl vier oder fünf weitere Zimmer, die alle ein wenig anders rochen und von denen jedes über noch mehr Übergänge in neue, noch geräumigere Säle verfügte. Ja, inzwischen konnte man nicht mehr von Kabinetten sprechen, die Regale reihten sich in Hallen, deren Ausdehnung jeder Vernunft hohnsprach. Karl versuchte sich die Dimensionen des Gebäudes, in dem sich der Laden von Herrn Trutz befand, zu vergegenwärtigen. Es musste mit mehreren weiteren Häusern im Hinterhof verbunden sein, die allesamt mit duftenden »Leuchtbüchern« voll gestopft waren.

Oder rauchte der alte Mann tatsächlich Opium, und Karl war zu viel davon in die Nase gestiegen? Argwöhnisch blickte er sich um, betastete ein Buch mit dem Titel *Die empörende Puderdose der Frau Aschenbrödel* und schnupperte an einem anderen, das *Die Abgründe der Phantasie* hieß. Alles wirkte so real! Als er die *Abgründe* zurück ins Regal stellte, bemerkte er über den dort aufgereihten Büchern ein Strahlen, das sich von der hier üblichen Illumination deutlich abhob.

»Tageslicht?«, murmelte Karl. War das etwa wieder so eine Unmöglichkeit? Er ging mit den Augen so dicht wie möglich an das Regal heran, um besser durch den schmalen Spalt über den Büchern hindurchspähen zu können. Tatsächlich! Dahinter befand sich ein strahlend helles Zimmer. Über dessen Zweck musste er nicht lange grübeln – die zentralen Möbelstücke waren ein Stuhl mit niedriger runder Lehne und ein Schreibtisch. Erheblich rätselhafter erschien ihm dagegen die Quelle des warmen gelben Lichts: ein großes, oben in einem weiten Bogen endendes Sprossenfenster an der gegenüberliegenden Wand. Hastig suchte er in den tiefer gelegenen Regalböden nach kleineren Büchern, die ihm einen besseren Durchblick gewährten, aber die Zwischenräume waren überall ähnlich schmal, weshalb er schließlich wieder zu dem Spalt auf Augenhöhe zurückkehrte.

Ungläubig betrachtete er die lichte Fensterwand. Sie bestand aus einem dünnen Gitter mit zahllosen viereckigen Scheiben, jede etwa so groß wie eine Handspanne im Quadrat. In der Mitte befand sich, nur durch einen Drehknauf und die etwas dickere Umrahmung erkennbar, eine Glastür. Die höchste Stelle des Rundbogens mochte etwa fünf Meter messen. Karl schüttelte benommen den Kopf, weil er sich das helle goldene Licht im Fenster noch immer nicht erklären konnte. Es spiegelte sich in den Scheiben zu stark, als dass zu erkennen war, was sich dahinter befand. Auf jeden Fall müsste es draußen längst dunkel sein. Oder hatten sich die Wolken verzogen, und er sah die letzten Sonnenstrahlen des scheidenden Tages ins angrenzende Zimmer fallen? Ja, so musste es sein. Wie sonst ...?

»Kommen Sie zurecht, Herr Koreander?«

Die Stimme des Buchhändlers drang aus weiter Ferne an Karls Ohr. Er riss sich vom Anblick des sonnendurchfluteten Fensters los, formte mit den Händen einen Trichter und rief: »Ja, Herr Trutz! Sie haben aber eine Menge Bücher! Ein richtiges Bücher*labyrinth* ist das hier.«

»Das ist Ihnen aufgefallen!«, kam die prompte Antwort aus dem Laden. Der Inhaber klang so erfreut, als hätte sein junger Bewerber gerade eine fünfte Himmelsrichtung entdeckt.

»Vielleicht kommen Sie jetzt besser zurück«, fügte er hinzu, und sein Tonfall verriet, dass er allmählich ungeduldig wurde.

Karl warf noch einen sehnsüchtigen Blick auf das Sonnenlicht hinter dem Regal, dann kehrte er um. Nicht ohne Schwierigkeiten fand er zum vorderen Teil des Ladens zurück; seine empfindliche Nase leistete ihm dabei wertvolle Dienste. Herr Trutz saß noch immer in seinem Sessel, die eine Hand auf den Silberknauf seines Gehstocks gestützt, die andere hielt die Meerschaumpfeife. Auf dem Beistelltischchen lag jetzt eine schwarze Dokumentenmappe, die von einem roten Gummiband zusammengehalten wurde.

Der alte Mann empfing seinen Gast in gelöster, fast beschwingter Stimmung. »Was haben Sie gesehen, Herr Koreander?«, stieß er aufgeregt hervor, als handele es sich um eine letzte Prüfungsfrage.

»Bücher über Bücher! Tausende in allen Farben leuchtende und nach allen Düften riechende Bücher! Ich kann mir das nicht erklären, aber es war wunderbar«, antwortete Karl.

»Dann gefällt Ihnen also meine geheime Bibliothek?«

»Ihre ...?« Karl konnte sich ein Schmunzeln nicht verkneifen. »Habe ich mir fast gedacht, dass Sie da die ›entarteten Literaten‹ horten. Die Bücher sind doch nicht zum Verkauf bestimmt, oder?«

»Da haben Sie wohl Recht«, sagte Herr Trutz seltsam gedehnt. »Dann nehmen Sie den Posten also an?«

»Mit Freuden!«

»Sie haben keine Angst vor den Schnüfflern der Behörde?«

»Doch, aber ich würde alles dafür geben, Ihnen beim Hüten Ihres Schatzes zu helfen.« Karl erschrak über seine eigene Antwort. Seit dem Rausschmiss aus der Hochschule neigte er eher dazu, allem, was Ärger verursachen könnte – vor allem jeder Konfrontation mit dem Staatsapparat –, aus dem Weg zu gehen. Zum Glück schien diese Angst vor der eigenen Courage seinem neuen Brötchengeber nicht aufzufallen.

»Prächtig!«, rief Herr Trutz und schlug übermütig die Pfeife und seinen Stock aneinander. »Wann können Sie anfangen?«

»Nun ...«

»Sofort?«

»Ja, schon. Ich müsste nur ...«

»Prächtig!«, jubilierte Herr Trutz abermals und deutete auf den Aktendeckel neben seinem Sessel. »Ich habe schon alle erforderlichen Dokumente vorbereitet. Sie müssen nur einschlagen.« Er steckte sich den Pfeifenstiel zwischen die Zähne und reichte Karl die Hand.

Der junge Mann griff rasch zu. Er konnte sein Glück kaum fassen.

Unvermittelt entzog ihm Herr Trutz wieder die Hand. »Wenn Sie mich jetzt bitte entschuldigen.« Er sprang aus dem Sessel auf, durchquerte mit Hilfe seines Stocks erstaunlich hurtig den Laden und verschwand am anderen Ende hinter der Bücherwand.

DAS VERMÄCHTNIS

Karl stand wie ein begossener Pudel neben dem leeren Ohrenbackensessel und sah konsterniert zu dem dunklen Durchgang hinüber. Was hatte den Weißschopf so plötzlich aus dem Raum getrieben? Vielleicht eine schwache Blase? Bei älteren Leuten sollte es so etwas ja geben. Karl wartete.

Minuten verstrichen, ohne dass auch nur der Pfeifenstiel des Antiquars auftauchte. Karl begann zu schwitzen. Er zog seinen dicken Wintermantel aus und legte ihn über den Tresen. Sein Blick wanderte eine Weile ziellos durch den Laden und schließlich zur Straße hinaus. Auf der anderen Seite des Schaufensters stand eine Gaslaterne, deren weißgelbe Lichtinsel hastig von einem älteren Paar durchquert wurde. Der Mann hielt seinen Hut fest, um ihn nicht im böigen Wind zu verlieren.

»Herr Trutz?«, rief Karl und lauschte.

Niemand antwortete.

»Herr Tru-uuutz?«

Stille im Kabinett.

»Er kann sich doch nicht durchs Klo gespült haben«, murmelte Karl ärgerlich. Sein Blick blieb an der schwarzen

Dokumentenmappe hängen. Verstohlen sah er zur Bücherwand. Von Herrn Trutz noch immer keine Spur. Mit langem Arm und nur leichter Beugung in der Taille klappte Karl den Aktendeckel auf. Sein Unterkiefer sank herab. Was er da las, musste ein Irrtum sein.

Generalvollmacht

Ich, Thaddäus Tillmann Trutz, bevollmächtige für die Dauer meiner Abwesenheit

Herrn Karl Konrad Koreander

zur Tätigung sämtlicher rechtsverbindlicher Handlungen, die mit der Führung meines Antiquariats zusammenhängen. Weiterhin darf der oben bezeichnete Bevollmächtigte, so es sein Wille ist, ins Gästezimmer meiner Wohnung über dem Laden einziehen. Sollte ich innerhalb von sieben Jahren nicht zurückgekehrt sein, kann er mich für tot erklären lassen. Nach Ausstellung des amtsgerichtlichen Erbscheines tritt er als Begünstigter entsprechend den Verfügungen in meinem bei Notar Doktor Harribald Windig hinterlegten Testament ein.
Gezeichnet am Montag, dem 7. November 1938 in

Karl stieß prustend den Atem aus, den er vor Schreck angehalten hatte. Da stand tatsächlich in fast noch feuchter Tinte, mit einer Handschrift hingekritzelt, wie sie sonst nur auf den Rezepten hektischer Ärzte zu sehen war, sein vollständiger Name. Herr Trutz konnte diese Vollmacht unmöglich ernst meinen. Karls Hand fuhr in die Manteltasche und zog den Zeitungsausschnitt hervor. Mit zitternden Fingern glättete er das zerknüllte Papier und las noch einmal laut den Satz, der sich für ihn anfangs wie ein Köder angehört hatte, mit dem man leichtgläubige Bewerber für eine schlecht bezahlte Anstellung angelte.

»Mit bestandener Probezeit werden Sie kommissarisch die Führung des Ladens übernehmen und ihn nach meinem Fortgang erben, sofern es dann weiterhin Ihr Wunsch und Wille ist, mein Lebenswerk fortzuführen.«

Benommen starrte Karl auf die Generalvollmacht. *Ich habe schon alle erforderlichen Dokumente vorbereitet. Sie müssen nur einschlagen.* Also, der Alte hatte wirklich »Mut zu ungewöhnlichen Entscheidungen«, wie er es in seiner Annonce auch von seinem Nachfolger erwartete. Allerdings konnte er kaum ein so guter Menschenkenner sein, wie Karl anfangs vermutet hatte. Sonst hätte er sich schwerlich einen so ängstlichen und unentschlossenen Geschäftsführer geangelt. Aber nun hatten sie sich die Hand gegeben. Abgemacht ist abgemacht …

Erst in diesem Augenblick wurde sich Karl der klaffenden Lücke am Ende des Dokuments bewusst: Ort und Unterschrift fehlten. Niedergeschmettert sank er in den Sessel. Was hatte er sich überhaupt eingebildet? Ein Schlappschwanz führt einen eigenen Buchladen. Lachhaft! *Das schaffst du sowieso nicht!* Die Worte seines Vaters, hundertmal gehört, hallten durch seinen Geist.

»Herr Tru-uuutz!«, rief er in jämmerlichem Ton. Der alte Kauz hatte sich irgendwo versteckt und hielt ihn zum Narren. Es konnte nicht anders sein.

Aber kein kichernder, sich die Schenkel klopfender Buchhändler erschien.

Lustlos griff Karl nach dem Aktendeckel, zog ihn auf seinen Schoß und blätterte die anderen Dokumente durch, die der Buchhändler »schon vorbereitet« hatte. Unter der Generalvollmacht lag ein Anstellungsvertrag, datiert und unterschrieben. »Also bist du wenigstens nicht arbeitslos«, brummte Karl. Als Nächstes stieß er auf die Abschrift eines Testaments, ebenfalls signiert. »Meinem Geschäftsnachfolger, der sich gegenüber Herrn Notar Dr. Harribald Windig durch die mit diesem abgestimmte Legitimation ausweisen wird, vermache ich alles, was ich mein Eigen nenne«, hieß es in der Urkunde, bevor Herr Trutz seine Vermögenswerte auflistete. Mit der »Legitimation« konnte er nur die ausgefüllte und unterschriebene Generalvollmacht gemeint haben.

»Aus der Traum«, seufzte Karl und ließ sich gegen die Rückenlehne sinken.

Wieder wartete er. Wieder ließ sich kein Thaddäus Tillmann Trutz blicken. Vermutlich hockte der Alte in seiner Geheimbibliothek und las schmunzelnd irgendein phantastisches Buch, *Koreanders siebenundsiebzig tollste Reinfälle*, irgendetwas in dieser Art. Mutlos zog Karl das letzte Schriftstück aus dem Aktendeckel hervor. Es bestand aus mehreren Seiten, die mit einem zweifarbigen Bändchen zusammengeheftet waren. Darin nannte der Buchhändler die Anschrift seines Notars und listete endlose Anweisungen auf, angefangen bei A wie »Ablagesystem für Geschäftspapiere« bis hin zu Z wie »Zedernholzmöbel in der Veranda der Wohnung einmal jährlich einölen«. Das Karl wie ein Vermächtnis erscheinende Dokument endete mit einem lapidaren Satz:

Man kann es aber auch ganz anders machen.

Vollends verwirrt, klappte Karl den Aktendeckel zu.

Nach etwa einer Stunde begab er sich auf die Suche nach dem Ladenbesitzer. Irgendwie musste er seinem Unmut Luft verschaffen. Man verschwindet nicht so mir nichts, dir nichts und lässt einen gerade eingestellten Mitarbeiter mit solchen Dokumenten zurück. Zumal die Vollmacht nicht einmal unterschrieben ist.

Karl betrat das Kabinett hinter der Bücherwand. Erwartungsgemäß fand er dort nicht den vermissten Alten. Wäre ja auch zu leicht gewesen. Er lief zum nächsten Raum. Wieder Fehlanzeige.

Durchgang für Durchgang drang Karl tiefer in das Labyrinth aus glosenden Büchern ein. Immer wieder rief er den Namen des Gesuchten, probierte es mit allen möglichen Abzweigen, aber Herr Trutz ließ sich weder blicken, noch antwortete er. Nach langem Hin und Her erreichte Karl zufällig wieder die Stelle, wo er zuvor das Tageslicht durch die Regalreihen hatte strahlen sehen, und stutzte. Hinter dem Fenster schien immer noch die Sonne.

Karl traute seinen Augen nicht. Er musste träumen. Benommen klammerte er sich an einem Regalholm fest, weil ihm plötzlich schwindlig wurde. Das konnte nicht sein! Er hatte doch durch das Schaufenster die beiden Alten im Licht der Straßenlaterne beobachtet, den Mann, der so krampfhaft seinen Hut festhielt ...

»Wie kann hier die Sonne scheinen, wenn es draußen dunkel ist?«, presste er zwischen den Zähnen hervor. Wenn er nicht den Verstand verlieren wollte, musste er das Rätsel des sonnigen Fensters ein für alle Mal klären. Sehr vorsichtig, wie es seine Gewohnheit war, wandte er sich dem letzten Durchlass zu. Plötzlich drang ein lautes Klirren an sein Ohr.

Karl lief es kalt den Rücken hinunter. Das Geräusch hallte immer noch nach. Es kam aus derselben Richtung wie zuvor Herrn Trutzens Stimme, klang aber viel näher – fast so, als hätte der Laden um Hilfe gerufen. Karl begann zu laufen.

Unter anderen Umständen wäre er bestimmt darüber verwundert gewesen, mit welcher schlafwandlerischen Sicherheit er den Weg zurückfand, aber dafür fehlte ihm die Muße. Tausend Gedanken schwirrten wie Glühwürmchen durch seinen Kopf. Was war da passiert? Hatte der wacklige Witwer mit seinem Gehstock irgendetwas zerschlagen? Aber was? Vorn im Antiquariat war Karl nichts aufgefallen, das auch nur annähernd einen solchen Lärm verursachen konnte. Mit Ausnahme ...

Er rannte noch schneller. Womöglich gab es eine andere Erklärung für das Scheppern. Herr Trutz hatte ihm, Karl Konrad Koreander, die Verantwortung für sein Geschäft übertragen. Selbst wenn die Vollmacht noch nicht unterschrieben war. Ihm schwante, dass da etwas Schreckliches passiert sein könnte. Er musste helfen.

Endlich erreichte er das Kabinett. Aus dem Laden drang ein flackerndes Licht. Karl stürzte darauf zu – und verharrte gleich darauf wie angewurzelt.

Die gläserne Eingangstür war in tausend Splitter zerborsten. Ein Stück weit im Laden lag ein – brennender Stein? Wieder beschlich Karl das Gefühl, verkehrt herum durch ein Fernrohr zu blicken. Als er jedoch genauer hinsah, wurde ihm klar, was dieses Geschoss war: Jemand hatte den Brocken mit einem Lumpen und einer Schnur umwickelt, das Ganze angezündet und durch die Glasscheibe geschleudert. Die primitive »Brandbombe« lag auf einem der verschlissenen Teppiche, aus dem bereits kleine Flammen züngelten.

»Die Bücher!«, hauchte Karl entsetzt, und endlich fiel die Starre des ersten Schreckens von ihm ab. Er lief zu dem Feuer, kippte einen Bücherturm von der Teppichkante, fasste diese mit beiden Händen und schlug sie über das Brandgeschoss. Atemlos trat er das Feuer aus, packte das rauchende Teppichbündel und schleifte es zur Tür. Dort hob er es hoch und warf es durch den Rahmen, in dem nur noch einige Scherben steckten, auf die Straße. »Wer tut so etwas nur?«, zischte er.

»In was für einer Zeit leben Sie eigentlich? Und wer sind Sie überhaupt?«

Die tiefe Stimme klang ein wenig wie eine ins Rutschen geratene Geröllhalde. In seinem gerechten Zorn hatte Karl noch gar nicht bemerkt, dass aus der Haustür links neben dem Laden ein grobschlächtiger Mann mittleren Alters getreten war. Er hatte kurz geschorenes Haar, einen Stiernacken und sah ihn argwöhnisch an. Den hochgekrempelten Hemdsärmeln und dem abgeknöpften Kragen nach zu urteilen, hatte ihn der Lärm des zersplitternden Glases aus seiner Feierabendruhe aufgeschreckt.

»Ich bin der Koreander Karl, der neue Ladengehilfe von Herrn Trutz. Mit dem Überfall habe ich nichts zu tun«, erklärte Karl, um den bulligen Mann von Kurzschlussreaktionen abzuhalten.

Dessen Antwort klang denn auch schon erheblich umgänglicher. »Ach, hat der Alte also endlich einen Träumer gefunden, der seinen Schwartenladen übernimmt. Mein Name ist Holle, Horst Holle. Meine Freunde nennen mich Hotte.« Der Nachbar grinste, was seine despektierliche Äußerung über Herrn Trutz und dessen Gehilfen wohl ins rechte Licht rücken sollte. Er reichte dem »Träumer« eine fleischige Hand.

Während Karl diese noch schüttelte, kam hinter Herrn Holle eine korpulente Frau in Kittelschürze aus dem Hauseingang. Sie schleppte einen schwarzgrauen emaillierten Wassereimer, dessen Inhalt sie über den qualmenden Teppich entleerte. Erst danach wandte sie sich Karl zu. »Männer! Alles Schwätzer. Hotte quasselt den ganzen Tag, und mich lässt er die Arbeit tun.« Sie streckte Karl die Hand entgegen. »Heide.«

»Wie bitte?«

»Ich bin Heide Holle. Frau Holle, wenn Sie wollen. Sie wissen schon, die mit dem Schnee.« Sie zwinkerte Karl zu.

Er schüttelte auch ihre Hand und seufzte. »Wenigstens gibt es noch hilfsbereite Nachbarn. Danke für das Wasser.«

»Keine Ursache«, antwortete Frau Holle. »Unheimlicher Bursche, der den Laden von unserem Bücherwurm überfallen hat.«

Karl riss die Augen auf. »Sie haben ihn gesehen?«

»Klar. Nicht zum ersten Mal. Er schleicht schon eine ganze Weile um den Laden herum, wie ein räudiger Köter um die Wurst.«

»Sie sagten, er sei unheimlich?«

Frau Holle nickte und deutete zur Straßenmündung, aus der vorhin der singende braune Hundertfüßler gekommen war. »Bevor er da um die Ecke verschwunden ist, hat er sich noch einmal umgedreht, vielleicht weil ein Auto die Straße entlangfuhr. Und da habe ich seine grünen Augen leuchten gesehen.«

In Karls Kopf drehte sich ein Karussell, das ihn schwindeln machte. An diesem Abend schien aber auch alles verkehrt zu sein. »Sind Sie sicher, dass seine Augen *geleuchtet* haben?«

»Ja doch! Wie bei einer Katze. Oder bei einem Wolf. Aber irgendwie auch anders. Ich kann dieses gelblich grüne Glühen schlecht beschreiben. Eben unheimlich war's. Ja, das trifft's, glaube ich, am besten.«

»Du hast beim Putzen zu viel Salmiak eingeatmet«, brummte Herr Holle.

»Und er ist da hinter der Backsteinmauer verschwunden?«, vergewisserte sich Karl, während er zur Einmündung deutete.

»Spreche ich so undeutlich, junger Mann?«

»Nein. Bitte entschuldigen Sie mich.« Karl ließ die beiden

stehen und lief wie in Trance über die Straße. Es war der Zorn, der ihn dazu trieb. Wie konnte jemand so etwas wagen? *Sein* Geschäft zu überfallen, *seine* Bücher anzuzünden ... Nun, noch waren sie nicht sein Eigentum, aber Herr Trutz hatte das Antiquariat seiner Obhut anvertraut. Karl schäumte. Wenn er jemals in seinem Leben etwas richtig machen wollte, dann musste er allmählich damit anfangen.

Er war außer sich. Hätte er nur einen Moment über sein Handeln nachgedacht, wäre er in den Laden zurückgelaufen, hätte die Polizei gerufen und sich bis zu deren Eintreffen hinter Bücherstapeln verschanzt. Das war nicht der Karl Konrad Koreander, den er kannte, aber an diesem Abend hatte er sich schon auf so viele Unmöglichkeiten eingelassen, dass ihm seine forsche Reaktion als die natürlichste von der Welt erschien.

Als er um die Straßenecke bog, kamen ihm erste Zweifel. Die Querstraße lag verlassen vor ihm. Das Licht der wenigen Laternen wurde vom Geäst kahler Bäume gedämpft. Gegenüber der Backsteinmauer befand sich ein langes, unbebautes Grundstück, auf dem Unkraut wucherte. Keine Menschenseele war zu sehen. Karl begann zu frieren – sein Mantel lag immer noch über dem Tresen im Laden. Sollte er umkehren?

In diesem Moment sah er vor sich einen Schatten. Hinter einem Baum, vielleicht dreißig Meter entfernt, glommen zwei grüne Punkte. Das musste der Täter sein, den Frau Holle gesehen haben wollte. *Wie kann ein Mensch solche Augen haben?* Karl schauderte. *Und wieso treibt er sich noch hier herum?* Er hatte genügend Bücher über geistesgestörte Brandstifter gelesen, die sich an den von ihnen gelegten Feuern weideten. Das musste so ein Kerl sein.

Karl packte die Wut. »Stehen bleiben!«

Sein Ruf zeigte Wirkung. Er sah einen Schemen hinter dem

Baum hervor und auf die Straße huschen. Wen immer da das schlechte Gewissen zur Flucht trieb, er wollte offenbar unerkannt bleiben. Geschickt nutzte er die Schatten, um nicht mehr als nötig von sich preiszugeben. Er hatte einen auffallend hohen Wuchs und breite Schultern, zweifellos ein Mann, dachte Karl und spürte sein altes Leiden in den Gliedern. Sie wurden bleischwer und wollten ihm nur träge gehorchen. Die Angst kehrte zurück.

Einige Sekunden lang hielt er sich selbst hinter einem Baum versteckt und verfolgte den Flüchtigen nur mit Blicken. Grünauge bog links um die nächste Straßenecke, folgte also der Grenze des ummauerten Grundstücks. Endlich siegte Karls Sinn für Gerechtigkeit über seine Furcht – der Gauner musste angezeigt werden! –, und er setzte dem Brandstifter nach.

Als er die Ecke erreichte, spähte er vorsichtig um die Mauer herum. Die Straße hier war fast ein Spiegelbild der parallel verlaufenden, in der sich das Antiquariat von Herrn Trutz befand: links die Ziegelsteinwand, rechts vier- und fünfstöckige Mietshäuser aus der Zeit der Jahrhundertwende. Aus einer Eingangstür fiel Licht, ein senkrechter, heller Streifen, der schnell schmaler wurde und, begleitet von einem Klappen, schließlich ganz verschwand.

»Bist du da eben reingelaufen, Grünauge?«, murmelte Karl und überlegte angestrengt, was er tun sollte. Ebenso gut konnte der Brandstifter weitergerannt sein und jemand anderer hatte das Haus betreten. Er könnte seine Beobachtungen der Polizei melden, fiel ihm nun ein, doch ein solcher Schuss ging nicht selten nach hinten los, weil der vermeintliche Verbrecher sein Unwesen mit Duldung oder sogar auf Geheiß staatlicher Organe trieb: Vielleicht hatte die Behörde von der geheimen Bibliothek des Thaddäus Tillmann Trutz Wind bekommen und eine Bücherverbrennung *stante pede* verordnet. Karl ballte vor ohnmächtiger Wut die Fäuste. Was sollte er tun? Ohne handfeste Beweise würde er Herrn Trutz nach dessen Rückkehr nur den Schaden präsentieren können, aber keinen Täter.

Mit wachsweichen Knien schlich er über die Straße, hin zu dem Haus, in das der Brandstifter möglicherweise geflohen war. Zaghaft drückte er die schwere, dunkle Holztür auf. Im Haus brannte noch immer Licht. Hielt sich der Kerl hier irgendwo versteckt? Oder war er längst in seine Wohnung geflüchtet? Karls Blick wanderte zu dem »stillen Portier« an der Wand. Hinter einer Glasscheibe befand sich ein hölzernes Gitter mit Schildern: fünf Reihen à drei Namen. Missmutig begann er sie von oben nach unten zu lesen:

O. Müller
K. Valentin
Werner Wolf
T. Storm
Johanna von Schlagstöckel
G. Mork ...

Plötzlich ging das Licht aus. Karl erschreckte sich fast zu Tode, weil die überraschende Verfinsterung mit einem lauten Klacken einhergegangen war. Er wagte kaum zu atmen, während er in den Hausflur lauschte. Plötzlich hörte er über sich ein verdächtiges Knarren. Das Herz rutschte ihm in die Hose. Er begann zu zittern. Was hatte er sich überhaupt dabei gedacht, hier einfach so hereinzuspazieren, wo ihm Grünauge auflauern und ihn – unter Ausschluss der Öffentlichkeit – massakrieren konnte?

Als wäre ein ganzes Rudel hungriger Wölfe hinter ihm her,

rannte Karl zur Tür, stürzte auf die Straße hinaus und machte sich aus dem Staub.

Über der Straße vor dem Antiquariat lag eine trügerische Ruhe. Die Nachbarn hatten sich längst wieder in ihre Wohnungen zurückgezogen. Unter Karls Füßen knirschten Glassplitter, als er in den Laden trat. Irgendjemand hatte das Licht ausgeschaltet. Vielleicht Frau Holle. Karl zitterte immer noch, aber nun eher vor Kälte. Er lief zum Tresen, um seinen Mantel wieder anzuziehen. Gegen die eiskalten Füße – eine seiner Schuhsohlen war durchgelaufen und die andere so dünn wie Pergament – konnte er vorerst nicht viel tun. Während er in den Wintermantel schlüpfte, bemerkte er auf dem Verkaufstisch einen Zettel. Eine handgeschriebene Mitteilung, wie er in dem durchs Schaufenster fallenden Laternenschein gerade noch erkennen konnte. Er lief zum Eingang zurück, um Licht einzuschalten. Dabei knöpfte er seinen Mantel zu. Allmählich strömte neues Leben in seine klammen Glieder.

»Grüße vom Polizeirevier«, murmelte er säuerlich, nachdem er die Nachricht gelesen hatte. Jemand musste ihm – eine für ihn nicht neue Erfahrung – die Entscheidung abgenommen und die Ordnungshüter herbeigerufen haben. Als sein Blick sich von dem Zettel löste und die Scherben am Boden streifte, durchfuhr ihn ein Stromschlag oder etwas, das sich zumindest so anfühlte. Karl traute seinen Augen nicht.

Die wie winzige Kristalle funkelnden Glassplitter waren nur etwa zwei Schritte weit ins Geschäft eingedrungen. Als wären sie an eine unsichtbare Mauer geprallt und dann herabgefallen, bildeten sie auf den Dielen eine schnurgerade, glitzernde Linie. Zudem hob sich die Stelle, wo der brennende

Läufer gelegen hatte, wie eine Landzunge aus dem glitzernden Glasmeer ab. War denn da noch ein anderer Teppich gewesen? Nein, Karl gestand sich nicht viele verlässliche Eigenschaften zu, aber seine Beobachtungsgabe hatte ihn bisher nur selten im Stich gelassen.

Allmählich wurde ihm die Sache unheimlich. Eine riesige Geheimbibliothek in einem bei weitem nicht so großen Mietshaus, leuchtende und duftende Bücher, ein selbst in der Nacht noch sonnendurchflutetes Fenster, ein mal kurzer, dann wieder langer Laden, ein Brandstifter mit glühenden grünen Augen und nun auch noch diese *unsichtbare Schutzwand!* Karl fiel keine bessere Bezeichnung dafür ein. Was konnte Tausende umherstiebender Glassplitter und sogar ein schweres brennendes Geschoss mitten in der Luft aufhalten? Trotz angestrengten Nachdenkens fiel ihm keine auch nur annähernd zufriedenstellende Erklärung ein.

Was sollte er jetzt tun? Den Abend einfach vergessen? Zurückkehren in die leere Wohnung seines kürzlich verstorbenen Vaters? Oder sich im Gästezimmer von Herrn Trutz verkriechen? Er ging zum Beistelltischchen neben dem Ohrenbackensessel und klappte den Aktendeckel auf. Nein, ohne die Unterschrift des Buchhändlers konnte er nicht einfach in dessen private Räume eindringen. Außerdem musste er den Laden beschützen, falls der Brandstifter zurückkehrte. Er würde also die Nacht im Kabinett verbringen, beschloss Karl, gleich hinter dem Durchgang, wo ihn niemand sehen, er selbst aber den Laden im Auge behalten konnte.

Ein leises Knirschen ließ Karl aus dem Schlaf hochschrecken. Im Nu war er wach, richtete sich kerzengerade in dem Ohrenbackensessel auf, den er mühsam hinter die Bücherwand geschoben hatte, und lauschte. Im vorderen Teil des Ladens war es dunkel – obwohl er das Licht angelassen hatte!

Wieder knirschte es. Karl schob seinen Kopf in den Durchgang und spähte nach vorn. Nahe beim Schaufenster, das von der Straßenlaterne schwach erhellt wurde, bewegte sich eine hünenhafte Gestalt wie ein zum Leben erweckter Scherenschnitt. Karl glaubte zu Eis zu erstarren. Unfähig, sich zu rühren, folgte er dem Schemen mit seinem Blick. Der Mann schien etwas zu suchen, genau dort, wo vorhin noch der Sessel gestanden hatte.

Das Vermächtnis des Herrn Trutz!

Karl presste sich den Aktendeckel an die Brust, den er mit ins Kabinett genommen hatte. Sein Verdacht jagte ihm schon genug Schrecken ein, aber in ihm regte sich eine Vermutung, die ihm das Blut in den Adern stocken ließ: *Er möchte wissen, wer seinen Anschlag vereitelt hat. Er sucht den Namen auf der Generalvollmacht. Er will MICH!*

Als hätte Karl diese Gedanken laut geschrien, wandte sich der Schemen dem Durchgang zum Kabinett zu. Zwei runde, gelblich grüne Punkte glommen in der Dunkelheit. Sie schwebten hin und her, als suchten sie irgendetwas – oder irgendjemanden. Dann verharrten sie. Karl hatte das Gefühl, direkt angestarrt zu werden, und verlor die Nerven.

Er schrie, als hätten die Augen des Eindringlings seinen Mantel in Brand gesteckt. Es interessierte ihn auch nicht, dass der unheimliche Fremde herumfuhr und mit einem unglaublichen Satz durch den leeren Türrahmen nach draußen verschwand. In panischem Schrecken flüchtete Karl tief in die geheime Bibliothek des Thaddäus Tillmann Trutz hinein.

An einem Bücherregal lehnend, umgeben von einer nach Pfefferminz riechenden Wolke, war Karl für den Rest der Nacht damit beschäftigt, seine Ohren aufzusperren, um nach verdächtigen Geräuschen zu lauschen. Was hatte er sich da nur eingebrockt! Zum wiederholten Mal blickte er auf seine Taschenuhr und haderte mit dem trägen Minutenzeiger. Das nötige Licht lieferte ihm ein fünfzehnbändiges Werk mit dem Titel *Wechselwirkungen von Feld-, Wald- und Wiesenkräutern im Schaffensprozess von Literaten.* Es leuchtete grün.

Um acht – draußen musste es mittlerweile hell werden – wagte er sich aus seinem Versteck. Im Laden war alles unverändert. Bis auf eine Kleinigkeit. Jemand hatte die wie mit dem Lineal gezogene Glassplitterspur verwischt.

Karl zwang sich, systematisch nachzudenken. So schwer es ihm fiel, er musste einige Entscheidungen fällen. Wenn er das Antiquariat sich selbst überließ, würde Herr Trutz ihn am Ende noch haftbar machen. Bereits eine Viertelstunde später hatte Karl einen Plan gefasst und wurde aktiv.

Als Erstes bat er Frau Holle, bis zu seiner baldigen Rückkehr den Laden im Auge zu behalten. Das tue sie sowieso, lautete ihre Antwort, und er machte sich ein wenig zuversichtlicher auf den Weg zum nächsten Polizeirevier. Dort erstattete er stellvertretend für Thaddäus Tillmann Trutz Anzeige gegen unbekannt. Der Diensthabende schien nicht sonderlich begeistert. In der letzten Nacht seien überall Fenster zu Bruch gegangen, der Ordnungsapparat sei restlos überfordert. Als Karl trotzdem im Namen seines Arbeitgebers auf einer polizeilichen Ermittlung bestand, verlangte der Beamte eine Vollmacht. Karl zeigte ihm das vom Buchhändler aufgesetzte Papier.

»Die ist aber nicht unterschrieben«, brummte der Polizeibeamte.

»Herr Trutz hat sein Geschäft gestern Abend überstürzt verlassen. Er wird diese Formalität unverzüglich nachholen.«

»Trotzdem kann ich Ihre Angaben nur als Zeugenaussage zu Protokoll nehmen, aber nicht als Anzeige namens des Geschäftsinhabers bearbeiten. Tut mir Leid, Vorschriften sind Vorschriften.«

»Ich weiß.« Karl seufzte. Wie oft hatte er diese Floskel schon gehört!

Nachdem der Beamte sein Formular zerrissen und ein anderes ausgefüllt hatte, durfte Karl unterschreiben. Anschließend begab er sich zu einem Schreiner, den er beauftragte, die beschädigte Eingangstür mit einer Holzplatte behelfsweise zu reparieren. Dann endlich suchte er den im Vermächtnis von Herrn Trutz bezeichneten Notar auf.

Die Kanzlei von Doktor Harribald Windig lag im Hochparterre eines ehrwürdigen Mehrfamilienhauses mit Gipsputten über dem Portal und einem hellgrauen Marmoraufgang. Die Räume waren so gut wie lückenlos mit Nussbaumholz und dicken Teppichen ausgekleidet, wodurch eine Atmosphäre der Gediegenheit entstand, die unwillkürlich auf die in ihnen arbeitenden Menschen ausstrahlen musste. Die Vorzimmerdame des Notars war ein Fräulein Schmitz. Karl schätzte sie auf Mitte fünfzig. Nachdem er sein Anliegen vorgetragen hatte, erklärte sie ihm, was für ein viel beschäftigter Mann Doktor Windig sei, und stimmte den unangemeldeten Besucher auf eine längere Wartezeit ein.

Bereits nach zweieinhalb Stunden wurde Karl vorgelassen. Das Büro des Notars war ein opulentes Arrangement aus Nussbaum, Messing, Plüsch und prall gefüllten Aktendeckeln. Der Herrscher über dieses Refugium für Testamente und andere Willenserklärungen spielte in der gleichen Altersklasse wie seine Vorzimmerdame. Er hatte volles braunes Haar, eine aufrechte Haltung und einen Schmerbauch, den er aber geschickt mit einem offenbar maßgeschneiderten Anzug aus feinem dunkelblauem Tuch kaschierte. Zu seinem makellos weißen Hemd trug er eine rot-blau gestreifte Krawatte, auf der ein für Karl nichtssagendes Wappen prangte. Vertrauter waren ihm da schon die kleinen Anker auf den Messingknöpfen am Jackett seines Gastgebers. Vielleicht hatte Doktor Windig in der Marine gedient. Gegen den durch und durch soliden Notar kam sich Karl in seinem abgetragenen Mantel – ein Erbstück seines Vaters – schäbig vor.

Doktor Windig schien die Aufmachung des jungen Mannes aber nicht zu stören, nachdem er den Grund seines Kommens erfahren hatte. Herr Trutz sei ein hoch geschätzter Klient, versicherte der Notar, ein wenig weltfremd vielleicht, aber gleichwohl hoch geschätzt. Karl möge doch bitte Platz nehmen.

Er ließ sich in einem Sessel ohne Armlehnen vor dem wuchtigen Schreibtisch des Notars nieder und erzählte von dem Anschlag der letzten Nacht. Doktor Windig schien ehrlich betroffen und erwiderte, dass Thaddäus Tillmann Trutz sich schon länger mit dem Gedanken trage, sein Geschäft an einen jungen Nachfolger zu übergeben. In letzter Zeit habe er zudem häufiger im Notariat angerufen, ständig seine hier hinterlegten Instruktionen geändert oder neue diktiert und dabei immer wieder eine eventuell längere Reise erwähnt, die er so bald wie möglich anzutreten gedenke. Offenbar sei er nun überstürzt aufgebrochen, fügte Doktor Windig hinzu und ließ sich von Karl die Dokumentenmappe reichen. Nach einem mehrminütigen Studium der darin befindlichen Papiere stieß er einen tiefen Seufzer aus.

»Unter der Generalvollmacht fehlt die Unterschrift«, sagte Karl, um seine Kompetenz in Sachen Vertragsgestaltung unter Beweis zu stellen.

Doktor Windig nickte bedeutungsschwer. »Und die Ortsangabe. Formaljuristisch ist die Vollmacht nur ein wertloser Fetzen Papier.«

»Das Schiff ist also ohne Kapitän.«

»Was sagten Sie?«

»Nur so eine Redensart, die ich neulich in einem Roman gelesen habe.«

Doktor Windig lächelte verbindlich. »Offensichtlich will der alte Büchernarr Sie nicht ohne Grund mit seiner Nachfolge betrauen. Ohne die Unterschrift jedoch ...«

»... darf ich mich wieder auf Arbeitssuche begeben.«

»Das würde ich so nicht stehen lassen. Ihr Anstellungsvertrag ist rechtswirksam. Sie sind zwar ohne eine gültige Vollmacht im Außenverhältnis nicht handlungsbefugt, aber was Sie *im* Laden von Herrn Trutz anstellen, obliegt Ihrer Sorgfaltspflicht als dessen Mitarbeiter.«

Karl verstand nur die Hälfte von dem, was der Notar ihm da in der Juristensprache klar zu machen versuchte, aber immerhin schöpfte er neue Hoffnung. »Was ist, wenn Herr Trutz nicht von seiner Reise zurückkehrt? Er selbst schien diese Möglichkeit nicht auszuschließen.«

»Für diesen Fall hat er das Testament aufgesetzt. Leider ist es ebenfalls ungültig, weil Sie die darin erwähnte Legitimation nicht vorlegen können. Oder?«

Karl verstand die Frage nicht. Er deutete auf den Aktendeckel. »Ich fürchte, mehr als das da habe ich nicht.«

»Sind Sie sicher? Denken Sie gut nach, Herr Koreander. Hat Ihnen Trutz sonst nichts gegeben?«

»Nein, alles ging so schnell. Er sprang auf, rannte in sein

Kabinett, als müsse er mal dringend – Sie wissen schon. Aber er kehrte nicht mehr zurück.«

»Das sieht ihm ähnlich. Nun, vielleicht muss ja, um Ihre Metapher aufzugreifen, das Schiff nicht gleich untergehen, wenn der Kapitän mal für einige Zeit nicht auf der Brücke steht. Vorausgesetzt, der Steuermann trifft die richtigen Entscheidungen.«

Karl konnte dem prüfenden Blick des Notars nur mit Mühe standhalten. *Da hat er sich den denkbar Schlechtesten ausgesucht,* hätte er am liebsten erwidert, beließ es aber bei dem Gedanken.

»Ich hätte einen Vorschlag zu machen«, sagte Doktor Windig, weil sein Gegenüber wie ein Häuflein Elend vor sich hin brütete und zu keiner sinnvollen Äußerung mehr fähig schien.

»Und der wäre?«, fragte Karl.

»Ich kenne meinen Klienten, Herrn Trutz, ein halbes Leben lang, das schließt auch seine krakelige Schrift ein, von der er uns hier eine Kostprobe zurückgelassen hat. Ihr Name auf dieser Generalvollmacht ist authentisch, Herr Koreander, von der Hand meines Klienten geschrieben, dafür verbürge ich mich. Unser vergesslicher Freund hat mich schon vor einigen Jahren als Sachwalter eingesetzt, um während seiner häufigen Reisen seine geschäftlichen Interessen zu wahren. Kraft dieser Verantwortung bin ich befugt, Sie vorübergehend mit der Geschäftsführung des Antiquariats zu betrauen.«

»Vorübergehend?«, wiederholte Karl wie im Traum. Er ahnte, dass es da noch einen Haken gab.

»Nun ja, bis Sie die Unterschrift beigeholt haben.«

»Ach so. Und wie viel Zeit geben Sie mir dafür?«

»Nicht ich, Herr Koreander. Auch diesen Fall hat Herr Trutz in seine äußerst ausführlichen Anweisungen aufgenommen.

So verschroben er manchmal auch erscheinen mag, so detailversessen kann er sein.«

»Wem sagen Sie das!« *Zedernholzmöbel in der Veranda der Wohnung einmal jährlich einölen ...*

»Um auf Ihre Frage zu antworten: Die kommissarische Führung des Antiquariats ist Ihnen von dieser Minute an für *sieben Tage* übertragen. So viel Zeit räumt Ihnen Herr Trutz ein, um ›die Legitimation‹, wie er es nennt, beizubringen.«

»Die unterschriebene Vollmacht. Und was ist, wenn er eine Weltreise auf einem Dampfer angetreten hat?«

Doktor Windig griff nach einem dicken schwarzen Füllfederhalter, der vor ihm auf der grünen Schreibunterlage lag, und während er langsam den Deckel abschraubte, antwortete er: »Vielleicht können Sie ihn noch einholen. Aber das ist, so leid es mir tut, nicht mein Problem, Herr Koreander. Ich befolge nur die Anweisungen meiner Klienten.« Und er notierte auf einem Zettel:

Dienstag, 8. November 1938, 11.58 Uhr plus 7 Tage

Der Notar ließ die Notiz in seiner eigenen Trutz-Akte verschwinden und reichte Karl die Dokumentenmappe über den Schreibtisch zurück. »Viel Glück, Herr Koreander.«

Der frisch gebackene kommissarische Geschäftsführer nahm sie eher lustlos entgegen. »Danke.«

»Ich meine es ernst«, bekräftigte Doktor Windig.

Karl nickte. »Ja, das fürchte ich auch.«

ALPHABETAGAMMA

Den Traum vom eigenen Antiquariat konnte er wohl begraben. Karl gab sich da keinen Illusionen hin. Er hatte noch nie etwas Vernünftiges auf die Beine gestellt, warum also gerade jetzt? Nachdem er mit einem flauen Gefühl in der Magengegend zum Buchladen zurückgekehrt war, hatte er als Erstes die Unordnung beseitigt. Während er noch die Glasscherben zusammenkehrte, kam der Schreinermeister mit seinem Gesellen und reparierte die Tür; innerhalb einer Stunde war der Schaden wenigstens provisorisch behoben. Karl bezahlte die Handwerker aus der nicht gerade üppig gefüllten Registrierkasse.

Danach zog er sich ins Kabinett zurück, setzte sich in den Ohrenbackensessel und nahm sich noch einmal die Dokumentenmappe vor. Grimmig starrte er auf die »formaljuristisch wertlose« Generalvollmacht und versank in tiefes Nachdenken. Dabei übermannte ihn der Schlaf.

Plötzlich fuhr Karl in die Höhe wie eine Marionette, an deren Fäden ein unsichtbarer Puppenspieler zog. In seinem Kopf strahlte eine Idee, die ihn unwillkürlich schmunzeln ließ. Sie war etwas sonderbar, aber nicht ganz abwegig, wenn man die Kauzigkeit des Ladenbesitzers zugrunde legte. Vielleicht hatte sich Herr Trutz das ganze Versteckspiel als eine Art Probe ausgedacht? *Sie sind phantasievoll ... haben Mut zu ungewöhnlichen Entscheidungen. Größere Herausforderungen schrecken Sie nicht.* Der Wortlaut der Stellenanzeige verriet ja, woran dem Alten gelegen war.

Karls Blick wanderte über die bunt illuminierte Bücherparade. Ruhig atmete er die von unterschiedlichsten Düften geschwängerte Luft ein. Womöglich hatte Herr Trutz tatsächlich irgendwo eine Nachricht versteckt. Einen Hinweis, den es mit Phantasie, Mut und Entscheidungskraft zu deuten galt. Karl verdrängte den Gedanken an seine Unzulänglichkeit und begann zu suchen.

Abermals drang er tief in die geheime Bibliothek des Thaddäus Tillmann Trutz ein. Dabei folgte er buchstäblich seiner Nase. Unangenehme Gerüche ließ er links liegen, wohlriechende unterzog er einer genaueren Beurteilung. Er las die bisweilen reichlich bizarren Buchtitel und fragte sich, ob in ihnen geheime Botschaften versteckt sein mochten. Nach einer Weile – er musste schon seit Stunden auf der Suche sein – hörte er ein fernes Wimmern.

»Herr Trutz?«

Keine Antwort. Das Weinen hielt an.

»Herr Tru-uuutz!«

Wer immer da klagte, er hatte keine Ohren für sein Rufen. Karl folgte dem Geräusch. Je näher er ihm kam, desto abgrundtiefer schien die Seelennot des Weinenden. Die Stimme klang auffallend piepsig. Wenn sie Herrn Trutz gehörte, dann musste er Helium eingeatmet haben. Karl durcheilte ein Zimmer nach dem anderen, ohne noch länger auf die wechselnden Gerüche oder auf die leuchtenden Bücher zu achten. Beim Betreten eines weiteren Raumes stieg der Geräuschpegel deutlich an. Karl war sich ganz sicher, dass von hier das Klagen kam. Aber er konnte niemanden sehen.

Der Gedanke, dass er eine Stimme verfolgt hatte, die keinen Körper zu besitzen schien, war einigermaßen beunruhigend. Am liebsten wäre er umgedreht und geflohen, aber bedrohlich klang die Stimme eigentlich nicht. Also suchte er weiter nach der Quelle des Zeterns und Schreiens, grenzte das Gebiet auf ein Regal ein, und dann sah er ihn.

Auf einem rot leuchtenden Buch saß ein Wicht und heulte sich die Augen aus dem Kopf. Das winzige Männchen trug eine spitze gelbe Mütze und sah ein bisschen wie ein Bleistift mit Armen und Beinen aus. Kaum größer als ein solcher, war es in einen grünen, wie Lack glänzenden Anzug gehüllt.

Allerdings konnte es so etwas nun wirklich nicht geben. Daran zweifelte Karl keine Sekunde lang. Jammernde Bleistifte! Absolut unmöglich. Er musste träumen. Vorhin war er eingenickt und *dachte* nur, dass er sich auf Herrn Trutzens Schnitzeljagd eingelassen hätte. In Wirklichkeit hing er immer noch im Ohrenbackensessel und würde beim Aufwachen über einen steifen Hals klagen. Andererseits – die Idee, nach Hinweisen des Buchhändlers zu suchen, war, selbst wenn nur im Schlaf ersonnen, gar nicht so übel. Manchmal führen auch Träume zum Ziel. Irgendwo hatte Karl das erst kürzlich gelesen. Er beschloss, sich auf das verrückte Spiel einzulassen.

»Entschuldigen Sie, wenn ich störe«, sagte er zu dem Wicht.

Der reagierte nicht, sondern plärrte weiter.

»He, du da!«, rief Karl energisch – in wachem Zustand hätte er sich das nie getraut, nicht mal bei einem sprechenden Bleistift.

Der Wicht verstummte. Er zuckte zusammen, hielt sich zwei winzige Händchen wie zur Abwehr eines bösen Zaubers vor das Gesicht und starrte zwischen den noch winzigeren Fingerchen aus stecknadelkopfgroßen schwarzen Augen auf den Riesen vor seiner spitzen Nase. Dann wurde das Gesichtchen streng. »Was hast du denn hier zu suchen?«

»Das könnte ich dich ebenso gut fragen.«

»Ich war aber zuerst dran.«

Träume können manchmal ziemlich albern sein! Karl holte tief Luft. »Na schön, du komischer Wicht. Mein Name ist Koreander. Ich bin der kommissarische Geschäftsführer von Thaddäus Tillmann Trutz.«

»Dem Meisterbibliothekar?«

»Diesen Titel hat er in meiner Gegenwart noch nie benutzt.« *Hat ja auch wenig Gelegenheit dazu gehabt.* »Dürfte ich jetzt endlich erfahren, mit wem ich die Ehre habe zu konversieren?«

»Du redest ganz schön geschwollen. ›Kommissarischer Geschäftsführer!‹ ›Konversieren!‹ Was hat der ehrenwerte Thaddäus sich nur dabei gedacht, so einen wie dich auszusuchen?«

Das frage ich mich allerdings auch. »Und du? Hat er dich auch eingestellt?«

»Selbstverständlich hat er mich berufen. Schon vor langer Zeit. Ich bin Alphabetagamma, der dienstälteste Gehilfe in der *Phantásischen Bibliothek* sowie die rechte Hand ihres ehrwürdigen Meisterbibliothekars Thaddäus Tillmann Trutz. Und im Übrigen bin ich kein *Wicht*, sondern ein Bücherdrill.«

»Natürlich. Was denn sonst?« *Dieser Traum wird ja immer toller!* »Und warum flennst du so? Ist das bei euch Drillen so üblich?«

*»Bücher*drill!«, stellte das Männlein richtig und verfiel unvermittelt wieder in wehleidige Stimmung. »Ich liebe Bücher.«

»Ich auch. Darauf scheint Herr Trutz bei seinen Mitarbeitern ja großen Wert zu legen. Aber das ist doch kein Grund zum Heulen.«

»Wenn sie verschwinden, schon.«

»Bei aller Liebe, aber in einer Bibliothek kommt so etwas nun mal vor. Jemand bringt ein Buch nicht rechtzeitig zurück oder er stiehlt es einfach oder ...«

»Die Phantásische Bibliothek ist keine Leihbücherei«, grollte der Bücherdrill.

»Die was?«

»Die Phantásische Bibliothek.«

»Klingt bombastisch.« *Passt aber zu einem Traum.*

Alphabetagamma verdrehte die winzigen Augen zur unergründlich fernen Decke. »Ich verstehe nicht, was sich der ehrwürdige Thaddäus dabei gedacht hat, ausgerechnet *dich* zu berufen. Du scheinst ja von nichts eine Ahnung zu haben.«

»Die Einarbeitungszeit war ziemlich kurz. Was ist nun mit den verschwundenen Büchern?«

»Hast du's etwa immer noch nicht gesehen?«, klagte der Bücherdrill mit weinerlicher Stimme und deutete auf eine leere Stelle, die von seinem Sitzplatz nur wenige Bücher weit entfernt lag.

Karl schreckte zurück. Ungläubig starrte er auf die Lücke, und ein nicht unbedingt angenehmes Kribbeln machte sich in seinem Nacken bemerkbar. Sämtliche Härchen an seinem Körper richteten sich auf. In einer Bibliothek ist es wirklich nicht gerade eine Sensation, wenn irgendwo im Regal ein Buch fehlt, und so hatte Karl dem leeren Raum, auf den der Bücherdrill immer noch deutete, anfangs keine Beachtung geschenkt. Doch nun sah auch er, dass damit etwas nicht stimmte.

»Schwärze, nichts als Schwärze«, erklärte Alphabetagamma schluchzend.

Karl war sich nicht sicher, ob diese Beschreibung präzise wiedergab, was er sah. Oder vielmehr *nicht* sah. Schon nach kurzer Zeit schmerzten seine Augen vom Anblick dieser völligen Leere. Obwohl die ledernen Einbände zur Rechten und zur Linken des fehlenden Buches leuchteten (der eine türkis, der andere schweinchenrosa), drang nicht der geringste Schimmer in die Lücke. Weder das Regalbrett noch irgendetwas hinter dieser unheimlichen Kluft war zu sehen. Unwillkürlich entsann sich Karl des Durchgangs zum Bücherkabinett des Herrn Trutz. Auch diese Öffnung hatte das Licht wie ein samtener Vorhang verschluckt, aber das hier war mehr als Dunkelheit, es war mehr als Schwärze, es war ... Er schüttelte den Kopf und streckte fasziniert die Hand nach dem Zwischenraum aus.

»Halt!«, schrie der Bücherdrill. »Bist du von allen guten Geistern verlassen?«

Karls Hand verharrte vor der Lücke. Er verspürte einen fast unwiderstehlichen Drang, auch noch die letzten paar Zentimeter zu überbrücken und in diese Leere zu greifen. Und tatsächlich setzte sich seine Hand wieder in Bewegung, näherte sich, während er machtlos zusah, diesem winzigen, bodenlos erscheinenden Abgrund. An den Fingerspitzen fühlte er ein Kribbeln, wie wenn einem der Frost in die Glieder gefahren ist und sie allmählich wieder auftauen.

»Nimm deine Finger endlich da weg!«, piepste Alphabetagamma schrill.

Als wäre ein Bann von ihm abgefallen, zog Karl die Hand zurück. Mit großer Anstrengung konnte er auch seinen Blick von der Lücke losreißen und heftete ihn auf das Gesicht des Bücherdrills. »Was um Himmels willen ist das, Alpha... ?« Der Name war ihm entfallen.

»Sag Albega zu mir, alle meine Amtsgenossen tun das.«

»Und ich bin Karl.«

»Ach, du bist das!«

»Hat dir der … äh … Meisterbibliothekar etwa von mir erzählt?«

»Ich hab von dir gelesen.«

»Aber klar! Vermutlich in einem der Bücher hier.«

»Nein, bestimmt nicht. Aber dazu später. Willst du immer noch wissen, was diese Leere da zu bedeuten hat?« Der Bücherdrill deutete auf die Lücke.

»Ja doch! Heraus damit!«

»Ich kann es dir nicht sagen und auch niemand sonst, den du hier fragen magst. Sogar der ehrenwerte Thaddäus könnte es nicht. Doch eines gilt inzwischen als gesichert: Alles, was du da reinsteckst, verschwindet.«

Karl starrte Albega mit offenem Mund an. In Gedanken wiederholte er dessen Worte, hatte aber immer noch Mühe, sie zu verstehen. »Du meinst, es löst sich auf?«

»Nein. Es ist einfach nicht mehr da. Neulich ist der Fuß von einem befreundeten Bücherdrill in so eine Lücke reingeraten und war danach einfach weg. Inzwischen fehlt ihm das Bein bis zum Knie.«

»Es ist schon mehrmals passiert?«

»Ich dachte, das hätte ich gesagt.«

»Und es breitet sich aus?«

»So wie Wundbrand.«

»Höchste Zeit aufzuwachen«, murmelte Karl.

Albega kniff ein Auge zusammen und musterte sein Gegenüber intensiv. »Sag mal, du bist doch heute nicht das erste Mal hier, oder?«

»In der Bibliothek? Wenn ich mich nicht irre, ist es schon mein Besuch Nummer drei.«

Der Bücherdrill schlug die winzigen Hände über dem Kopf

zusammen. »Na, herrlich! Da schickt uns der ehrenwerte Thaddäus einen Grünschnabel als Retter und denkt vermutlich ...«

»Retter?«, japste Karl. »Ich glaube, es wird Zeit, hier ein paar Dinge richtigzustellen.«

Und das tat er dann auch. Karl erzählte alles von seinem Zaudern vor dem Antiquariat bis zur Begegnung mit Alphabetagamma. Die Worte sprudelten nur so aus ihm hervor, als wolle er sich damit von der Verantwortung reinwaschen, die in diesem beängstigenden Wort steckte: Retter. »Und deshalb muss hier ein bedauerlicher Irrtum vorliegen«, schloss er seinen Bericht. »Erstens träume ich unsere Begegnung in der Phantásischen Bibliothek – was immer das sein soll – nur, und zweitens bin ich alles andere als ein ... Warum eigentlich *Retter?«*

Die abgrundtiefe Traurigkeit in Albegas kleinem Gesicht war einem Ausdruck höchster Besorgnis gewichen. »Ich muss dich wohl über einige Dinge aufklären«, sagte er und erhob sich ächzend von dem Buch, auf dem er bis eben gesessen hatte. Er deutete unter sich. »Weißt du, worauf ich hier stehe?«

»Auf einem Buch«, antwortete Karl.

»Eine große Leuchte scheinst du ja nicht zu sein, Karl.«

»Einem Regal?«

»Den *Titel* sollst du dir ansehen!«, platzte Albega heraus.

Karl las gehorsam die schwarzen Lettern auf dem rot schimmernden Buchrücken.

JOHANN WOLFGANG VON GOETHE
Doctor Mechanicae

»Merkwürdig«, murmelte er. »Ich glaubte bis jetzt alle Werke des großen Dichterfürsten zu kennen. Aber dieses da ...«

»… kannst du noch gar nicht gelesen haben«, fiel ihm Albega ins Wort, »denn Goethe hat es nie geschrieben.«

»Wie soll es dann hierher …?«

»Wir befinden uns in der ›Abteilung für ungeschriebene Bücher‹. Alle Werke, die du hier siehst, sind von ihren Verfassern nie zu Papier gebracht worden. Die Ideen dazu, die hatten sie schon im Kopf, und je umfangreicher die Werke sind, desto weiter waren sie gediehen, aber irgendetwas kam den Dichtern und Denkern, Erzählern und Erfindern dazwischen. Damit es nicht verloren geht, bewahren wir es hier auf.«

Karl schwirrte der Kopf. »Bedeutet das, man kann die ungeschriebenen Bücher lesen?«

»Klar doch!« Albega nahm den Hut ab. Jetzt erst wurde erkennbar, wie passgenau seine Kopfbedeckung war. Der Bücherdrill hatte einen kegelförmigen, pelzig schwarzen Schopf, der wie bei einer Schraube gedreht war. Damit bohrte er sich mit angelegten Armen und atemberaubender Geschwindigkeit oben in das Buch und kam am Rücken, dicht über dem Regalbrett, wieder heraus. Danach setzte er erneut seine Mütze auf und sagte: »Jetzt erinnere ich mich wieder. Ein wunderbarer Roman! Es geht darin um einen jungen Mann, der mit störrischen Maschinen reden kann und sie so wieder zum Laufen bringt.«

Karl hörte gar nicht richtig zu. Er wunderte sich noch, dass an der Stelle, wo Albega seine Lesetour beendet hatte, kein Loch zu sehen war. »Was hast du da eben getan?«

»Quer gelesen. Für ein gründliches Studium braucht unsereiner etwas länger.«

»Natürlich. Kannst du richtige Bücher genauso lesen?«

»In Phantásien *sind* das hier ›richtige Bücher‹.«

Karl schüttelte den Kopf. Mit den Augen überflog er einige Regalmeter, bevor er behauptete: »Bücher strahlen nicht.«

»Unsere schon. Zumindest für jene, die sich ihrem Inhalt öffnen.«

Karl erinnerte sich noch sehr gut, wie es in den Regalen von Herrn Trutzens Kabinett plötzlich in allen Farben zu leuchten begonnen hatte. Er griff sich an die Stirn und schüttelte den Kopf. »Das ... das verstehe ich nicht.«

»Ist doch ganz einfach. Die Bücher in der Phantásischen Bibliothek bestehen aus Phantasie in seiner reinsten Form: aus *Licht.*«

Karl starrte den Bücherdrill verständnislos an. »Aber ich habe schon welche in den Händen gehalten und darin gelesen und ...«

»Dazu sind Bücher ja wohl da«, warf Albega ein.

»... und hineingeschnuppert«, fuhr Karl unbeirrt fort. »Licht ist völlig geruchlos. Also wer bitte schön hat sie parfümiert?«

»Was?«

»Sie riechen nach Oleander, Hibiskus, Heu, Knoblauch, Petersilie und sogar nach Kuhfladen. Wer lässt sich so etwas einfallen?«

»Na, du?«, erwiderte Albega, als wäre Karls Frage mehr als überflüssig.

»Ich?«

»Für alle Menschenkinder, die den Büchern ihren Sinn und ihr Herz aufschließen, leuchten sie in den herrlichsten Farben. Aber trotzdem nimmt sie jeder anders wahr. Bei dir riechen sie.«

»Und bei Herrn Trutz?«

»Der ehrenwerte Thaddäus hat die Bücher an ihrem Klang erkannt.«

»Ich träume!«, keuchte Karl.

Albega stemmte seine Fäustlein in die Seiten. »Um das ein für alle Mal klarzustellen: Du schläfst nicht, und ich bin auch kein Traumwesen. Zugegeben, in manchen Dingen könnte man Phantásien mit einem Traum verwechseln, aber ich nehme an, hier und da passiert dir das mit deiner Welt genauso.«

»Na ja ...« Karl beschloss, den Kleinen nicht weiter zu reizen. »Das abhanden gekommene Buch – weißt du, wie es heißt?«

»Und ob! Zu den vorrangigen Aufgaben von uns Bücherdrillen gehört die Katalogisierung sämtlicher Werke in der Phantásischen Bibliothek. Der verschwundene Titel lautet *Die lebendigen Kräfte der Gedanken und ihre wahre Schätzung*. Sein geistiger Vater ist Immanuel Kant. Ein furchtbarer Verlust!« Albega schluchzte.

Karl hatte großen Respekt vor dem Philosophen, und er begriff allmählich, welche Schätze hier verloren gingen. Das Herz verkrampfte sich ihm in der Brust. Leise fragte er: »Wie groß ist inzwischen der Bücherschwund?«

Albega schüttelte traurig den Kopf. »*Zu* groß. Jedes fehlende Werk hinterlässt eine Lücke, in jeder nur denkbaren Weise. Die Phantásische Bibliothek existiert seit Anbeginn der Zeit. Der Legende nach hat ein gestrandeter Seefahrer ein großes aufgebrochenes Ei aus Stein gefunden, das hohl und an den Innenwänden voll funkelnder Kristalle war. Wie in einem Mutterschoß lag darin eine Steintafel, gewissermaßen das erste Buch der heute so riesigen Sammlung. Es enthielt ein Gedicht mit dem Namen *Die verlorene Unschuld*. Man kann es übrigens tief unter uns immer noch sehen. Aus dieser ›Wissenden Druse‹ – so nannte der Schiffbrüchige seinen Fund – wuchs die heutige Bibliothek. Und mit ihr breitete sich auch Phantásien immer weiter aus, bis die anfangs kleine Insel im Meer der Träume zu einer grenzenlosen Welt geworden war. Eine Prophezeiung sagt, *Die verlorene Unschuld* werde irgendwann vom Angesicht Phantásiens verschwinden, und dann müsse es neu erschaffen werden. Ich mag mir lieber nicht vorstellen, was passieren würde, wenn die Leere auch in die Wissende Druse Einzug hält. Aber selbst wenn das nicht geschieht, sieht die Zukunft unserer Bibliothek düster aus. Sie wächst zwar noch – vor allem die ›Abteilung für verbrannte Bücher‹ hat in letzter Zeit erstaunlich viele Neuzugänge –, aber gleichzeitig wird sie von dem Bücherschwund ausgehöhlt wie ein Haus, an dem Termiten nagen. Noch kann die Leere sich nicht ungehemmt ausbreiten, weil die verbleibenden Bücher sie sozusagen in Schach halten, aber der Zusammenbruch der Bibliothek ist, fürchte ich, nur eine Frage der Zeit.«

»So ernst ist es?«

»Leider ja. In mancher Hinsicht ist diese Sammlung hier wie eine Hängebrücke: Man braucht nur an *einem* Pfeiler an der richtigen Stelle ein paar Steine zu entfernen und das ganze Bauwerk stürzt zusammen.«

»Das hört sich gerade so an, als würde jemand mit Verstand und Planung vorgehen.«

»Der ehrenwerte Thaddäus hatte auch so einen Verdacht. Deshalb ist er vor einem Jahr ausgezogen, um …«

»Halt mal! Sagtest du vor *einem* Jahr?«

Albega nickte eifrig. »Auf den Tag genau.«

»Das kann gar nicht sein. Ich habe ihn gestern noch gesehen.«

»Ja, in *deiner* Welt. Der ehrenwerte Thaddäus hat mir erklärt, dass ihr die Zeit mit Maschinen messt, die sich stur im gleichen Takt bewegen, und alle müssen sich danach richten – eine ziemlich absonderliche Vorstellung, wenn du mich fragst. In Phantásien ist die Zeit wie ein Fluss, der mal langsamer und mal schneller fließt, und seine Geschöpfe sind wie kleine Papierschiffchen, die auf diesem Strom treiben. Jedes Menschenkind, das zu uns kommt, trägt dagegen seine eigene Zeit in sich; jedenfalls hat mir der ehrenwerte Thaddäus das so erklärt.«

»Ach, hat er das«, sagte Karl tonlos. Er fasste sich an die Stirn. Das wurde ja immer verrückter! Seiner Ansicht nach hatte sich der Bücherdrill soeben verraten. Die Phantásische Bibliothek mit allem Drum und Dran konnte nur ein Traum sein. Diese waren von Natur aus mit einer launenhaften Zeit ausgestattet. Im Schlaf konnte man leicht ein ganzes Jahr auf Reisen gehen und am nächsten Tag erfrischt und munter erwachen. Sich scheinbar auf Albegas Behauptung einlassend, fragte er: »Was genau bezweckt der Meisterbibliothekar mit seiner Reise?«

»Er will die größten Experten Phantásiens um Rat ersuchen. Angenommen, die Bücher verschwinden nicht zufällig – warum sollte jemand die Phantásische Bibliothek zerstören wollen? Es heißt, sie sei der Pfeiler, auf dem sowohl Phantásien als auch die Äußere Welt ruhen ...«

»Dann wäre sie eher eine Brücke zwischen den beiden Welten.«

Albega schmunzelte. »Sagte ich das nicht bereits? Um der Wahrheit die Ehre zu geben, hat bisher niemand das Wesen der Bibliothek vollständig ergründen können, selbst der ehrenwerte Thaddäus nicht. Vielleicht muss er dieses Rätsel jetzt lösen, um uns alle zu retten. Zumindest wollte er außerdem das Geheimnis der Leere in den zurückbleibenden Lücken klären – worum genau handelt es sich dabei? Kennt man ihre Natur, kann man sie vielleicht bekämpfen, hat er gesagt. Wir haben versucht, die Lücken mit allem Möglichen, sogar mit anderen Büchern, zu stopfen, aber bisher hat nichts geholfen. In der Leere verschwindet alles.«

»Das klingt ernst. Dürfte ich mir ein Bild von den Ausmaßen der Bibliothek machen?«

»Gerne. Das gehört ja wohl auch zu deinen Pflichten als kommissarischer Meisterbibliothekar. Würdest du mich tragen? Dann geht es ein bisschen schneller.«

Am liebsten hätte Karl jede Inhaberschaft an besagtem Stellvertreteramt rundweg abgelehnt, aber was nützte es, mit einem Wicht zu streiten, der gar nicht existierte? Er streckte Albega den Aktendeckel hin – seltsamerweise blieb er sogar im Traum noch an die Dokumente gefesselt.

Der Bücherdrill sprang geschickt von Goethes *Doctor Mechanicae* auf die Mappe, setzte sich hin, umfasste mit einer Hand das rote Gummiband und rief wie Hannibal zu seinem Elefanten: »Hoho! Vorwärts mein Guter, lass uns ein neues Reich im Sturm erobern.«

Karl verkniff sich eine Erwiderung und wollte sich gerade in Bewegung setzen, als er durchs Loch seiner rechten Schuhsohle einen schmerzhaften Druck verspürte. *»Au!* Moment noch, Albega, ich muss mir einen Stein eingetreten haben.« Er bückte sich, legte den Aktendeckel samt Bücherdrill auf die Erde und untersuchte seinen Schuh. Überrascht förderte er aus dem Sohlenloch eine schwarze Perle zutage. *»Au!«* Erschrocken fuhr er hoch und ließ sie dabei fallen.

»Hat sie dich gestochen?«, fragte Albega.

»Ach was! Sie ist *eiskalt.«* Karl musterte die Perle argwöhnisch, als könnte sie ihn jeden Moment anspringen. Rasch verwandelte sich sein Misstrauen in Neugier. Ein Wunsch begann in ihm zu keimen.

Er wollte diese Perle besitzen.

Abermals beugte er sich hinab und hob sie auf, doch diesmal breitete er zunächst sein frisch gewaschenes weißes Taschentuch darüber. Selbst durch den Stoff konnte er die Kälte spüren, die ihm nun jedoch nicht mehr so stechend erschien, sondern eher angenehm kühl. Er hielt die Perle vor ein dickes, weißblau strahlendes Buch. Sie war, soweit er das beurteilen konnte, vollkommen rund und in etwa so groß wie eine Kichererbse. Ihre dunkle, seidige Oberfläche irisierte im Licht des Buches auf eine zauberhafte Weise. Karl hatte sich nie sonderlich für Schmuck interessiert, deshalb wunderte er sich etwas über die Begehrlichkeit, die ihr Anblick in ihm weckte. Ob Albega das Gleiche empfand? Vielleicht wollte er ihm das Kleinod wegnehmen ...

Karl schüttelte benommen den Kopf. Er musste all seinen Willen zusammennehmen, um die Hand nicht gierig um die Perle zu schließen. Nur mit Mühe konnte er seiner Stimme einen gleichmütigen Klang geben, während er sich dazu zwang, dem Bücherdrill die Perle zu zeigen. »Sie ist durchbohrt. Als hätte der Dieb eine Kette getragen, die ihm hier zerrissen ist. Oder gehört dieses eisige Schmuckstück dir?«

»Natürlich nicht. Oder trägst du Melonen um den Hals? Und wie kommst du überhaupt darauf, dass die Bücher gestohlen wurden?«

Als Kettenanhänger war die Perle tatsächlich viel zu groß für den winzigen Albega. Sein offensichtliches Desinteresse ließ Karl erleichtert aufatmen, die Frage indes brachte ihn zum Grübeln. Schließlich zuckte er die Schultern. »Ist mir so eingefallen. Hat wohl keinen besonderen Grund.« Hastig faltete er das Tuch zusammen, bis mehrere Lagen Stoff die Perle umhüllten, und steckte es in die rechte Hosentasche. Nun erst, da er seinen Schatz sicher wähnte, entspannte er sich. Der Anflug von Habgier kam ihm jetzt sogar wie ein schlechter Traum vor, und ebenso leichtfertig ging er darüber hinweg. Er hob den Aktendeckel samt Bücherdrill wieder vom Boden auf und machte sich endlich an die Erkundung der Bibliothek.

Von Albega gelotst, durchquerte Karl mehrere unterschiedlich große Räume, bis er durch eine Regalwand eine

Kaskade gleißender Fächer aus Tageslicht sah. Die Sonne musste direkt vor dem Sprossenfenster stehen, das er schon zweimal vergeblich hatte in Augenschein nehmen wollen. Diesmal hinderte ihn niemand daran.

Durch einen der Zwischenräume über den Büchern blickte er auf eine weite Landschaft aus sanften grünen Hügeln, in der hier und da kleine Haine oder vereinzelt stehende knorrige alte Bäume zu sehen waren. Ein Schwarm schwarzer Vögel – größer als Spatzen, aber kleiner als Krähen – flatterte vorüber.

»›Warum in die Ferne schweifen, wenn das Gute liegt so nah?‹ Zum Schreibtisch, bitte sehr!« In heiterem Befehlston lenkte Albega seinen Transportmenschen zu einem Durchgang, der in das geräumige Bibliothekszimmer führte.

Auch hier bestanden drei Wände aus Regalen, und Karl vermochte ungefähr sechs Meter über sich sogar die Decke zu sehen. Nahe der Außenwand durchbrach eine hölzerne Wendeltreppe den Boden, schraubte sich durch den Raum und führte in ein höher gelegenes Stockwerk hinauf. Das Zimmer war freundlich hell und übersichtlich möbliert. Karl entdeckte einen Ohrenbackensessel, der dem im Laden zum Verwechseln ähnlich sah. Von seinen früheren Erkundungsgängen kannte er bereits den Stuhl mit gebogener, niedriger Lehne und den Schreibtisch, auf dem eine Petroleumlampe und ein Tintenfass mit Papierstapeln um den knappen Platz konkurrierten. Nur die braune lederne Schreibunterlage bildete eine neutrale Zone im Durcheinander. Auf ihr lag ein einzelnes Pergamentblatt.

Albega dirigierte seinen Transporteur zum Tisch und deutete vom Aktendeckel hinab auf den mit himmelblauer Tinte voll gekrakelten Bogen. »Du wolltest doch wissen, woher ich deinen Namen kannte. Lies das! Es dürfte dich interessieren.«

Seinem Befehlston nach zu urteilen, fühlte sich der Bücherdrill zunehmend zum Lehrmeister berufen, der seinem Gesellen Anweisungen erteilte. Karl schluckte eine schnippische Antwort hinunter und machte sich an die Entzifferung der ihm nun schon etwas vertrauteren Schrift.

Lieber Herr Koreander,

in der Zwischenzeit haben Sie sich in meiner »geheimen Bibliothek« wohl schon ein wenig umgesehen. Ich möchte wetten, dass Sie auch bereits auf Albega gestoßen sind, den kleinen Tausendsassa, der Ihnen manche Frage über Phantásien im Allgemeinen und seine prächtige Bibliothek im Besonderen beantworten kann. Wenn Sie nun bis hierher gelangt sind, woran ich nie Zweifel hegte, und diese Mitteilung lesen, dann stecke ich vermutlich in größeren Schwierigkeiten.
Sie dürften ja mittlerweile von den besorgniserregenden Auflösungserscheinungen in unseren verschiedenen Abteilungen erfahren haben (falls nicht, fragen Sie Albega). Ich muss unbedingt dieses für ganz Phantásien bedrohliche Phänomen erforschen, daher meine überstürzte Abreise, für die ich mich an dieser Stelle bei Ihnen aufrichtig entschuldige. Ich bedanke mich für Ihre Nachsicht und Ihren Einsatzwillen. Mein Laden ist nur für wenige eine Pforte in die Phantásische Bibliothek, aber vielen verfemten Büchern und ihren Freunden biete ich dort ein Refugium. Bevor ich Sie engagiert habe, lieber Herr Koreander, konnte ich diese Zufluchtsstätte nie lange allein lassen. Durch Sie hat sich das geändert. Ich konnte sehr schnell spüren, dass Sie – jemand, der

Bücher am Geruch erkennt und mit Leichtigkeit den Weg ins geheime Bücherkabinett findet – ein würdiger Stellvertreter und Nachfolger für mich sind.
Obwohl ich von jeher meine »innere Zeit« in Phantásien nach Kräften dehne – ein Jahr für einen Tag ist kein Pappenstiel –, musste ich in diesem besonderen Fall für alle Eventualitäten vorsorgen. Falls ich von meiner Suche nicht zurückkehren sollte, braucht die Phantásische Bibliothek einen neuen Meisterbibliothekar. Schon immer bekleidet dieses Amt ein Menschenkind. Leider kann die Kindliche Kaiserin dieses nicht selbst auswählen. Ich habe ihr daher Sie als meinen Nachfolger vorgeschlagen, lieber Koreander. Die Goldäugige Gebieterin vertraut meinem Urteil und wird der Berufung gewiss zustimmen. Leider gibt es in Phantásien nicht nur gute, sondern auch böse Kräfte. Sollte das Treiben Letzterer für die oben erwähnten Auflösungserscheinungen verantwortlich sein, fürchte ich um Leib und Leben. Wenn ich scheitere, hängt die Zukunft der Bibliothek und ganz Phantásiens von Ihrem Einfallsreichtum und Mut, Ihrer Integrität und Entschlusskraft ab. Dann bleiben allein Sie als Retter.
Für den nicht ganz abwegigen Fall, dass wir es hier mit einer Verschwörung böser Mächte zu tun haben, dürfte es sich als nützlich erweisen, zunächst deren Motive herauszufinden. Ich empfehle als erste Anlaufstelle das »Haus der Erwartungen«. Die weiteren Nachforschungen richten sich dann nach den dort gewonnenen Erkenntnissen.
Man kann es aber auch ganz anders machen.
Viel Glück und herzliche Grüße
Thaddäus Tillmann Trutz

PS: Sollten Sie auf den Gedanken kommen, das hier sei alles nur ein Traum – vergessen Sie es! Phantásien gibt es wirklich und Sie sind mittendrin.

»Wie wär's, wenn du mal wieder Atem holst und danach den Mund zuklappst?«

Albegas Stimme drang wie durch eine Tür in Karls Bewusstsein. Er kam sich vor, als wäre eine Planierraupe über ihn hinweggewalzt. Woher nahm Herr Trutz nur dieses grenzenlose Vertrauen in die Fähigkeiten seines eben erst eingestellten, blutjungen, unerfahrenen, ängstlichen, unentschlossenen …?

»He, Karl! Hörst du mich?«

Er blinzelte. »Was?«

»Du siehst aus, als hätten dich die Sphinxe vom Südlichen Orakel angeblickt.«

»Wer?«

»Was? Wer?«, äffte Albega den benommenen jungen Mann nach. »Jeder, den sie ansehen, erstarrt auf der Stelle … Aber das ist eine andere Geschichte, die ich dir ein andermal erzähle.« Der Bücherdrill deutete auf den Brief. »Jetzt ist dir hoffentlich klar, woher ich deinen Namen kannte und warum ich dich *Retter* nannte.«

»Gar nichts ist mir klar. Wer ist diese Kindliche Kaiserin?«

»Nicht mal *das* hat er dir erklärt?«, stöhnte Albega.

Karl sank verzagt auf den Stuhl, rammte einen Ellenbogen auf den Schreibtisch und ließ seine Stirn in die offene Hand fallen. Mit glasigem Blick starrte er auf den Brief.

»Hab's nicht so gemeint«, sagte Albega rasch. »Also, die Kindliche Kaiserin ist die Herrscherin von Phantásien. Würdest du sie sehen, hieltest du sie vermutlich für ein Mädchen von neun oder zehn Jahren. Sie ist uralt und ewig jung. Ihr Haar ist weiß wie frisch gefallener Schnee. Ich kenne niemanden, der mir sagen konnte, *wer* sie ist. Ihr Wesen gehört zu den großen Geheimnissen Phantásiens.«

»Ist sie eine gute Königin? Oder herrscht sie mit Hilfe von Spitzeln, Willkür und Gewalt?«

Albega lächelte traurig. »Deine Fragen verraten so viel über die Welt, aus der du kommst. Nein, die Kindliche Kaiserin ist nichts von alledem. Sogar der Königstitel will nicht zu ihr passen. Sie richtet niemanden, weder die Bösen noch die Guten. Deshalb kann auch nichts Hässliches sie schrecken und nichts Schönes ihr Urteil beugen. Sie ist allen alles und schließt niemanden aus, weil sie unmöglich mit sich selbst entzweit sein kann. Das ist wohl auch der Grund ihrer Krankheit.«

»Wenn ich mich nicht irre, hattest du davon bisher nichts erwähnt.«

»Ich konnte ja nicht ahnen, *wie* wenig dir der ehrenwerte Thaddäus gesagt hat.«

»Schon gut. Bitte erkläre mir das mit der Krankheit.«

Albega setzte wieder seine Trauermiene auf. »Es ist ein großes Unglück, umso mehr, als der Meisterbibliothekar nicht ausschließen will, dass es mit den ›Auflösungserscheinungen‹ hier bei uns zusammenhängt. Es heißt nämlich, die Kindliche Kaiserin habe geseufzt, als in der Phantásischen Bibliothek das erste Buch verschwand.«

»Jeder seufzt hin und wieder«, gab Karl aus eigener Erfahrung zu bedenken.

»Aber nicht so, dass man es in der ganzen Welt vernimmt. Seit diesem Tag stehen die Borkentrolle an den Ausgängen der Bibliothek und halten Wache. Kein Unberechtigter kann sie betreten, und niemand darf ein Buch mit hinausnehmen.

Trotzdem sind bis heute immer mehr Werke verschwunden, und gleichzeitig nahmen die Krankheiten zu.«

»Du sprichst von der Kindlichen Kaiserin?«

»Nicht allein von ihr. In ganz Phantásien wird es immer kälter. Hier spüren wir noch wenig davon, aber in der schwimmenden Wüste Karzim soll es sogar geschneit haben. Außerdem wird von einer seltsamen Seuche berichtet, die mit der Kälte kam. Wer davon befallen wird, dessen Augen und Ohren verkrusten. Viele Bewohner Phantásiens sehen und hören dadurch schlecht, immer häufiger hört man auch von Erblindeten und Taubgewordenen. Außerdem werden die Gelenke der Erkrankten steif, wodurch ihre Beweglichkeit leidet. Mancher kann nicht mehr selbst für sein Brot sorgen. Am schlimmsten aber sind die Missbildungen bei den Neugeborenen. Pflanzen, Tiere und vernunftbegabte Geschöpfe sind gleichermaßen davon betroffen. Selbst unter den Zentauren, die weithin für ihre Klugheit bekannt sind, sollen neuerdings schwachsinnige Kinder zur Welt gekommen sein, einige sogar mit zwei Köpfen.«

»So etwas könnte auch eine Folge von Inzucht sein.«

»Daran liegt es nicht. Das haben unsere klügsten Köpfe inzwischen herausgefunden. Sogar die Karnicken aus Hoppelesien, ein tapferes, sehr fruchtbares Volk aufrecht gehender Kaninchen, das sich von der Fuchsjagd ernährt, kranken an diesen Symptomen. Viele Karnickenierinnen leiden sogar unter Unfruchtbarkeit, so dass mittlerweile etliche Sippen auszusterben drohen.«

»Und man kann gar nichts dagegen tun?«

»Vor einiger Zeit hat Caíron – ein Schwarz-Zentaur und unser berühmtester Heiler – in der Phantásischen Bibliothek nach ungeschriebenen oder verschollenen Büchern geforscht, um der Seuche auf die Spur zu kommen, musste seine Suche aber unverrichteter Dinge wieder aufgeben. Das hat den ehrenwerten Thaddäus nur in seiner Annahme bestärkt, dass die Seuche mit den verschwindenden Büchern zusammenhängt.«

»Und was ist mit eurer Herrscherin? Woran leidet sie?«

»Der Elfenbeinturm, in dem sie lebt, ist weit entfernt von hier, deshalb dringen die Nachrichten nur spärlich zu uns. Es heißt, die Goldäugige Gebieterin – das ist ein anderer ihrer zahlreichen Namen – fühle sich in letzter Zeit immer schwächer. Sie habe ständig kalte Hände und Füße und friere.«

»Kein Wunder, wenn die Temperatur in ganz Phantásien sinkt.«

»Vielleicht tut sie das ja, *weil* die Kindliche Kaiserin fröstelt. Du musst uns unbedingt helfen, Karl.«

»Ich?«

»Du hast doch den Brief des ehrenwerten ...«

»Natürlich habe ich ihn gelesen«, fuhr Karl dem Bücherdrill über den Mund, und es tat ihm sogleich wieder Leid. Kleinlaut fügte er hinzu: »Ich kann das nicht.«

»Warum?«

Weil ich ein Versager bin. »Ich ... muss mich um den Laden kümmern. Das steht auch in dem Brief.«

»Das stimmt, aber Phantásien ist wichtiger als ein Laden. Außerdem kann der ganz gut selbst auf sich aufpassen.«

»Unsinn! Er ist kein Drache, der Feuer speit, sondern nur ein Buchgeschäft, der Teil eines Hauses aus leblosem kaltem Stein.«

»Man merkt, dass du noch nie versucht hast, dich mit einem Haus zu unterhalten. Dabei hast du mir doch selbst von den Glassplittern erzählt, die ›wie an einer unsichtbaren Mauer herabgefallen sind‹. Was glaubst du, woher das kommt?«

Karl verschränkte die Arme vor der Brust. »Weiß ich doch nicht.«

»Der Buchladen ist ein Tor, durch das Menschenkinder nach Phantásien gelangen können, und jedes von ihnen hat einen Wächter.«

»Borkentrolle?«

»Nein, Hermetiden.«

»Mir ist keiner aufgefallen.«

»Weil sie unsichtbar sind, fast jedenfalls. Hast du zufällig irgendein Flimmern gesehen oder etwas, das dir wie eine Halluzination vorkam?«

Karl riss die Augen auf und beschrieb den merkwürdigen »Fernrohreffekt« im Laden und den Licht schluckenden Durchgang zum Kabinett.

»Siehst du«, sagte der Bücherdrill mit wissendem Lächeln. »Und das war ja wohl, *bevor* du in dem Sessel dein Nickerchen gemacht hast. Wie schon der ehrenwerte Thaddäus meinte: Es ist kein Traum.«

Allmählich begann Karl das alles tatsächlich zu glauben, wenngleich er sich damit immer noch ziemlich schwer tat. Er musste an den grünäugigen Brandstifter denken. »Du meinst also, der Laden ist vor Schurken aller Art sicher?«

»Vor jedermann, den der Torwächter ablehnt. Darin gleichen die Hermetiden der Kindlichen Kaiserin: Sie machen keinen Unterschied zwischen Gut und Böse. Leider reicht die Macht der unsichtbaren Wächter nicht besonders weit in die Äußere Welt hinein.«

»Du meinst, unzerstörbar sind die Türen nach Phantásien also nicht?«

»Nein. Wo viel Bosheit ist, geht auch viel kaputt.«

»Angenommen, jemand würde versuchen, das ganze Haus einzuäschern, in dem der Laden ist, könnten die Hermetiden dagegen etwas unternehmen?

»Dir scheint es ja richtig Spaß zu machen, dich in deinen

Bedenken zu suhlen. Dem Buchladen des ehrenwerten Thaddäus wird schon nichts passieren. Und die Torwächter zu überwinden ist für Unberechtigte unmöglich. Du kannst dich also beruhigt auf die Suche nach dem ehrenwerten Thaddäus begeben.«

»Und wer passt in der Zwischenzeit auf die Phantásische Bibliothek auf?«

»Derselbe wie im letzten Jahr.« Albega grinste.

»Doch nicht etwa du.«

»Der Meisterbibliothekar hat mich zu seiner rechten Hand berufen und dich zum Retter. Üblicherweise weiß er sehr genau, was er tut.«

»Dann hat er sich jetzt zum ersten Mal geirrt.«

»Du verzichtest also auf seinen Laden?«

»Wer sagt das?«

»Ohne Unterschrift auf dieser – wie hieß das doch gleich?«

»Generalvollmacht«, knurrte Karl.

»Ja, richtig. Ohne die bist du geliefert.«

»Und wenn ich aufwache und alles war doch nur ein böser Traum?«

»Lies das Postskriptum auf dem Brief des ehrenwerten Thaddäus, dann hast du die Antwort.«

Karl schwante etwas Schreckliches: Er musste eine Entscheidung treffen. Wenn dies ein Traum war, dann konnte er sich schlimmstenfalls zu einem Alptraum entwickeln – grässlich zwar, aber mit dem Aufwachen käme auch die Rettung. Angenommen jedoch, er unterhielt sich tatsächlich mit einem phantásischen Bücherdrill, dann war diese Suchexpedition vermutlich die einzige Möglichkeit, die Generalvollmacht von einem »formaljuristisch wertlosen Fetzen Papier« in einen erfüllten Wunschtraum zu verwandeln.

Er atmete tief durch. »Nur mal angenommen, ich versuche der Spur des Meisterbibliothekars zu folgen ...«

»Ich wusste, dass der ehrenwerte Thaddäus sich in dir nicht geirrt hat.«

»Noch habe ich nicht ja gesagt. Zuerst musst du mir erklären, warum noch niemand auf die Idee gekommen ist, nach Herrn Trutz zu suchen. Er hat doch einen unmissverständlichen Hinweis hinterlassen. Da ...« Karl deutete auf den Brief und zuckte zusammen. »Die Schrift löst sich auf!«

Albega marschierte vom Aktendeckel zum Rand des Pergaments, stemmte die Fäuste in die Seiten und sah belustigt der Tinte beim Verblassen zu. Als kaum noch etwas zu entziffern war, erklärte er: »Da hat ihm wohl ein Tintendrache geholfen.«

»Wie bitte?«

»Tintendrachen werden nicht größer als eine Taube und haben unzählige Feinde. Wenn sie sich bedroht fühlen, stoßen sie ein flüssiges, himmelblaues Pigment aus, das in der Luft verdampft und sie vorübergehend umfärbt. Dadurch werden sie praktisch unsichtbar, solange der Habicht, oder wer immer auf sie Jagd macht, nach ihnen Ausschau hält. Wenn die Gefahr gebannt ist, löst sich die Farbe wieder auf. Mit Hilfe einiger Zusätze kann man aus dem Pigment der Drachen eine famose Zaubertinte herstellen, die sich auflöst, kurz nachdem der rechtmäßige Empfänger die Mitteilung gelesen hat.«

Karl musste diesen Ausflug in die phantásische Fauna erst verdauen, bevor er auf seine Frage zurückkommen konnte. »In dem unmissverständlichen Hinweis, der nun leider nicht mehr lesbar ist, war von einem ›Haus der Erwartungen‹ die Rede. Warum habt ihr dort nicht nach ihm gefragt?«

»Für wie dumm hältst du uns eigentlich? Obwohl es uns

eher unwahrscheinlich erschien, dort einen brauchbaren Hinweis zu finden, haben wir eine Abordnung zu der alten Hexe geschickt, aber …«

»Eine Hexe? Etwa die von Hänsel und Gretel?«

»Willst du dich über mich lustig machen?«

»Nein. Entschuldige. Sprich weiter.«

»Hallúzina meinte, der Meisterbibliothekar sei tatsächlich bei ihr gewesen, aber da sie ihm nicht helfen konnte, habe er sich unverrichteter Dinge wieder auf den Weg gemacht.«

»Das ist schon alles?«

»Normalerweise ist die alte Vettel eine Expertin im Deuten von Beweggründen, aber in diesem komplizierten Fall war sie wohl machtlos.«

»Und dann?«

»Haben wir Suchtrupps in alle Himmelsrichtungen ausgesandt – kein ganz leichtes Unterfangen, weil sich die in Phantásien ständig ändern –, aber keiner hat auch nur eine Spur von ihm gefunden.«

Karl schob sich die Brille zurecht, blickte auf das leere Pergament, rieb sich das Kinn. Schließlich seufzte er und verkündete: »Also gut. Ich versuch's.«

ZUM GREIFEN NAH ...

Karl trat erwartungsvoll durch die Tür ins Freie – und taumelte sogleich wieder zurück. Während er sich mit dem Rücken an die Fensterwand drückte, spähte er atemlos in die Tiefe. Ein böiger und überraschend kühler Wind zerzauste sein Haar. Das Arbeitszimmer des Meisterbibliothekars lag in schwindelnder Höhe – nein, es *schwebte.* Karl stand auf einem halbrunden Balkon mit beängstigend niedriger Brüstung, und über oder neben ihm waren keinerlei Mauern zu sehen. Jenseits des Sprossenfensters gab es nur Luft und ein paar schwarze Vögel mit leuchtendblauen Schnäbeln, die vor seiner Nase einige Schleifen flogen und ihn dabei neugierig zu mustern schienen.

»Puh, ist das hoch!«, stöhnte er.

Albega saß nun auf seiner Schulter, denn Karl hatte den Aktendeckel auf dem Schreibtisch zurückgelassen. Nur die Generalvollmacht steckte zusammengefaltet in der Brusttasche seines Wintermantels. Der Bücherdrill sog die Luft wie ein betörendes Parfüm ein und schwärmte: »Wunderbar, nicht wahr?«

»Warum schwebt das Arbeitszimmer in der Luft?«

»Oh, das sieht nur so aus. Kein Grund, sich Sorgen zu machen.«

»Mir wird gleich übel. Ich dachte, die Phantásische Bibliothek sei … irgendwie anders.«

»Wie anders?«

»Keine Ahnung. Anders eben.«

»Daran wird's wohl liegen.«

»Wie bitte?«

»Du hast dir noch keine Vorstellung von ihrer wahren Form und Größe gemacht, stimmt's?«

»Na ja … ehrlich gesagt, nein.«

»Dann wird's aber Zeit. Um die Phantásische Bibliothek richtig wahrzunehmen, muss man sie sich vorstellen können.«

Karl trat zaghaft einen Schritt vor, drehte sich mit abgewinkelten Armen um und blickte nach oben. Über sich sah er den blauen Himmel, einige Schäfchenwolken und die schwarzen Vögel, die … Er riss die Augen auf. Eben noch hatte er eines der Tiere über sich dahinschießen gesehen, und im nächsten Moment war es verschwunden. Er deutete nach oben, brachte aber kein Wort heraus.

Albega erriet trotzdem, was ihn so verblüffte. »Es ist dir also aufgefallen. Die Vögel sind die einzigen, die nach Belieben in der Phantásischen Bibliothek ein- und ausfliegen können. Wenn einer durch ein Fenster darin verschwindet, kannst du ihn natürlich nicht mehr sehen.«

»Aber sagtest du nicht, die Bibliothek werde von Borkentrollen bewacht?«

»Ja. Aber die Vögel sind heilig und dürfen sich hier frei bewegen. Es handelt sich um Schwarze Kollek-Tiben, auch Sammelraben genannt. Sie sind größer als Spatzen, aber kleiner als Krähen. Du erkennst sie an ihren leuchtendblauen Schnäbeln. Eigentlich sind es keine richtigen Raben, sondern, wie der Name schon sagt, Tiben.«

»Tiben? Noch nie gehört.«

»Bei dir wundert mich das nicht. Abgesehen vom Glücksdrachen fliegt kein Geschöpf höher als der Kollek-Tibe. Du triffst sie nur hier an, in der näheren Umgebung des Bücherturms. Der Legende nach fangen sie im Flug die Pollen auf, die von der Äußeren Welt zu uns herüberwehen – es sind natürlich keine richtigen Pollen, weshalb wir sie auch als Phantásischen Staub bezeichnen. In ihrem Gefieder tragen die Vögel die eingesammelten Pollen zur Phantásischen Bibliothek, wo daraus, wie wir glauben, die Bücher entstehen.«

»Vielleicht hat irgendjemand ein paar Sammelraben abgerichtet, damit sie für ihn in der Bibliothek auf Raubzug gehen.«

»Das ist unmöglich. Die Kollek-Tiben sind unzähmbar. Sie fliegen ein und aus, wie sie es wollen. Außerdem sind sie zu klein, um Bücher fortzutragen.«

Wäre ja auch zu einfach gewesen, dachte Karl.

»Was ist denn nun?«, drängte Albega. »Fang endlich an, dir ein Bild von der Phantásischen Bibliothek zu machen.«

Karl schloss die Augen, um sein Schwindelgefühl in den Griff zu bekommen und besser nachdenken zu können. Ungeschriebene Bücher. Wenn man sie übereinander stapelte, wie hoch mochte der Turm wohl sein?

»Aller Anfang ist klein«, hörte er Albega spötteln.

Karl hob ein Augenlid und sah mit einem Mal eine Wand, die das Fenster umgab. Aufgrund ihrer starken Wölbung war aber links und rechts des Balkons nur wenig von der Mauer zu sehen. *Ein runder Turm! Wie hoch er wohl ist?* Abermals legte Karl den Kopf in den Nacken und sah nun deutlich, dass sich das Bauwerk ganz sanft nach oben verjüngte. Schon nach wenigen Stockwerken wurden die Wände durchscheinend, so dass er die Räume dahinter wie große Segmente in einem Spinnennetz wahrnahm. Noch etwas höher wurde der Turm dann vollends durchsichtig.

Karl drehte sich, die Arme immer noch abgespreizt, vorsichtig um und blickte nach unten. Wieder überkam ihn Schwindelgefühl. Die Phantásische Bibliothek hing nach wie vor in der Luft. Immerhin bemerkte er nun einen Arkadengang, der sich unterhalb des Balkons in die Tiefe schraubte.

»Ich schlage vor, du versuchst es noch einmal«, meldete sich Albega neben seinem Ohr. »Stell dir einfach vor, du wärst der Herr über alle diese Bücher. Wie groß müsste die Bibliothek sein?«

Karl schloss wieder die Augen. Wie groß durfte er sich sein Reich wohl wünschen, ohne unbescheiden zu wirken?

»Mehr Phantasie hast du nicht?«, hört er Albega piepsen.

Also gut, du vorlauter Zwerg. Du hast es ja nicht anders gewollt. Karl legte sich jetzt so richtig ins Zeug.

»Na ja, für den Anfang nicht schlecht«, mäkelte der Bücherdrill.

»Reicht die Bibliothek endlich bis auf den Boden?«, fragte Karl, ohne die Augen zu öffnen.

»Scherzbold! Du musst dich schon für die richtige Größe entscheiden, sonst wird nie was daraus.«

Entscheiden! Das Wort schmerzte Karl wie ein rostiger Nagel im Fleisch. Seit wann musste man sich für die Größe eines Gebäudes entscheiden, das schon Hunderte von Jahren existierte? Zähneknirschend nahm er einen neuen Anlauf. Wie viele Bücher können seit Menschengedenken erdacht und doch nie geschrieben, verfasst, aber letztlich doch verloren gegangen sein?, fragte er sich und legte noch einmal drauf.

»Na bitte!«, schrie Albega in sein Ohr. »Mir war schon klar, warum der ehrenwerte Thaddäus dich ausgewählt hat.«

Karl öffnete die Augen und erschauerte vor der gewaltigen Größe der Phantásischen Bibliothek. Ihr Mauerwerk besaß einen warmen, rotbraunen Ton, ungefähr wie Zedernholz. Wäre sie tatsächlich ein majestätischer Baum, dann würde sich der Pariser Eiffelturm daneben nur wie ein Streichholz ausnehmen. Selbst dieser Vergleich war ungenügend, denn so angestrengt Karl in die Höhe sah, über sich konnte er kein Ende des Bauwerks erkennen.

Neben seinem Ohr meldete sich abermals, als hätte der Bücherdrill seine Gedanken gelesen, Albegas Stimme. »Das ist nicht deine Schuld. Das obere Ende des Turms entzieht sich unseren Blicken. Selbst als er noch kleiner war, konnte man das Dach nicht sehen.«

»Und er ist voller Bücher?«, fragte Karl überwältigt.

»Das oberste Stockwerk ist ewig unfertig. Darunter ist alles mit Büchern gefüllt, abgesehen von den Lücken, die an dem Turm wie Termiten nagen und ihn früher oder später zum Einsturz bringen werden.«

Karl entsann sich einer früheren Äußerung des Bücherdrills und murmelte unbehaglich: »Wie eine morsche Hängebrücke aus Tausenden und Abertausenden ungeschriebener Bücher.«

»Auch aus anderen Werken, die in der Äußeren Welt verloren gegangen sind«, schränkte Albega ein. »Wie ich wohl schon erwähnte, haben wir verschiedene Abteilungen hier. In einer rasch wachsenden Sektion findest du alle restlos verbrannten Bücher ...«

»Restlos?«

»Werke, die bis auf das letzte Exemplar ein Raub der Flammen geworden sind. Außerdem haben wir da noch eine

Dauerausstellung vergessener Werke aus Quassinja, darunter einige sehr schöne Stücke aus der Alexandrinischen Bibliothek, die heute im Annahag, einem Vulkan, untergebracht ist.«

»Quassinja? Ist das weit entfernt von hier?«

»Ja und nein. Es liegt außerhalb Phantásiens, aber vielleicht auch mittendrin. Die Gelehrten streiten noch darüber. Jedenfalls ist Quassinja eine eigene Welt. Dort leben die verlorenen Erinnerungen fort.«

Karl war zu keiner Antwort fähig, weshalb Albega seinen Überblick vorerst ungestört fortsetzen konnte.

»Wir haben hier außerdem die Abteilungen für ›Mündlich überlieferte und verfremdete Märchen‹, ›Erloschene Geistesblitze‹, ›Ausgesiebte Schüttelreime‹, ›Überkommene Sagen‹, ›Abgenutzte Sprichwörter‹, ›Verstaubte Witze‹, ›Abgedroschene Liebeserklärungen‹ …«

»Halt, halt, halt!«, fiel Karl dem Bücherdrill erneut ins Wort. »Das kann ich mir unmöglich alles auf einmal merken. Mir wird allmählich klar, warum die Phantásische Bibliothek so riesig ist.«

»Und dabei bewahren wir nicht einmal alles hier auf.«

»Nicht?«

»Nein. Es gibt noch ein paar Außenstellen wie die berühmte runde Bibliothek von Amargánth, der Silberstadt, die von Aquil und Muqua gegründet wurde und durch einen Bann verschlossen ist. Oder die …«

»Gnade!«, winselte Karl. »Brauche ich das alles, um den Meisterbibliothekar zu finden?«

»Man kann nie wissen.«

Karl stöhnte.

»Aber eher nicht.«

Er bedachte den Bücherdrill mit einem strafenden Blick.

»Wie komme ich am schnellsten zum Haus der Erwartungen?«

»Mit einem Briefgreif.«

»Ah!«

»Du weißt, was ein Greif ist?«

»Ein fliegender Löwe mit einem Adlerkopf.«

»Na also.«

Karl musste unwillkürlich an eine Brieftaube denken. »Bin ich nicht zu schwer für so einen ...«

»Briefgreif?« Albega brach in schallendes Gelächter aus, was angesichts seiner Größe aber eher so klang, als hätte man einer Maus auf den Schwanz getreten. Karl hielt sich das Ohr zu, bis der Bücherdrill sich wieder beruhigt hatte. Dann sagte der Winzling: »Am besten, du kommst mit.«

Der Abstieg über die gewundenen Arkadengänge dauerte ungefähr eine Stunde. Nachdem Albega einem Buchfalter eine Nachricht zugeflüstert hatte und das mit Schmetterlingsflügeln ausgestattete Männchen davongeflattert war, ließ er sich wieder von Karl tragen; er hatte also die Einladung zum »Mitkommen« nicht unbedingt wörtlich gemeint. Normalerweise lebten die meisten Bibliotheksmitarbeiter am Turm, berichtete der Bücherdrill auf dem Weg nach unten und deutete auf runde Ausbuchtungen, die an der Außenwand klebten und wie Schwalbennester aussahen. Diese Behausungen finde man in den unterschiedlichsten Größen, abhängig von der Zusammensetzung des Mitarbeiterstabs. Neben Bücherdrillen arbeiteten in der Bibliothek auch Leseratten, Bücherbolde, Brillenschlangen, Bücherwürmer und ein paar Angehörige anderer phantásischer Völker wie etwa die Gemeine Majuskel oder auch die Flinke Minuskel. Einige dieser Namen seien ihm wohl bekannt, warf Karl ein, wenngleich er darunter bisher etwas anderes verstanden habe. Albega zeigte sich darüber wenig verwundert. Es gebe einen ständigen Austausch zwischen der Äußeren Welt und Phantásien, in beide Richtungen, da schnappe der eine leicht etwas vom anderen auf.

Endlich verließen sie die Schneckenrampe und traten vor den Bücherturm. Aus der Ameisenperspektive sah er noch kolossaler aus.

Karl ließ den Blick in die nähere Umgebung der Phantásischen Bibliothek schweifen. Sie stand mitten auf einer runden Wiese und war eng von knorrigen alten Bäumen umringt. Er vermisste etwas. »Wo sind die Wächter, die du erwähnt hast?«

»Du stehst genau unter einem«, antwortete Albega von seiner Schulter her.

»Ich sehe einen Baum, aber niemanden, der darin hockt und die Eingänge beobachtet.«

»Der ›Baum‹, wie du ihn nennst, *ist* der Borkentroll.« Albega legte die Hände an den Mund und kreischte: »Guten Morgen, Knarz! Irgendwelche besonderen Vorkommnisse in der letzten Nacht?«

»Nein«, ertönte eine tiefe Stimme, die wie ein im Sturm knarrender Baum klang. Der Borkentroll sprach ausgesprochen langsam, was das Zuhören für Karl zu einer Geduldsprobe machte. »Alles in Ordnung hier unten. Kein Unbefugter hat die Bibliothek betreten oder verlassen.«

»Danke, Knarz.«

»Bitte schön, Alphabetagamma.«

Weil der Borkentroll sich mit dem Aussprechen des Namens besonders viel Zeit ließ, widmete sich Karl nun der

Betrachtung des weiteren Umfelds. Jenseits des kurz gemähten Wiesenrunds erhob sich eine Anhöhe. Darüber hinweg zog gemächlich ein Schwarm großer Laufvögel, die ihn an Strauße erinnerten. Hintendrein lief ein alter Mann mit knöchellangem Mantel, großkrempigem Hut und einem großen gebogenen Stab. *Ein Hirte?*, fragte sich Karl verwundert. Für diese Annahme sprach der große Hund, den er etwas abseits auf der Hügelkuppe im Schatten eines vereinzelten Baumes – oder Borkentrolls? – sitzen sah. Erst jetzt fiel Karl auf, dass die Laufvögel dem Anschein nach kein Feder-, sondern ein dichtes Fellkleid besaßen.

»Wollwandler«, erklärte Albega, der sich inzwischen von Knarz verabschiedet und Karls Blick gedeutet hatte.

»Ich vermute, ihr schert sie regelmäßig und macht Garn aus ihrem Pelz.«

»Wie hast du das erraten!«

Karl deutete erst zu dem alten Mann, dann zu seinem hechelnden Gehilfen. »Der Hirte dort und da drüben sein Hund – dieses Bild ist mir sehr vertraut.«

Eine kleine Stille entstand, aus der sich Albegas besorgte Stimme schließlich wie ein rauer Fremdkörper erhob. »Das ist kein Hirtenhund. Das ist ein ... *Wolf!*«

»Den Hirten scheint das nicht zu beunruhigen.«

»Vermutlich hat er das Tier noch gar nicht bemerkt. Hast du gesehen, wie riesig es ist?«

»Kann ich schwer einschätzen, weil mir das Terrain vor der Bibliothek nicht so vertraut ist wie ... Was ist mit dir, Albega? Du wirkst mit einem Mal so verstört.«

»Muss wohl daran liegen, dass ich es *bin*. In dieser Gegend hat es seit mindestens tausend Jahren keine Wölfe mehr gegeben, und wohl noch nie solche großen. Da, schau! Er macht sich aus dem Staub.«

Der Wolf hatte sich erhoben und trottete über die Kuppe hinweg. Bevor er ganz dahinter verschwand, drehte er noch einmal den Kopf herum und blickte direkt in die Richtung seiner beiden Beobachter. Karl erschauerte. Angesichts der Distanz konnte er sich nur irren. Wie sonst war es zu erklären, dass er die Augen des Wolfes auf die Entfernung gelblich grün leuchten sah?

Albega hatte nichts davon wissen wollen, dass dem stellvertretenden Meisterbibliothekar die grünen Augen des Wolfes vertraut vorkamen. Menschenkinder könnten Tore von der Äußeren Welt nach Phantásien finden und durchschreiten – im Bücherturm gebe es sogar unzählige davon –, aber Wölfe? »Schlag dir das aus dem Kopf, Karl. Vermutlich ist der graue Jäger mit der Kälte zu uns gekommen, als Vorbote ganzer Rudel. Wir werden die Wollwandlerhirten warnen. Da kommt übrigens dein Briefgreif.« Der Bücherdrill stand auf einem glatt geschliffenen, aus der Wiese ragenden Findling und deutete nach oben.

Karls Blick folgte dem winzigen Zeigefinger, und es verschlug ihm den Atem. Es war eine Sache, von Greifen zu reden, aber eine ganz andere, sie aus nächster Nähe zu sehen.

»Darf ich vorstellen: Huschhusch«, sagte Albega und deutete mit beiden Händen auf das fix und fertig gesattelte, elefantengroße Wesen, das in diesem Moment neben den beiden gelandet war.

Der goldgelbe Löwenkörper des Greifs war schlank und kraftvoll, sein Schwanz außergewöhnlich lang. Die Hinterläufe glichen den Tatzen einer Katze, die vorderen den Krallenfüßen eines Adlers. Auch sein Kopf und die mächtigen Schwingen hatte er vom König der Lüfte. Karl war vom Anblick des Botentiers sichtlich eingeschüchtert.

»Keine Angst, sie beißt nicht«, versicherte Albega.

»Das sagt mein Nachbar von seinem bissigen Hund auch immer.«

»Briefgreife sind sehr zutraulich. Deshalb und wegen ihrer Gelehrigkeit werden sie ja als Botentiere abgerichtet.«

Wie zur Bestätigung begann Huschhusch ein Geräusch von sich zu geben, das irgendwo zwischen einem Schnurren und einem Gurren lag.

»Habt ihr hier keine Pferdekutschen?«, murrte Karl. Er überlegte, ob man den Briefgreif nicht allein mit der Generalvollmacht auf die Suche nach Herrn Trutz schicken konnte, wagte aber nicht, diesen Vorschlag laut auszusprechen.

»Nein. Und wenn wir welche hätten, würdest du vermutlich nie beim Haus der Erwartungen ankommen. Der Weg ist weit und gefährlich. Außerdem musst du das Meer der Träume und die Brüllenden Berge überqueren.«

»Ich glaube, ich bleibe besser hier und warte auf Herrn Trutz.«

»Herr Koreander!«, sagte Albega streng.

Karl seufzte. »Na schön. Was muss ich tun?«

»Einfach draufklettern, dich in den Sattel setzen und gut festhalten. Dann sagst du: ›Huschhusch!‹ Und alles ist gegessen.«

»Ich vermute eher das Gegenteil.«

»Nun mach schon!«

Zum Greifen nah heranzutreten kostete Karl schon große Überwindung, ihn gar zu berühren erforderte allen Mut, den er besaß. Trotzdem tätschelte er die Flanke des großen Tieres, was Schnurren und Gurren weiter anschwellen ließ. Während er noch überlegte, wie er in den hohen Sattel gelangen sollte, hob Huschhusch unvermittelt einen Vorderlauf und hielt ihn seinem Reiter hin.

»Steig drauf!«, befahl Albega.

Karl gehorchte und fühlte sich plötzlich in die Luft gehoben. Als er den Hals des Tieres umfasste und sich über die Schulter auf seinen Rücken schwang, wunderte er sich über die eigene Geschicklichkeit. »Ging ja leichter, als ich gedacht habe.«

»Vermutlich so leicht, wie du dir's gewünscht hast«, erwiderte Albega mit einem wissenden Lächeln und fügte sachlicher hinzu: »Huschhusch weiß, wohin sie dich zu tragen hat, und findet auch wieder den Weg zurück. Halt dich einfach an ihren Nackenfedern fest. Damit kannst du sie übrigens auch lenken, falls du einen Sturm umfliegen musst oder eine Zwischenlandung einlegen möchtest. Alles klar?«

»Nein«, maulte Karl.

»Prima!«, entgegnete Albega. »Ich hoffe, du findest unseren ehrenwerten Thaddäus und ihr könnt das Rätsel der verschwindenden Bücher lösen. Gute Reise, mein Freund. Und viel Glück!«

Allmählich begriff Karl, dass es kein Zurück mehr gab. Er hielt sich an den Nackenfedern des Greifs fest, warf dem Bücherdrill einen letzten leidenden Blick zu und nuschelte leise: »Huschhusch.«

Insgeheim hatte er gehofft, sie würde ihn nicht verstehen, aber Greife haben ein sehr empfindliches Gehör, und so reagierte das Tier gehorsam und unverzüglich. Was daraufhin geschah, übertraf Karls schlimmste Befürchtungen. Der Greif duckte sich und stieß sich im nächsten Moment kraftvoll vom Boden ab. Karl wurde in den Sattel gepresst. Huschhusch breitete die Schwingen aus und begann stürmisch damit zu schlagen. Ihr Reiter wurde heftig durchgerüttelt. Allmählich gewann der Greif an Höhe. Karl wurde schwindlig. Dann sackte die Adlerlöwin jäh ab, und dem Passagier schossen die Magensäfte in den Schlund. Mit einem Mal ging Huschhusch in einen sanften Gleitflug über.

Also doch ein Albtraum!, schoss es Karl durch den Kopf. Ihm war speiübel, aber so sehr er sich auch wünschte, endlich zu erwachen, die Luftreise wollte kein Ende nehmen. Sie hatte ja auch gerade erst begonnen.

Waldschrate galten in Phantásien allgemein als durchtriebene Wesen, denen man besser aus dem Wege ging. Insofern war Skrzat eine Zierde seiner Art. Er liebte es, boshaft zu sein. Allein die Vorfreude auf irgendeine Teufelei gab ihm immer wieder neue Kraft, um geduldig Wache zu halten – jetzt schon fast ein ganzes Jahr.

Skrzat hatte weder Vater noch Mutter im üblichen Sinn. Er war aus einer Mandragorawurzel hervorgegangen und stand dieser an Missgestalt in nichts nach. Sein verhutzelter, nur mit einem Lendenschurz bekleideter Körper war nicht größer als der eines Luchses, von dem er auch die Krallen besaß; seine langen Arme dagegen erinnerten eher an einen Affen. Er hatte feuerrote Haare, die ihm wie lange Igelstacheln vom Kopf abstanden, sowie zwei spitze Hörner, welche von einem Gemsbock zu stammen schienen. Obwohl Skrzat fliegen konnte, lief er vorzugsweise auf seinen Krähenfüßen durch den Wald. Gern benutzte er auch seine Krallenhände, um flink wie ein Eichhörnchen durch die Baumkronen zu klettern. Allein seine schrathafte Natur machte ihn schon zu einem gefährlichen Jäger, aber Skrzat besaß darüber hinaus ein besonderes Talent, mit dem er seinen Herrn auf Anhieb begeistert hatte: Er war ein geschickter Bogenschütze, der eine Beute aus größter Höhe vom Himmel holen konnte.

Auf dem Rücken des Greifs durch die Lüfte zu sausen war ein unvergleichliches Erlebnis. Nicht ohne Befriedigung stellte Karl eine gewisse Gewöhnung fest, die fast schon an Wohlbehagen grenzte. Nachdem sich Huschhusch erst einmal emporgeschwungen hatte, benutzte sie ihre mächtigen Schwingen erstaunlich sparsam. Trotzdem schoss sie wie ein Pfeil dahin. Wäre da nicht der eisige Wind gewesen, der Karl dazu zwang, den Mantelkragen bis zur Nasenspitze hochzuklappen, er hätte angesichts des ruhigen Dahingleitens schwören können, nicht der Greif flöge über, sondern die Landschaft glitte unter ihm hinweg. Er musste daran denken, was Albega ihm auf dem Weg zum Fuß der Phantásischen Bibliothek über die Geografie dieser Welt erzählt hatte, über die wechselnden Himmelsrichtungen, die sich verändernden Grenzen und Entfernungen. Der Bücherdrill meinte zudem, die Greife flögen fast so hoch wie Kollek-Tiben oder Glücksdrachen. Dadurch werde die Landschaft unter ihnen winzig klein. Diesem Umstand verdankten sie ihre außergewöhnliche Fähigkeit, große Entfernungen in kürzester Zeit zurückzulegen. Karl hatte Albega reden lassen. Jetzt erschien ihm dessen seltsame Logik gar nicht mehr so abwegig.

Die Landschaft hatte sich rasch verändert. Hinter den lieblichen grünen Hügeln erstreckte sich eine weite Steppenlandschaft. Dann verdeckten für mehrere Stunden dunkle Wolken den Blick nach unten. Die Sonne näherte sich allmählich dem Horizont. Weil Karl trotz des Mantels immer stärker fror, wollte er Huschhusch schon zum Landen bewegen, als unter ihm plötzlich die Wolkendecke aufriss und er das Meer der Träume sah. Es war rosarot. Notgedrungen musste er weiter auf dem Rücken der dahinzischenden Greifendame ausharren. Plötzlich sah er Land. Eine Insel.

Ein warmes Feuerchen und ein wenig ausruhen – so würde er neue Kraft schöpfen. Mit dieser Vorstellung blickte er sehnsüchtig dem dunklen Streifen entgegen, der rasch näher kam. Doch er wurde abermals enttäuscht.

Es musste die schwimmende Wüste Karzim sein, die Albega erwähnt hatte. Karl glaubte Dünen und sogar Oasen ausmachen zu können, aber alles sah aus wie Puderzucker. Die Karzim war zu Eis erstarrt. Wenn sie tatsächlich einmal ein Backofen gewesen war, was konnte dann diesen Klimawechsel herbeigeführt haben?

Nun war Karl sogar erleichtert, als die Eis- und Schneewüste endlich hinter ihm zusammenschrumpfte und schließlich als kleiner Punkt im rosafarbenen Meer verschwand. Die Dämmerung setzte ein. Noch immer war kein Landeplatz in Sicht.

Karl schreckte hoch. Er musste eingenickt sein. Seine Hände waren starr, wie festgefroren in Huschhuschs Gefieder. Dank ihres ruhigen Flugs saß er immer noch fest im Sattel. Ein Schauer rann seinen Rücken herab. Nicht auszudenken, was geschehen wäre …

Seine Gedanken blieben einen Atemzug lang stehen. Er zwang sich, trotz des eisigen Gegenwinds die Augen zu öffnen. Ja, was dort vor ihm auftauchte, musste Land sein –

es sei denn, in Phantásien gab es Gebirge aus Wasser. Eindrucksvoll erhob sich nämlich ein gigantisches Massiv vor seinen Augen. Unter dem riesigen Vollmond schimmerte es wie dunkles Metall. Je näher sie den Bergen kamen, desto wirklicher wurde dieser Eindruck. Wie schwarze Krallen reckten sich ihm schroffe Gipfel entgegen. Und dann dieses furchterregende Geräusch, das zu ihm heraufdrang: dunkel wie Donnergrollen und zugleich bedrohlich wie das Knurren einer angriffslustigen Bestie.

»Die Brüllenden Berge«, hauchte Karl und der Flugwind entriss ihm sogleich die Worte, zum Glück, denn sonst hätte Huschhusch dort womöglich zur Landung angesetzt.

Wieder musste Karl gegen Müdigkeit und Erschöpfung ankämpfen. Wie weit es wohl noch bis zum Haus der Erwartungen war? Zum Greifen nah sich herunterbeugend, suchte er ein wenig Schutz vor dem eiskalten Wind und nickte abermals ein. Der riesengroße Mond verfolgte gleichmütig ihren Flug.

Doch nicht nur er.

Plötzlich wurde Karl von einem markerschütternden Schrei geweckt. Alles um ihn herum drehte sich. Verschwommen nahm er tief unter sich einen Wald wahr – die Brüllenden Berge lagen also bereits hinter ihnen. Dunkle Bäume stürzten auf ihn zu ... Nein, diesmal war es eindeutig der Greif, der vom Himmel fiel. Huschhusch gab besorgniserregende Laute von sich, ein Gurgeln, als hätte sie ein Pferd verschluckt. In Karls Kopf tobte ein Gewitter, tausend Gedanken schossen wie Blitze durcheinander. Was war mit seinem Flugtier passiert? Hatte irgendein Zyklopenfalke Huschhusch im Flug verletzt? Wer konnte schon wissen, welche Gefahren in Phantásien lauerten? Konnten Greife einen Herzinfarkt kriegen ...?

Sich krampfhaft im Nacken der Adlerlöwin festkrallend, schrie Karl beruhigend auf sie ein – anders konnte man es nicht nennen. »Halt durch, mein Mädchen! ... Jetzt nicht schlappmachen! ... Immer schön die Flügel ausbreiten und mit dem Schwanz steuern! ... Du segelst wunderbar! ... Gleich haben wir's geschafft! ...«

Obwohl Huschhusch hörbar litt – sie stöhnte, röchelte und würgte –, blieben Karls Beschwörungen nicht ohne Wirkung. Sie mobilisierte letzte Kraftreserven, um ihren Herrn nicht zu enttäuschen. So sind Briefgreife nun mal. Trotzdem sollte ihr keine weiche Landung gelingen. Als sie die Wipfel der mächtigen Bäume streifte, verlor sie endgültig die Kontrolle und stürzte samt Reiter hilflos in die Tiefe.

»Wo gesungen wird, da lass dich nieder, böse Menschen kennen keine Lieder.« Skrzat kicherte und setzte sein Summen fort. Er war ja kein Mensch, sondern ein Waldschrat, weshalb der alberne Reim wohl nicht auf ihn zutraf. Er *wollte* böse sein. Das war seine Bestimmung. Damit erfreute er seinen Herrn. Außerdem hatte sein Lied keine Worte. Und nur einen einzigen Ton.

Aufmerksam suchten seine Luchsaugen den nächtlichen Himmel am Waldsaum ab. Der Vollmond erleichterte ihm diese Aufgabe, wenngleich er seinen Wachdienst bei allen Lichtverhältnissen zuverlässig verrichtete. Schrate sehen selbst bei völliger Finsternis.

Und dann entdeckte er sie.

»Wieder ein Greif!«, jubilierte er leise und nahm eine Pfeilviper aus seinem Korb. Die Giftschlange konnte die meisten phantásischen Geschöpfe innerhalb kürzester Zeit töten. Bei einem so großen Tier wie einem Briefgreif reichte das Gift gewöhnlich nur für eine mehr oder weniger lange Betäubung aus. Das letzte Mal, als Skrzat eine Pfeilviper abgeschossen hatte, war er dem torkelnd niedergehenden Adlerlöwen über den ganzen Wald des Vergessens hinweg nachgeflogen. Fast wäre die Jagd schief gegangen und er hätte seinen Herrn enttäuscht – selbst für einen Waldschrat keine angenehme Vorstellung. Aber diesmal würde er keinen Fehler machen. Sein Herr würde zufrieden mit ihm sein und ihm die versprochene Belohnung geben: ein grenzenloses Reich. »Kaiser Skrzat«, kicherte der Waldschrat. »Hört sich nicht schlecht an!«

Nachdem er die erstarrte Schlange auf den Bogen gelegt hatte, zielte er gründlich. Wenn er das Herz des Greifs traf, würde das Tier wie ein Stein vom Himmel fallen. Als der Greif genau vor der Mondscheibe war, ließ Skrzat die Sehne los. Die Viper zischte davon.

»Könnte mir keine bessere Zielscheibe denken«, kicherte der Schrat. Einige Herzschläge lang verfolgte er den majestätischen Flug des Greifs, und Neid stieg in ihm auf. Wenn er sich durch die Lüfte bewegte, dann eher wie eine Fledermaus: wendig, aber wenig grazil. Schlagartig änderte sich das Bild am Himmel.

»Getroffen!«, freute sich Skrzat und verfolgte aufmerksam den Absturz seiner Beute. Offenbar hatte die Schlange das Herz des Greifs verfehlt. Das Tier kämpfte gegen das Gift an. Aber es erlahmte rasch. Schneller als beim letzten Mal. Wo würde es zu Boden gehen? Skrzat hatte Geduld. Er verfolgte den Taumelflug und hoffte inständig, dass der Greif nicht mitten über dem Wald des Vergessens abstürzte. Selbst ein Schrat wie er durfte sich da nicht weiter als ein paar Bogenschuss hineinwagen.

Inzwischen hatte der Greif fast die Baumwipfel erreicht. Skrzat erhob sich wie von unsichtbaren Fäden gezogen in die Luft, um seine Beute nicht aus den Augen zu verlieren. Endlich hörte er das Knacken zersplitternder Äste. Der Greif war dicht vor der gefährlichen Zone durch die Baumkronen gebrochen.

»Na bitte!«, flüsterte Skrzat und machte sich auf den Weg zur Absturzstelle.

Wäre er nicht in dem federnden Ast hängen geblieben, hätte er sich vermutlich das Genick gebrochen. Karl blickte benommen zum Waldboden hinab. Was war da eben passiert? Er schüttelte den Kopf wie ein nasser Hund. Dann sah er den leblosen Körper des Briefgreifen unter sich liegen. »Huschhusch!«

So schnell wie möglich machte er sich an den Abstieg. Karl war schon als Junge nicht gern auf Bäume geklettert. Dazu sei er zu ungelenk, hatte sein Vater gesagt. Wenigstens spendete ihm der Mond ausreichend Licht. Zuletzt baumelte er an einem beängstigend hohen Ast und ließ los. Wie ein nasser Sack fiel er auf den weichen Waldboden.

Zum Glück hatte er sich nicht verletzt. Schnell lief er zu Huschhusch. Der Greif lag, alle viere starr von sich gestreckt, auf einem Bett aus Moos. Obwohl das Schlimmste zu befürchten stand, wollte Karl die Hoffnung noch nicht aufgeben. Huschhusch hatte so tapfer durchgehalten. Ihrer Treue verdankte er sein Leben. Vielleicht lebte sie ja noch. Karl legte den Kopf an Huschhuschs gefiederte Brust und lauschte.

Nichts ... *Doch!* Da war ein schwacher einzelner Herzschlag zu hören. Und nach einer fast endlos erscheinenden Pause pochte es ein zweites Mal. Entweder lag der Greif im Sterben oder in tiefer Bewusstlosigkeit.

Plötzlich sah Karl, wie dicht neben seiner Hand, die immer noch auf der Brust seiner treuen Freundin lag, etwas aus dem Leib des Greifen kroch. Entsetzt schrie er auf und fuhr zurück. Keinen Augenblick zu früh, denn gerade hatte die Schlange nach ihm geschnappt.

Er schrie, als hätte das sich windende Tier gerade seinen Körper verlassen, nicht den des Greifs. Die Schlange floh, sobald ihr Schwanzende frei war.

»Komm her, meine Gute. Kooomm! Skrzat hat eine schöne Belohnung für dich.«

Karl erstarrte, als er hinter sich die fremde Stimme vernahm. Sie klang hoch, ein wenig wie knisterndes Holz in einem Lagerfeuer. Er schaffte es nicht, sich umzuwenden. Aber das war auch gar nicht nötig. Ein seltsames Wesen trat in sein Blickfeld. Es reichte ihm zwar nur bis zur Brust, sah aber trotzdem zum Fürchten aus: ein wenig wie eine Kreuzung aus Krähe, Katze und Mensch. Die abstehenden Haare ähnelten Flammen, und die stechenden roten Augen schienen ihn bannen zu wollen. In den Händen hielt das Mischwesen einen großen Bogen, und zu seinem Schrecken entdeckte Karl nun eine weitere Schlange, die gerade wie ein Pfeil auf der Sehne lag.

»Hast wohl noch nie einen Waldschrat gesehen?«, erkundigte sich der Schlangenschütze.

Karl war zu keiner Antwort fähig.

»Geh mal zu dem Baum da rüber«, befahl der Waldschrat und deutete mit dem Kopf auf einen knorrigen Stamm ganz in der Nähe.

Benommen taumelte Karl in die bezeigte Richtung. Über seinen Rücken rann ein Schauer nach dem anderen, weil er die Vorstellung nicht aus seinem Sinn verbannen konnte, von einer Schlange durchbohrt zu werden. Als er den Baum erreicht hatte, musste er sich mit dem Rücken zum Stamm niedersetzen. Skrzat stellte ihm einen offenen Korb vor die Füße, in dem es beängstigend wuselte, und fesselte ihn zuerst an den Baum, danach band er auch seine Fußgelenke zusammen.

»So, das wäre geschafft«, sagte der Waldschrat. »Ich muss jetzt einen Boten schicken, der meinem Herrn die frohe Nachricht bringt. Eigentlich hätte ich mir dich viel lieber selbst vorgenommen, aber seine Belohnung wird mich entschädigen. Du bist Karl Konrad Koreander, nicht wahr?«

Dem Gefragten fiel die Kinnlade herab. *Woher kennt dieser Waldschrat mich?*

Skrzat zeigte eine Reihe spitzer Zähne. »Vermutlich fragst du dich, woher ich deinen Namen kenne. Wirst's schon noch früh genug erfahren. Ich muss dich jetzt leider für eine Weile allein lassen. Meine Pfeilvipern lasse ich dir zur Gesellschaft da. Sind sehr reizbar, die kleinen Biester. Ist also besser, du bewegst dich nicht.« Der Schrat kicherte. »Und solltest du trotzdem daran denken abzuhauen, muss ich dich warnen. Das hier ist der Wald des Vergessens. Wer sich darin verirrt, findet nie wieder hinaus.«

»Wieso nicht?«, fragte Karl mit kratzender Stimme.

»Na, weil derjenige sich in sich selbst verläuft. Er vergisst alles, und wenn ich sage, alles, dann meine ich auch alles. Also, bleib schön sitzen, bis ich wieder zurück bin.«

Es war ungemein schwierig, sich überhaupt nicht zu bewegen. Karls Nacken schmerzte und sein Rücken tat weh.

Er fror. Die Fesseln an den Hand- und Fußgelenken schnürten ihm das Blut ab. Direkt vor seinen Sohlen stand der Schlangenkorb. Ab und zu lugte daraus der Kopf einer Pfeilviper hervor, als wollten ihn die giftigen Tierchen an die Anweisungen ihres Herrn erinnern. Der Gefangene brütete stumpf vor sich hin. Das war wieder so ein Moment, in dem sich das Aufwachen lohnen würde. Er hatte schon des Öfteren geträumt, nur zu träumen, weshalb ihn die mündlichen wie auch schriftlichen Beteuerungen, er befinde sich tatsächlich in Phantásien, anfangs nicht restlos überzeugen konnten. Aber die Schmerzen fühlten sich äußerst real an.

»Ich hätte in der Phantásischen Bibliothek bleiben und auf Herrn Trutz warten sollen«, jammerte Karl. »Die Kindliche Kaiserin wird sich totlachen, wenn sie sein Gesuch findet. Karl Konrad Koreander zum stellvertretenden Meisterbibliothekar zu ernennen – ebensogut hätte sie einen Borkentroll berufen können. Die Goldäugige Gebieterin …«

Karl verstummte, weil er über sich ein sprödes Knacken vernahm. Erschrocken blickte er nach oben. Hatte Huschhusch den Baum gestreift, an den er gefesselt war? Wieder tönte von der Krone ein besorgniserregendes Knarzen herab. Ängstlich drückte er sich an den Stamm. Welche Ironie! Da fürchtete er sich vor Skrzat und seinem ominösen Herrn, und nun würde er von einem Ast erschlagen. Plötzlich krachte es über seinem Kopf. Karl kniff die Augen zusammen und hörte am Rascheln des Blattwerks, wie etwas auf ihn herabfiel, dann folgte ein dumpfer Schlag.

Er lebte noch. Hatte nicht einmal einen Kratzer abbekommen. Zaghaft öffnete er ein Augenlid, dann ganz schnell das zweite. Auf dem Schlangenkorb war ein schwerer Ast gelandet und hatte ihn regelrecht in den Waldboden gerammt.

»Jetzt können die Vipern den Regenwürmern Gesellschaft leisten«, sagte bedächtig eine tiefe, ungemein spröde klingende Stimme, die von überall her zu kommen schien. Sie ließ Karl ausreichend Zeit, seine Fassung zurückzuerlangen.

»Wer spricht da?«, erkundigte er sich, noch immer unfähig, sich zu entspannen.

»Mein Name ist Knarrr. Und du bist dann ja wohl Karl Konrad Koreander, der Stellvertreter von Thaddäus Tillmann Trutz«, antwortete die tiefe Stimme so schleppend, als wäre jedes Wort ein großer Baumstamm, der über einen Hügel gerollt werden musste.

Karl schnappte nach Luft. »Anscheinend kennt jeder hier meinen Namen.«

»Du selbst hast ihn genannt«, bemerkte Knarrr.

»Oh! Ist mir gar nicht aufgefallen. Bist du ein Borkentroll?«

»Nein, aber ein Vetter ersten Grades von ihnen. Ich bin ein Wurzhold.«

»Und wo liegt da der Unterschied?«

»Borkentrolle können laufen. Wurzholde sind eher bodenständig – im wortwörtlichen Sinn.«

»Hätte ich mir denken können.« Die gemächliche Konversation übte eine beruhigende Wirkung auf Karl aus. Er gewann neue Zuversicht. »Danke, Knarrr, dass du eines deiner ... Gliedmaßen für mich geopfert hast.«

»Der Ast?« Knarrr lachte, was etwa so klang, als würde ein heftiger Sturm in seine Krone fahren. »War kein großes Opfer, ein völlig vertrocknetes Zweiglein abzuwerfen. Oder schneidest du dir nie die Fingernägel?«

»Die ...?« Karl blickte angewidert auf den schweren Stumpf, der für ihn alles anderes als ein »Zweiglein« war. Aber vielleicht übte sich der Wurzhold ja auch nur in Bescheidenheit.

Karl versuchte ohne rechten Erfolg seine unbequeme Sitzposition zu verändern. »Sag mal, Knarrr, kannst du mich irgendwie losmachen?«

»Ja.«

Karl atmete überrascht auf. Mit dieser erfreulichen Wendung hatte er nicht gerechnet, weil der Hold doch wohl fest verwurzelt war. Karl wartete. Aber keine knorrigen Finger kamen, um ihn zu befreien.

»Knarrr?«

»Ja?«

»Warum tust du dann nichts?«

»Ich denke nach.«

»Und worüber?«

»Als du vorhin vor Selbstmitleid fast zerflossen wärst, da hast du die Goldäugige Gebieterin erwähnt. Bist du ihr Diener?«

»Herr Trutz, der Meisterbibliothekar, hat mich ihr empfohlen, aber ich weiß nicht, ob sie mich berufen wird. Mehr kann ich dir leider nicht sagen.«

Wieder entstand eine Pause, die kein Ende nehmen wollte. Karl fürchtete schon, der Wurzhold könnte eingeschlafen sein, aber dann verkündete Knarrr feierlich: »Wenn der ehrenwerte Thaddäus dich für vertrauenswürdig hält, dann will ich das auch tun.«

Nun geschah etwas, das Karl nicht ohne Sorge verfolgte. Die Borke in seinem Rücken begann sich zu bewegen. Knarrr zog sich zusammen und drehte sich. Seine Verrenkungen wurden von einem lauten Knarzen begleitet. Karl machte sich ernstlich Sorgen, der Wurzhold könne auseinander brechen. Mit einem Mal spürte er ein heftiges Ziehen in den Schultergelenken, ein trockener Knall ertönte, dann waren seine Hände frei.

»Wie hast du das gemacht, Knarrr?«

»Ich musste mich ganz schön verbiegen, um das Seil zu zerreißen, ohne dir die Arme auszurenken.«

Karl schluckte. »Das war sehr rücksichtsvoll von dir. Danke.«

»Keine Ursache.«

Rasch befreite sich Karl von den Fußfesseln. Dazu benutzte er sein altes, schon halb verrostetes Taschenmesser, das sich immer, eingeschoben in eine dünne Lederhülle, in seiner Hosentasche befand. Mühsam kämpfte er sich auf die Beine und lief zu Huschhusch. Ihr Herz schlug immer noch langsam, aber gleichmäßig.

»Dein Greif kommt wieder auf die Beine«, tönte es aus Knarrrs Richtung.

»Bist du sicher?«

»Ich kenne den Waldschrat und seine Waffen besser als er selbst. Unlängst ist ihm auch kein rechter Treffer geglückt.«

»Was? Er hat schon mal jemanden vom Himmel geholt?«

»Ja, den Meisterbibliothekar.«

Karl wäre vor Freude am liebsten in die Luft gesprungen. »Dann lebt Herr Trutz noch?«

»Das kann ich nicht sagen. Er ist ein wenig zu weit in den Wald geraten und hat nur mit knapper Mühe wieder herausgefunden.«

»War das an dieser Stelle?«

»Nein, auf der anderen Seite des Waldes.«

»Wie komme ich dahin?«

»Überhaupt nicht.«

»Was?«

»Wir Wurzholde nennen dieses Gehölz, an dessen Rand du dich befindest, Amneme. Es ist von ganz besonderer Art.«

»Ich weiß. Es ist der Wald des Vergessens. Dieser Skrzat hat mich vor ihm gewarnt.«

»Er wusste, wovon er sprach. Je tiefer du in den Wald eindringst, desto mehr verrennst du dich in deinem inneren Irrgarten.«

»Wie meinst du das?«

»Jedes Geschöpf mit Verstand benutzt seine Erfahrungen, seine Erinnerungen, um sich zu orientieren. Alles, was du dir vorstellen kannst, beruht darauf. Jetzt stell dir vor, ein Windstoß fährt in diesen Wald aus Wegweisern und macht Kleinholz aus ihnen. Dann bist du verloren.«

Obwohl Knarrr sehr bedächtig gesprochen hatte, brauchte Karl einen Moment, um die Erklärung zu verdauen. »›Wer sich darin verirrt, findet nie wieder hinaus‹«, wiederholte er leise die Warnung des Waldschrats.

Knarrrs Äste knarzten wie zur Bestätigung. »Wer vergisst, verläuft sich in sich selbst. Genau das passiert in diesem Wald.«

»Kann man drum herumgehen?«

»Ich bezweifle, ob du das vermagst. Auf der einen Seite grenzt Amneme an die Brüllenden Berge, deren Hänge so glatt sind, dass du schon eine Fliege sein müsstest, um daran emporzuklettern, oder ein Steinbeißer, um dich hindurchzufressen.«

»Und auf der anderen Seite?«

»Da liegt der Nimmerberg.«

»Und?«

»Der Nimmerberg ist eigentlich ein Schutthügel. Man nennt ihn auch die Bedenkenhalde. Es heißt, dort würden sämtliche Bedenken gesammelt, an denen in der Äußeren Welt irgendwelche Ideen gescheitert sind.«

Karl ging es wie ein Stich durchs Herz. Der Nimmerberg

verdankte seine Existenz Menschen wie ihm: Experten im Verschleppen von Entscheidungen. Er entsann sich nur zu gut, wie er gerade erst Albega mit seinen Zweifeln an den Fähigkeiten der phantásischen Torwächter auf die Nerven gefallen war. Ihm schwante nichts Gutes, aber er fragte trotzdem: »Lässt sich diese Halde übersteigen?«

»Nie und nimmer.«

»Dachte ich mir.«

»Sobald du auch nur einen Fuß auf die Bedenkenhalde setzt, beginnt unter dir das Geröll abzurutschen. Du könntest rennen wie ein Tausendbein und würdest trotzdem nur auf der Stelle treten. Wenn du den Nimmerberg nicht abtragen willst, was dich mehr als ein Leben kosten würde, dann meide ihn.«

»Danke für den Rat. Scheinbar gibt es nur einen Weg auf die andere Seite des Amneme, und der führt oben drüber.« Karl streichelte Huschhuschs weiches Halsgefieder. »Hast du irgendeine Vorstellung, Knarrr, wie lange es dauern wird, bis mein Greif aufwacht?«

»Och, nach Menschenmaß eine oder zwei Wochen, schätze ich.«

Karl war wie vor den Kopf geschlagen. »So lange? Bis dahin ist dieser Waldschrat längst zurück.« *Und meine Generalvollmacht bekomme ich auch nicht rechtzeitig unterschrieben!*

»Du könntest umkehren«, schlug Knarrr vor.

»Das ist wohl die denkbar schlechteste aller Möglichkeiten. Sag mal, kennst du den Herrn, von dem Skrzat gesprochen hat?«

»Nur aus seinen Selbstgesprächen. Muss ein Geschöpf sein, das man besser nicht reizt.«

»Warum lässt dieser Herr Briefgreife abschießen?«

»Vermutlich weil er nicht will, dass sie ihr Ziel erreichen.«

Diesmal gönnte sich Karl eine Denkpause. Knarrrs schlichte Antwort enthielt eine simple Wahrheit: Irgendwo gab es jemanden, der über Herrn Trutz und seinen Stellvertreter genau Bescheid wusste und jede Maßnahme zur Rettung der Phantásischen Bibliothek zu vereiteln suchte. Aber wer konnte das sein? Karl war nahe daran, ein paar zusätzliche Steinchen über dem Nimmerberg abzuladen. Alles erschien so aussichtslos. Um hier wegzukommen, würde er Huschhusch wohl oder übel allein zurücklassen müssen, selbst wenn ihn der Gedanke schreckte, sie damit dem Waldschrat auszuliefern. Drei Wege führten zu Herrn Trutz und der ersehnten Unterschrift. Jeder von ihnen wurde durch eine Barriere versperrt. Welche sollte er in Angriff nehmen?

»Worüber denkst du nach?«, fragte Knarrr.

Karl ging wieder zu dem Wurzhold hinüber und blickte am Stamm empor. Mit einem Mal konnte er in der schrundigen Rinde ein Auge erkennen, dann ein zweites und auch eine knollige Nase sowie einen schiefen Mund. Karl seufzte. Plötzlich flammte eine Frage in seinem Kopf auf. »Ich nehme an, du stehst schon sehr lange im Wald des Vergessens?«

»Nach Menschenmaß dürften es etwas mehr als tausend Jahre sein. Aber inzwischen sind meine alten Knochen ziemlich morsch und tun ständig weh. Ich vertrage diese vermaledeite Kälte nicht.«

»Das kann ich gut nachfühlen. Was mich allerdings wundert, ist dein reger Verstand.«

»Ich bin noch lange nicht verholzt, falls du darauf anspielen willst. Mein Grips ist frisch wie ein junger Spross«, erwiderte Knarrr verschnupft.

»Davon bin ich überzeugt. Aber – selbst wenn du nur am Rand des Amneme wohnst, müsste das Vergessen dich doch längst in einen Narren verwandelt haben.«

»Wir Wurzholde sind dagegen gefeit.«

»Ach! Und warum?«

»Wir sind zu langsam. Das Vergessen befällt nur hektische Wesen wie …«

»Wie mich?«, unterbrach Karl ungeduldig den gemächlichen Vortrag des Holdes.

»Nein, wie Waldschrate. Menschen gehören aber gewöhnlich auch dazu.«

»Das heißt, es gibt Ausnahmen?«

»Ja, wenn du schläfst. Bist du ein ausdauernder Schlafwandler?«

»Nicht, dass ich wüsste.«

»Schade. In dem Fall hättest du einen Versuch wagen können.«

Ein Rascheln ganz in der Nähe ließ Karl zusammenfahren. *Der Waldschrat!* Augenblicklich wurden seine Glieder wieder steif. Fast so schwerfällig wie ein Wurzhold drehte er sich zu dem Geräusch um. Und staunte.

Durch das Geäst schob sich ein riesiger Kopf, auf dem mehrere Fortsätze saßen, die sich unablässig hin und her bewegten und dabei mal kürzer und mal länger wurden. Auf vier dieser »Fühler« konnte Karl im Mondlicht Augen erkennen. Während das Wesen mit einem merkwürdig trappelnden Geräusch zwischen den Blättern hervorglitt, schien sein Hals kein Ende nehmen zu wollen. Aber dann erschien das Haus.

»Ach du liebes bisschen! Eine Schnecke?«, wunderte sich Karl.

»Ein Riesenschleimling«, korrigierte Knarrr.

»Klingt eher wie ein ekliger Pilz.«

»Ist aber ein wandelndes Haus. Ich weiß auch nicht, wer sich das ausgedacht hat.«

»Dieses Klopfen? Was ist das für ein Geräusch?«

»Im Gegensatz zu mir besitzt Baldrian den Vorzug, sich auf Beinen zu bewegen. Er hat ein paar hundert von den Stummeldingern.«

»Baldrian? Ihr kennt euch?«

»Kennen ist vielleicht übertrieben. Baldrian hat den Verstand einer jungen Föhre. Wir grüßen uns, wenn er vorüberzieht, das ist alles.«

Die Riesenschnecke schien fürwahr weder von Karl noch von dem reglosen Greif Notiz zu nehmen. Wie auf unsichtbaren Schienen bewegte sie sich zwischen ihnen hindurch. Tatsächlich war sie so groß wie eine Dampflokomotive, wenn auch, bis auf das Trappeln, deutlich leiser.

»Wenn Baldrian auf Füßen läuft, warum ist er dann ein Schleimling?«, fragte Karl.

»Das hängt mit seinen Ernährungsgewohnheiten zusammen. Er schleimt seine Beute ein und verdaut sie, während er darüber hinwegmarschiert.«

»Dann sollte ich mich wohl besser von ihm fern halten.«

»Nicht, wenn du auf die andere Seite des Amneme gelangen willst.«

»Du denkst doch nicht etwa, ich sollte ...«

»Allerdings, das denke ich. Baldrian wandert immer über dieselben Wege: im Zickzackkurs von einer Seite des Waldes zur anderen. Es wäre besser, dich zu beeilen, Karl, denn so langsam ein Riesenschleimling auch zu laufen scheint, bewegt er sich doch mit steter Beharrlichkeit.«

Karl stöhnte. Seit er in Phantásien war, musste er unablässig Entscheidungen fällen, die sich einfach nicht aufschieben ließen. »Also gut«, klagte er. »Lebe wohl, Knarrr. Und wenn mein Briefgreif aufwacht, dann schicke ihn zum Haus der Erwartungen.«

»Das werde ich tun, ehrenwerter Karl. Viel Glück. Und: Schlaf gut!«

Karl begann zu laufen. Zu seinem Erstaunen war es gar nicht so leicht, die kolossale Schnecke einzuholen. Ein Stück lief er neben Baldrian her und rief ihm ein paar beruhigende Worte zu, nur um nicht eingeschleimt zu werden. Der Schneckerich wandte ihm ein Auge zu und trappelte weiter. Wenn das ovale Haus auch für den massigen Körper des Riesenschleimlings ein paar Nummern zu klein war, würde ein Mensch wohl darin Platz finden, dachte Karl. Er entdeckte einige »Fenster«, mehr oder weniger runde Löcher unterhalb des gewölbten »Dachfirsts«. Eine Tür war allerdings nirgends auszumachen.

Er fasste sich ein Herz und sprang. Mit einem weiten Satz landete er auf dem Rücken der Schnecke. Oder war es bereits ihr Schwanz? Jedenfalls staunte Karl über die Leichtigkeit, mit der er diese Hürde genommen hatte. Der Rest war nur noch ein Kinderspiel. Er balancierte bis zum Schneckenhaus, das ihm aufgrund der geschraubten Form und einiger Rillen genügend Halt bot, um daran emporzuklettern. Das erste »Fenster« war zu klein, um dort hineinzuschlüpfen, aber schon beim nächsten fand er genügend Platz für seinen nicht gerade schmalen Leib.

Karl erkundete das Innere des Schneckenhauses, was insofern keine größeren Schwierigkeiten bereitete, als die Wände durchscheinend waren. Der phantásische Vollmond ließ sie wie gelbes Pergament vor einer Lampe schimmern, an einigen Stellen dunkler, an anderen erstaunlich hell. Karl entdeckte insgesamt acht Kammern. Weil er sich in engen Räumen nie besonders wohl fühlte, machte er es sich in der größten bequem, einem richtigen Zimmer, in dem sich fünf Personen, ohne einander in die Quere zu kommen, hätten ausstrecken können. Im Vergleich zum Wald draußen war es hier schon fast behaglich.

Erst jetzt fand Karl Muße, über die kurze, aber so bedeutende Begegnung mit Knarrr nachzudenken. Der Wurzhold hatte ihm vermutlich das Leben gerettet. Und ihn auf eine ungewisse Reise geschickt. Zum Abschied hatte er ihn »ehrenwerter Karl« genannt! *Viel Glück. Und: Schlaf gut!*

Karl fuhr aus der Mulde hoch, die er sich als Ruheplatz erwählt hatte. »Schlaf gut?«, flüsterte er. Ja, reichte es denn nicht, auf einem schwerfälligen Riesenschleimling durch den Wald des Vergessens zu reiten, um seine Erinnerungen zu behalten? »Nein!«, hauchte er entsetzt. Jemand, der sich mit der Strömung treiben lässt, kann trotzdem hektisch Pläne schmieden, selbst wenn er den Kurs seines Schiffes damit nicht im Geringsten ändert.

»Wie soll ich denn schlafen!?«, klagte er. Der Sturz vom Himmel, die Begegnung mit dem Waldschrat, die Pfeilviper in Huschhuschs Körper, die Todesangst, der Sprung auf den Rücken des Riesenschleimlings – das alles hatte ihn mehr aufgeregt, als es eine ganze Kanne schwarzen Kaffees hätte schaffen können.

Kraftlos sank er wieder auf den Schneckenhausboden. Erschöpft war er ja. Seit der Bewerbung bei Herrn Trutz hatte er nur wenig geschlafen – vorausgesetzt, er träumte das hier alles nicht –, und die Reise war bis zu diesem Moment auch kein Sonntagnachmittagsausflug gewesen. Während er noch mit der wundersamen Welt haderte, in die es ihn verschlagen hatte, drang pausenlos das leise Trommeln von Baldrians

Füßen an sein Ohr. Der ständige Gleichklang übte auf ihn die gleiche Wirkung aus wie auf andere Menschen das Gurgeln eines Bachs, das ferne Rauschen des Meeres oder ein sanftes Wiegenlied.

Und so sank Karl, ehe er sich's versah, in einen tiefen, traumlosen Schlaf.

DAS HAUS DER ERWARTUNGEN

Als Skrzat zur Abschussstelle zurückkam, packte ihn nacktes Entsetzen. Gerade erst hatte er dem Herrn die gute Nachricht übermittelt, und nun das! Das Menschenkind war ausgebüchst. Die Fesseln lagen wie durchgeschmorte Flachsfäden unter dem Baum. Besaß dieser Karl Konrad Koreander etwa Zauberkräfte? Oder hatte ihm ein anderer geholfen?

Der Waldschrat blickte zu dem Briefgreif hinüber. Nein, der Adlerlöwe lag in tiefer Bewusstlosigkeit. Er konnte den Gefangenen nicht befreit haben. Skrzat hatte große Lust, dem Greif trotzdem die Haut bei lebendigem Leib über die Ohren zu ziehen, aber dazu fehlte ihm die Zeit. Wutschnaubend rannte er zwischen den Bäumen hin und her, bis er endlich die frischen Spuren entdeckte.

»Ein Riesenschleimling«, sagte er leise.

Die Wanderschnecke kam alle paar Tage hier vorbei, deshalb hatte Skrzat ihrem Trampelpfad anfangs keine Beachtung geschenkt. Aber jetzt bemerkten seine scharfen Augen daneben die Abdrücke eines Menschen.

»Der Bursche will den Wald durchqueren! Ist raffinierter, als ich es ihm zugetraut hätte«, knurrte der Waldschrat und stieß einen zornigen Schrei aus. »Na warte, Bürschchen, weit kann dein Riesenschleimling noch nicht gekommen sein.«

Skrzat erhob sich in die Luft. Er würde die Wanderschnecke ein- und sich seinen Gefangenen zurückholen. Zumindest dachte er das. In seiner Wut wagte sich der Schrat zu tief in den Wald hinein. Darüber vergaß er den Zweck seiner Jagd und landete auf einer vom Mond beschienenen Lichtung, um zu überlegen, was er hier überhaupt suchte. Nur ab und zu aß er einen Käfer oder eine Spitzmaus, die sich zu dicht in seine Nähe wagten. So vergingen viele Jahre, und normalerweise hätte der Waldschrat Amneme wohl nie wieder verlassen. Aber trotzdem gelangte er später auf ziemlich erstaunliche Weise in die Alte Kaiser Stadt, in der ohnehin niemand bei Verstand ist. Aber das ist eine andere Geschichte und soll ein andermal erzählt werden.

Karl schreckte aus dem Schlaf hoch, als ihm die Morgensonne direkt in die Augen schien. Verwirrt blickte er sich um. Durch ein kleines rundes Fenster konnte er grüne Blätter vorüberziehen sehen, immer wieder durchbrochen vom strahlenden Blau des Himmels. Wo war er? Warum war er hier? Panik stieg in ihm hoch. Hatte das Vergessen sich etwa schon ans Werk gemacht?

Es war nur die übliche Desorientierung, gegen die er des Öfteren nach dem Aufwachen ankämpfen musste. Allmählich kehrte alles zurück: der Absturz mit dem Briefgreif, das kurze, aber unangenehme Zusammentreffen mit dem Waldschrat, die Flucht in Baldrians Schneckenhaus ... Besorgt reckte er sich zur Lichtöffnung hoch, um seine Umgebung genauer zu betrachten. War der Waldrand schon sichtbar? Oder bestand immer noch die Gefahr eines schleichenden Befalls mit dem Vergessen?

Zu seiner Erleichterung entdeckte er zwischen den Ästen eine offene Landschaft. Ganz in der Nähe erstreckte sich ein weiter grüner Hang, der zum Wald hin abfiel und aussah, als hätte darin jemand mit einem großen Rechen unzählige parallele dunkle Furchen gezogen.

Bei genauerem Hinsehen erkannte Karl ein ihm durchaus vertrautes Bild. »Ein Weinberg«, flüsterte er schmunzelnd. Das war ein gutes Zeichen. Er hatte es geschafft! Fast jedenfalls, denn am Waldsaum bemerkte er eine hohe Mauer. Selbst für Baldrian war der Steinwall wohl unüberwindlich. Möglicherweise nicht von ungefähr, dachte Karl. Unter Umständen war der Riesenschleimling ja am Ende eine zu groß geratene Weinbergschnecke.

Als er zu einem anderen Fenster wechselte, machte er eine neue, aufregende Entdeckung. Da stand, in einiger Entfernung, ein Palast. Normalerweise hätten ihm die Bäume die Sicht versperrt, aber weil der Wald an dieser Stelle in einer Senke abfiel und bei dem Gebäudekomplex wieder anstieg, konnte er ihn sehen. Je länger Karl zu dem bunten Dächergemisch hinüberblickte, desto klarer schälten sich einzelne Details heraus. Ja, es handelte sich eindeutig um eine ganze Ansammlung von Bauwerken, die alle irgendwie untereinander verbunden waren. Er sah kleine Holzhütten, marmorne Villen, aus Feldsteinen errichtete Katen, einen Granitpalazzo, Lehmhäuser, Pfahlbauten mit Grasdächern, ein strahlend weißes Palais, Eskimo-Iglus, Indianerzelte, Kirchen, Beduinenzelte, Tempel, Armeezelte, Schreine und Jurten.

Vermutlich gab es in diesem Zoo unterschiedlichster Gebäude noch eine Reihe anderer Arten. Aber als Karl plötzlich an einem Baum in der Nähe einen Wegweiser entdeckte, begriff er, dass es einmal mehr Zeit zum Abschiednehmen war. Das Schild bestand aus verwittertem Holz und hatte die Form eines Pfeils. Die Aufschrift entlockte ihm einen Freudenruf:

HAUS DER ERWARTUNGEN
Entfernung: So weit Sie wollen

Im Nu hatte er sich durchs Fenster ins Freie geschoben. Er klopfte an die Außenwand des Schneckenhauses, woraufhin sich ihm am Kopf des Riesenschleimlings ein Fühlerauge zuwandte. Karl rief: »Danke für alles, Baldrian, und Lebwohl!« Dann sprang er ab.

Einen Moment noch blickte er der Wanderschnecke nach, die geradewegs auf die hohe Mauer zustrebte. Vermutlich würde sie davor kehrtmachen und den Wald des Vergessens auf einer anderen Route erneut durchqueren. Knarrr hatte ja etwas von einem Zickzackkurs erwähnt.

Guter Dinge machte sich Karl auf den Weg zum Haus der Erwartungen. Der Text auf dem Wegweiser war ein wenig merkwürdig. *Entfernung: So weit Sie wollen.* Da musste sich wohl jemand einen Scherz erlaubt haben. Er hatte das Sammelsurium unterschiedlichster Bauwerke doch schon gesehen. Karl klappte seine Taschenuhr auf. Elf Minuten nach acht. Um halb neun würde er das Haus erreicht haben.

Punkt acht Uhr dreißig traf er vor dem Haus der Erwartungen ein. Nun wunderte sich Karl doch ein wenig über die Genauigkeit seiner Schätzung. Zutritt erlangte man offensichtlich über eine kolossale, strahlend weiße Rundhalle, die auf einem Platz aus schwarzem Vulkangestein stand. Drei überdachte Wandelgänge führten zu benachbarten Gebäuden. Die Ziegel des einen waren rot, die des zweiten blau und die des dritten grün. Karl wandte sich der großen Freitreppe zu, die unter einem Säulenvorbau mit spitzem Giebel endete. Er versuchte die Zahl der Säulen zu zählen, kam aber jedes Mal auf ein anderes Ergebnis. Sein Blick wanderte weiter zum Giebeldreieck des Vorbaus. Dort stand in erhabenen Lettern eine Inschrift:

Hier bekommst du, was du willst

»Klingt vielversprechend«, murmelte Karl. Aber durfte man solchen Zusicherungen glauben? Er war in seinem jungen Leben schon genug Lügen aufgesessen, um der reichlich großspurigen Behauptung mit Argwohn zu begegnen. Was, wenn da drin irgendein vielarmiges Ungeheuer mit Fledermausflügeln, großen bösen Augen und einem hungrigen Maul auf ihn lauerte?

»Guten Morgen! Ist da jemand?«, rief er zu der wuchtigen hellbraunen Tür im Schatten des Giebels hinauf.

Niemand antwortete.

Wie hatte Albega doch gleich die Hausherrin genannt? Wenn es ihm nur einfallen würde! Anscheinend knabberte Amneme doch schon an seinem Gedächtnis herum, sonst … *Hallúzina!* Mit einem Mal war der Name wieder da.

Karl rief ihn mehrere Male. Aber keine Antwort kam. Er überwand die letzten Stufen bis zur Tür. Ein kleines goldenes Schild war daran festgeschraubt. Auf diesem stand nicht etwa Hallúzinas Name, sondern:

Mach mich erwartungsvoll!

Er verspürte nicht die geringste Neigung herauszufinden, was mit dieser nebulösen Aufforderung gemeint sein könnte, und rief noch einmal nach irgendjemandem, aber niemand schenkte ihm Gehör. So betrat er also schweren Herzens das Haus der Erwartungen.

Die Tür war unverschlossen, wie vermutet. Zaghaft schritt er bis zur Mitte der Eingangshalle, den Blick unverwandt nach oben gerichtet. Der gewaltige Rundbau wurde von einer mächtigen Kuppel überragt. Er war völlig leer. Ein Säulengang an der Außenwand verlieh dem monumentalen Gebäude eine unerwartete Leichtigkeit. Karl entdeckte zahlreiche Ausgänge und versuchte sich zu erinnern, ob er draußen ebenso viele Wandelgänge gesehen hatte. Es gelang ihm nicht.

Als er den Blick nach unten wandte, sah er eine kunstvolle Windrose, die sich in rotem, grünem und blauem Marmor aus dem weißen Grund abhob. Schwarze dünne Nähte grenzten die verschiedenen Gesteinsarten voneinander ab. Alle vier Haupthimmelsrichtungen waren durch ein N gekennzeichnet. Karl kannte auf der Erde nur einen Punkt, von dem aus man überall nach Norden gelangte – den Südpol –, aber er zweifelte, ob es einen solchen in Phantásien gab. Was sich der Schöpfer dieser Windrose wohl gedacht hatte?

»Vielleicht führen alle Wege zum Ziel?«, grübelte er, war aber selbst nicht recht von seiner Interpretation überzeugt. Eher schon vermutete er dahinter irgendeine Täuschung, die von der Schönheit dieser Halle in öde Sackgassen lockte. Um die Suche nach Hallúzina zu beginnen, musste er einen der Ausgänge wählen. Er entschied sich nach langem Zögern für das dem Vorbau direkt gegenüberliegende prunkvolle Portal, das von einladender Größe und mit zwei Türflügeln ausgestattet war. So brauchte er sich nicht zwischen rechts oder links zu entscheiden oder gar für eine ganz andere Tür, von denen es in unterschiedlichen Maßen, Farben und Ausgestaltungen noch mindestens ein Dutzend gab.

Von der Eingangshalle gelangte er in einen Wandelgang mit gewölbter Decke. Ab und zu konnte er durch Lichtöffnungen eine Steinwüste ausmachen, jedoch war kein einziges der zahlreichen Nachbargebäude zu sehen. Der Gang mündete in eine Höhle. Karl war einigermaßen erstaunt. Nun hatte er von weitem prächtige wie auch bescheidene Behausungen erspäht, aber eine Höhle ...?

Über den Boden zogen sich, wie Blitze am Nachthimmel, gezackte, vielfach verzweigte Risse, die orangerot leuchteten und für ein karges Licht sorgten. Vielleicht lag dieses Verlies – anders konnte man es nicht nennen – über einem Vulkan. Karl hielt sich von den glühenden Ritzen fern und untersuchte die schroffen Wände. Nirgends war die Spur eines Werkzeugs zu erkennen. Aber auf der anderen Seite sah er einen Spalt. Er lief zu der schmalen Öffnung, stützte sich mit den Händen auf beiden Seiten ab und steckte den Kopf hindurch.

Vor ihm lag ein Höhlendom, mindestens so groß wie der weiße Kuppelbau und sogar annähernd rund. Karl zwängte sich mit vorgeschobener Schulter durch den Spalt. Wieder musste er Acht geben, um nicht mit dem Fuß in einen der vielen glühenden Risse zu geraten. Er schätzte die Höhe des Raums auf über dreißig Meter, seinen Durchmesser auf fast fünfzig. So beeindruckend die Ausmaße der Höhle auch waren, so wenig hatte sie sonst zu bieten. Nicht einmal einen weiteren Durchgang konnte er ausmachen. Karl seufzte. Er hatte sich von der Schönheit der Eingangshalle in diese öde Sackgasse locken lassen ...

Seine Gedanken gerieten jäh ins Stocken. Hatte er nicht in

dem Rundbau genau dasselbe gedacht? Ehe er sich über die Bedeutung dieser Übereinstimmung klar werden konnte, schleuderte ihn ein ohrenbetäubender Schrei in die Wirklichkeit zurück. Er fuhr herum, und ihm blieb das Herz stehen. Vor ihm stand ein vielarmiges Ungeheuer mit Fledermausflügeln, großen bösen Augen und einem hungrigen Maul. Es glich einem Tintenfisch, genauer gesagt einem Kraken, und war bleich wie eine Wasserleiche. Einer der saugnapfbewehrten Arme schlug nach ihm. Im letzten Moment konnte er zur Seite springen, behender, als er selbst es je für möglich gehalten hätte. Er rollte sich am Boden ab und war sogleich wieder auf den Beinen.

Der fliegende Tintenfisch stieß erneut seinen schrillen Schrei aus. In Karls Hirn rotierte ein Mühlstein und zermalmte lauter leere Gedankenhülsen. Irgendwo musste es doch einen Ausweg geben. Wieder zuckte einer der Tentakel vor, aber Karl entkam ihm abermals. Er griff in die Hosentasche, holte sein Taschenmesser hervor und klappte es auf. *Was für eine erbärmliche Waffe!* Dabei war er überzeugt, dass es irgendwo in Phantásien – hier, wo die Grenzen wanderten, Himmelsrichtungen wechselten und sogar die Zeit sich dehnen ließ – auch einen Helden gab, der aus einem rostigen Klappmesser ein mächtiges Schwert machen konnte.

Karl erschauderte. Nicht weil das Tentakelmonster wieder gegen ihn vorrückte, sondern weil sich das Messer in seiner Hand mit einem Mal veränderte. Zuerst begann es zu leuchten, bis es hell wie weißglühender Stahl gleißte – dennoch blieb es kühl. Dann wuchs es und wurde zu einem zweischneidigen Schwert, nicht sehr groß zwar, aber selbst die Bestie zeigte sich von dem Spektakel beeindruckt. Sie wich sogar ein Stück zurück. Erstaunt wog Karl das Schwert in seiner Rechten. Es war so leicht wie eine Feder. In der linken

Hand hielt er eine Scheide, die immer noch so schäbig aussah wie das Futteral seines ehemaligen Taschenmessers, aber ebenfalls auf die Größe der Schwertklinge gewachsen war.

Der fliegende Tintenfisch besaß wohl nicht genug Verstand, um sich der neuen Bedrohung bewusst zu werden. Nach dem ersten Schrecken über das gleißende Licht ging er wieder zum Angriff über. Karl wollte das Schwert hochreißen, um einen heransausenden Fangarm zu parieren, stellte aber verwundert fest, dass die Klinge *ihn* führte. In seiner Hand bewegte die Waffe sich schnell wie die Flügel einer Libelle. Im Nu war der Tentakel in feine Scheiben zerteilt. Der Angreifer zog sich kreischend und blutend bis zur Höhlenwand zurück.

Diesen Augenblick nutzte Karl, um den Rückzug anzutreten. Mit Schwert und Scheide rannte er auf den rettenden Spalt zu, durch den ihm das Ungeheuer unmöglich folgen konnte. Fast schon hatte er ihn erreicht, als er hinter sich einen wütenden Schrei hörte. Karl hechtete mit ausgestreckten Armen nach vorn und schaffte es irgendwie, durch das Loch zu fliegen, ohne im Geringsten anzuecken.

Aber damit war die Gefahr noch nicht gebannt. Während er sich noch am Boden abrollte, schossen zwei weitere Fangarme durch das Loch. Einer schlang sich um Karls linkes Fußgelenk. Der zweite machte mit dem Schwert Bekanntschaft. Um ein gutes Stück gestutzt, zog er sich wieder zurück. Karl schrie vor Schmerzen auf, weil die Saugnäpfe des verbliebenen Fangarms sich regelrecht in sein Bein einzubrennen schienen. Mit brutaler Gewalt wurde er zu dem Spalt zurückgezerrt, hinter dem er eines der großen bösen Augen sah. Kurz bevor sein Fuß in das hungrige Maul gezerrt werden konnte, holte er mit dem Schwert aus, schnellte mit dem Oberkörper, als wäre er das Klappmesser, nach vorn und stach die Klinge in das glotzende Auge. Sofort ließ der Tentakel ihn los.

Der Schrei des Ungeheuers war markerschütternd. Karl kroch von dem Spalt weg, aus dem sich eine klare Flüssigkeit ergossen hatte – vermutlich der Inhalt des verletzten Riesenauges –, rappelte sich auf das Schwert gestützt hoch und humpelte dem Ausgang entgegen. Erst als er wieder im Wandelgang war, gönnte er sich eine Verschnaufpause.

Während er noch, das schmerzende Bein angewinkelt, an der Wand stand, wich das Strahlen aus seinem Schwert. Nun war die Klinge wieder rostig wie das Messer zuvor, der Griff nur ein altes Holzstück wie bei einem Kindersäbel. Ehe er sich's versah, sprang es in die Scheide. Karl schüttelte den Kopf.

Zunächst musste er sich um sein verletztes Fußgelenk kümmern. Zum Glück schien nichts gebrochen zu sein. Aber da, wo die Saugnäpfe zugepackt hatten, war das Fleisch regelrecht aufgerissen. Weil er sich nicht anders zu helfen wusste, zog Karl Mantel und Jacke, Hemd und Unterhemd aus. Aus Letzterem machte er sich einen Verband, indem er es in passende Stücke zerriss. Als er wieder angezogen war, stand er vorsichtig auf. Das Bein schmerzte, aber er kam besser damit zurecht, als er es sich vor einem Tag hätte vorstellen können. Er schnallte sich das rostige Schwert um. Hätte er dessen wundersame Verwandlung nicht erlebt, würde er sich bemitleiden, so aber erfüllte ihn diese Waffe mit Stolz.

Was nun? Unentschlossen humpelte er in Richtung Eingangshalle. Sollte er das Haus der Erwartungen verlassen? Dann würde er nie erfahren, wohin sich Herr Trutz von hier aus gewandt hatte. Und wenn er weitersuchte? In dem Fall würde er mit Sicherheit bald im nächsten Dreckloch landen.

Er hätte aus der Haut fahren können, weil er keinen Ausweg fand.

Als er durch eines der glaslosen Fenster schaute, schwante ihm nichts Gutes. Die Steinwüste war verschwunden. Jetzt sah Karl einen dichten Urwald, durch den Nebelschwaden trieben und Luftwurzeln die Sicht in senkrechte Scheiben zerteilten. Die anderen Lichtöffnungen zeigten denselben Dschungel. Anscheinend war dieser ummauerte Weg in sehr viel umfassenderem Sinne ein *Wandel*gang, als er es für möglich gehalten hätte.

Aber dann sah er doch vor sich wieder das prunkvolle Portal. So schnell es ihm sein verletztes Bein erlaubte, humpelte er darauf zu, stieß die beiden Türen auf, stürzte hindurch und ...

... fiel in die Tiefe.

Karl schlug hart auf dem morastigen Grund des Drecklochs auf. Seine Beine sanken sofort ein. Um ihn herum stank es nach Moder und ungesunden Dämpfen, und unter sich hörte er ein beunruhigendes Rumoren. Eigentlich hatte er sich etwas anderes erhofft, aber schlagartig wurde ihm klar, dass dieser neuerliche Alptraum haargenau seinen *Erwartungen* entsprach. Jetzt fiel es ihm wie Schuppen von den Augen. Das Haus trug seinen Namen nicht von ungefähr. Über dem Eingang hatte auch nicht gestanden: »Hier bekommst du, was du dir wünschst.«

»Ich *will* aber nicht in diesem Dreckloch versinken«, presste Karl zwischen den Zähnen hervor und ruderte mit Armen und Beinen gegen genau dieses Schicksal an. Der bröcklige, stinkende Morast ging ihm schon bis zur Brust. *Mach mich erwartungsvoll!* Jetzt erkannte er die Tücke dieser Worte auf dem verlockend goldenen Schild an der Eingangstür. Kein Wunder, dass Albega diese Hallúzina eine Hexe geheißen hatte. Das Haus mästete sich mit den Erwartungen seiner Besucher – daher wohl auch die vielen unterschiedlichen Gebäude –, und am Ende verschluckte es sie in diesem Dreckloch ...

Der stinkende Matsch kroch an Karls Hals empor. Er hatte aufgehört sich zu bewegen, um das Einsinken nicht auch noch zu beschleunigen (in irgendeinem Buch war er einmal auf diese Weisheit gestoßen). Die trübe Masse schien schon in seine Gehirnwindungen einzudringen – warum sonst konnte er keinen klaren Gedanken fassen?

Nein!

Mit einem Mal schoss ein Geistesblitz wie ein reinigendes Feuer durch sein Bewusstsein. Das hier konnte nicht die »übliche Verfahrensweise« mit Besuchern des Hauses sein. Er selbst hatte ja *erwartet,* in ein Dreckloch zu fallen, nur deshalb war es auch geschehen. Ebenso vorher: Die öde Sackgasse mit dem vielarmigen fliegenden Ungeheuer und selbst das Schwert, das jetzt nutzlos mit ihm im Schlamm versank – all das hatte sein Geist erschaffen, bevor es Gestalt annahm.

Wie komme ich hier raus! Er wünschte es sich so sehr, aber offenbar waren Wünsche nicht dasselbe wie Erwartungen. Ein Kind mochte sich eine Uhr wünschen, aber trotzdem nicht ernsthaft erwarten, sie auch zu bekommen. *Es muss doch einen Weg geben!* Karl reckte den Hals und legte den Kopf nach hinten, damit ihm die zähe Brühe nicht in den Mund lief. Jetzt wusste er, was ein handfester Alptraum war.

Als er die erste Ladung Morast schluckte, packte ihn die Panik. Das Leben schoss wie ein alter Stummfilm im Schnelldurchlauf an seinem inneren Auge vorbei. Er war ein Junge ohne richtige Kindheit gewesen, ein gescheiterter Student, ein Buchverkäufer ohne Laden – aber er konnte doch nicht hier und so enden, in diesem ganz und gar abscheulichen Alptraum ...

Der Schlamm schloss sich über seinem Kopf zusammen. Nur die verzweifelt fuchtelnden Arme schauten noch hervor.

Nein!, schrie Karl noch einmal im Geist, während er gegen das Bedürfnis ankämpfte zu husten, zu würgen und endlich wieder Luft zu holen. Nein, das war nicht möglich, nicht wirklich sein Schicksal. Nicht er ging hier unter, sondern irgendeine fixe Idee.

Ich will endlich wieder der sein, der ich wirklich bin!

Plötzlich stand Karl in einem kleinen, hellen, warmen Zimmer, dessen Wände, Boden und Decke ganz und gar aus Spiegeln bestanden. Er sank auf die Knie und hustete sich die Gedärme aus dem Leib.

Nach einer Weile – er hatte den Boden inzwischen leidlich bekleckert – ging es ihm besser. Was war *das* nun wieder? Irgendeine neue Hexerei der Dame Hallúzina? Verwundert sah er an sich herab. Seine Kleidung hatte nicht den kleinsten Schlammfleck. Nur aus seinem Innern war der Dreck gekommen, mit dem er den Boden verschmutzt ...

Karl erhob sich verwundert. Der Raum war ein vollkommenes Sechseck. Wie eine Bienenwabe. *Eine Spiegelwabe!*, korrigierte er sich. An der Wand gegenüber sah er den jungen Mann, der ihm hinlänglich vertraut war: Karl Konrad Koreander in seinem abgetragenen, formlosen Fischgrätmantel, wie er leibte und lebte. Aber als er den Blick nach links wandte, erschrak er.

Auch da stand unverwechselbar sein Spiegelbild. Es reagierte willig auf jede Bewegung der Arme oder des Kopfes – doch es war vierzehn Jahre zu jung. So hatte er als Knabe ausgesehen, der nach der Schule den Haushalt führen musste, weil die Mutter nicht mehr da und der Vater auf Arbeit war.

Karl hob die rechte Hand vor sein Gesicht und zuckte unwillkürlich zusammen. Sie war tatsächlich klein. Eine Kinderhand.

Rasch eilten seine Augen zu dem vertrauten Bild zurück. Erneut machte er die Handprobe und atmete erleichtert auf, als er wieder die vertraute Pranke sah. Nun wagte er einen Blick nach rechts.

Dort gewahrte er einen alten Mann: schwer und untersetzt, mit Wurstfingern, einem roten Bulldoggengesicht, knollenförmiger Nase und albernen weißen Haarbüscheln über den Ohren, die der Glatze eine besondere Note verliehen. Nur die kleine goldene Brille hatte sich nicht verändert. In der Rechten hielt der Alte ein Buch mit kupferfarbenem Umschlag, und zwischen den Zähnen klemmte eine gebogene Pfeife, die Karl irgendwie bekannt vorkam. Er winkte, und der Pfeifenraucher in dem abgetragenen und zerknitterten schwarzen Anzug erwiderte die Geste.

»Wenigstens bleibe ich den Büchern verhaftet«, murmelte Karl, der sich trotz des enormen Altersunterschieds sofort erkannt hatte. *Ich will endlich wieder der sein, der ich wirklich bin!* Dieser Gedanke hatte ihn aus dem Moorschlund gerettet. War er *das?* Dieser alte, bärbeißige Mann? Erst jetzt bemerkte er das Funkeln in den blauen Augen des betagten Herrn Koreander. Dieser Blick hatte so gar nichts von der Verzagtheit, die er sonst immer im Spiegel sah. In ihm lagen Selbstvertrauen, Stärke, Mut.

Weiter links entdeckte Karl nun eine nur unwesentlich ältere, verlumpte und verhärmte Ausgabe seiner selbst, die gebeugt, irgendwie vertrocknet und ganz und gar jämmerlich anmutete. Erschrocken drehte er sich wieder nach rechts.

Schon besser!, dachte er. Karl Nummer fünf war unübersehbar ein Held. Die glänzende Rüstung und das große

Schwert an seiner Seite gestatteten keine Zweifel. Mit stolzgeschwellter Brust stand er da, auf eine schwer zu beschreibende Weise vorwärts gerichtet. Eben ein Eroberer. Seine Miene verriet, wie sehr er alle Gefahren verachtete. Nur seine Augen irritierten Karl einmal mehr. In ihnen lag eine Verschlagenheit, die ihm nicht behagte. Zögernd wandte er sich nochmals nach rechts.

Nun hatte er eine halbe Drehung um die eigene Achse vollzogen. Und stutzte. Alles war wieder da: der ausgebeulte Mantel, die schäbigen Schuhe – das Spiegelbild schien dem auf der anderen Seite wie ein Ei dem anderen zu gleichen. Aber auf den zweiten Blick bemerkte Karl doch einige Unterschiede. Der junge Mann im Spiegel wirkte irgendwie selbstbewusster als der gegenüber. Aufrechter. Und jetzt bemerkte Karl noch weitere Einzelheiten. Sein anderes Ich hatte mehr Haare. Er stieß einen kleinen Schrei aus und fuhr sich mit den Fingern durch dieselben. Tatsächlich. Er öffnete Mantel und Jacke, um sich genauer zu betrachten. Ja, es stimmte. Auch die Figur dieser sechsten Ausgabe seiner selbst war irgendwie stattlicher. Die Schultern hingen nicht so müde herab, sondern wirkten breiter, die Hüften schmaler, der Kopf nicht mehr geduckt. Und die Augen? Sie strahlten blau, direkt, voller Selbstvertrauen. *Wie bei dem Alten.*

Plötzlich fuhr er zusammen. Für einen kurzen Moment, kaum länger als ein Wimpernschlag, hatte er eine andere Gestalt in dem Spiegel gesehen. Sie strahlte gleichsam durch sein Ebenbild hindurch und verblasste sofort wieder. Es war ein kleines, ernstes, blasses Mädchen von neun oder zehn Jahren. Karl bekam eine Gänsehaut. Er entsann sich der Beschreibung Albegas von der Kindlichen Kaiserin. Ihr Haar sei weiß wie frisch gefallener Schnee, vermutlich weil sie uralt war und doch ewig jung. Karl hatte in dem Spiegel auch andere Einzelheiten gesehen, die er nicht vom Bücherdrill wissen konnte: ihr weites seidenes Gewand, ihre nackten Füßchen, die auffallend lang gezogenen Ohrläppchen, das überirdisch schöne Gesicht – das jedoch kränklich aussah. Und dann die bernsteinfarbenen Augen! *Oder golden?*, fragte er sich zweifelnd; man nannte sie ja die Goldäugige Gebieterin. Sie hatte ihn direkt angesehen. Als wollte sie ihm etwas sagen. Aber da war sie schon wieder verschwunden.

Lange blieb er bewegungslos stehen, weil er hoffte, einen weiteren Blick auf *Weisenkind* zu erhaschen. Er wusste selbst nicht, warum er ihr spontan diesen Namen gegeben hatte. Vielleicht, weil er in ihren Bernsteinaugen eine wissende Tiefe gesehen hatte, die ihre Kindlichkeit wie ein unergründbares Rätsel erscheinen ließ. Aber hatte Albega nicht genau das gesagt? *Ihr Wesen gehört zu den großen Geheimnissen Phantásiens.*

Karl schloss für einen langen Atemzug die Augen. Vielleicht bildete er sich das alles nur ein.

Seine Aufmerksamkeit kehrte zu dem Alter Ego zurück, das auf so subtile Weise dem seinen glich und doch anders war. Langsam drehte er sich noch einmal um die eigene Achse und musterte dabei seine unterschiedlichen Spiegelbilder, die seinem Beispiel folgten. Erst jetzt wurde er sich der bedrückenden Enge bewusst. Er kam sich vor wie eine Bienenlarve in ihrer Wabe. *Ich will endlich wieder der sein, der ich wirklich bin!* Wieder hallten die Worte durch seinen Sinn, die ihn hierher gebracht hatten. Wer war er denn *wirklich?* Und wer würde er in Zukunft sein, wenn es ihm jemals gelang, aus dieser offensichtlich türlosen Zelle herauszuschlüpfen? Etwa weiterhin der ihm sattsam bekannte Zauderer? Oder der Junge, der ewig seiner verhunzten Kindheit nachtrauerte? Vielleicht der alte Mann, der das Leben gesehen hatte und daran gewachsen war? Oder der Jämmerling, den seine eigene Unentschlossenheit austrocknete? Dann doch lieber der Held in seiner strahlenden Rüstung! Auch dann, wenn dieser auf nichts und niemanden Rücksicht nahm?

Dem Gefangenen in der Spiegelwabe dämmerte, dass es für ihn mehrere Wirklichkeiten gab. Er sah seine eigenen Erwartungen, die miteinander im Widerstreit lagen, die Spiegelbilder seiner vielschichtigen Persönlichkeit. Welches würde obsiegen? Wer hatte ihm denn geholfen, die Schwierigkeiten und Gefahren der letzten Stunden durchzustehen? War es der strahlende Held? Nein, der hätte mit dem Waldschrat kurzen Prozess gemacht. Aber offensichtlich auch nicht der Jämmerling. Karl wandte sich wieder dem anderen Ich zu, das den alten Mantel so viel eindrucksvoller ausfüllte, als er es bisher getan hatte. War das er? Hatte dieser junge Mann sich so überraschend geschickt auf den Rücken des Riesenschleimlings geschwungen, so beherzt mit der fliegenden Tentakelbestie gekämpft? Mit einem Mal schmunzelte Karl.

Das Spiegelbild tat es ihm nach. Wie er blickte es zu dem verbundenen Fußgelenk herab. Um ganz sicherzugehen, kontrollierte er noch einmal die anderen fünf. Warum war ihm das nicht früher aufgefallen? Sogar dem Ich Nummer eins, das ihm, wie er bisher geglaubt hatte, am ähnlichsten war, fehlte der Verband und sogar das Schwert unter dem Mantel, wie er nun überrascht feststellte. Dafür zeichnete sich in der rechten Hosentasche, in die er immer das Klappmesser zu stecken pflegte, eine Beule ab.

Karl wandte sich wieder seinem sechsten Ich zu. Er atmete tief durch. Dann trat er durch den Spiegel.

Er hatte ja eine positive Wendung erwartet, aber was er nach dem Verlassen der Spiegelwabe erlebte, überraschte ihn dann doch. Karl stand in einem gemütlichen Zimmer, das in ländlichem Stil eingerichtet war. In der Luft hing ein Duft von Erbsensuppe. Den Boden bedeckten rote, blank geschrubbte Ziegelsteine. Die Wände waren weiß getüncht und mit Trockenblumen, Dreschflegeln, schlichten Bildern und anderen Utensilien rustikalen Lebens geschmückt. Über die Decke zogen sich braune Balken, eigentlich nicht viel mehr als abgeschälte und versiegelte Baumstämme. Über diesen Sparren lagen wieder Ziegel. Zur Linken führte ein oben abgerundeter Durchgang in ein Nebenzimmer, aus dem das Klappern von Töpfen zu hören war – vermutlich die Küche. Auf der anderen Seite bemerkte Karl einen aus Feldsteinen gemauerten Kamin, in dem ein munteres Feuerchen brannte. Und davor, in einem braunledernen Ohrenbackensessel, aus der Meerschaumpfeife blaue Wölkchen paffend und versonnen in die Flammen blickend, saß Thaddäus Tillmann Trutz.

»Ach du liebes bisschen!«, entfuhr es Karl.

Der Buchhändler drehte sich um. »Ah! Wir haben Besuch. Das ist aber nett!«

Vor Überraschung und weil das verletzte Bein auf jede unbedachte Bewegung mit heftigen Schmerzen reagierte, war Karl gegen eine Petroleumlampe getaumelt, die neben ihm an der Wand hing. Rasch rückte er das gläserne Licht wieder gerade. Er stand in einem Alkoven, in dem eine kleine Bank mit grünem Polster unter der Lampe zum Lesen einlud. Karl grinste den alten Mann schief an. »Guten Tag, Herr Trutz. Wo sind Sie gewesen? Wir haben Sie vermisst.« Er trat aus der Mauernische, humpelte zum Sessel und reichte dem Buchhändler die Hand.

»Vermisst? Mich? Aber ich bin doch hier.«

»Ja, jetzt, aber vorher ...«

»Vorher«, unterbrach Herr Trutz den Besucher brummig, »vorher – was soll denn das heißen?«

»Seit wann sind Sie denn schon hier?«

»Seit wann? Na, solang' ich denken kann.«

Karl ahnte Schlimmes, und als der Alte nach einem musternden Blick erneut die Stimme erhob, wurden seine ärgsten Befürchtungen wahr. »Wer sind Sie überhaupt?«

»Erkennen Sie mich denn nicht?«, fragte Karl, und es klang eher nach einem Flehen.

»Ich? Sie kennen? Woher denn?«

»Ach du liebes bisschen!«

»Sie wiederholen sich, junger Mann.«

Karl suchte hektisch seine Manteltaschen ab. »Ich bin Karl Konrad Koreander. Ihr Mitarbeiter. Ihr kommissarischer Geschäftsführer. Ihr designierter Erbe ... *Hier!* Da ist sie. Diese Generalvollmacht haben Sie ausgestellt, Herr Trutz. Damit machen Sie mich zu Ihrem Nachfolger.«

Der Alte nahm Karl das Dokument ab, faltete es auseinander und betrachtete es durch sein Augenglas. »Was soll denn das sein?«

»Ihre Vollmacht. Oder vielmehr *meine* Generalvollmacht. Ich will damit sagen, Sie haben ...«

»Ich habe gar nichts«, fuhr Herr Trutz ihm über den Mund und reichte ihm das Papier zurück. »Der Wisch ist ja noch nicht mal unterschrieben.«

Karl stöhnte, und während er die kostbare Vollmacht wieder vorsichtig in der Brusttasche des Mantels verstaute, beteuerte er: »Deshalb bin ich ja hier. Na ja, nicht allein deshalb. Auch weil Sie verschollen sind und die Bücher aus der Phantásischen Bibliothek verschwinden und die Kindliche Kaiserin allmählich Frostbeulen bekommt und ...«

»Sie reden ja lauter Schwachsinn, junger Mann. Wie war doch gleich Ihr Name?«

»Koreander. Karl Konrad Koreander.«

»Du meine Güte! Drei Ks! Wer denkt sich denn so was aus!«

»Sie heißen Thaddäus Tillmann Trutz. Das sind drei Ts.«

Der Alte kicherte wie ein Schwachsinniger. »Wer hat Ihnen denn diesen Humbug erzählt. Ich heiße Schmusibär.«

»Heißen Sie nicht«, widersprach Karl energisch. Er musste sich an der Sessellehne festhalten, bis sich der erste Schwindel gelegt hatte. Anscheinend war der Alte nach dem Abschuss durch Skrzat zu lange durch den Wald des Vergessens geirrt. Er benahm sich ja wie ein Narr.

Unvermittelt erscholl aus einem Nebenzimmer ein langgezogener Ruf. »Schmusibär?«

»Na bitte!«, versetzte der Alte und paffte, offenkundig zufrieden, ein paar Wölkchen in die Luft.

»Schmusibär, sprichst du da mit jemandem?«, meldete sich erneut die weibliche Stimme von nebenan. Nach Karls Empfinden knarrte sie wie eine schlecht geölte Tür.

»Ja, da ist jemand gekommen und fragt nach einem Theos Tollmann Trotz.«

»Thaddäus Tillmann Trutz«, knurrte Karl.

»Ist ja auch egal«, erwiderte der Alte schnippisch.

Aus dem Durchgang trat eine alte Frau, die genauso aussah, wie Karl es erwartet hatte: hutzelig, gebeugt, nicht besonders sauber, mit rotem Kopftuch, einer warzengespickten Hakennase und einer gelben Katze auf dem Buckel: *Die Hexe! Der Wald des Vergessens hat dem armen Tropf die Erinnerung geraubt, und das Weibsbild hat ihm nachher den Rest gegeben.* Zum ersten Mal in seinem Leben beglückwünschte sich Karl zu seiner Scharfsinnigkeit.

Die gelbe Katze erhob sich vom Hexenbuckel in die Luft,

drehte im Kaminzimmer eine Runde und entschwand in die Küche. *Alles klar,* dachte Karl, *mit Sicherheit ein verhexter Rabe.* Irgendwie musste er Herrn Trutz aus den Klauen der Vettel befreien.

Karl lächelte. »Guten Tag, werte Frau ... Hallúzina, wenn ich mich nicht irre.«

»Wie haben Sie das erraten?«, erwiderte sie, durchaus nicht unfreundlich. Sie trat auf Karl zu, wischte sich die Hände an einem Küchenhandtuch ab und reichte ihm die Rechte zum Gruß.

Karl wich einen Schritt zurück. Möglicherweise wollte sie ihn ja in eine Maus verwandeln.

Die Dame des Hauses übersah geflissentlich sein unhöfliches Benehmen. »Und Sie wären dann ...?«, fragte sie, schob den Kopf erwartungsvoll vor und lauschte.

»Karl Konrad Koreander.«

»Auf der Durchreise, nehme ich an.«

»Ich bin auf der Suche nach Herrn Trutz.«

»Und? Haben Sie schon eine Ahnung, wo er sich aufhält?«

»Ja, er sitzt hier neben uns im Sessel.«

Hallúzina sah verwundert aus. Sich an den alten Narren wendend, fragte sie: »Das kann aber nicht sein, nicht wahr, mein Schmusibär?«

»Ausgeschlossen«, erwiderte der Gefragte und paffte weiter.

»Sie müssen ihn mit jemandem verwechseln«, versicherte die Alte.

»Das bezweifle ich«, antwortete Karl gereizt.

»Er sieht bestimmt nur so aus wie der, den Sie suchen, aber er ist es nicht«, beharrte Hallúzina.

»Nicht *mehr,* wollen Sie wohl sagen.«

»Hören wir da einen versteckten Vorwurf?« Die Hexe gab sich belustigt.

»Ihr ganzes Haus ist doch ein einziger Betrug. Die Paläste, Hütten, Drecklöcher – das ist alles gar nicht wahr.«

»Vielleicht ist nicht alles so, wie *Sie* es angenommen haben, junger Mann, aber ich versichere Ihnen, es hat die Erwartungen früherer Besucher voll und ganz erfüllt. Offen gestanden komme ich mit dem Putzen mittlerweile gar nicht mehr nach. Es ist recht weitläufig geworden, wenn Sie wissen, was ich meine.«

Karl sah Hallúzina mit offenem Mund an. Ja, er ahnte es zumindest. Vermutlich gab es seit heute im Haus der Erwartungen eine niegelnagelneue Tentakelmonsterhöhle und einen gerade eingeweihten Moorschlund. Aber die Spiegelwabe, die hatte er wohl nicht erschaffen. Oder etwa doch?

»Wollen Sie zum Essen bleiben oder gleich weiterreisen?«, fragte Hallúzina kühl.

Karl überlegte nicht lang. Um Herrn Trutz aus den Klauen der Hexe zu befreien, musste er sich etwas einfallen lassen. Solange er ihre Tücken und vor allem ihren schwachen Punkt nicht kannte, konnte er sie nicht überlisten. Nur so, davon war er überzeugt, würde er sich und den Buchhändler hier herausschaffen. Er musste auf Zeit spielen. »Ich bleibe.«

»Na schön«, beschied ihm die Hexe. »Dann sind wir von jetzt an also drei.«

Die Erbsensuppe hatte erwartungsgemäß grauenhaft geschmeckt. Herr Trutz schien daran indes seine helle Freude gehabt zu haben. Behaglich räkelte er sich wieder in seinem

Ohrenbackensessel, nachdem er von irgendwoher frisches Feuerholz geholt hatte. *Er ist ihr Sklave,* dachte Karl.

»In letzter Zeit ist es recht frisch geworden«, begann der Alte ein Gespräch. Seine Ungehaltenheit über Karls ungehobelten Auftritt schien er schon wieder vergessen zu haben.

»Vielleicht hängt es mit den verschwindenden Büchern zusammen«, antwortete Karl hintersinnig.

»Was für Bücher?«

»Aus der Phantásischen Bibliothek.«

»Du meine Güte! Was ist denn das?«

»Dort werden ungeschriebene und verschollene Bücher aufbewahrt.«

»Das ist ja interessant! Und deshalb ist es neuerdings so kalt?«

Karl stöhnte. »Können Sie sich noch erinnern, wie Sie hierher gekommen sind?«

»Marie hat mich zu dem Haus geführt. Liegt etwas abgelegen. Hat mir aber trotzdem auf Anhieb gefallen.« Herr Trutz sog an der Pfeife, deren Tabakvorrat unerschöpflich schien.

Karl runzelte die Stirn. »Marie?«

»Meine liebe Frau.«

»Sie sprechen doch nicht etwa von der Hexe, die da gerade in der Küche den Abwasch macht.«

»Hüten Sie Ihre Zunge, junger Mann! Marie mag ja nicht mehr die Jüngste sein, aber sie ist alles andere als eine Hexe. Sie verwöhnt mich, wie ein Mann es sich nur wünschen kann.«

»Ein Pascha, meinen Sie.«

»Das habe ich gehört.«

»Entschuldigung. Ist mir so rausgerutscht.«

»Stimmt aber nicht. Marie und ich ergänzen uns aufs Vollkommenste. Beim Abwasch wechseln wir uns übrigens ab.«

Karl schüttelte den Kopf. Er konnte sich noch gut erinnern, wie Herr Trutz – vor zwei Tagen? – von Marie, seiner »lieben Frau«, gesprochen hatte. Sie sei gestorben, und er habe damals aus einem Buch neue Kraft geschöpft. Der Alte war offensichtlich seines Verstandes beraubt. *Und Hallúzina ist die Diebin.* Karl nahm sich vor, dem alten Narren die Augen zu öffnen. »Erzählen Sie mir ein bisschen von Ihrer Frau, Herr Trutz.«

Das tat er dann auch. Der Buchhändler sprach von dem liebreizenden Wesen seiner Marie. Von jeher nenne sie ihn ihren Schmusibär. Inzwischen habe er seinen richtigen Namen vergessen. Marie sei gütig, zuvorkommend, langmütig, eine hervorragende Köchin, klug, zum Streiten völlig ungeeignet, belesen, anschmiegsam, humorvoll, graziös, noch im Alter hübsch, strahlend von einer inneren zeitlosen Schönheit und lieb.

Karl konnte nicht glauben, dass Herr Trutz von derselben Frau sprach, mit der er eben zu Abend gegessen hatte. »Ist Ihnen je die dicke Warze auf ihrer Hakennase aufgefallen?« fragte er.

Der Alte sah ihn entsetzt an. »Ich muss doch sehr bitten, junger Mann. Fangen Sie schon wieder damit an?«

»Aber sie hat eine Warze.«

»Hat sie nicht.«

»Hat sie doch.«

Die Katze kam aus der Küche geflogen und unterbrach durch ihr Erscheinen die Meinungsverschiedenheit. Sie landete auf der Sessellehne und trillerte eine Melodie, die Karl völlig unbekannt war. Herr Trutz hielt dem Tier den Finger hin. »Na, Mausi, hat Frauchen dir schon dein Fresserchen gegeben?«

Karl stöhnte leise, aber das Geräusch reichte aus, um Mausi

zu verscheuchen. Quirlig wie ein junger Kanarienvogel schwirrte sie davon.

»Erzählen Sie mir doch ein wenig von Ihrer Familie«, sagte Herr Trutz, als hätte es nie ein Streitgespräch über die Nase seiner angeblichen Frau gegeben.

»Ich bin unverheiratet«, antwortete Karl knapp.

»Und Eltern haben Sie auch keine?«

Karl schluckte eine bissige Bemerkung herunter. »Meine Mutter ist gestorben, als ich noch ein kleiner Junge war. Ich kann mich nicht mehr richtig an sie erinnern.«

»Wie tragisch! Und Ihr Vater.«

Karl zuckte die Achseln und gab ein sehr kurzes »Hm« von sich.

»Wie darf ich das verstehen? Sie Armer sind doch nicht etwa eine Vollwaise?«

»Inzwischen schon.«

»Also, sehr gesprächig sind Sie nicht, junger Mann. Sagen Sie mir ruhig, was Ihr Herz bedrückt.«

Erstaunlicherweise wirkte Herr Trutz in diesem Moment völlig klar, aufrichtig interessiert an der Familiengeschichte seines Besuchers, fast wie ein alter weiser Freund, der behutsam in seinen jüngeren Gefährten dringt, um herauszufinden, wie er diesem einen guten Rat geben kann.

Karl seufzte leise, dann begann er zu reden. Er grub in seinen ältesten Erinnerungen, als er noch ein kleiner Junge gewesen war und eine heimtückische Grippe plötzlich seine Mutter hingerafft hatte. Der Vater war danach wie verwandelt gewesen. Bereits als Neunjähriger hatte Karl den Haushalt besorgt. Zum Spielen fehlte ihm meistens die Zeit. Wenn der Vater abends mürrisch nach Hause kam, hatte er ständig etwas an Karls Arbeit auszusetzen. Er traute seinem Sohn nichts zu. »Das schaffst du sowieso nicht«, sagte er bei jeder

Gelegenheit. Er war ein Beamter, der sich damit zufriedengab, Vorschriften zu befolgen – tagein, tagaus. Zu Hause erwartete er von seinem Sohn dieselbe strenge Ordnung, aber Karl war zu verspielt, obwohl er doch nur selten zum Spielen kam. Er machte ständig etwas anders. Heute legte er die Gabeln in dieses Fach und morgen in jenes. Er probierte andauernd etwas Neues aus. Hier bemalte er das Küchenfenster mit Wasserfarben, und dort stellte er die Möbel in der guten Stube um. Solche schöpferischen Eruptionen zogen meistens Wutausbrüche seines Vaters nach sich, so dass Karl sie allmählich eindämmte und in sein Inneres verlegte. Nun vergrub er sich in jeder freien Minute hinter Büchern. Aber auch das war seinem Vater ein Dorn im Auge. »Mein Sohn holt aus der Bücherei immer die Schwarten, aus denen er nichts lernen kann«, hatte Karl ihn einmal sich bei einer Nachbarin beschweren gehört. Damit meinte sein Vater Romane, Märchen, Fabeln, Sagen. »Um Gesetzbücher, Dienstvorschriften, Parteiprogramme und andere sinnvolle Lektüre macht er einen großen Bogen.«

Damit hatte der Vater nicht ganz Unrecht. Karl träumte davon, eines Tages in einer Bibliothek zu arbeiten oder, besser noch, einen eigenen Buchladen zu führen. »Das schaffst du sowieso nicht«, höhnte sein Vater und meinte, bald würden alle nur noch *ein* Buch lesen dürfen. Sein Sohn solle etwas Vernünftiges lernen. Gerne hätte Karl sich auf einer Hochschule mit den großen Meistern der Literatur beschäftigt, aber das konnte er gegen seinen alten Herrn nicht durchsetzen. Immerhin erkämpfte er einen Kompromiss. Mit väterlichem Segen begann er ein Geschichtsstudium und durfte nun doch seine Nase in Bücher stecken. Wäre es nach seinem Vater gegangen, dann würde er längst in der Wehrmacht dienen. Aber auch das Studium lief nicht ganz so, wie Karl es sich erträumt hatte. Nach ein paar Semestern hing es ihm zum Halse heraus. Das hatte hauptsächlich mit der Art und Weise zu tun, wie die Professoren die Historie in das von höchster Stelle vorgegebene Schema pressten. Karl hatte oft ganz spontan unbequeme Fragen gestellt – nicht weil er so mutig war, sondern eher aus einer kindlichen Unbekümmertheit. Damit war er allerdings bei einigen Herren unangenehm aufgefallen. Zuerst beschimpfte man ihn als nicht anpassungsfähig, als Querulanten, dann wurde er schließlich der Universität verwiesen. Kurz darauf kam die Bewerbung bei Herrn Trutz.

»Dem Herrn, den Sie hier zu treffen hofften?«, erinnerte sich der Alte.

Immerhin!, dachte Karl und nickte. Vielleicht ließ sich das Gedächtnis des Buchhändlers ja doch irgendwie wiedererwecken. Als nun jedoch Hallúzina aus der Küche kam, in den Händen ein Tablett mit Teegläsern und einer dampfenden Kanne, war es damit vorerst zu Ende. Karl schlürfte den heißen, aromatischen Kräutertrunk und beobachtete die Hexe über den Rand seiner Tasse hinweg. Irgendwie musste er sie überlisten.

Die Sonne war noch nicht aufgegangen, als Karl aus einem unruhigen Schlaf erwachte. Sein verletztes Fußgelenk brannte wie Feuer. Während er sich auf seinem Lager mal hierhin, mal dorthin warf, grübelte er über Hallúzinas Geheimnis. Wie schaffte sie es, dem alten Trutz ihre wahre Gestalt zu verbergen? Er sah in ihr Marie, seine geliebte Frau. Der alte Narr schien in seiner Verblendung sogar glücklich zu sein.

Trotz schärfsten Beobachtens war es Karl im Laufe des vergangenen Nachmittags und Abends nicht gelungen, den

Schwachpunkt zu entdecken, an dem er Hallúzina packen konnte. Sie verhielt sich ihm gegenüber durchaus freundlich und ertrug alle seine spitzen Bemerkungen und kleinen Provokationen mit geradezu bewundernswerter Langmut. Natürlich war das alles nur Maskerade, dachte Karl. Er würde sich davon nicht täuschen, sich nicht von ihr bestricken lassen. Allein schon ihr abstoßendes Aussehen hielt seine Sinne wach.

Angesichts der Weitläufigkeit des sogenannten Hauses der Erwartungen – es handelte sich ja eher um ein Museum voller Exponate unterschiedlichster Baustile – lebten Herr Trutz und seine Hexe in geradezu bescheidenen Verhältnissen. Ihr Landhaus verfügte lediglich über fünf Zimmer. Eines hatte Hallúzina auf Drängen ihres Mannes dem Gast überlassen. Als aus der Küche leises Geklapper zu Karl ins Zimmer drang, wälzte er sich aus dem Bett. Er war wie gerädert. Aus einer bereitstehenden Kanne goss er Wasser in eine Porzellanschüssel und wusch sich. Danach zog er sich an und ging in die Küche.

»Guten Morgen, Herr Koreander. Haben Sie gut geschlafen?«, begrüßte die Hexe ihren Gast.

Sie will sich einschmeicheln. Das gehört zu ihrer Taktik, dachte Karl und antwortete: »Nicht besonders.«

Sie lachte. »Das geht den meisten so, weil sie einfach davon ausgehen, dass fremde Betten unbequem sein müssen. Mit den Erwartungen ist das so eine Sache, wenn Sie wissen, was ich meine.«

Karl nickte und warf der gelben Katze einen düsteren Blick zu. Sie saß auf einer Stange neben dem Fenster. Eine Weile sah er Hallúzina beim Zubereiten des Frühstücks zu. Als die Katze fröhlich zu trällern begann, schaute er wieder in ihre Richtung, und mit einem Mal war die Idee da. Mausi spiegelte sich in der Fensterscheibe. *Die Spiegelwabe!* Dorthin musste er den Buchhändler bringen und am besten auch gleich Hallúzina. Bei ihm, Karl, hatte es schließlich funktioniert. Zweifellos würde auch Herr Trutz dort wieder der sein, der er wirklich war. Und die Hexe ebenso.

Einige Zeit später – Herr Trutz hatte sich mit noch wilderer Frisur als gewöhnlich zu ihnen gesellt – saßen die drei am Frühstückstisch. Karl hatte zuvor sein Schwert in dem Alkoven versteckt, hinter dem er die Spiegelkammer vermutete. Die Waffe lag unter dem Polster. »Mein Klappmesser ist weg!«, rief er unvermittelt.

Die beiden alten Leute hielten inne, der eine beim Abbeißen von einer Mohrrübe, die andere beim Nippen an einer Tasse.

»Das ist Ihnen jetzt gerade eingefallen?«, knurrte Herr Trutz. Er sei nach dem Aufstehen immer etwas mürrisch, hatte Hallúzina ihren Gast vorgewarnt.

»Ich hänge sehr daran«, jammerte Karl.

»Dann wär's Ihnen ja wohl nicht verloren gegangen.«

»Vielleicht hat er es nur auf seinem Zimmer liegen lassen, Schmusibär«, sagte die falsche Marie beschwichtigend.

»Ich werde nachsehen«, schlug Karl vor und eilte aus dem Raum. In seinem Zimmer zählte er langsam bis fünfzig, dann rannte er zu den beiden Alten zurück. »Da ist es nicht.«

»So ein Klappmesser kann sich doch nicht in Luft auflösen«, brummte Herr Trutz.

»Es sei denn, man erwartet es nicht anders«, fügte Hallúzina lauernd hinzu.

Karl gab sich begriffsstutzig und aufgelöst vor Sorge um das geliebte Messer. Ein Geschenk seines Vaters – das stimmte sogar –, ein kostbares Stück – wenigstens ideell – und selten noch dazu. Nach einigem Zetern hatte er die beiden so weit gebracht, dass sie ihr Frühstück entnervt stehen ließen und bei der Suche halfen. Obwohl Herr Trutz keinen Schritt ohne seinen schwarzen Stock machte, schien er darauf nicht mehr angewiesen zu sein, sondern bewegte sich so agil, als hätte sein Körper die letzten dreißig oder vierzig Jahre vergessen. Karl konnte das nur recht sein. Geschickt lotste er das Paar ins Kaminzimmer. Stellte sich vor den Alkoven. Legte die Fingerspitzen beider Hände an die Schläfen. Schloss die Augen. Rekapitulierte wie ein Meisterdetektiv den vergangenen Abend – alles in zeitlich umgekehrter Folge. Legte seinen Zuhörern zuletzt die allein richtige Lösung des verzwickten Falles nahe, tat aber so, als leide er, der geniale Detektiv, plötzlich unter geistiger Verstopfung.

»Hier habe ich gestanden. Habe ich doch, oder? Wo kann es nur sein …?«

Herr Trutz und Hallúzina standen ihm gegenüber und sahen ihn an wie einen Illusionisten, der jeden Moment einen Greif oder dergleichen aus seinem Hut zaubern würde. Plötzlich liefen sie gleichzeitig los, wie zwei Jäger eines verlorenen Schatzes, die einander zuvorkommen wollten. Als sie bei dem Alkoven ankamen und gerade nach dem Sitzpolster greifen wollten, legte Karl ihnen die Hände auf die Schultern, die Linke Hallúzina, die Rechte Herrn Trutz. Er war überzeugt, dass sein Plan klappte, und brauchte seine Erwartung nur noch mit einem beherzten Schritt zu bekräftigen – mitten durch die Wand hindurch.

Und so fanden sich die drei auch wirklich in der Spiegelwabe wieder.

Die sechseckige Zelle war natürlich nicht für Gruppen ausgelegt. Daher machten es die beengten Verhältnisse für Karl nicht ganz leicht, seine beiden Entführten auf das Wesentliche des Raumes hinzuweisen. Hallúzina stand hinter ihm, als er dem Alten ins Ohr zischte: »Sehen Sie sich an, Herr Trutz. Dieser senile Zwerg, das sind Sie. Erkennen Sie sich ...?«

Karl erschrak, als er sein eigenes Spiegelbild sah, die selbstgefällige Miene, das verschlagene Funkeln in den Augen. Neben dem verschüchterten kleinen Meisterbibliothekar ragte der geharnischte Ritter auf, den er gestern noch links liegen gelassen hatte.

»Lassen Sie ihn sofort in Ruhe«, verlangte Hallúzina hinter ihm. Auffälligerweise nannte sie Herrn Trutz nicht mehr Schmusibär.

Karl war ganz durcheinander. Wie Herr Trutz wandte auch er sich mal hier-, mal dorthin, aber während die Spiegel ihm seine sechs unterschiedlichen Ichs zeigten, stellten sie den Buchhändler unterschiedslos in seiner vertrauten, kleinen, vom Alter gezeichneten Gestalt dar. Oder nein, nicht ganz, korrigierte sich Karl, auch bei Herrn Trutzens Abbild gab es zumindest geringe Unterschiede: Mal sah er entschlossen und unternehmungslustig aus, mal müde und gebeugt, auf der Wand mit dem Ritter wirkte er hilflos, an einer anderen lächelte er selig ... Und dann erstarrten beide Männer ziemlich zugleich.

Endlich waren Hallúzinas Spiegelbilder in den Mittelpunkt ihrer Aufmerksamkeit gerückt; die Herrin des Erwartungshauses hatte sich in den Vordergrund gedrängt, um ihren weißhäuptigen Liebling vor Karls Rücksichtslosigkeit in Schutz zu nehmen. Sie war als die hutzelige Hexe neben dem Ritter erschienen, aber in dem Spiegelbild daneben – das Herrn Trutz als rüstigen, glücklichen und zufriedenen Mann zeigte – sah sie ganz anders aus. Hier stand sie aufrecht in einem sauberen Kleid aus grauer Wildseide. Ihr weißes Haar war ordentlich auf dem Kopf zusammengelegt. Und ihr Gesicht, das trotz ihres Alters immer noch liebreizend war, strahlte Güte aus, Freundlichkeit und eine Weisheit, die über jedes Gezänk erhaben sein musste. In ihren Augen lag ein Schalk, der Humor verriet. Und als sie ihren Arm schützend um den kleinen alten Mann legte, verriet sie sich als die fürsorgliche, die liebende Marie, die Hallúzina für Thaddäus Tillmann Trutz sein wollte.

Die übrigen drei Spiegelbilder aber, jene, die beide Männer zum Erstarren gebracht hatten, waren weder zum Fürchten noch ganz so vollkommen, wie das der Marie Trutz. Sie zeigten eine hübsche alte Frau im einfachen grauschwarzen Wollkleid einer Bäuerin, die noch kleiner als der Buchhändler war und sehr verlassen wirkte. In ihren traurigen Augen leuchtete die Sehnsucht nach Zweisamkeit und Geborgenheit. Und in diesem Moment begriff nicht nur Karl, dass dies die wirkliche Hallúzina war.

DAS DRACHENMÄDCHEN

Jeder verließ die Spiegelwabe durch eine andere Wand, und alle drei trafen wieder im Kaminzimmer zusammen. Hallúzina wirkte bedrückt wie jemand, der sich einer Sache schämte. Karl ging es nicht viel anders, weil er in der sechseckigen Zelle sein hässliches Gesicht gezeigt und Herrn Trutz so rücksichtslos behandelt hatte. Der wohl überraschendste Wandel war jedoch beim Buchhändler zu beobachten. Sein Blick wanderte im Raum hin und her, wobei er weniger verunsichert als vielmehr wachsam wirkte, wie ein Krieger, der aus jedem Winkel mit einem Angriff rechnete.

Als er dann als Erster das Wort ergriff, fiel Karl ein Stein vom Herzen, und Hallúzina seufzte wie von tiefer Trauer beschwert. »Das ist ja prächtig! Da fällt man vom Himmel und landet geradewegs in so einer gemütlichen Stube.« Herr Trutz verbeugte sich vor der Hausherrin, die nun offenbar für jeden im Zimmer gleich aussah: wie eine einsame, alte, traurige, kleine Bäuerin. »Darf ich mich vorstellen? Mein Name ist Thaddäus Tillmann Trutz. Möglicherweise haben Sie schon von mir gehört. Ich bin der Meisterbibliothekar der Phantásischen Bibliothek.«

Karl stieß einen Freudenschrei aus. Weil er hinter dem

Buchhändler stand, hatte der ihn noch gar nicht bemerkt. Und als der junge Mann das entschlossene und unternehmungslustige Gesicht des alten bemerkte – in welchem Spiegelbild hatte er das doch gleich gesehen? –, da jubilierte er ein zweites Mal.

»Sie scheinen mir ein wenig exaltiert, mein lieber Koreander. Wie kommen Sie überhaupt hierher?«

Karl frohlockte zum dritten Mal.

Herr Trutz wandte sich Hallúzina zu und flüsterte hinter vorgehaltener Hand. »Ist der Junge in den Wald des Vergessens geraten? Er kommt mir so ...« Er wedelte mit der Hand. »Sie wissen schon.«

Hallúzina seufzte. »Nein, mein lieber, verehrungswürdiger Thaddäus, du bist es, den ich vor nun bald einem Jahr, zerschunden und reichlich verwirrt, aus dem Wald des Vergessens gerettet habe, nachdem dein Briefgreif von einem boshaften kleinen Waldschrat vom Himmel geschossen worden war.«

»Die Stimme ...!«, flüsterte Herr Trutz. Seine Augen wurden groß. »Die kenne ich doch ...!« Jetzt klappte sein Kinnladen herunter, und Karl konnte sehen, wie ein Schauer den zähen alten Leib durchlief. »Marie?«

Die Herrin des Erwartungshauses schüttelte traurig den Kopf. »Ich habe mir selbst eingeredet, ich wäre so gut für dich wie deine liebe Frau. Aber das bin ich nicht. Sie ist tot. Ich bin nur eine einsame alte Bäuerin, die auf ihrem Gut lebt und ihren Weinberg bestellt.«

Erst in diesem Moment gingen dem alten Mann die Augen gänzlich auf. Er trat, ein wenig unbeholfen zwar, aber doch beherzt, an Hallúzina heran, nahm sie in die Arme und drückte sie fest an sich. »Ich war ein Narr.«

»Ja, das warst du«, erwiderte sie. Ihre Stimme klang gedämpft aus seiner dunkelblauen Jacke. Karl kam sich vor wie das dritte Rad am Wagen. Er traute sich nur, die beiden aus den Augenwinkeln zu beobachten.

»Nein, was ich damit meinte, ist etwas anderes. Du wolltest mir Marie ersetzen, weil du dich einsam fühltest. Aber im Grunde genommen war ich derjenige, der dich zu dieser Verstellung zwang. Ich habe meine liebe Marie so sehr vermisst!« Herr Trutz schüttelte den Kopf und kämpfte sichtlich gegen einen Tränenausbruch an; ein lautes Schluchzen ließ sich aber trotzdem nicht unterdrücken. »Vermutlich war sie die letzte Erinnerung, die mir der Wald des Vergessens nicht hatte entreißen können. Und ...« Seine Stimme brach.

»Und da bist du ins Haus der Erwartungen gekommen, und das Bild in deinem verwirrten Geist ist Wirklichkeit geworden. Ich habe dich wieder hochgepäppelt und allmählich das Wesen der Frau angenommen, die du in mir gesehen hast. Deshalb war Marie vorhin in der Spiegelwabe zu sehen.« Hallúzina senkte den Blick. »Aber jetzt muss ich dich trotzdem wieder ziehen lassen.«

Herr Trutz entließ sie aus ihren Armen und sagte feierlich: »Ich bin ausgezogen, um Phantásien vor einer großen Gefahr zu retten, aber sollte ich je heil aus dieser Sache herauskommen, dann kehre ich zu dir zurück.«

Ein Ausdruck der Ungläubigkeit erschien in Hallúzinas Gesicht. »Der Abschied von dir ist schon schmerzhaft genug. Willst du mir noch mehr wehtun?«

Sehr sanft erwiderte Herr Trutz: »Nein, mein Liebes. Was ich gesagt habe, ist mein voller Ernst.« Mit einem Mal straffte er die Schultern. »Außerdem steht Thaddäus Tillmann Trutz zu seinem Wort.«

»Aber ...« Hallúzina schüttelte den Kopf. In ihren Augen

standen Tränen. »Weißt du denn nicht, was es für ein Menschenkind bedeutet, in Phantásien zu bleiben?«

Herr Trutz seufzte. »Doch. Ich muss alles vergessen, was mich an die Äußere Welt bindet. Ich muss ein Narr werden. Aber jetzt weiß ich, dass es tausendmal besser für mich ist, meine alten Tage an deiner Seite als trotteliger Narr zu verbringen, als mir in einer verstaubten Buchhandlung bis zum Schluss die Beine in den Bauch zu stehen.«

Hallúzina konnte ihr Glück nicht fassen. Immer noch bang, fragte sie. »Und die Phantásische Bibliothek?«

Herr Trutz zwinkerte verschmitzt in Karls Richtung und antwortete ihr: »Für die Nachfolge ist bereits gesorgt.«

»So? Kenne ich den neuen Meisterbibliothekar schon?«

»O ja! Er hat in der letzten Nacht in deinem Gästebett geschlafen.«

Hallúzina wandte sich Karl zu. »Sie?«

Irgendwie klang dieses *Sie* in seinen Ohren wie ein Vorwurf. »Ich muss mich entschuldigen«, sagte er beschämt. »Mir ist klar, dass ich Sie bis aufs Blut gereizt habe.« Er sah den Meisterbibliothekar an. »Und Sie, Herr Trutz, bitte ich auch um Verzeihung. In der Spiegelwabe, da ...«

»Schwamm drüber«, schnitt ihm der Alte das Wort ab und wurde mit einem Mal genauso hektisch, wie ihn Karl zuletzt im Buchladen erlebt hatte. »Wir müssen schleunigst ein paar Fragen klären.«

»Aber ich wollte ...«

»Nicht jetzt, Herr Koreander.«

»Sie erwähnten die Nachfolge. Unter der Generalvollmacht, die Sie mir ausgestellt haben, fehlt ...«

»Das hat alles Zeit.« Der Meisterbibliothekar umfasste sanft Hallúzinas Arme, sah ihr fest in die Augen und sagte: »Ich muss etwas von dir wissen, meine Liebe.«

»Alles, was du willst, Schmu… Thaddäus.«

»Denk dir bitte einen neuen Kosenamen aus. Schmusibär hat Marie immer zu mir gesagt. Du bist Hallúzina.«

»Wie wäre es mit …« Ein kleiner gelber Kanarienvogel kam herbeigeflattert, setzte sich auf Hallúzinas Schulter, und als sie mit dem Finger sein Köpfchen streichelte, tirilierte er, als hätte er sie schon eine Ewigkeit vermisst.

Herr Trutz sah entsetzt den Vogel, dann die Frau an. »Bitte nenne mich nicht *Mausi.«*

Karl schlug sich mit der flachen Hand vor die Stirn.

Herr Trutz und Hallúzina bedachten ihn mit einem besorgten Blick und setzten ihre Unterhaltung fort. »Also«, sagte der Buchhändler und erzählte ihr von den rätselhaften Auflösungserscheinungen in der Phantásischen Bibliothek. »Ich mag nicht an irgendeine Krankheit glauben«, kam er schließlich auf den Punkt, »an einen Pilz, der Bücher frisst, oder dergleichen. Eher vermute ich hinter all dem einen abgefeimten Plan …«

»Entschuldigen Sie, wenn ich mich einmische«, fiel ihm Karl ins Wort und erzählte nun seinerseits in knappen Zügen von seiner Reise durch Phantásien. Besonderes Gewicht legte er auf die Begegnung mit Skrzat, dem Waldschrat, und kam zu dem Schluss: »Offenbar schießt der hässliche Gnom nicht aus purer Bosheit Briefgreife vom Himmel. Er handelt im Auftrag eines ›Herrn‹ – wer immer das sein mag. Knarrr muss den Schrat schon oft belauscht haben, aber er konnte mir auch nicht sagen, wer dieser Unbekannte ist.«

Herr Trutz nickte und richtete das Wort wieder an Hallúzina. »Man hat mir gesagt, du seiest eine Expertin für Erwartungen, meine Liebe.«

Sie lächelte verlegen. »Das ist eine maßlose Übertreibung.«

»Aber das Haus …«

»Ist nicht von mir errichtet«, unterbrach sie ihn. »Mein Vater hatte hier vor langer Zeit einen Weinberg angelegt. Später, die Eltern waren längst gestorben, habe ich das sechseckige Spiegelkabinett entdeckt. Allmählich fand ich heraus, wie es die Erwartungen seiner Besucher zu zeigen und sogar greifbar zu machen vermag. Im Laufe der Jahre waren zahllose Gäste hier, wie du an dem Durcheinander vor der Haustür erkennen kannst. Viele Besucher erwarten sich vom Leben nichts als Genuss, Reichtum und Macht – die Paläste draußen sprechen für sich selbst. Meistens konnte ich die Leute schnell wieder abwimmeln, nicht immer mit Nettigkeit …«

»Und so entstand die Legende von Hallúzina, der Hexe«, murmelte Karl und fühlte sich elend dabei.

Sie legte ihre Hand auf die seine. »Nicht allein Sie haben mich zur Hexe gemacht. Hauptsächlich war ich es selbst, weil ich mir nicht anders zu helfen wusste.«

So richtig tröstete ihn das auch nicht. Er kam aus einer Welt, in der Vorurteile zur Tagesordnung gehörten, hatte aber bisher immer geglaubt, dagegen gefeit zu sein.

»Vielleicht kannst du uns trotzdem weiterhelfen, meine Liebe«, meldete sich wieder Herr Trutz zu Wort. »Was *erwartet* sich der Dieb – wir gehen ja wohl inzwischen alle davon aus, dass irgendjemand die Bücher stiehlt – von der schleichenden Plünderung unserer Bibliothek? So wie er vorgeht, muss er sehr schlau sein, aber jedes Geschöpf Phantásiens, das nur ein bisschen Grips im Kopf hat, weiß doch, dass es mit der Zerstörung der Phantásischen Bibliothek an dem Ast sägen würde, auf dem es selbst sitzt.«

»Vielleicht ein verwirrter Selbstmordkandidat«, schlug Karl vor.

Herr Trutz und Hallúzina gingen nicht weiter darauf ein. Sie knabberte an ihrer Unterlippe und wiegte den Kopf hin und her – man konnte richtig zusehen, wie es in ihrem Hirn arbeitete. Endlich sagte sie: »Auch wenn ich dich enttäuschen muss, Thaddäus, aber ich kann nicht sagen, was der oder die Täter sich erwarten. Doch das Erkennen der wahren Motive einer Person liegt oft im umfassenden Verständnis der *Auswirkungen* ihres Handelns. Ihr müsst herausfinden, was es mit dieser Leere auf sich hat, die in den Lücken der verschwunden Bücher zurückbleibt.«

»Das haben wir uns auch schon ...« Karl verstummte, als ihn die strengen Blicke der beiden Älteren trafen.

Herr Trutz wandte sich wieder Hallúzina zu. »Da magst du wohl Recht haben, meine Liebe.« Er nickte bedeutungsschwer.

»Vielleicht kann ich euch doch helfen«, sagte sie unvermittelt. »Es gibt da einen Mann, der sich der Leichtigkeit verschrieben hat. Man erzählt sich, alles Massive sei ihm zuwider. Er soll flüchtige und vergängliche Dinge sammeln. Vielleicht weiß er, was es mit der Leere auf sich hat.«

»Nie von so einem Mann gehört«, brummte Herr Trutz.

»Er heißt Kumulus und ist der König von Wolkenburg.«

»Der Stadt, die seit Ewigkeiten durch Phantásiens Lüfte schwebt? Ich habe davon gelesen.«

»Ganz recht.«

»Das ist ja prächtig! Wir müssen sofort ...« Herr Trutz verstummte.

»Ich rechne demnächst mit der Ankunft von Huschhusch«, bemerkte Karl leise. Das *Wir* in Herrn Trutzens verstümmeltem Ausruf gefiel ihm nicht. Kleinlaut fügte er hinzu: »Falls der Waldschrat den Briefgreif nicht inzwischen am Spieß gebraten hat.«

Herr Trutz schüttelte ärgerlich den Kopf. »Das ist mir alles zu unsicher. Selbst wenn der Greif sich von dem Abschuss mit der Pfeilviper erholt, kann es noch ein paar Tage dauern, bis er eintrifft. Wir dürften keine Zeit mehr verlieren; irgendwie habe ich das im Urin. Außerdem meine ich mich zu erinnern, dass ein Briefgreif trotz seiner Schnelligkeit völlig ungeeignet ist, um Wolkenburg zu finden.«

»Wieso denn das?«

Hallúzina erklärte: »Weil man einem Briefgreif immer ein festes Ziel nennen muss, wenn Sie wissen, was ich meine.«

Herr Trutz nickte eifrig. »Wolkenburg ist das genaue Gegenteil davon. Man weiß nie, wo die Stadt sich gerade herumtreibt ... Ich wollte sagen, wo sie gerade durch die Lüfte schwebt.«

Karl schwirrte einmal mehr der Kopf. »Und was jetzt?«

In diesem Moment klopfte es an der Tür.

»Ist ja neuerdings wie im Taubenschlag hier«, grunzte Herr Trutz, der sich anscheinend in seiner Konzentration gestört fühlte.

»Ich sehe nach, wer da ist«, erklärte Hallúzina und lief zur Haustür.

Wenig später kehrte sie mit einer jungen Frau ins Kaminzimmer zurück. Die Fremde war kaum älter als zwanzig, schlank und um einen ganzen Kopf größer als die Hausherrin. Nicht gerade eine betörende Schönheit, aber doch auf eine natürliche Weise hübsch, fand Karl. Ihr rotes langes Haar gefiel ihm. Um ihre Nase herum tummelten sich Sommersprossen. Irgendwie wirkte sie auf ihn burschikos, was wohl nicht allein auf ihre Hose und die enge Jacke aus braunem Wildleder sowie auf die bis unter die Knie reichenden Stiefel zurückzuführen war. Ihr Gesicht, die Haltung, das ganze Auftreten zeugten von bewundernswertem Selbstbewusstsein.

»Da wäre ich dann«, begrüßte sie die beiden staunenden Männer. »Hat ein bisschen länger gedauert, aber jetzt kann's losgehen.«

»Wer sind Sie denn überhaupt?«, fragte Herr Trutz, hörbar unsicher, ob er nun barsch oder freundlich sein sollte.

Die junge Frau an Hallúzinas Seite schüttelte den Kopf und verdrehte gleichzeitig die Augen. »Sagen Sie bloß, Sie haben mich nicht bestellt.«

»Vielleicht könnten wir die Angelegenheit klären, wenn Sie uns genau sagen, wer Sie sind und was Sie zu uns geführt hat, meine Liebe.« Der Vorschlag kam von Hallúzina.

Die Besucherin seufzte. »Na schön. Ich bin Qutopía, die Tochter von Querolat. Der Elfenbeinturm hat uns eine Nachricht zukommen lassen, dass hier unsere Dienste benötigt werden.«

»Der Auftrag kam doch nicht von der Goldäugigen Gebieterin persönlich?«, fragte Herr Trutz in ungläubigem Tonfall.

»Doch. Anscheinend wusste sie, dass hier jemand Hilfe braucht. Die Kindliche Kaiserin soll sehr krank sein, ganz starr vor Kälte.«

Das Bild eines kränklichen Mädchens in einem Spiegel huschte durch Karls Bewusstsein. Ihn fröstelte.

»Nichts für ungut, Gnädigste«, mischte sich wieder Hallúzina ein, »aber wäre es da nicht angebrachter, jemand Erfahreneren als ausgerechnet ein so junges – Sie wissen schon, was ich meine.«

»Eigentlich sollte ja auch mein Vater Querolat kommen. Aber die Seuche hat auch ihn erwischt. Sein Körper ist eiskalt, er kann sich nicht mehr richtig bewegen, seine Augen und Ohren sind fast zu von einer Kruste, die wie vertrockneter Eiter aussieht. Er kann kaum mehr sehen und hören – es ist furchtbar!« Qutopía versuchte tapfer zu sein, aber Karl sah, wie ihre Unterlippe bebte.

Hallúzina nahm sie in den Arm und tätschelte ihren

Rücken. »Und wie sind Sie dann zu uns gekommen, meine Liebe?«

»Nachdem der Bote vom Elfenbeinturm sich verabschiedet hatte, habe ich mir Vaters Glücksdrachen geschnappt und bin sofort hergeflogen.«

»Sie haben *was?«* Herr Trutz japste. Er und seine Gefährtin wechselten verblüffte Blicke.

Qutopía löste sich aus Hallúzinas Umarmung. Die junge Frau wirkte ein wenig verlegen. »Der Glücksdrache ist nicht echt. Mein Großvater hat ihn gebaut. Eine Flugmaschine. Er meinte, die Bewohner Phantásiens bräuchten ein wenig Hoffnung in diesen frostigen Zeiten, wo Seuchen grassieren und so viel Leid geschieht. Wenn am Himmel ein Glücksdrache vorüberzieht, dann wird einem das Herz sofort leichter.«

»Aber er ist doch ... *falsch«,* gab Karl zu bedenken, obwohl er keine Ahnung hatte, wie so ein Geschöpf überhaupt aussah.

Wieder gab Hallúzina die Antwort. »Die Erwartungen sind die Fassade unserer Wirklichkeit, mein lieber Karl. Es kommt nicht so sehr darauf an, ob etwas echt ist, sondern darauf, was es in einem für Gefühle weckt.«

Qutopía grinste. »Sie sollten sich mal mit meinem Vater treffen. Ich wette, der würde Ihnen gefallen.«

»Die Dame Hallúzina ist bereits vergeben«, sagte Herr Trutz spitz. »Im Übrigen würde mich interessieren, ob Sie sich zutrauen, Wolkenburg anzufliegen.«

»Kein Problem«, antwortete Qutopía. Karl bewunderte ihr Selbstvertrauen.

»Die Stadt ist nicht leicht zu finden«, gab Herr Trutz zu bedenken.

»Mein Vater hat Karten von ganz Phantásien.«

»Wohl kaum welche, auf denen eine vagabundierende Stadt abgebildet ist«, mischte sich Karl ein.

Qutopía warf ihm einen vernichtenden Blick zu und beugte sich anschließend zu Hallúzina hinab. »Wer ist *das* denn?«

»Sein Name lautet Karl Konrad Koreander. Ein Gast aus der Äußeren Welt.«

»Ach deshalb«, sagte Qutopía. Ihr Blick schweifte neugierig zu Karl. Dann warf sie ein »Ich bin gleich wieder da« in die Runde und eilte aus dem Raum.

»Eine sehr impulsive junge Frau«, bemerkte Herr Trutz.

»Vielleicht genau das Richtige für einige Anwesende«, konterte Hallúzina und vermied es, irgendjemanden direkt anzusehen.

Karl stöhnte, weil er in den letzten Minuten ziemlich steif dagestanden hatte und sich sein Bein wieder schmerzhaft bemerkbar machte. Am Tag zuvor hatte er den Verband unterm Hosenbein versteckt und sich seine Verletzung nicht anmerken lassen, sie auch selbst fast vergessen, weil er völlig darauf fixiert war, Hallúzina eine Falle zu stellen.

»Was ist?«, fragte die Herrin des Erwartungshauses.

Karl hob das Hosenbein, wodurch die blutige Bandage sichtbar wurde. »Irgend so ein fliegender Tintenfisch hat versucht, mir das Bein auszureißen.«

Hallúzina eilte herbei, bückte sich und schob vorsichtig den Verband zur Seite. »Das sieht ja grauenvoll aus.«

»Kaum der Rede wert.«

»Mannsbilder!«, schnaubte sie. »Das muss sofort versorgt werden, wenn du deinen Fuß noch eine Weile behalten willst.« Ihre Stimme klang überraschend barsch, aber ihren Worten war zu entnehmen, dass sie den Famulus ihres ehemaligen Schmusibärs längst ins Herz geschlossen hatte.

Karl musste sich am Tisch auf einen Stuhl setzen, das verletzte Bein auf einen Hocker legen und sich Hallúzinas geschickten Händen überlassen. Irgendwo hatte er gelesen, dass so manche auf dem Scheiterhaufen verbrannte Hexe in ihrem Leben nur eine heilkundige Frau gewesen war, die mit Kräutern wahre Wunder zu vollbringen vermochte. Hallúzina fertigte eine Packung aus pechschwarzen Ingredienzien an, die sie am Waldsaum des Amneme gesammelt und zu einem bitter riechenden Brei verarbeitet hatte. Die Pflanzen würden nicht nur die Schmerzen, sondern auch die Verletzung bald vergessen machen, prophezeite sie. Allerdings habe es sich Karl selbst zuzuschreiben, wenn etwas zurückbleibe. Er hätte sich früher melden sollen.

Während sie damit beschäftigt war, die Wunde zu reinigen, lief Herr Trutz ungeduldig im Kaminzimmer auf und ab. Karl musste unwillkürlich schmunzeln. Er hatte noch das Bild des alten, sich auf den Stock stützenden Buchhändlers vor Augen. Jetzt sah die Gehhilfe mit dem silbernen Knauf in der Faust des Meisterbibliothekars eher wie ein Prügel aus, den er jeden Moment in der Luft schwingen würde.

»Sie haben sich verändert, Herr Trutz«, sagte er.

Der Buchhändler blieb unvermittelt stehen und wandte sich ihm zu. Mit einem Mal schlich sich ein Lächeln auf sein entschlossenes Gesicht. »Sie aber auch, Herr Koreander. Inwiefern finden Sie denn, dass ich anders geworden bin?«

»Sie sind viel agiler, als ich Sie von unserem letzten Zusammentreffen in Erinnerung habe. Und durch Ihr Monokel schauen Sie auch nicht mehr.«

Der Alte schüttelte grinsend den Kopf. »Ist das nicht prächtig? Jeder verändert sich, wenn er nach Phantásien kommt, manche nur unmerklich, andere erkennt man kaum wieder. Passen Sie auf, dass Sie sich nicht am Ende noch in einen Bären verwandeln, junger Mann.«

Karl erschrak.

Herr Trutz zwinkerte ihm zu. »War nur metaphorisch gemeint.«

Nicht völlig beruhigt gab Karl zurück: »Welches Spiegelbild haben Sie in der Wabe als Ausgang benutzt?«

»Den Mann, der noch eine große Aufgabe zu erledigen hat. Und Sie?«

»Den, der die meisten Haare auf dem Kopf hatte.«

Alle drei lachten.

In diesem Moment kam Qutopía herein, unter dem Arm mehrere große Rollen. »Entschuldigt, hat etwas länger gedauert. Was ist denn hier los?«

»Wir lachen über Herrn Koreanders geschmacklose Tätowierung am Fuß. Ein Tintenfisch hat sie ihm beigebracht.«

Die junge Frau blickte ein wenig verwirrt auf Karls verletztes Bein. Er hätte gerne gewusst, was das für ein Ausdruck war, den er für einen Moment in ihren Augen bemerkte. Schnell hatte sie sich wieder unter Kontrolle. »Hier sind die Karten.«

Sie warf alle auf den Tisch und breitete die erste aus. Karl sah Gebirge, Seen, Wälder, Ozeane – und schon hatte Qutopía ihre Karte wieder zusammenrollen lassen. »Nee, da ist sie nicht.«

Mit dem zweiten Plan verfuhr sie genauso. Erst die dritte Karte ließ ihre grünen Augen aufleuchten, und sie bohrte ihren Zeigefinger mitten in das gelbe Papier. »Aber da!«

Karl traute seinen Augen nicht. Unter Qutopías Finger befand sich ein ovaler Fleck, der sich *bewegte*. Er hätte ihn für eine Insel gehalten. Daneben stand aber der Name »Wolkenburg«. Was denn das für eine Karte sei, fragte er verwundert.

»Sie wurde von dem berühmtesten Kartenzeichner Phantásiens angefertigt.«

»Querolat!«, stieß Herr Trutz hervor und rammte seinen Stock auf den Boden. »Der Name kam mir gleich so bekannt vor.«

Qutopía nickte, nicht ohne Stolz. »Und neuerdings versucht er sich an mechanischen Drachen.«

»Versucht?«, hakte Karl nach.

»Er hat erst einen gebaut.«

»Und der fliegt?«

»Ich bin mit der *Fuchur* hergekommen. Ohne eine einzige Panne.«

»Fuchur?«

»Wenn man Schiffen einen Namen gibt, dann auch künstlichen Drachen, meinte mein Vater. Fuchur ist ein berühmter Glücksdrache. Viele Legenden ranken sich um ihn. Leider sind diese Wesen sehr selten geworden, und man hat ihn lange nicht mehr gesehen.«

»Daher der Nachbau.«

»Was?«

Karl lächelte verlegen. »Das Wort ist vielleicht nicht ganz zutreffend. Ich wollte sagen, ich bewundere Ihren Vater für das, was er getan hat, und wünsche Ihnen und Herrn Trutz einen guten Flug.«

»Sie kommen natürlich mit«, sagte der Alte. Es klang eher wie ein Befehl.

»Aber *Sie* sind doch der Meisterbibliothekar.«

»Und Sie mein Stellvertreter.«

»Deshalb muss ich auch auf den Greif warten und zur Phantásischen Bibliothek zurückfliegen, damit jemand auf sie ...«

»Schnickschnack!«, schnitt ihm Herr Trutz das Wort ab. »Ich brauche Sie bei mir.«

»Mich? Brauchen? Aber das ist doch lachhaft. Mich hat

noch nie jemand gebraucht. Ich …« Karls Blick wanderte kurz zu Qutopía, dann wieder zum Meisterbibliothekar zurück. Jetzt half nur Offenheit, selbst wenn er sich damit vor aller Ohren zu einem Versager machte. »Ich habe einfach keinen Mumm in den Knochen. Ich schaff sowieso nichts. Ich …«

»Das sagen Sie nur, weil Ihr Vater Ihnen das eingeredet hat«, unterbrach ihn abermals der Buchhändler.

»Nein! Oder vielleicht doch. Ist ja auch egal. Mit mir halsen Sie sich nur Ärger auf. Ich kann keine Entscheidungen treffen …«

»Jetzt machen Sie aber mal einen Punkt, Herr Koreander. Mein Hirn funktioniert inzwischen wieder ganz gut. Und wissen Sie, wem ich das zu verdanken habe? *Ihnen!* Ich kann mich sehr gut daran erinnern, was Sie mir gestern von Ihrer verkorksten Kindheit und Ihrem verbitterten Vater erzählt haben. Sie haben als Neunjähriger einen Haushalt geführt. Ist Ihnen nie der Gedanke gekommen, dass man dazu Mut und Findigkeit und … ja, auch Entschlossenheit braucht?«

»Ja, schon, aber …«

»Und dann die Wabe. Denken Sie, ich habe den Ritter in der glänzenden Rüstung nicht gesehen? Ein verlockendes Angebot, das Ihnen der Spiegel da gemacht hat, aber Sie haben sich anders entschieden. Die Betonung liegt auf dem letzten Wörtchen: *entschieden.* Wie ich schon sagte: Phantásien verändert jeden, der es betritt, selbst wenn derjenige davor die Augen verschließt. Sie besitzen durchaus Mut und Entscheidungswillen, Herr Koreander, und das haben Sie hier, im Haus der Erwartungen, auch bewiesen.«

»Können Sie mir nicht doch einfach die Generalvollmacht unterschreiben und ich …«

»Schluss jetzt! Ich will nichts mehr davon hören.«

Karl bemerkte Qutopías unergründlichen Blick und er kam sich – erwartungsgemäß – wie ein Waschlappen vor. Seufzend fügte er sich in sein Schicksal.

»Und das Ding soll fliegen?«, fragte Karl. Er hatte ja mit einem ungewöhnlichen Transportmittel gerechnet, aber spätestens jetzt dämmerte ihm, dass sich Erwartungen manchmal ganz anders erfüllten, als man es zuvor angenommen hatte.

»Ja«, sagte Qutopía.

Alle vier standen auf einem freien Platz jenseits der hohen Mauer, die Hallúzinas Vater, wie sie erklärte, zum Schutz gegen herumlungernde Riesenschleimlinge errichtet habe. Hinter dem mit Kies bestreuten Geviert erstreckten sich Weinberge, so weit das Auge reichte. Arbeiter waren nirgends zu sehen. Karl fragte sich, wie Hallúzina ihren riesigen Weingarten bestellte und wer sich am Fruchtertrag labte. Sie war doch ganz allein. Dafür gab es tatsächlich eine ganz und gar unglaubliche Erklärung. Aber das ist eine andere Geschichte und soll ein andermal erzählt werden.

Herr Trutz drängte zum Aufbruch.

»Keine Sorge, die *Fuchur* ist fast so wendig und schnell wie ein richtiger Glücksdrache«, versicherte Qutopía.

»Irgendwie habe ich das Gefühl, dieses Ding ist noch nicht ganz ausgereift.« Karls Empfindungen rührten hauptsächlich von der Fremdartigkeit des Fluggeräts her. Er kannte Luftschiffe, Einfach-, Doppel- und Dreifachdecker, hatte sogar Hubschrauber und Heißluftballone am Himmel gesehen, aber so etwas ... Ein Drache war das nun wirklich nicht, jedenfalls keine Nachbildung jener ekelhaften echsen- oder schlangenartigen Wesen, die stanken, überall Zacken hatten, sich mit

Fledermausflügeln durch die Luft bewegten und dabei Jagd auf übermütige Ritter machten.

Das riesige Ding namens *Fuchur* hingegen hatte perlmutterartige Schuppen, die rosig und weiß schimmerten. Sie sahen alles andere als metallisch aus, eher schon warm, fast anschmiegsam. Der lange Leib wirkte so geschmeidig, als könne der künstliche Glücksdrache damit durch den Himmel schwimmen. Vier kurze kräftige Beine verliehen ihm am Boden einen sicheren Stand. Sein Kopf glich dem Haupt eines Löwen, wobei die weiße Mähne durch lange Barten am Unterkiefer ergänzt wurde. Die riesigen Augen waren rubinrot. Am Schwanz entdeckte Karl lange Fransen, die – wie er sich von den Papierdrachen seiner frühen Kindertage her entsann – offenbar der Stabilisierung der Fluglage dienten. Trotz all dieser durchaus ermutigenden Attribute vermisste er jedoch etwas, das er für eine sichere Luftbeförderung als äußerst hilfreich empfand. Auf Qutopías Frage, worauf sich sein Argwohn gründe, antwortete er: »Das Ding hat keine Flügel.«

»Es ist ja auch ein *Glücksdrache«,* erwiderte sie mit einer Betonung, die unüberhörbar zur Abgrenzung von gewöhnlichen »Dingern« gedacht war. »Und die haben nun mal keine Flügel.«

»Aber wie bewegt sich das ... ich wollte sagen, der Glücksdrache dann durch die Luft?«

»Mit einem Fluidumkonvektionsantrieb.«

»Ach du liebes bisschen! Was ist denn das?«

Herr Trutz schnarrte mit gen Himmel gerichteten Augen: »Als Fluidum bezeichnet man die besondere von einer Person oder Sache ausgehende Wirkung, die eine bestimmte geistige Atmosphäre schafft. Die Konvektion indes ist ...«

»Ich weiß, was das ist«, unterbrach Karl den Buchhändler unwirsch und war über seine eigene Schroffheit erschrocken.

»Entschuldigen Sie, mir ist nur nicht ganz wohl bei dem Gedanken ...«

»Sie werden sich schon daran gewöhnen, junger Freund. Mit dem Briefgreif sind Sie ja offenbar auch zurechtgekommen. Und nun hurtig! Höchste Zeit, dass wir uns auf den Weg machen.«

Nachdem sich Herr Trutz sehr innig und Karl eher zurückhaltend von Hallúzina verabschiedet hatten, wurde es ernst. Die *Fuchur* sei ein äußerst zuverlässiger Prototyp, versicherte Qutopía noch einmal, während Karl den Rücken des mechanischen Drachen erklomm. *Warum Prototyp? Das klingt so unfertig,* brütete er auf dem Weg zur Anschnallposition. Die Pilotin hatte zuvor aus den beiden großen Gepäckbehältern im hinteren Teil des Tieres zwei weitere Sättel entnommen und sie mit Riemen am rosig schimmernden Leib festgezurrt. An diese Vorrichtungen wiederum wurden die Passagiere geschnallt. Das sei mitnichten ein Grund zur Sorge, eher im Gegenteil, betonte ihre Flugbegleiterin, als sie die beiden Herren mit den Sicherheitsinstruktionen vertraut machte. Schließlich händigte ihnen Qutopía auch noch je eine schwarze Lederkappe und Schutzbrille aus.

Die Drachenfliegerin selbst setzte ihre Mütze und den Augenschutz als Letzte auf. Danach kletterte sie geschickt auf den vordersten Sattel, dicht hinter dem Drachenkopf. Hinter ihr saß Herr Trutz. Karl bildete das Schlusslicht.

»Nehmen Sie die«, sagte Herr Trutz und reichte Karl seine Meerschaumpfeife.

Der sah den Bibliothekar nur verständnislos an. »Danke, aber ich rauche nicht.«

»Nun nehmen Sie schon!«, drängte Herr Trutz. »Ist nur eine kleine Anerkennung für das, was Sie für mich getan haben. Das gute Stück wird Sie wärmen.«

»Ich habe oft genug Pfeifenrauchern zugesehen, wie sie ständig mit einem absurden Besteck in ihrem Tabakknösel herumstochern, nur damit ihnen das Ding nicht ausgeht. Das kann ich nicht gebrauchen.«

»Seien Sie nicht immer so vorschnell mit Ihrem Urteil, junger Freund. Diese Meerschaumpfeife ist etwas Besonderes. Es gibt keine zweite wie diese. Sie geht nie aus.«

»Das soll wohl ein Witz sein.«

Herr Trutz zog einen kleinen dunkelblauen Ledersack aus der Brusttasche seines Wolljacketts und packte ihn zur Pfeife. »Hier, nehmen Sie gleich noch das Beutelchen dazu. Damit können Sie den Nasenwärmer immer am Gürtel tragen und haben ihn gleich zur Hand, wenn's mal frostig wird.«

»Sie wollen mir Ihre Pfeife *schenken?«*

»Habe ich das nicht gesagt? Sie mag Ihnen noch einmal nützlich sein. Passen Sie gut darauf auf.«

Karl wollte sich immer noch zieren, aber da tauchte in seinem Geist das Bild des alten Mannes auf, dem er in der Spiegelwabe begegnet war. Hatte der nicht genau so eine Meerschaumpfeife mit Silberdeckel im Mund gehabt? Schweigend nahm er den »Nasenwärmer«, wie Herr Trutz ihn despektierlich genannt hatte, entgegen, und brachte zuletzt gerade noch ein leises »Danke« hervor.

»Auf geht's!«, rief Qutopía und lachte übermütig. Karl konnte nur ihren Rücken, ihre schwarze Lederkappe und die darunter hervorquellende rote Mähne sehen. Was die Drachenfliegerin genau mit den verschiedenen Riemen des Reitgeschirrs anstellte, die sie wie die Fäden einer Marionette um verschiedene Finger schlang, das entzog sich seiner Kenntnis. Eigentlich wollte er es auch gar nicht so genau wissen. Er hatte Angst.

Der Fluidumkonvektionsantrieb verhalf dem mechanischen

Glücksdrachen zu atemberaubender Beschleunigung. Die *Fuchur* schoss steil in den Himmel hinauf. Karl hielt diesen fulminanten Start der jugendlichen Verwegenheit seiner Pilotin zugute und hoffte inständig, ihr Flugstil möge sich im Laufe der Reise beruhigen.

Dem älteren Fluggast zuliebe drehte Qutopía noch eine Ehrenrunde über das verwirrende Sammelsurium von Gebäuden, an dessen Rand – von der großen Mauer scheinbar in zwei Hälften zerschnitten – das bescheidene Landhaus Hallúzinas stand. Die Herrin des Erwartungshauses winkte. Dann zischte die *Fuchur* davon.

Zunächst dachte Hallúzina, ihr Kanarienvogel hätte sich ins Freie gestohlen, als sie hinter sich das Flattern hörte – es wäre nicht das erste Mal. Doch irgendwie kam ihr das Geräusch lauter vor, als es Mausi mit ihren kleinen Flügeln zustande brachte. Als Hallúzina sich zum Bauernhaus umwandte, bemerkte sie einen pechschwarzen Vogel, größer als ein Spatz, aber kleiner als eine Krähe. Zuerst glaubte sie eine Dohle vor sich zu sehen, aber die hatten keine leuchtend blauen Schnäbel. Das Tier saß völlig ruhig da, ohne das von Vögeln gewohnte ständige Hin- und Herrucken des Kopfes.

Hallúzina fühlte sich unbehaglich unter den kleinen Knopfaugen, die sie starr fixierten. Aber sie hatte in langen Jahren gelernt, mit unverhofften Besuchern – ob in Menschen-, in Tier- oder in anderer Gestalt – umzugehen. Beherzt trat sie auf den Vogel zu und sagte so respektvoll, wie die Erfahrung es sie gelehrt hatte: »Seid mir gegrüßt, gefiederter Wanderer der Lüfte. Ich weiß zwar nicht, was Ihr hier erwartet, aber solltet Ihr mein Haus besuchen wollen, die

Empfangshalle ist dort drüben. Ein weißes, großes, rundes Gebäude. Ihr könnt es überhaupt nicht verfehlen.« Sie deutete in die erwähnte Richtung.

Der schwarze Vogel flatterte davon. Aber nicht zum beschriebenen Kuppelbau. Er flog geradewegs dem Glücksdrachen hinterher.

Obwohl Karl es sich nur ungern eingestand, bewegte sich das Gefährt mit angelegten Beinen wie ein Fisch im Wasser durch den Himmel. Vom Antrieb war nicht mehr als ein Rauschen zu vernehmen, das sich bei höherer Geschwindigkeit im Sausen des Fahrtwinds verlor. Die Fortbewegung der geschuppten Maschine war nicht unbedingt geradlinig, sondern ließ eher Qutopías Bestreben erkennen, einen rosenfarbenen Blitz nachzuahmen. Später erklärte sie Karl, dass Glücksdrachen nun einmal genau so »schwimmen«. Dieses Wort benutzte sie. Die *Fuchur* könne ihre Bestimmung nicht erfüllen, wenn sie einfach stur geradeaus fliege.

Trotzdem kamen die drei Luftreisenden erstaunlich schnell voran, was nicht zuletzt mit ihrer unglaublichen Flughöhe zusammenhing – inzwischen war Karl ja hinreichend mit den phantásischen Dimensionsgesetzen vertraut. Trotzdem zog sich auch der zweite Flug seines Lebens unerfreulich in die Länge. Wieder blickte er auf unterschiedlichste Landschaften hinab, die Herr Trutz gelegentlich durch lautes Geschrei kommentierte: den Anderwald, dessen Wurzeln alle nach oben zeigten, die Sümpfe der Traurigkeit, die einem den letzten Frohsinn rauben konnten, den Zirkulat, einen Fluss, der ewig im Kreis strömte – bald konnte sich Karl die vielen Namen und verwirrenden Beschreibungen nicht mehr merken.

Einmal mehr erlebte er den Sonnenuntergang aus luftiger Höhe. Der Mond sah noch genauso voll aus wie in der Nacht davor. Karl war durchgefroren wie ein Eiszapfen. Irgendwann griff er verstohlen in den Beutel, den er an seiner rechten Seite am Gürtel befestigt hatte, und holte die Meerschaumpfeife heraus. *Unglaublich!*, dachte er. Der Pfeifenkopf war tatsächlich immer noch warm und der silberne Deckel sogar zu heiß, um ihn längere Zeit zu berühren. Nicht zu fassen, dass Herr Trutz ihm dieses wundersame Stück einfach so geschenkt hatte. *Als kleine Anerkennung.* Klein ja, aber offenbar sehr wertvoll.

Irgendwann war Karl tatsächlich eingenickt. Als er aufwachte, hielt er immer noch die Meerschaumpfeife in der Hand. Nicht auszudenken, wenn er sie im Schlaf fallen gelassen hätte! Er klopfte Herrn Trutz auf die Schulter. Der Alte schreckte hoch. Offensichtlich hatte auch er gedöst.

»Entschuldigung. Ich wollte Sie fragen, ob wir bald da sind.«

»Ich habe geschlafen«, rief Herr Trutz, und es klang nicht gerade freundlich.

»Tut mir Leid.«

Qutopía wandte sich um und schrie: »Ich habe sie noch nicht gesichtet.«

»Was soll das heißen?«, rief Karl zurück.

»Wir kreisen über der Stelle, wo die Wolkenstadt sich befinden müsste, aber sie ist nicht mehr da.«

»Aber die Karte Ihres Vaters ...«

»Die ist sicher im Gepäck verstaut. Im Flug kann ich sie nicht rausnehmen.«

»Dann müssen wir eben landen.«

»Gern, wenn Sie mir sagen, wo.«

Karl starrte nach unten, wo er nur eine konturlose schwarze Fläche erblickte. Als er sich zur anderen Seite wandte, sah er, wie sich das Mondlicht auf einer bis zum Horizont reichenden See spiegelte. Anscheinend bestand auch Phantásien zu weiten Teilen aus Wasser.

»Seht nur!«, rief mit einem Mal Herr Trutz. Er zeigte steil nach oben. Die Blicke der anderen folgten seinem ausgestreckten Arm.

»Ich hätte nie gedacht, dass sie so hoch treibt!« Qutopía keuchte. »Leider ist der Karte meines Vaters darüber nicht das Geringste zu entnehmen.«

Jetzt konnte auch Karl es erkennen. Hoch über ihren Köpfen schwebte in den Wolken, schimmernd wie ein vielfarbiges Juwel, eine Stadt.

WOLKENBURG

Die Nachricht von der Landung des Glücksdrachen im illuminierten Palastgarten verbreitete sich wie ein Lauffeuer in ganz Wolkenburg. Zuerst waren die Wachen da, mit Speeren und Schwertern bewaffnete Männchen in elfenbeinfarbenen Rüstungen, die irgendwie an Bruchstücke von Muscheln erinnerten. Ihre Harnische hatten nicht nur Öffnungen für Kopf, Arme und Beine, sondern auch zwei runde Löcher am Rücken, um je einem Paar großen Libellenflügeln den nötigen Spielraum zum Schwirren zu verschaffen. So nämlich bewegten sich die Posten durch die Luft, pfeilschnell und mit unvorhersagbaren Richtungswechseln. Manchmal stießen sie dabei zusammen. Ihren Gesichtern nach zu urteilen – mehr unbedeckte Körperteile konnte Karl aufgrund der Rüstungen nicht sehen – war ihre Haut auf keine bestimmte Farbe festgelegt; manche schimmerten grün, die anderen blau oder rot, einige wenige orange. Bei allen glänzten die Gesichter wie Metall oder wie die Chitinpanzer schillernder Insekten. Ansonsten hatten die Soldaten aber wenig Ähnlichkeit mit Krabbeltieren. Es waren einfach neugierige, etwas scheue, zugleich aber auch ziemlich entschlossen dreinblickende Männlein.

Die Arme über Kreuz, hatte Herr Trutz die klammen Hände unter den Achseln versteckt und beobachtete sichtlich vergnügt den Aufmarsch der Wolkenburger Armee. Der Buchhändler saß quer im Sattel und ließ seine Beine an einer Seite des Glücksdrachen herabbaumeln. Ein Seitenblick auf seinen jungen Begleiter genügte ihm, um dessen Gedanken zu erraten. »Menschen wären zu schwer für die Wolkenstadt – von ein paar Besuchern, die alle Jubeljahre mal hereinschneien, abgesehen. Das da sind Luftikusse.«

»Das ist nicht Ihr Ernst!«

»Ich glaube schon.«

»Und Kumulus?«

»Ihr König ist natürlich auch ein Luftikus.«

»Natürlich«, sagte Karl tonlos und schlang den Mantel noch enger um seinen zitternden Leib; heftige Böen wehten durch die Grünanlage. Er wusste ja selbst nicht, warum er mit einem ganz normalen Mann gerechnet hatte. Möglicherweise, weil Hallúzina so menschlich gewesen war.

»Ich hätte mir Wolkenburg nie so schön vorgestellt«, schwärmte Qutopía, ohne die Wachen zu beachten. Einige sahen ziemlich grimmig aus, was damit zusammenhängen mochte, dass die *Fuchur* mitten in einem Blumenbeet gelandet war.

Karl musste dem Drachenmädchen Recht geben. Wolkenburg war eine Stadt wie aus einem Märchen. Beim Anflug auf den Palastgarten hatte er die hübschen Häuschen bewundert, die in allen möglichen Farben leuchteten, als bestünden ihre Wände aus durchscheinendem Alabaster. Ihre Erbauer hatten sie auf einer länglichen Wolke errichtet, die von unten wie ein Oval mit unregelmäßigem Rand aussah. In der Mitte erhob sich der weiße Dunst wie ein Fels und endete in einem Plateau. Dort oben stand das aus einer Festung entstandene

Schloss von Kumulus II., dem Herrscher dieses ungewöhnlichen Gemeinwesens.

»Ah! Seine Hoheit geben sich persönlich die Ehre«, witzelte Herr Trutz und deutete zum Schloss hinauf.

Von dort schwirrte, etliche Haken schlagend, in Begleitung einer sechs- oder achtköpfigen Eskorte eine kleine Gestalt heran, die vor allem durch ihren langen wehenden Mantel und die schlecht sitzende Krone auffiel. Die Leibwache hatte Mühe, den ständigen Richtungswechseln ihres Schutzbefohlenen zu folgen, ohne ihn dabei allzu oft anzurempeln. Der Schwarm landete brummend vor dem Glücksdrachen, der König allen voran. Er war selbst für einen Luftikus ausgesprochen klein und sein scharlachroter Mantel wohl nicht von ungefähr viel zu lang (wenn er zwei Handbreit über dem Boden schwirrte, schien er als der Größte zwischen den Seinen zu stehen). Kumulus' Gesicht schimmerte metallisch in den Farben des Regenbogens, was ein untrügliches Zeichen seiner aristokratischen Herkunft war.

Der König ergriff sogleich in herausforderndem Ton das Wort. »Planen Sie eine Invasion?«

»Nee«, antwortete Qutopía und biss von einem Streifen Trockenfleisch ab, den sie aus ihrer Hosentasche gezogen hatte.

»Ich muss mich für das rüpelhafte Benehmen meiner Pilotin entschuldigen, Majestät«, beeilte sich Herr Trutz zu versichern. »Wir kommen in gänzlich friedlicher Absicht. Wir …«

»Einen stattlichen Glücksdrachen haben Sie da«, fiel ihm der König ins Wort und blickte begehrlich auf die *Fuchur*.

»Ist nur 'ne Maschine«, sagte Qutopía kauend.

»Ach was! Ist mir völlig neu, dass es so etwas gibt.«

»Die *Fuchur* ist auch ein Einzelstück«, sagte wieder Herr Trutz, stellte sich und seine Begleiter – um Eindruck zu machen – mit allen erdenklichen Titeln vor und gab sich größte Mühe, sofort auf den eigentlichen Zweck ihres Besuches zu kommen.

Der König wirkte irgendwie unaufmerksam. Seinen Namen nannte er zwar noch – Kumulus II., ohne zusätzlichen Ballast aus Titeln –, nahm aber nicht einmal den Blick von dem Fluggerät und unterbrach den Meisterbibliothekar schon nach kurzer Zeit. »Ist es schwer, den Glanz der Schuppen zu erhalten?«

Herr Trutz, offenbar aus dem Konzept gebracht, verstummte.

»Nee«, antwortete an seiner Statt die Pilotin. »Ab und zu etwas Wachs. Das genügt.«

»Ach was! Wie viel wiegt denn so ein Drache?«

»Nicht der Rede wert. Ungefähr so viel wie eine Sommerwolke. Er besteht aus einem Gewebe, das aus Yskál stammt. Leichter als Luft, das Zeug.«

»Aus der Korbstatt!«, rief Kumulus erfreut. »Wir unterhalten seit Generationen sehr fruchtbare diplomatische Beziehungen mit den Yskálnari und importieren größere Mengen der Binsen, die sie am Rande des Nebelmeeres ernten.«

Trutz versuchte erneut das Gespräch an sich zu reißen. »Majestät, wir sind in einer äußerst dringlichen Angelegenheit hierher gekommen. Es geht ...«

»Sie haben ein hübsches Kostüm«, sagte der König zu Qutopía.

Sie lächelte schelmisch. »Danke für das Kompliment, Majestät.«

»Leder, nehme ich an.«

»Von balmesischen Grünhirschen, ja.«

»Und warum ist es braun?«

»Gefärbt.«

»Ach was! Ist diese Tracht nicht sehr schwer?«

»Es geht.«

Herr Trutz stöhnte. Sich zu Karl hinüberlehnend, flüsterte er: »Luftikusse können endlos über Belanglosigkeiten reden. Sie sind die geborenen Diplomaten.«

»Ich habe den Eindruck, unser hübsches Drachenmädchen lässt ihre ›Diplomatie‹ schon spielen«, brummte Karl.

»Ich hörte von meinen beiden Begleitern«, sagte in diesem Moment Qutopía mit flötender Stimme, »Ihr seid ein leidenschaftlicher Sammler, Majestät. Flüchtige und vergängliche Dinge sollen es Euch angetan haben.«

»Das ist wohl wahr. Insbesondere gelte ich als Experte für Luftschlösser«, bestätigte Kumulus und schien die beiden Männer erst nach dem Hinweis der Pilotin einer genaueren Inaugenscheinnahme zu unterziehen. »Sie tragen eine hübsche Weste«, sagte er zu Herrn Trutz.

»Danke«, knurrte der.

»So bunt.«

»Ich weiß. Ich *mag* bunte ...«

»Majestät«, drängte sich wieder das Drachenmädchen in die federleichte Konversation, »glaubt Ihr, es wäre möglich, einen Blick in Eure Sammlung zu werfen? Oder auch zwei?«

»Aber selbstverständlich«, antwortete das Wolkenburger Stadtoberhaupt und schwirrte vor Aufregung ein Stück in die Höhe. Qutopía hatte mit sicherem Gespür seine größte Schwäche angesteuert.

»Und meine beiden Begleiter?«

»Die können ja in der Zwischenzeit auf Ihren Glücksdrachen aufpassen.«

»Aber Majestät!«, gab sich Qutopía schockiert. »Geht man so mit dem Meisterbibliothekar und seinem Stellvertreter um?«

»Na, meinetwegen«, lenkte der Herrscher ein. »Dann sollen sie mitkommen.«

Sie betraten das festungsartige Schloss vom Garten her. Karl war aufgefallen, dass die Pflanzen dort ein ganz klein wenig unecht aussahen, wie kunstvolle Strohblumen. Dieser Eindruck wurde ihm bald von einem giftgrünen Luftikus mit Stummelflügeln bestätigt, der dem König nicht von der Seite wich. Es handelte sich um den Protokollmeister des Wolkenburger Hofes. Er hieß !Wirstuwol und betonte, dass zur korrekten Aussprache seines Namen ein vorangestelltes kurzes, aber heftiges Luftholen erforderlich sei. !Wirstuwol lag in ständigem Kompetenzstreit mit dem König, der Qutopia und ihrem Anhang gern persönlich sein luftiges Reich zeigen wollte. Zumindest am Anfang behielt jedoch der giftgrüne Stummelflügler die Oberhand.

Sogar die Wände des Palastes bestünden nicht etwa aus Stein, wie man vermuten mochte, erklärte !Wirstuwol, sondern seien geflochten. Keines der verwendeten Materialien sei schwerer als der Morgendunst über einer Bergwiese. Für Karl wirkte alles dennoch wie aus Marmor, Elfenbein, Bernstein und anderen beständigen Materialien erbaut. Der Protokollmeister wies zudem auf die besonderen Vorsichtsmaßnahmen hin, die es im Palast zu beachten gelte. Ein einziger Funke könne das Schloss in einer Stichflamme zergehen und ein allzu lautes Sprechen die bunten Fenster zerbersten lassen. Letztere bestünden nämlich nicht aus Glas, sondern aus dem Atem von Elfen. Kumulus drängte sich wieder in den Vordergrund und lobte das von ihm entwickelte Herstellungsverfahren: Der Elfenatem müsse sich auf Eis niederschlagen, das anschließend abgeschmolzen werde; zurück bleibe eine im wahrsten Sinne des Wortes hauchdünne Schicht, woraus die Wolkenburger Handwerker mit viel Fingerfertigkeit die Fensterscheiben, aber auch allerlei Preziosen anfertigten.

Weitere Beispiele dieser Kunst bekam Karl auf der weiten Empfangstreppe zu sehen, über die der König die Delegation der Phantásischen Bibliothek führte. Auf jeder Stufe stand hüben wie drüben eine durchscheinende Figur, die samt und sonders ebenfalls aus dem Atem der Elfen bestanden. Es handelte sich ausnahmslos um Mischwesen. Hippokampen – Seepferde aus Pferderumpf und Fischschwanz –, Sphinxe, Chimären, Basilisken, geflügelte Federschlangen, Simurgen – also Pfauendrachen – und Phönixe konnte Karl noch benennen, andere Gestalten waren ihm gänzlich fremd. Besonders fasziniert war er von einem Schmetterling mit Bulldoggenkopf.

Von der Treppe ging es durch einen großen Empfangsraum, dann über mehrere Flure. Auf dem Boden lagen weiche Läufer mit Ornamenten aus der Flora und Fauna Phantásiens. An den Wänden wechselten sich Fenster und Spiegel ab. Alles war auf eine bezaubernd leichte Weise prachtvoll. Als der König bemerkte, wie Karl die schneeweißen, in Gestalt von Blättern gearbeiteten Verzierungen unter der Decke bewunderte, machte er deutlich, dass es sich dabei nicht etwa um Stuck handele – Gips, Kalk und Sand seien viel zu schwer. Alles werde aus den Binsen des Nebelmeeres hergestellt. Die Yskálnari, denen man diese Kunst abgeschaut habe, bauten ja sogar ihre schwebenden Schiffe daraus. Kumulus kicherte, weil er !Wirstuwol einmal mehr ein Schnippchen geschlagen hatte. Als der Protokollmeister sich beschweren wollte, wurde er vom König entlassen. Auch seinen Leibwächtern untersagte er strikt das »Einschwirren in den sensiblen Bereich«. Hiernach führte er die Gäste auf einen breiten Durchgang zu. Karl entdeckte einen Schriftzug, der sich aus dem gelbbraunen Flechtwerk der Einfassung schwarz abhob:

Mehr Schein als Sein

»Das Motto meiner Imagináriensammlung«, erläuterte Kumulus nach oben deutend, während er die große Halle betrat, die seine Schätze barg.

»Imaginárien?«, fragte Karl. Er hatte dieses Wort noch nie gehört.

»Wo kommen *Sie* denn her?«

»Aus der Äußeren Welt«, antwortete Herr Trutz steif. »Genauso wie meine Wenigkeit.«

»Ach was! Das hat man selten heutzutage. Hätten Sie nicht Interesse, Ihren Dienst in der Phantásischen Bibliothek zu quittieren und hier bei mir anzufangen? Sie sehen nicht übermäßig schwer aus.«

»Anfangen? Als was?«

»Na, als lebendes Exponat.«

»Vielen Dank, Majestät, aber ich bin schon anderweitig disponiert.«

»Schade.« Der König wandte sich wieder Qutopía zu, schenkte ihr ein langes, warmes Lächeln und breitete seine Arme sodann zur Halle hin aus. »Das also ist mein Kristallpalast. Hier werden die berühmten und gerühmten Imaginárien von Kumulus II. aufbewahrt. Falls Sie begeistert sein sollten, juchzen Sie bitte nicht zu laut.«

Der »Kristallpalast« war am ehesten mit einem monumentalen Gewächshaus zu vergleichen, dessen weiße Rahmenkonstruktion einer Eisblume nachempfunden war. Der Wind, der durch einige Öffnungen in luftiger Höhe strich, erzeugte ein leises Geräusch, das wie das ferne Zwitschern von Nachtigallen klang. Überwältigt von dem hauchzarten und dennoch kolossalen Gebilde, konnte Karl den weiteren Ausführungen des Königs nur mit Mühe folgen.

»Für alle, die heute zum ersten Mal die Sammlung besuchen und sich mit der Fachsprache noch ein wenig schwer tun, sei angemerkt, dass der Begriff der ›Imaginárie‹ alle Dinge und Lebewesen umfasst, die scheinbar nur in der Vorstellung oder extrem kurz existieren. Ich erwähnte bereits die Luftschlösser – in einem solchen befinden wir uns hier –, weiterhin wären zu nennen Schneeflocken, Seifenblasen, das Licht von Glühwürmchen, fixe Ideen ...«

»Bitte, *was?«*, entfuhr es Karl.

»Sie haben schon richtig verstanden. Die größte Herausforderung der Imaginárienpräparation besteht für gewöhnlich darin, einen geeigneten Kontaktträger, ein Kontrastmittel oder ein freundliches Milieu zu finden, um das Exponat zu fixieren, es sichtbar und auf Dauer haltbar zu machen.«

»Und Ihr habt eine Möglichkeit gefunden, um *fixe Ideen* an der Verflüchtigung zu hindern.«

»Wir bannen sie auf Notizblöcke. Simpel, aber genial, nicht wahr?«

Karl schwieg.

»Das da dürfte Sie interessieren, Gnädigste«, richtete der König wieder das Wort an Qutopía, umfasste galant ihren Ellenbogen und dirigierte sie zu einer Glasvitrine.

Karl und Herr Trutz folgten, der eine sprachlos, der andere ungeduldig.

Die Ausstellungsstücke waren unter dem filigranen Elfenhauchdach in Reihen angeordnet. Jedem hatte der Sammler einen dazu passend verzierten Sockel gewidmet. Das von

Kumulus angesteuerte Exponat befand sich in unmittelbarer Nähe des Eingangs. Es lag auf einem Tuch aus noktunischem Schwarzreif in einem durchsichtigen Kasten. Die Ausmaße der Vitrine hätten ausgereicht, um die Suppenschüssel einer Großfamilie aufzunehmen, und etwa so groß war auch die darin ausgestellte Schneeflocke. Qutopía war, ganz zur Freude des Königs, sichtlich entzückt.

Kumulus' Ehrgeiz war geweckt. »Oder wie wäre es damit?« schlug er vor, wechselte auf die andere Seite des Gangs und stieß etwas tiefer in die Halle vor. Auf einem wuchtigen schwarzblauen Sockel, der oben samtig und völlig plan war, lagen, in einem perfekten Quadrat angeordnet, große silbrige Halbkugeln. Jede hatte an ihrer Basis die Größe eines Esstellers. Karl zählte im Stillen sechzehn Reihen mal sechzehn Spalten, also insgesamt zweihundertsechsundfünfzig dieser beim leisesten Hauch wie lebendig zitternden Blasen.

Kumulus wies mit der Hand auf das viereckige Arrangement. »Hier, meine Gnädigste, sehen Sie die Tränen eines sehr seltenen Geschöpfes: des ›Doppelt so großen Moorkrokodils‹.«

»Doppelt so groß wie was?«, entfuhr es Karl – wieder eine dieser spontanen Fragen, mit denen er sich schon früher bei seinen Professoren unbeliebt gemacht hatte.

Der König bedachte ihn mit einem missbilligenden Blick, bevor er sich wieder Qutopía zuwandte: »Kein Forscher konnte bisher herausfinden, warum das Doppelt so große Moorkrokodil so heißt, wie es heißt, aber ich kann Ihnen versichern, meine Liebe, es ist *ziemlich* groß.« Offensichtlich wollte er Qutopías Nerven mit seinem Getue ein wenig kitzeln, aber die Glücksdrachenpilotin zeigte nicht den geringsten Anflug von Furcht. Ja, ihre Erwiderung war geradezu keck.

»Liebes Majestätchen, jedes Kind weiß, dass Krokodile nicht weinen.«

Karl nickte eifrig und grinste dabei schadenfroh. »Da sind Sie wohl einem Schwindler aufgesessen, Hoheit. Das müssen Fälschungen sein, vermutlich große Quecksilbertropfen. Krokodilstränen sind nie echt.«

»Die hier schon«, antwortete ihm der Imagináriensammler schneidend, um sogleich wieder das Drachenmädchen anzusäuseln. »Das Doppelt so große Moorkrokodil, von dem sie stammen, lebte nämlich in den Sümpfen der Traurigkeit, die bisher noch jeden zum Weinen gebracht haben. Zweifellos hat Ihr neunmalkluger Begleiter noch nie etwas von ihnen gehört.«

Karl wechselte einen Blick mit Herrn Trutz und erwiderte trotzig: »Doch, habe ich.«

»Ach was! Na, ist ja auch egal.« Er zeigte wieder auf die silbrigen Blasen. »Die Besonderheit dieser Tränen besteht in ihrer Fähigkeit, flüchtige Momente aufzufangen. Achten Sie auf die Bilder, die sich in ihnen spiegeln.«

Qutopía und die anderen beugten sich tiefer über den Sockel, der auf Luftikusgröße angelegt und daher für die Menschen ziemlich niedrig war. Zu aller Erstaunen spiegelten die Tropfen nicht einfach die Umgebung wider, sondern hielten diese Bilder fest. Nach einer gewissen Zeit löste sich das dieserart »festgeklebte« Spiegelbild wieder, die Blase reflektierte ganz kurz die Umgebung, bis sie neuerlich erstarrte.

Karl bewunderte sein Konterfei auf einer der Krokodilstränen. »Das gibt es in der Äußeren Welt auch«, sagte er. »Man nennt es Fotografie.«

Kumulus staunte. »Sie können Momente festhalten? *Mit allen ihren Stimmungen?*«

Karl biss sich auf die Unterlippe.

»Dachte ich mir«, brummte der König.

Hiernach führte er seine Besucher zu einer kleinen Sammlung gläserner Bilder mit vergessenen Träumen aus der Grube Minroud, im Volksmund besser als das »Bergwerk der Bilder« bekannt. Die Träume würden, so wie sie dort in ihren Halterungen hingen, aus dem Gestein der Grube geschnitten, kostbare Raritäten, weil Yor, der blinde Leiter der Grube, normalerweise keines von ihnen herausrücke, sondern sie alle in Schnee einbette.

Eine andere Abteilung der Ausstellung befasste sich mit flüchtigen Gefühlen, die sich, wie Kumulus behauptete, am besten auf Seifenblasen bannen ließen – gleich eine doppelte Herausforderung. Die drei Besucher lauschten eine ganze Weile dem Schwärmen und den Fachsimpeleien des Königs. Sie bestaunten weiterhin Sternschnuppen, Geistesblitze, die daumennagelgroßen Netze tibelenischer Eintagszwergspinnen, eine kleine, aber exquisite Auswahl von Regenbogenbruchstücken und noch sehr viel mehr seh-, hör- und riechbare Exponate, die alle auf mehr oder weniger geheimnisvolle Weise im Augenblick ihrer kurzen Existenz »eingefroren« worden waren, um hier einem staunenden Publikum vorgeführt zu werden.

Als der Herrscher zu seiner Kuriositätenschau überwechseln wollte und mit gesenkter Stimme die kristallisierte Blähung eines Glücksdrachen ankündigte, platzte Herrn Trutz der Kragen. »Ich muss schärfstens protestieren, Majestät!«

Die eben noch heiter irisierende Miene des Monarchen wurde aschfahl. »Sind Sie von Sinnen! Wollen Sie den Kristallpalast mit Ihrem Geschrei zum Einsturz bringen?«

»Nein. Verzeihung.«

»Und warum sind Sie dann so indigniert? Ich habe Sie doch nicht etwa gelangweilt?«

»Wir sind nicht hierher gekommen, um uns zu unterhalten, Majestät«, zischte Herr Trutz, hörbar um einen Kompromiss zwischen Eindringlichkeit und geringer Lautstärke bemüht. »Das heißt, *unterhalten* wollten wir uns schon mit Euch, aber nicht zum Vergnügen.«

»Kommen Sie mir nicht mit gewichtigen Themen, Trutz!«, warnte der König.

»Manchmal ist ein leichter Plausch ungeeignet, wenn es um existenzielle Fragen geht.«

»Existenzielle Fragen?« Kumulus wich erschrocken zurück. »Ich fürchte, da müssen Sie sich eine andere Wolke suchen, mein Wertester.«

»Was der ehrenwerte Thaddäus erklären will«, mischte sich Qutopías Stimme wie Öl in die knirschende Konversation, »wir haben die weite Reise zu Euch nicht gescheut, weil es keinen besseren oder, um der Wahrheit die Ehre zu geben, nur einen *einzigen* Gelehrten in ganz Phantásien gibt, der das Rätsel lösen könnte.«

Des Königs Brust schwellte unter dem Mantel. An den Meisterbibliothekar gewandt, fragte er versöhnlich: »Warum haben Sie das nicht gleich gesagt, werter Trutz?«

»Nun, weil ... Dieses Rätsel ist ziemlich schwer ...«

»Was?«

»Nicht für Euch«, beeilte sich Qutopía zu versichern. »Sonst hätten wir es nicht nach Wolkenburg gebracht.«

»Das beruhigt mich. Und wie lautet dieses Rätsel?«

Herr Trutz öffnete den Mund, aber das Drachenmädchen war schneller. »Was ist leichter als der leere Raum, den ein vom Regal genommenes Buch hinterlässt?«

Karl schmunzelte. Hinter Qutopías burschikosem Gehabe steckte offenbar ein messerscharfer Verstand. Das gefiel ihm.

Kumulus kratzte sich am Kopf, wodurch seine Krone gefährlich in Schieflage geriet. »Ist das eine rein hypothetische Frage?«

»Nein, eine sehr konkrete«, wagte Herr Trutz sich wieder ins Gespräch.

Wieder kratzte sich Kumulus und schob damit die Krone wie einen Heiligenschein weit auf den Hinterkopf. »Können Sie mir eine klitzekleine Hilfestellung geben?«

Der Meisterbibliothekar atmete erleichtert auf. »Gerne!« Und nun erzählte er endlich von den mysteriösen Auflösungserscheinungen in der Phantásischen Bibliothek. Danach wurde der König sehr nachdenklich.

»Woraus bestehen die Bücher?«, fragte er leise.

»Aus Licht«, antwortete Herr Trutz.

Kumulus nickte gewichtig, und die Krone rutschte ihm vom Kopf. Qutopía fing sie auf. Der König merkte es nicht einmal, sondern sagte: »Bitte folgen Sie mir. Ich möchte Ihnen etwas zeigen.«

Er führte die Gäste ins Zentrum des Kristallpalastes. Dort stand auf einem fast unsichtbaren Sockel aus Elfenhauch ein durchscheinender Würfel. Karl konnte auf den Flächen verschiedene Bilder sehen: ein sich umarmendes Liebespaar; ein siebenmäuliges, kugelrundes, menschenfressendes Unwesen; ein neugeborenes, noch an der Nabelschnur hängendes Kind; einen weinenden nackten Menschen – weder Mann noch Frau – in einem Zuber voller Tränen; eine lächelnde Person, die ein Buch las; und den Tod.

»Mein größter Schatz«, sagte der König mit bebender Stimme.

»Was? Etwa der Kubus?«, fragte Herr Trutz.

»Pscht!«, machte Kumulus. »Nicht so laut! Nein, obwohl auch der Würfel eine Kostbarkeit ist. Er besteht aus den gläsernen Bildern vergessener Träume, wie sie auch in meiner Minroud-Sammlung zu sehen sind. Das eigentliche Prunkstück meines bescheidenen Museums ist *in* dem

Kasten.« Der König beugte sich vor und deutete auf denselben.

Von den anderen drei Seitenflächen näherten sich sehr behutsam die Gäste, beugten sich vor und suchten in den Glasbildern klare Flächen, die ihnen einen Blick ins Innere gewährten. Als Karl den »größten Schatz« des Königs sah, lief es ihm eiskalt den Rücken hinab. Es war wohl nur dem Glasbild zu verdanken, dass seine Augen den Anblick überhaupt so lange ertrugen. In dem Kubus befand sich eine etwa taubeneigroße Probe ebenjener Leere, die er erstmals in der Phantásischen Bibliothek gesehen hatte. Aus irgendeinem Grund, den Karl nicht erkennen konnte, schwebte sie mitten in dem Kasten.

»Puh! Da kriegt man es ja richtig mit der Angst zu tun!«, sagte Qutopía leise.

»Nicht wahr!«, flüsterte der König.

»Das ist es«, sagte Herr Trutz. »Wo habt Ihr das her, Majestät?«

»Aus den Zerfallsprodukten von Imaginárien extrahiert.«

»Könntet Ihr das auch für die Nichtexperten im Raum erklären?«

»Bestimmt haben Sie sich schon einmal gefragt, wo die flüchtigen Dinge hingehen, die uns für kurze Zeit berühren und dann einfach verschwunden sind: der erste Schrei eines Neugeborenen, der Geburtsschmerz seiner Mutter oder ein Anflug von Traurigkeit.«

»Ehrlich gesagt, nein, Majestät.«

»Ach was!«

»Und Ihr habt es herausgefunden, Hoheit?«, wagte Karl zu fragen.

Kumulus lächelte zu ihm hinauf, nickte und sagte mit geheimnisvoller Geste: »Sie verschwinden im *Nichts.«*

»Wenn ich mich nicht irre, ist das doch wohl offensichtlich.«

»Nein, Sie verstehen mich nicht, junger Mann. Die meisten Imaginárien, die unserer Wahrnehmung entfliehen – Schneeflocken, Kugelblitze, selbst das Polarlicht –, verwandeln sich nur in etwas anderes oder sie verteilen sich, werden sozusagen bis zur Unendlichkeit verdünnt. Trotzdem bleiben sie in unserer Welt vorhanden. Aber ich konnte nachweisen, dass einige der erwähnten Dinge ganz oder zumindest teilweise im Nichts vergehen. Meiner Theorie zufolge ist es weniger als die Abwesenheit von irgendetwas. Es ist weniger als das, was zurückbleibt, wenn Sie aus einem Glaskolben sämtliche Luft absaugen.« Kumulus wandte sich Qutopía zu: »Oder in der Sprache Ihres Rätsels, Gnädigste: Es wiegt weniger als die Lücke zwischen zwei Büchern.«

»Aber ...« Karl blickte wieder in den gläsernen Kasten. »Ich habe mir sagen lassen, das ... *Nichts* würde alles verschlucken, das mit ihm in Berührung kommt. Wie könnt Ihr es dann hier aufbewahren?«

Herr Trutz nickte eifrig. Endlich lief das Gespräch so, wie er es sich erhofft hatte.

»Sie haben recht, Koreander«, sagte Kumulus. »Das Nichts, das beispielsweise beim Zerfall eines Gefühls entsteht, ist sehr flüchtig. Wir haben unsere Probe hier aus Hunderten solcher Empfindungen gewonnen. Wie ich schon erwähnte, die Kunst der Imaginàriensammler ist das Fixieren ihrer Exponate. Hier erfüllen die gläsernen Bilder diese Funktion. Vielleicht ist Ihnen aufgefallen, dass die sechs Flächen des Würfels drei angenehme und drei weniger erfreuliche Träume zeigen. In diesem Gleichgewicht liegt das Geheimnis. Es hält das Nichts in seinem Innern gefangen.«

»So wie die noch vorhandenen Bücher in den Regalen das

Nichts an der weiteren Ausbreitung hindern«, bemerkte Herr Trutz. »Das passt.«

»Aber es wird nicht ewig funktionieren. Wenn immer mehr Bücher verschwinden, wird es irgendwann eine kritische Größe erreichen, und dann kann niemand es mehr aufhalten.«

»Ich hatte schon befürchtet, dass die Stabilität der Phantásischen Bibliothek gefährdet ist.«

»Sie haben mich offenbar nicht richtig verstanden, Koreander. Das Nichts wird umso gefräßiger, wenn Sie mir diesen bildhaften Vergleich erlauben, je weiter es sich ausbreitet.«

»Was genau wollt Ihr damit andeuten, Majestät?«

»Das Nichts wird Phantásien zerstören.«

Eine bedrückende Stille entstand.

In Karls Kopf rotierten die Gedanken wie Mücken im Abendlicht. Eines verstand er immer noch nicht, obwohl diese Frage angesichts der schrecklichen Dimension der eben von Kumulus beschriebenen Katastrophe profan erschien. Schüchtern verschaffte er sich Gehör. »Angenommen, jemand stiehlt die Bücher, wovon wir ja inzwischen wohl alle ausgehen, wieso bleibt dann nicht einfach eine normale Lücke zurück, in die man hineingreifen kann, ohne dass einem nachher gleich die ganze Hand fehlt?«

»Ich dachte, ich hätte das bereits erklärt«, schnarrte Kumulus ungehalten. »Wenn eine Imaginárie in unserer Welt vorhanden bleibt, entsteht auch kein Nichts. Sie muss restlos vernichtet werden.«

»Oder die Bücher werden aus Phantásien herausgeschafft«, sagte Qutopía.

Herr Trutz schüttelte den Kopf. »Man kann ein ungeschriebenes Buch nicht in die Äußere Welt bringen. Bei dem Versuch würde es sich augenblicklich in eine Idee im Kopf irgendeines Menschen verwandeln. Der schriebe es dann auf, womit es nicht nur erhalten bliebe, es würde sogar einer viel größeren Zahl von Personen zugänglich werden. Selbst wenn irgendein exzentrischer Wohltäter heimlich versuchte, auf diese Weise die Menschheit zu bereichern, entstünde immer noch kein Nichts.«

»Das ist wohl wahr«, pflichtete ihm Kumulus bei.

»Und wenn man das Buch ... oder das *Licht,* aus dem es besteht, irgendwie bannen könnte?«, grübelte Karl laut. Er machte eine raumgreifende Geste. »So wie die vielen Imaginárien hier in der Sammlung. Sie sind fixiert worden. Man kann sie zwar ansehen, sie bestaunen, aber irgendwie – bitte verzeiht, Hoheit – erfüllen sie nicht mehr ihren Zweck: Die Schneeflocke macht die Landschaft nicht weiß, das Gefühl beim ersten Kuss der Liebsten lässt das Herz nicht mehr pochen ...«

Qutopía seufzte leise, und Karl verfiel errötend in Schweigen.

»Da ist was dran«, sagte Herr Trutz und wirkte mit einem Mal sehr nachdenklich.

Kumulus nickte bedächtig. »Sie haben Recht. Mir fehlen die Möglichkeiten, Ihre Hypothese empirisch zu untermauern, Koreander, aber abgesehen von der völligen Vernichtung könnte das Bannen eines Buches auf irgendein Ding das Nichts hervorrufen, vorausgesetzt, dieses Ding würde anschließend aus Phantásien herausgeschafft.«

Karls Gedankenspiel schien den Meisterbibliothekar nicht mehr loszulassen, weshalb er den einmal aufgenommenen Faden weiterspann. »Angenommen, in der Äußeren Welt gibt es tatsächlich Menschen, deren Passion das Sammeln phantásischer Bücher ist, worauf könnten sie deren Licht Eurer Meinung nach bannen, Majestät?«

»Das ist schwer zu sagen. Ich würde etwas Beständiges wählen, möglicherweise einen Diamanten«, begann der König grüblerisch, begeisterte sich dann aber schnell für seine scharfsinnigen Überlegungen. »Geeigneter wären allerdings Preziosen, deren Wesen besser zu dem der Bücher passt. Wie sagt doch das Sprichwort? ›Ein Beutel mit Weisheit ist mehr wert als einer voller Perlen.‹ Ja, wenn ich's mir recht überlege, ist die Perle das einzige Medium, das sich geradezu organisch mit schöpferischen Gedanken verbinden ließe. Sie gilt seit alters als Sitz der Weisheit, aber auch als Symbol großer Kostbarkeit. Was für eine unwiderstehliche Verlockung müsste doch von der kühlen Schönheit einer Perle ausgehen, in der die Weisheit eines ganzen Buches wohnt? Es gibt da eine ganz besondere Sorte, groß und strahlend weiß, die von den Eismollusken im Harschmeer …« Kumulus verstummte, weil sich der junge Mann neben ihm plötzlich sehr auffällig benahm.

Karls Hände hatten sich ruckhaft über die rechte Hosentasche gelegt, als gelte es, ein darin gefangenes Tier an der Flucht zu hindern. Gleichzeitig wankte er wie ein Betrunkener. Als er sich der Blicke bewusst wurde, die ihn teils argwöhnisch, teils besorgt musterten, zog er den Kopf ein, als fürchte er Schläge.

»Sie sind so blass wie ein Weißkäse, junger Freund. Ist Ihnen nicht gut?«, erkundigte sich Herr Trutz.

»Ehrlich gesagt, nein.«

»Ihnen ist schwindlig, nicht wahr? Sollen wir einen Stuhl holen?«

»Es geht schon. Mein verletztes Fußgelenk … Das lange Stehen macht ihm zu schaffen.«

Qutopía ergriff den Arm des Schwankenden, um ihn zu stützen. »So wie Sie aussehen, plagt Sie mehr als nur das Bein.«

Karls Gewissen rührte sich. Er fühlte sich überführt. Alle schienen ihn durchschaut zu haben. Zuerst der König mit seiner Äußerung über die »unwiderstehliche Verlockung« der Perlen und nun auch das Drachenmädchen. Zerknirscht holte er sein Taschentuch hervor und faltete es behutsam auseinander. Als die immer noch kalte schwarze Perle, die er in der Phantásischen Bibliothek eingesteckt hatte, zum Vorschein kam, brummte er nur: »Beinahe hätte ich sie vergessen.«

Einmütig beugten sich drei Gesichter über die Perle, die Reaktionen waren indessen reihum verschieden.

Qutopía seufzte abermals. »Sie ist wunderschön!«

Herr Trutz runzelte die Stirn. »Vergessen? Wo haben Sie die her?«

Die Augen des Königs schienen ihm aus dem Kopf quellen zu wollen. »Wie groß sie ist! Wäre sie nicht schwarz, würde ich behaupten, sie stammt von einer Eismolluske. Steht das werte Stück zum Verkauf?«

»Nein«, erwiderte Karl kühl. Am liebsten hätte er seine Perle sofort wieder weggesteckt.

»Wieso nicht? Ist sie irgendein Andenken an ein Mädchen? Einc Wertanlage? Ein lieb gewordener Fingerschmeichler?« Kumulus rieb sich die Hände.

»Eher nicht. Sie war eiskalt, als ich sie in der Bibliothek gefunden habe.«

»Davon hatten Sie gar nichts erwähnt«, kam Herr Trutz dem König zuvor.

Karl zuckte die Schultern. »Normalerweise trage ich keine Taschentücher bei mir, aber als ich mich auf den Weg gemacht habe, um mich bei Ihnen zu bewerben, bin ich an die Kleiderkommode meines Vaters gegangen und hab's eingesteckt. Jedenfalls war mir bei all der Aufregung hier irgendwann entfallen, dass ich es immer noch mit mir herumschleppe. Nicht mal, als das Tentakelding fast meinen Fuß abgerissen hat und ich ihn verbinden musste ...«

»Herr Koreander«, unterbrach ihn Herr Trutz streng, »bitte kommen Sie zum Wesentlichen: zur *Perle*. Unter welchen Umständen wurde sie von Ihnen gefunden?«

Karl berichtete ausführlicher als beim ersten Mal in Hallúzinas Haus von der Begegnung mit dem greinenden Alphabetagamma bis zu der Stelle, wo er die eiskalte Perle gefunden, ins Taschentuch eingeschlagen und weggesteckt hatte. Über seine dabei empfundenen Gefühle sprach er jedoch nicht. Als er zum Ende kam, hatte er unbewusst seine Hand wieder um das Objekt der Begierde geschlossen, und wie ein Wesen mit eigenem Willen bewegte sie sich nun in Richtung Hosentasche. Doch der Meisterbibliothekar kam ihr zuvor.

»Bitte lassen Sie mich die Perle noch einmal genauer untersuchen, Herr Koreander.«

Karl musste gegen den unbändigen Drang ankämpfen, seinen Schatz vor den begehrlichen Blicken des Königs in Sicherheit zu bringen. Abermals hob er die Hand, damit Herr Trutz die Perle durch sein Monokel betrachten konnte. Um seine Anspannung zu überspielen, frotzelte er: »Also sind Ihre Augen doch nicht so gut, wie Sie mir weismachen wollten.«

»Schnickschnack! Sie sind so scharf wie die eines Adlers. Aber was Sie für ein gewöhnliches Monokel halten, ist in Wirklichkeit ein Magieskop.«

»Ein was?«

Die Antwort von Herrn Trutz war ein schwerverständliches Murmeln, weil er nun intensiv durch sein Einglas auf die Perle starrte. »Ein Magieskop. Man kann damit Dinge sichtbar machen, die dem Auge durch Zauberei verborgen bleiben oder irgendwie verändert wurden. Ein Geschenk des Paschas von Luminesien. Es soll aus einem Stein gefertigt worden sein, der nicht aus Phantásien stammt. Im Laden halte ich damit nach Schurken Ausschau, die meine Tür in die Phantásische Bibliothek sabotieren wollen. Ich habe seit dem Beginn der Auflösungserscheinungen den Verdacht ... « Der Bibliothekar verstummte.

»Haben Sie etwas entdeckt?«, fragte Kumulus. Der König war in den letzten Minuten unruhig um die beiden Männer herumgeschlichen. Anscheinend hatte die schwarze Perle seine Sammlerleidenschaft geweckt.

»Unser allerliebstes Schmuckstück ist durchsichtig geworden wie ein kugelrunder Wassertropfen.«

Kumulus schnappte nach Luft. »Das kann unmöglich sein. Sie hat immer noch diesen bezaubernden vielfarbigen Schimmer und glänzt wie schwarze Seide und ...«

»Mit Verlaub, Majestät, aber Ihr seht nur, was man sehen soll. Das Magieskop zeigt dagegen die Wahrheit. Irgendjemand treibt mit uns ein trügerisches Spiel. Ich glaube, da ist etwas Winziges in der Perle eingeschlossen, aber ich kann es nicht erkennen. Gibt es hier irgendwo ein Vergrößerungsglas?«

»Ja, in der Werkstatt. Sogar ein besonders starkes. Es besteht aus ...«

»Könnt Ihr es herbringen lassen, Majestät?«

»Warum sollte ich das tun?«

Der überraschend herausfordernde Ton des Königs ließ Herrn Trutz von der Perle aufblicken. »Ich dachte, ich hätte mich klar ausgedrückt. Unsere Mission ist von existenzieller Bedeutung für ganz Phantásien und seine ...«

»Ja, ja, das habe ich begriffen. Aber finden Sie nicht, meine Hilfe wäre eine kleine Belohnung wert?«

»Nun, die Dankbarkeit der Kindlichen Kaiserin ...«

»... wäre bestimmt ein lohnendes Exponat für meine Imaginäriensammlung. Leider gehört Dankbarkeit zu den flüchtigsten Dingen überhaupt. In meinem Kristallpalast jedenfalls finden Sie keine.«

»Und was schwebt Euch als Gegenleistung für Eure Hilfe vor?«, fragte der Meisterbibliothekar mit einem drohenden Grollen in der Stimme. Karl ahnte längst, was das Herz des Königs begehrte.

»Die schwarze Perle da«, antwortete Kumulus denn auch erwartungsgemäß und deutete auf die schaufelartige Hand, die sich in diesem Moment erneut zu einer Faust geschlossen hatte.

»Kommt nicht in Frage«, knurrte Karl.

Auch Herr Trutz wurde nun zusehends ungehalten. »Ihr habt uns doch selbst auf die Perle als Medium gebracht, Majestät. Wie könnt Ihr nur daran denken, sie zu fordern, wenn darin womöglich ein Buch der Phantásischen Bibliothek eingesperrt ist?«

»Es ist nur *eines*, Trutz. Ein einziges! Was macht das schon für einen Unterschied, ob es in Ihrem finsteren Turm herumgammelt oder ich ihm in meinem Kristallpalast einen Ehrenplatz gebe.«

»Euch scheint nicht bewusst zu sein, dass die Bücher der Phantásischen Bibliothek einem höheren Zweck dienen, Majestät. Hier würden doch nur einige wenige die schwarze Perle bewundern, ohne sich ihre wahre Pracht jemals erschließen zu können. Die darin eingeschlossene Weisheit ist zu gewichtig, um sie auf alle Zeit wegzusperren. Sie muss wieder befreit werden. Offen gestanden wäre ich sehr enttäuscht von Euch, wenn Ihr uns darin nur wegen einem Sammlerstück Eure Unterstützung versagt.«

Karl nickte heftig.

»Aber ich *will* die Perle haben«, zischte Kumulus. Seine kleinen Hände waren zu Fäusten geballt, und ehe er sich der Gefahr solcher Unbeherrschtheiten bewusst werden konnte, hatte er schon mit dem Fuß aufgestampft.

»Niemals«, fauchte Karl.

Plötzlich drang die aufgeregte Stimme des Protokollmeisters vom Eingang des Kristallpalastes herüber. »Majestät!«

Der König verzog das Gesicht. »Nicht jetzt, !Wirstuwol. Und *schrei* nicht so!«

»Es ist aber dringend, Majestät.«

»Wir sind in einer wichtigen Verhandlung, !Wirstuwol.«

»Was gibt es Wichtigeres als das Gewicht Eures Königreichs, Majestät?«

Vor Schreck schwirrte Kumulus in die Höhe, ließ sich aber schnell wieder so behutsam wie möglich auf den Boden zurückgleiten. Zu Fuß, den langen roten Mantel wie eine Schleppe hinter sich herziehend, lief er zum Ausgang. Karl, Herr Trutz und Qutopía wechselten erstaunte Blicke und eilten hinterher.

»Was sagst du da?«, fragte Kumulus seinen Protokollmeister, als er unter dem Durchgang stand.

»Wolkenburg sinkt.«

»Das muss ein Irrtum sein.«

»Nein, Majestät. Wir haben die Höhe x-mal ausgelotet. Die Stadt nähert sich definitiv dem Blutmeer, das wir gerade überfliegen, und zwar ziemlich schnell. In weniger als einer Stunde werden wir aufschlagen.«

»Blutmeer?«, raunte Karl in Qutopías Ohr.

»Das Wasser ist blutrot, und du willst bestimmt mit keinem der Geschöpfe Bekanntschaft machen, die darin leben«, flüsterte sie zurück.

»Ich störe Ihr Getuschel nur ungern, Gnädigste«, drängte

sich Kumulus mit schnarrender Stimme zwischen sie, »aber kann es sein, dass Ihr mechanischer Glücksdrache ...?«

»Ausgeschlossen«, entgegnete Qutopía beinahe brüsk. »Die *Fuchur* ist aus hochwertigsten Materialien gefertigt, alle leichter als eine Sommerwolke.«

»Aber ich verstehe das nicht«, jammerte Kumulus. »Die drei Besucher können nicht so schwer sein, dass sie die Tragfähigkeit unserer Wolke in Gefahr bringen, jedenfalls nicht so schnell. Haben Sie irgendwelche unverzollten Waren eingeschmuggelt?«

»Zoll?« schnaubte Herr Trutz. Ihm war anzumerken, wie wenig ihm der bisherige Verlauf der Audienz behagte.

»Magische Gegenstände. Wundersame Dinge. Gewichtige Sachen. Wolkenburg wird ja nicht allein von Binsen in der Luft gehalten. Es gibt da noch ein paar andere Geheimnisse, die ... Aber dazu fehlt uns jetzt die Zeit. Also was ist?«

»Ich fürchte, ich verstehe die Frage nicht«, brummte Herr Trutz.

»Ihre Majestät möchten, dass Sie Ihre Einfuhr deklarieren«, erläuterte !Wirstuwol.

»Leert eure Taschen aus«, übersetzte Herr Trutz für seine Begleiter und ging mit gutem Beispiel voran. Sichtlich genervt zeigte er sein Monokel, ein Paar Ersatzschnürsenkel, ein Bild seiner verstorbenen Frau, eine mehrseitige Liste der aus der Phantásischen Bibliothek entwendeten Bücher und noch ein paar andere harmlos erscheinende Dinge.

Bevor der Buchhändler seine Auflistung wieder einsteckte, bemerkte Karl Sternchen hinter einigen wenigen Buchtiteln. Er deutete auf einen der Namen und fragte: »Warum ist das da besonders markiert?«

»Das Werk ist vermutlich gar nicht verloren, sondern nur irgendwo falsch einsortiert.«

»Wie kommen Sie darauf?«

»Weil die Leere oder das Nichts, wie Seine Majestät es nennt, in der Lücke fehlte, als man es als vermisst gemeldet hat.«

Karl hob verstehend das Kinn, und die Einfuhrkontrolle wurde fortgesetzt. Qutopía hatte auch nicht viel Aufregenderes zu bieten. Aber als Karl die abgewetzte Schwertscheide zeigte, verlor !Wirstuwol fast die Besinnung.

»Wirst du wohl die Waffe sofort unserer Leibwache übergeben!«, verlangte er mit schriller Stimme und vergaß darüber sogar das für die Anrede von Staatsbesuchern geltende Protokoll.

Der König nahm kurzerhand das Schwert und versuchte es aus seiner Scheide zu ziehen. Es gelang ihm nicht. Allerdings stellte er fest: »Es ist ja federleicht!«

Karl nickte. »Weder für Euch, Hoheit, noch für Wolkenburg stellt es die geringste Gefahr dar.«

»Was haben Sie noch dabei?«

Karl krempelte seine Taschen um und breitete den Inhalt auf dem Fußboden aus.

Die Uhr befand der König für unbedenklich. Die mittlerweile schon recht ramponiert aussehende Generalvollmacht ebenso. An dem Taschentuch zeigte er schon gar kein Interesse. Nur die Perle, die zog noch immer seine begehrlichen Blicke wie magisch an. Ratlos schüttelte er den Kopf. »Ich verstehe das nicht.«

Mit einem Mal hellte sich Herrn Trutzens Miene auf. Angesichts der dramatischen Situation erschien Karl die irgendwie verschlagen anmutende Heiterkeit des Meisterbibliothekars unangemessen. Auch dem König entging sie nicht.

»Warum grinsen Sie so, Trutz?«

»Vielleicht, weil ich weiß, wie man Eure Stadt retten kann.«

»Ach was! Dann spucken Sie es schon aus. Wir haben keine Zeit zu verlieren.«

»Aber unsere – wie nanntet Ihr es? – *Verhandlungen* sind noch nicht abgeschlossen.«

»Guter Mann, ich bin fürwahr ein leidenschaftlicher Imagináriensammler, aber selbst die kostbarste Perle kann Wolkenburg nicht aufwiegen.«

»Wer vermag das schon zu sagen?«, entgegnete Herr Trutz geheimnisvoll. »Dann seid Ihr also bereit, auf die Perle zu verzichten und uns trotzdem nach Kräften zu unterstützen?«

»Nein!«

»Also gut.« Herr Trutz wandte sich Karl zu. »Geben Sie dem König die Perle.«

Karl wich alle Farbe aus dem Gesicht. Seine Augen waren weit aufgerissen. *»Was?«*

»Sie sollen Seiner Majestät sehnlichsten Wunsch erfüllen.«

Fassungslosigkeit ergriff von Karl Besitz. Er konnte nicht glauben, was man da von ihm verlangte. Am liebsten wäre er mit seinem Schatz aus dem Kristallpalast geflohen, aber in dieser Stadt, die auf einer Wolke schwebte, wären die Aussichten für ein Entkommen wohl ziemlich gering. Obwohl schließlich seine Vernunft siegte, kostete es ihn trotzdem große Überwindung, den Arm auszustrecken. Seine Hand zitterte – bis Kumulus ihm das Taschentuch samt Perle entrissen hatte.

»Danke«, sagte der König.

»Keine Ursache«, knurrte Karl. Seltsam, dachte er. Natürlich sehnte er sich noch immer nach seinem Schatz, aber eben noch hatte er geglaubt, zerspringen zu müssen, wenn er ihn hergeben müsste. Das Gefühl eines unersetzlichen Verlustes stellte sich jedoch nicht ein.

Kumulus wandte sich wieder dem Bibliothekar zu. »Nun

zur weiteren Abwicklung unseres Geschäfts: Sie verraten mir, wie wir Wolkenburg wieder auf Kurs bringen, und ich beantworte Ihnen nach bestem Wissen und Gewissen alle Fragen, die Ihnen noch auf der Seele brennen.«

Die Erwiderung von Herrn Trutz kam wie aus der Pistole geschossen. »Einverstanden. Könnten Sie dann bitte das Vergrößerungsglas herbeischaffen lassen?«

»Das hat Zeit bis nach der Rettung, Trutz.«

Der Meisterbibliothekar schüttelte langsam den Kopf. »Nein, es ist ein Teil von ihr.«

Der König blickte irritiert auf seine Rechte, in der er das Taschentuch mit der Perle hielt. Dann erteilte er !Wirstuwol einen entsprechenden Befehl. Während der Protokollmeister die Lupe holte, führte der König die Besucher zu einem Lesetisch, der in einem abgelegenen Winkel unter dem bizarr geformten Dach des Kristallpalastes stand und sonst zum Studium von Fachliteratur benutzt wurde.

Herr Trutz sah sehr besorgt aus, als er den König fragte: »Wenn die Perle uns unter der Lupe das zeigt, was ich vermute, müssen wir sehr schnell abreisen, Majestät.«

»Wollen Sie damit andeuten ...?«

Der Bibliothekar nickte.

»Nein!«

»Ich fürchte, doch.«

»Tun Sie mir das nicht an«, jammerte Kumulus.

Karl und Qutopia tauschten verwunderte Blicke.

»Nicht ich habe mir die Bedingungen dieses Handels ausgesucht«, antwortete Herr Trutz aufgeräumt. »Ihr wolltet die Perle unbedingt haben. Jetzt reißt sie Euch und Eure ganze Stadt in den Untergang.«

»Vielleicht irren Sie sich.«

»Wir werden es gleich wissen.«

Kumulus seufzte und schüttelte verzweifelt sein inzwischen wieder bekröntes Haupt. Mit einem untröstlichen Blick in Qutopías Richtung verkündete er: »Sosehr es mich schmerzt, aber sollte die Perle etwas mit der bedrohlichen Lage zu tun haben, in der sich mein Reich befindet, müsste ich Sie bitten, uns so schnell wie möglich von ihr zu befreien.«

»Ihr könnt Euch voll und ganz auf Herrn Trutz verlassen. Er wird Eure Wolkenstadt retten«, erklärte Karl im Brustton der Überzeugung – für sich selbst schmiedete er bereits andere Pläne.

Der Meisterbibliothekar bedachte ihn mit einem strengen Blick, wandte sich jedoch gleich wieder an den König. »Ich will Euch nicht zu nahe treten, Majestät, aber Ihr habt in Eurer Sammlung einige Kostbarkeiten, die man nicht auf jedem Markt bekommt. Greift Ihr gelegentlich auf ... *Berater* zurück, die Euch zu den Stücken verhelfen?«

»Berater?«

»Er meint Diebe. Oder Schmuggler«, übersetzte Qutopía die Frage von Herrn Trutz.

»Ich bin ein Staatsoberhaupt«, entrüstete sich Kumulus.

»Er meint, ja«, dolmetschte abermals das Drachenmädchen.

Der Bibliothekar nickte ihr dankbar zu. »Keine Angst, ich werde keine Anzeige im Elfenbeinturm erstatten, Majestät. Dies ist eine besondere Situation, die schnelles und entschlossenes Handeln erfordert. Nach allem, was wir nun wissen, bin ich überzeugt, dass irgendjemand mit Hilfe der schwarzen Perlen Bücher aus der Bibliothek stiehlt, aber ich habe nicht die geringste Ahnung, wie ihm das gelingt. Unser Turm wird schärfstens bewacht. Derjenige muss ein Meister seines Faches sein. Ist Euch jemand bekannt, der uns da einen Tipp geben könnte?«

»Da fällt mir spontan nur einer ein. Ich kenne ihn nur vom Hörensagen.«

»Selbstverständlich. Wie heißt er? Wo finden wir ihn?«

»Elster. In Kleptonia.«

»Der Nachtstadt?«

»Ja.« Der König wurde immer einsilbiger.

»Ich hörte, die Nachtstadt sei sehr schwer zu finden. Können Sie uns den Weg dorthin ...?«

»Nein«, schnitt ihm Kumulus sichtlich gereizt das Wort ab.

»Es wäre aber sehr wichtig.«

»Elster schickt hin und wieder einen seiner Mitarbeiter zu uns. Weder ich noch sonst jemand aus Wolkenburg haben je mit ihm persönlich gesprochen oder gar seine Stadt der Diebe besucht.«

»Qutopía«, richtete Herr Trutz das Wort an die Pilotin, »wären Sie in der Lage, Kleptonia zu finden?«

»Ich kann jeden Ort in Phantásien anfliegen. Allerdings müsste ich einen Blick in Vaters Karten werfen.«

»Tun Sie das bitte. Wir treffen uns dann in Kürze bei der *Fuchur.*«

Das Drachenmädchen nickte, verabschiedete sich kurz vom König – Kumulus' trauriger Miene nach zu urteilen, viel zu kurz – und entschwand in Begleitung eines Leibgardisten in Richtung Palastgarten.

Dabei kreuzten sich ihr und !Wirstuwols Wege. Der Protokollmeister brachte keuchend eine Lupe in den Saal, die fast so groß war wie er selbst. Sie hing in einem silbernen Ständer.

Nachdem Kumulus seinen Ratgeber mit neuen Instruktionen wieder fortgeschickt hatte, erklärte er seinen Gästen: »Diese Lupe vermag viel stärker zu vergrößern als eine mit normalem Glas. Die Linse besteht aus ...«

»Dafür fehlt uns die Zeit, Majestät«, unterbrach ihn Herr

Trutz, setzte sich an den Tisch und streckte die Hand zum König aus.

»Was ist?«, fragte Kumulus mit Unschuldsmiene.

»Die Perle, Majestät.«

Der König seufzte einmal mehr und hielt Herrn Trutz das an den vier Ecken wie ein Säckchen zusammengehaltene Taschentuch hin. Für kurze Zeit fand ein verbissenes Tauziehen zwischen den beiden statt, jeder zog an seinem Ende des provisorischen Schatzbeutels. Dann entriss der Mann dem Luftikus die Beute.

»Danke«, brummte Herr Trutz und breitete das weiße Taschentuch mit der Perle auf dem Tisch aus. Karl bemerkte, wie der Meisterbibliothekar kurz innehielt. Spürte auch er in diesem Moment die magische Anziehungskraft des schwarzen Kügelchens? Dann ging ein Ruck durch den Körper des alten Mannes, und er brachte sein Magieskop mit sicherer Hand in den richtigen Abstand zwischen seinem Auge und dem Vergrößerungsglas.

»Prächtig!«, stieß er gleich darauf hervor.

»Was haben Sie entdeckt?«, fragte Karl.

»Die Bestätigung unserer Annahme. Den Trick, mit dem sie die Bücher aus der Phantásischen Bibliothek herausschmuggeln. Eines davon ist tatsächlich hier drin.«

Karl lächelte wissend. »Ist es zufällig von Immanuel Kant und heißt *Die lebendigen Kräfte der Gedanken und ihre wahre Schätzung?«*

»Wie kommen Sie darauf?« Herr Trutz wirkte erstaunt.

Aus Karls Lächeln wurde ein Grinsen. »Wenn ich mich nicht irre, war das der Titel des Werkes, dessen Verschwinden Albega beklagt hatte.«

Der Meisterbibliothekar sah betroffen aus. *»Das* haben sie auch gestohlen?«

Irgendetwas an dieser Reaktion irritierte Karl. »Ich dachte, Sie hätten das Buch da in der Perle gefunden.«

»Ich habe ein vermisstes Werk wiederentdeckt. Aber nicht das von Ihnen genannte, das ich, nebenbei bemerkt, sehr schätze. Es kann ja auch gar nicht anders sein.«

»Jetzt verstehe ich überhaupt nichts mehr.«

»Ach was!«, entfuhr es Kumulus. »Und ich dachte, wir hätten das Thema erschöpfend behandelt. Wenn das von Ihrem Bücherdrill vermisste Werk da in der Perle wäre, dann befände es sich noch in Phantásien …«

»… und in diesem Fall könnte es in der Lücke kein Nichts geben«, vollendete Karl die Schlussfolgerung. Schlagartig waren ihm die Zusammenhänge klar geworden.

»Jetzt hat er's kapiert«, sagte Kumulus zu Herrn Trutz und blickte wieder sehnsüchtig auf die Perle.

Der Bibliothekar nickte. »Ob Ihr's glaubt oder nicht, Majestät, aus ihm wird noch ein tüchtiger Meisterbibliothekar werden.« Danach deutete er auf das Vergrößerungsglas und sagte zu Karl. »Wollen Sie selbst mal schauen?«

»O ja!«

Karl setzte sich vor die Lupe, nahm das Monokel entgegen und brachte es in die richtige Position. Die Vergrößerungswirkung war enorm. Die Perle sah wie ein riesiges Goldfischglas aus, allerdings schwommen keine Tiere darin, sondern etwas, das im ersten Moment nur wie ein langer knotiger schwarzer Faden aussah, der aufgespult in dem klaren Gefäß schwamm. Karl drehte das Taschentuch unter der Lupe, um die winzige Schnur besser betrachten zu können; sie folgte der Bewegung nur träge. Je länger er durch die Linse starrte, desto mehr Details nahm er wahr. Der Faden wurde zu einer Kette. Bald konnte er einzelne Buchstaben erkennen und dann sogar ganze Zeilen lesen, die sich spiralförmig in der

Perle wanden. Gleich am Anfang stand der Titel des eingesperrten Buches.

»Gewogene Worte.«

»Von Romeo Oratore. Ein Sonettenkranz: Fünfzehn Klinggedichte. Vermisst gemeldet in der ›Abteilung für verschüttete Werke‹«, erklärte Herr Trutz, warf seine Liste der verschwundenen Titel auf den Tisch und stach seinen Zeigefinger in einen Namen. »Da ist es.«

»Mit einem Stern gekennzeichnet«, stellte Karl fest, nachdem er den Eintrag kontrolliert hatte.

»Gewogene Worte?«, wiederholte Kumulus den Namen des Sonettenkranzes. »Ich hoffe doch sehr, sie wurden als zu leicht empfunden.«

Herr Trutz schüttelte den Kopf. »Ganz im Gegenteil, Majestät. Es ist ein äußerst gewichtiges Werk, das sich irgendwo unentdeckt in der Äußeren Welt verstecken muss. Eines von der Sorte, die erheblich mehr wiegen als das Papier, auf das sie gedruckt sind.«

Das Regenbogengesicht des Königs wurde abermals aschfahl. »Deshalb geht unser Reich zugrunde.«

»Dazu werden wir es nicht kommen lassen, Majestät. Wir reisen sofort ab und nehmen die Perle mit.« Herr Trutz klatschte in die Hände. »Prächtig! Jetzt haben wir zumindest eine heiße Spur.«

Je länger Karl das gefesselte Buch aus der Phantásischen Bibliothek nicht mehr am Körper trug, desto unbeschwerter fühlte er sich. Es schien, als sei ein Fluch von ihm abgefallen. In dem Maße, wie die Gier nach der schwarzen Perle von ihm schwand, drängte sich erneut ein anderes Verlangen in den Vordergrund, bis es sich schließlich Gehör verschaffte. Verstohlen zog er die Generalvollmacht aus der Innentasche des Mantels hervor, deutete darauf und sagte: »Dann kommen Sie ja ab jetzt ohne mich klar, und ich kann bei nächster Gelegenheit in die Phantásische Bibliothek zurückkehren. Nehmen Sie die Perle am besten gleich an sich. Seine Hoheit Kumulus II. wird mir bestimmt ohne große Umstände ein Transportmittel besorgen können. Wäre es möglich, dass Sie mir nur kurz das Dokument unterschreiben, damit ...?«

»Schnickschnack! Dazu fehlt uns die Zeit. Außerdem kommen Sie mit.«

»Aber ...«

»Mitgefangen, mitgehangen.«

»Sie haben eine wirklich erfrischende Art, einem Mut zu machen. Ich bin Ihnen doch nur ein Klotz am ...«

»Stecken Sie die Perle gut weg, Herr Koreander.«

Karl stöhnte und warf den Kopf in den Nacken. Hoch über sich vernahm er ein Flattern. Er spähte unter das Dach des Kristallpalastes und entdeckte auf einer Verstrebung einen Vogel, der sich durch eine der Windöffnungen verirrt zu haben schien. Er war größer als ein Spatz, aber kleiner als eine Krähe. Karl beschlich ein ungutes Gefühl. Er hielt sich das Magieskop vors Auge, um den schwarz gefiederten Zaungast dadurch zu betrachten, und erstarrte. In diesem Moment flatterte der Vogel durch eines der Fenster davon.

»Was haben Sie im Monokel gesehen?«, fragte Herr Trutz. Seine Stimme klang angespannt. Er war mit den Augen Karls Blick gefolgt und hatte den Vogel mit dem leuchtend blauen Schnabel offenbar ebenfalls entdeckt.

Auch Kumulus zeigte sich besorgt, wenngleich aus anderem Grund. »Das muss an der geringen Flughöhe der Stadt liegen. Sonst findet kein Vogel bis zu uns herauf. Nicht auszudenken, was passiert wäre, wenn der Piepmatz auf einem meiner Sammlerstücke gelandet ...«

»Was haben Sie gesehen, Herr Koreander?«, wiederholte der Meisterbibliothekar eindringlich.

Karl war noch immer zu benommen, um einen klaren Gedanken fassen zu können. Er vergrub beide Hände in den Manteltaschen, drehte sich abrupt um und starrte auf die Lupe, als könne er so das in sein Bewusstsein eingebrannte Bild wieder loswerden. Aber es gelang ihm nicht.

»Herr Koreander!«, verschaffte sich Herr Trutz zum dritten Mal Gehör. »Das Magieskop – was hat es Ihnen gezeigt?«

Endlich hob Karl den Kopf und sah den Alten an. Er fröstelte. »Ein Kind.«

»Sind Sie sicher? Beschreiben Sie es genauer.«

»Es kauerte wie ein Vogel auf einer der Stangen über uns: nackt, vielleicht drei oder vier Jahre alt, irgendwie missgestaltet. Die Augen waren ungewöhnlich groß ...« Karls Stimme erstarb. Ein Schauer ließ seinen Körper erzittern.

»Welche Farbe hatten sie?«

»Violett. Ein leuchtendes Violett. Und sie waren böse. Das ganze Gesichtchen sah auf eine erschreckende Weise alt und boshaft aus.« Er schüttelte den Kopf. »Aber das muss ein Trugbild gewesen sein. Der Sammelrabe war ja viel zu hoch.«

Herr Trutz und Kumulus wechselten einen ernsten Blick. Dann nickten beide, und der König sagte: »Ein Wechselbalg.«

Karl stand der Sinn nicht nach Wortspielen, zumal wenn sie nicht ganz zutreffend waren. »Ich weiß, was ein Wechselbalg ist. Das da eben ...«

Der Bibliothekar entgegnete wie ein geduldiger Lehrmeister: »Sie müssen sich von verkrusteten Vorstellungen lösen, mein lieber Koreander. Hier in Phantásien tritt von vielem, was Sie in der Äußeren Welt genauestens zu kennen glauben, die verborgene Seite ans Tageslicht. Wechselbalge – bitte beachten Sie den phantásischen Plural! – sind Meister der Täuschung.«

Kumulus nickte. »Äußerst zwielichtige Wesen. Sie können jede Gestalt annehmen.«

»Das Magieskop hingegen hat Ihnen das wahre Äußere des Wechselbalgs gezeigt«, fügte Herr Trutz hinzu.

»Aber dann ...« Karl fasste sich an die Stirn. »Dann wissen wir doch schon ziemlich genau, wie die Bücher aus der Phantásischen Bibliothek verschwinden: Die Wechselbalge verwandeln sich in Kollek-Tiben und binden sie irgendwie an die schwarzen Perlen oder vielmehr sie sperren sie darin ein. Mit denen fliegen sie dann ...« Er verstummte.

Herr Trutz nickte wissend. »Sie haben's selbst bemerkt. Das freut mich.«

Karl ließ die Schultern hängen. »Die Sammelraben, ob falsch oder echt, sind phantásische Geschöpfe. Sie können nicht einfach in die Äußere Welt hinüberflattern und dort irgendwo die Perlen abladen.«

»So ist es. Die Wechselbalge sind gedungene Diebe, nichts weiter. Jemand anderer muss ihre Beute einsammeln und aus Phantásien herausschaffen. Aber wer?«

»Vermutlich derselbe, der uns den schwarz gefiederten Spitzel auf den Hals geschickt hat.«

Der König lächelte säuerlich. »Wer immer Ihr Gegner ist, Koreander, spätestens jetzt weiß er, was Sie wissen.«

Der Bibliothekar nickte. »Wenn man den falschen Sammelraben doch nur verfolgen könnte! Leider ist er vermutlich längst auf und davon.«

»Kein unlösbares Problem, wenn man einen yskálnarischen Kompass besitzt.«

Die zwei Männer wandten sich überrascht dem König zu. »Sagt bloß, Ihr habt so ein Instrument?«, fragte Herr Trutz.

»Ja, in meiner Sammlung. Kommen Sie, ich zeige es Ihnen.«

»Prächtig! Zuerst muss Herr Koreander aber wieder die Perle an sich nehmen.«

Karl betrachtete argwöhnisch das dunkle Kügelchen auf seinem Taschentuch. Einerseits würde er es nur zu gerne wieder besitzen, doch andererseits war ihm die Gier, die das Perlending in ihm geweckt hatte, nicht geheuer.

»Nun vertrödeln Sie nicht den ganzen Tag, junger Freund«, drängelte Herr Trutz.

»Könnten nicht Sie ...?«

»Ich werde mich hüten. Meinen Sie, ich habe nicht gemerkt, was für eine Kraft von ihr ausgeht. Sie kommen damit schon zurecht. Und nun nehmen Sie endlich die Perle, damit Seine Majestät uns den Kompass zeigen kann.«

Widerstrebend gehorchte Karl. Nachdem er das kugelige Gefängnis der *Gewogenen Worte* unter den schmachtenden Blicken des Königs sorgfältig ins Taschentuch eingeschlagen und weggesteckt hatte, führte Kumulus seine Gäste in einen anderen Bereich der Halle. Die Kompasse, erklärte er unterwegs, würden von den Yskálnari benutzt, um verirrte Schiffe im Nebelmeer wiederzufinden. Er blieb vor einer Art Tisch stehen, unter dessen durchsichtiger Platte sich ein flacher Kasten befand, in dem verschiedene Ausstellungsstücke lagen. Der König öffnete den Schaukasten, entnahm ihm das yskálnarische Wunderwerk und reichte es Herrn Trutz.

Auf den ersten Blick sah der Kompass nicht ungewöhnlich aus: etwas größer als eine Streichholzschachtel, mit einem quadratischen Gehäuse aus dunkelbraunen Binsen, einem geflochtenen Riemenband aus demselben Material zur Befestigung am Handgelenk, einer Skala für die Gradeinteilungen und einem unruhig wackelnden Zeiger. Die Unterschiede fielen Karl erst bei genauerem Hinschauen auf.

»Die Nadel leuchtet in der Dunkelheit. Sie besteht aus dem Stengel eines andrusischen Vergissmeinnichts«, erklärte Kumulus.

»Das Ding kennt überhaupt keine Himmelsrichtungen«, murmelte Karl. »Nur da, wo sonst Norden ist, steht ein ... *Z?«*

»Z wie Ziel. Es würde keinen Sinn machen, sich an einer Himmelsrichtung zu orientieren, weil die sich in Phantásien ständig verändern. Aber der Kompass verfolgt beharrlicher als jeder Spürhund ein Ziel, das man ihm einmal gezeigt hat.«

»Leider hat sich der Wechselbalg verabschiedet, ohne uns dazu Gelegenheit zu geben«, grunzte Herr Trutz.

»Wer weiß«, erwiderte Kumulus mit einem geheimnisvollen Lächeln und winkte seine Gäste hinter sich her. Karl hatte Mühe, dem kleinen Wirbelwind mit seinem verletzten Fuß zu folgen. Als der quadratische schwarze Sockel vor ihm auftauchte, ahnte er, was der König vorhatte.

»Die Tränen des halb so großen Moorkrokodils! Das ist genial, Hoheit!«

Kumulus bedachte ihn mit einem resignierenden Blick. »Das Tier heißt ›Doppelt so großes Moorkrokodil‹. Aber das lernen Sie wohl nie.«

»Verzeiht, Hoheit. Ist der falsche Sammelrabe irgendwo zu sehen?«

Gemeinsam suchten sie die zweihundertsechsundfünfzig silbrigen Tropfen ab. Mit einem Mal sah Karl ein erstarrtes Spiegelbild des Dachs, auf dem deutlich der schwarze Vogel mit dem leuchtend blauen Schnabel zu erkennen war. »Da!«, schrie er, auf die betreffende Träne deutend.

Kumulus zuckte zusammen und drohte: »Noch *ein* Wort in dieser Lautstärke und Sie bekommen Hausverbot.«

»Wir wollten sowieso gleich gehen«, bemerkte Herr Trutz

hörbar ungeduldig. »Beeilt Euch lieber, Majestät, bevor das Bild verschwindet.«

Der König hielt den Kompass genau über die Träne. Jetzt erst sah Karl, dass sich ein kleines Loch – offenbar eine Justiervorrichtung – unter dem Z befand, die genau auf das anvisierte Ziel ausgerichtet werden musste. Die grüne Nadel bewegte sich zittrig mal hier-, mal dorthin. Mit einem Mal verschwand das Bild des verwandelten Wechselbalgs.

»Hab ich's doch geahnt«, schimpfte Herr Trutz. »Ihr seid zu langsam gewesen, Majestät.«

»Ich? Das ist gar nicht möglich.«

»Aber das Spiegelbild ist weg. Jetzt zeigt die Träne die Unterseite des Kompasses – nicht sehr hilfreich, wenn Ihr mich fragt.«

»Das ist ja wohl kaum ...«

»Entschuldigt, wenn ich Euren Disput unterbreche«, drängte sich Karls Stimme dazwischen. »Aber die Nadel steht mit einem Mal still. Wie festgenagelt.«

Alle blickten auf den Kompass in der Hand des Monarchen. Es stimmte. Die Nadel zitterte nicht mehr. Kumulus drehte sich einmal um sich selbst. Der Zeiger blieb stehen, deutete stur in eine Richtung. »Sehen Sie. Es war *nicht* zu spät«, jubilierte der König.

»Ihr meint, die Nadel zeigt jetzt genau auf den unechten Kollek-Tiben?«, vergewisserte sich Herr Trutz.

»Das ist ja wohl der Zweck des Ganzen.«

»Würdet Ihr uns Euren Kompass überlassen, Majestät? Nur leihweise, versteht sich.«

»Sonst hätte ich Ihnen das kostbare Stück wohl kaum gezeigt. Aber sagen Sie niemandem etwas davon, sonst kann ich mich bald vor Briefen nicht mehr retten, in denen mich andere Sammler aus aller Herren Länder um Leihgaben anbetteln. Aber jetzt verschwinden Sie endlich und nehmen Sie Ihre *Gewogenen Worte* mit – ehe Wolkenburg ins Blutmeer stürzt.«

Der König verabschiedete sich am Ausgang des Kristallpalasts von seinen Gästen. Er müsse sich nun um die Krise kümmern. Damit entschwebte er brummend in einen langen Flur. Seine Gäste hatte er einer Eskorte aus sechs Leibgardisten anbefohlen. Karl warf einen letzten Blick auf den Sinnspruch, der den Ausgang überspannte:

Wie gewonnen, so zerronnen

Nachdenklich verließ er die merkwürdigste Sammlung, die er je in seinem Leben gesehen hatte.

Auf dem Weg nach draußen schloss sich ihnen der Protokollmeister an. Er hatte den Befehl, sämtliche Hindernisse zu beseitigen, die einer raschen Abreise der drei Gäste im Weg stehen mochten. Als die Gruppe bei der *Fuchur* eintraf, schwelgte Qutopía gerade in schlechter Laune. Sie saß auf dem Rücken des Glücksdrachen – im hinteren Bereich, wo die großen Satteltaschen festgezurrt waren –, vor sich etliche Kartenrollen ausgebreitet, wühlte hektisch im Gepäck und stieß phantasievolle Verwünschungen aus. Die Ankunft der Gefährten hatte sie noch gar nicht bemerkt.

»Tausend Jahre lang soll glühender Hagel aus TuT auf dich niedergehen. Mögen die Knochenwürmer von Bandelwirm deine Gebeine …«

»Was ist Ihnen denn für eine Laus über die Leber gelaufen?«, erkundigte sich Karl.

Das Drachenmädchen hielt abrupt inne und sah die beiden mit düsterer Miene an. »Ah! Ihr!«, sagte sie und kramte weiter.

»Wir haben unsere Pläne geändert«, verkündete Herr Trutz.

»Nicht geändert – *gestohlen.*«

»Wie bitte?«

»Jemand hat die Pläne meines Vaters von Noktunia geklaut. Jetzt finden wir die Stadt der Diebe nie.«

»Aber wer sollte eine Karte aus Ihrem Gepäck nehmen?« fragte Karl ungläubig.

»Was weiß ich?«, fauchte Qutopía. »Vermutlich jemand, der wusste, mit welchem Auftrag ich unterwegs bin, und mich lahm legen wollte. Muss im Elfenbeinturm passiert sein.«

»Sie glauben, im Palast der Kindlichen Kaiserin gibt es Spione?«

»Haben Sie etwa schon den Wechselbalg vergessen?«, gab Herr Trutz zu bedenken. »Wie dem auch sei. Wir müssen sofort aufbrechen.«

»Ohne Karte ...«

»Wir haben einen yskálnarischen Kompass.«

»Ist nicht wahr!«

»Aber gewiss doch, meine Liebe.« Herr Trutz fasste kurz zusammen, was sich während Qutopías Abwesenheit im Kristallpalast zugetragen hatte. Daraufhin machte die Pilotin den Glücksdrachen sofort startklar. !Wirstuwol überwachte alles mit ungeduldiger Miene. Während die Passagiere noch mit den Schnallen ihrer Riemen beschäftigt waren, landete ein schneeweißer Poststorch vom Hof der Kindlichen Kaiserin neben der *Fuchur.* Das Tier war ungefähr so groß wie ein geflügelter Pottwal, aber erheblich windschnittiger. Ein ungefähr drei Meter hoher Grünling sprang aus dem Sattel. Der Bote steckte in einer engen Montur, nur sein froschähnlicher, kahler Kopf ragte daraus hervor. Er riss eine Brille von den Augen und lief rasch auf den Protokollmeister zu.

»Das wird ja langsam zur Unsitte«, beschwerte sich !Wirstuwol, ehe der Grünling überhaupt den Mund aufmachen konnte. »Unser Landeplatz liegt *vor* dem Palast. Hat Ihnen das noch niemand gesagt?«

»Bitte entschuldigen Sie, aber ich habe eine dringende Botschaft, und als ich den Glücksdrachen sah …« Er drehte !Wirstuwol den Rücken zu und rief zu Karl hinauf: »Sind Sie Karl Konrad Koreander?«

Der Gefragte blickte sich unwillkürlich um, aber da war niemand anderer, der so hieß wie er. »Ja«, antwortete er zaghaft.

»Und ich bin Flatterich. Da ist ein Dokument für Sie. Von der Kindlichen Kaiserin. Eigentlich sollte es Ihnen per Eilboten zugestellt werden …« Der Grünling verstummte plötzlich. Irgendetwas schien ihn zu beunruhigen.

Karl war zu konsterniert, um überhaupt irgendetwas zu sagen. Ein Dokument? Von der Goldäugigen Gebieterin? Für *ihn?* Das konnte nur ein Irrtum sein.

Herr Trutz reagierte mit der Gelassenheit, die er sich in den langen Jahren seines Dienstes als Meisterbibliothekar der Phantásischen Bibliothek erworben hatte. »Jetzt beruhigen Sie sich erst einmal, mein Guter«, sprach er fast flüsternd auf den erregten Grünling ein. »Offenbar sind Sie ja nun doch aufgebrochen, um die Nachricht zu überbringen. Wie wäre es, wenn Sie diese jetzt, da Sie schon mal hier sind, auch dem rechtmäßigen Empfänger aushändigen?«

»Ja, natürlich. Es ist nur … Am besten, Sie schauen selbst.« Flatterich zog einen elfenbeinfarbenen Umschlag aus der Ledertasche, die er an einem Riemen am Körper trug. Er schnippte das Kuvert mit zwei Fingern in die Luft, und es rotierte geradewegs auf Karl zu. Der schaffte es trotz seiner Überraschung irgendwie, die papierene Hülle aufzufangen. Mit großen Augen bestaunte er den Namenszug, der in schwungvoller Schrift darauf angebracht war: *Karl Konrad Koreander.*

»Nun machen Sie ihn schon auf«, drängte Herr Trutz. »Wir haben nicht den ganzen Tag Zeit.«

Karl öffnete den Umschlag und entnahm ihm einen gefalteten Bogen schweres, handgeschöpftes Papier. Er hielt sich das Blatt unter die Nase. Es roch nach Frühlingswiese. Danach erst klappte er es auf und las:

BERUFUNG

Lieber Karl!

Ich berufe dich zum neuen Meisterbibliothekar der Phantásischen Bibliothek. Wenn du dieser Ernennung zustimmst, wirst du die Nachfolge des jetzigen Amtsinhabers antreten, sobald dieser seine Aufgaben an dich überträgt oder infolge widriger Umstände nicht länger in der Lage ist, seinen Pflichten nachzukommen.
Ich weiß um deine Zweifel, Karl, denn ich kenne dich schon lang. Du glaubst, die Verantwortung eines Meisterbibliothekars nicht tragen zu können. Doch mein guter Freund Thaddäus hat dich für dieses Amt vorgeschlagen, und ich begrüße seine Wahl. Du wirst deine Bestimmung erfüllen, dessen bin ich gewiss. TU, WAS DU WILLST, und es wird das Richtige für Phantásien sein. Aber, bitte tu es! Nicht allein die Bibliothek ist in großer Gefahr, sondern ganz Phantásien. Mit jedem

fehlenden Buch wird unserer Welt der Lebenssaft entzogen – ich fühle es von Tag zu Tag stärker in meinem geschwächten, erkaltenden Leib.
Ich wünsche dir eine sichere Hand in deiner neuen verantwortungsvollen Aufgabe.

Karl starrte fassungslos auf die Berufung. Die Worte las er wohl, allein ihm fehlte der Glaube. Und außerdem gab es auf der Urkunde einen kleinen, aber entscheidenden Schönheitsfehler.

»Und? Was ist es?«, fragte Herr Trutz. Er schien längst zu ahnen, was in dem kaiserlichen Schreiben stand.

Karl reichte dem Bibliothekar wortlos das Blatt.

Herr Trutz hatte es schnell gelesen. Nun malte sich sogar auf seinem sonst immer so gelassenen Gesicht ein Ausdruck von Ratlosigkeit. »Es fehlt die Unterschrift.«

»Und die Ortsangabe. Formaljuristisch ist die Berufung nur ein wertloser Fetzen Papier«, zitierte Karl einen Fachmann auf diesem Gebiet.

Flatterich meldete sich drucksend zu Wort. »Das ist der Grund, weshalb ich nicht sicher war, ob ich die Zustellung überhaupt ausführen sollte. Die Goldäugige Gebieterin wusste, wo ich Sie finden würde. Sie bat mich, den Brief für sie zu besorgen, aber ehe sie ihn unterschreiben konnte, war sie plötzlich verschwunden.«

»Was sagst du da?«, keuchte Herr Trutz. Auf und unter dem Glücksdrachen schossen ratlose Blicke hin und her. Die Palastwachen tuschelten aufgeregt.

»Sie haben schon richtig gehört, ehrenwerter Thaddäus«, jammerte der Grünling. »Die Kindliche Kaiserin ist weg. Und niemand weiß, wohin.«

DIE STADT DER DIEBE

In Noktunia herrschte ewige Nacht. Es war eine Gegend Phantásiens, die hauptsächlich von zwielichtigem Gesindel bewohnt wurde. Die Bevölkerung setzte sich zu ungefähr gleichen Teilen aus Nachtalben, Finsterlingen und Schwarztrollen zusammen. Außerdem gab es noch eine kleine, in allen möglichen Grauschattierungen gemischte Minderheit anderer phantásischer Geschöpfe, zu denen auch eine Kolonie Wechselbalge gehörte. Abgesehen vielleicht vom Gelichterland, dem Reich der Finsteren Fürstin Gaya, hausten nirgendwo so viele dunkle Gestalten wie in Noktunia.

Als Karl, während die *Fuchur* dem falschen Sammelraben nachjagte, von Herrn Trutz über diese demographischen Einzelheiten aufgeklärt wurde, fühlte er sich noch elender. Wo war er da nur hineingeraten! Viel lieber wäre er mit der unterschriebenen Generalvollmacht zur Phantásischen Bibliothek und von dort in das Antiquariat zurückgekehrt. Stattdessen hatte er nun zwei ungültige Urkunden in der Tasche.

TU, WAS DU WILLST. Die merkwürdigerweise groß geschriebenen vier Worte aus dem Berufungsschreiben gingen ihm nicht aus dem Kopf. Herr Trutz hatte gesagt, die Kindliche Kaiserin trage ein Medaillon um den Hals, AURYN, manchmal auch das Kleinod oder der Glanz genannt, auf dessen Rückseite diese vier Wörter eingraviert waren. Inzwischen wusste er ja, dass die Herrscherin Phantásiens jeden in ihrem Reich gleich behandelte, aber ihr Motto kam Karl denn doch wie eine Einladung zur Willkür vor. Täglich erlebte er ja die kleinen Schikanen und großen Tyranneien eines Apparats, der jede Menschlichkeit verloren zu haben schien. Sollte die Goldäugige Gebieterin nicht besser die Einladung aussprechen: »Tu was Gutes«?

Herr Trutz hatte seinem designierten Nachfolger – obwohl er während des Fluges ziemlich schreien musste – eine Frage gestellt: »Wenn es in Ihrer Vorstellung nicht das Böse gäbe, könnten Sie sich dann für das Gute entscheiden?«

Danach war Karl ziemlich lang damit beschäftigt gewesen, sich den Sinn zu erschließen, der hinter diesen Worten steckte. Phantásien war für ihn so real! Immer wieder ertappte er sich dabei, dass er es nicht für die Innere Welt hielt, sondern eher für ein wunderliches Land in seiner eigenen. Aber Phantásien war von der Vorstellungskraft erschaffen worden. Deshalb hatten hier Gut und Böse ihren Platz und existierten mit Duldung der Kindlichen Kaiserin nebeneinander. Wäre es anders, dann hätten die Menschen keinen freien Willen mehr. Sie würden mechanisch nur noch das eine tun, ohne sich gegen das andere entscheiden zu können.

Leider bewahrte ihn diese Einsicht nicht vor der Bürde, seinen Weg immer wieder aufs Neue bestimmen zu müssen. Ganz im Gegenteil.

Im Licht des nach wie vor vollen Mondes und der Sterne sah Karl tief unter sich eine endlose geschlossene Schneedecke. Das war schon seit dem Mittag so. Nach seiner Uhr hatte die Dämmerung gegen drei eingesetzt, als der Glücksdrache die Grenze nach Noktunia überflog. Irgendwann überwältigte ihn einmal mehr die bleierne Müdigkeit.

Als er wieder erwachte, hing er beängstigend schräg im Sattel. Hatte er eben einen Ruck verspürt? Die *Fuchur* befand sich in bedrohlicher Schieflage. Ohne die Haltegurte wäre er vermutlich in die Tiefe gestürzt. Der eisige Wind pfiff ihm um die Nase, weil der Glücksdrache steil nach oben schoss.

»Entschuldigt, Leute!«, schrie Qutopía. »Hab gerade auf den Kompass gesehen und die Mauer zu spät bemerkt.«

Karl blinzelte hinter seiner Brille, und nun erst sah er die pechschwarze Wand, an der die *Fuchur* offensichtlich haarscharf vorbeigeschrammt war. »Was ist denn das?«, keuchte er.

»Kleptonia«, rief Herr Trutz über die Schulter. »Die Stadt der Diebe, auch Nachtstadt genannt. Der yskálnarische Kompass hat den Verlust der gestohlenen Karte wieder wettgemacht.«

»Die haben aber einen hohen Schutzwall hier. Sieht eher aus wie ein riesiger Schornstein.«

»Ein Schlot, in dem sich eine ganze Stadt verbirgt. Er ist so hoch, dass der Mond nur an einem einzigen Tag im Jahr hineinscheinen kann. Dies hier ist der finsterste Ort im dunkelsten Land von Phantásien.«

»Na dann, gute Nacht!«

»Ich habe die Kontrolle verloren. Wahrscheinlich hat die *Fuchur* etwas abbekommen, als wir die Mauer berührt haben«, meldete sich Qutopías besorgte Stimme von vorn.

»Sie hat sie touchiert?«, stieß Karl entsetzt hervor.

Herr Trutz lachte wild. »Haben Sie geschlafen? Was denken Sie denn, was dieser Rums eben war?«

»Wir müssen notlanden«, rief die Pilotin.

»Sollten wir dazu nicht nach unten?«, fragte Karl.

»Witzbold! Wenn wir noch lange steigen, ist es mit dem Glück unseres Drachen vorbei. Er wird einfach zerbrechen.«

»Ach du liebes bisschen!«

Herr Trutz war noch der Ruhigste unter den dreien. »Ich will Ihnen ja nicht in Ihr Handwerk pfuschen, meine Liebe, aber wenn's irgendwie möglich wäre, könnten Sie die Bruchlandung dann *in* der Stadt hinlegen?«

Qutopía warf den Kopf zurück. »Das glaub ich nicht!« Dann fing sie an sich loszuschnallen.

»Was macht sie da?«, rief Karl entsetzt.

»Was machen Sie da?«, gab Herr Trutz die Frage weiter.

Das Drachenmädchen reichte ihm ihre diversen Flugkontrollriemen. »Hier, halten Sie das.«

»Bitte entschuldigen Sie. So war meine Frage nun wirklich nicht ...«

»Ich muss nur nach hinten zum Schwanz. Irgendwas klemmt da. Vielleicht kann ich's wieder gängig machen.«

Ohne sich mit weiteren Protesten des Meisterbibliothekars aufzuhalten, hangelte sich Qutopía zuerst an dem Alten, dann an Karl vorbei – der Glücksdrache war ja noch immer im Steigflug.

Karl verfolgte im Mondlicht ihre verzweifelten Bemühungen mit wachsendem Schrecken. Sie hakte sich an einer verborgenen Öse fest und saß nun entgegen der Flugrichtung rittlings auf dem Drachen. Auf dem Rücken – oder war es bereits der Schwanz? – klappte sie mehrere Schuppen hoch. Dann fing sie an darin herumzufuhrwerken. Ab und zu hörte Karl ein metallisches Knirschen, das ihm durch Mark und Bein ging. Immer höher stieg der Drache an der schwarzen Mauer, die kein Ende zu nehmen schien.

Mit einem Mal kreischte es in den künstlichen Knochen des

Glücksdrachen. Karl schloss die Augen und machte drei Kreuze unter sein Leben.

»Dürfte ich mal vorbei?«

Qutopías abgeklärte Stimme dicht neben seinem Ohr gab ihm neuen Mut. Ihr Haar flatterte um seine Nase. Er half ihr nun sogar dabei, schneller nach vorn in den Pilotensitz zu kommen. Dankbar reichte ihr Herr Trutz die Kontrollzügel zurück.

»Haltet euch gut fest, Jungs!« Das Drachenmädchen zerrte heftig an den Riemen. Zuerst tat sich überhaupt nichts. Aber dann veränderte sich der Steigwinkel. Die Nase des Glücksdrachen senkte sich. Dafür kam die Mauer wieder näher. Karl rief eine Warnung, aber die Pilotin hatte die Gefahr längst erkannt.

»Das Biest ist störrisch wie ein wilder Drache«, schnaubte Qutopía.

Diesmal vergaß Karl die Augen zu schließen. Im Gegenteil. Er riss sie hinter der Schutzbrille weit auf. Die dunkle Mauer flog förmlich heran. Gleich würde die *Fuchur* daran zerschellen ...

Dann waren sie über die Mauerkrone hinweg.

»Wir haben's geschafft!«, jubilierte das Drachenmädchen.

»Du bist die Größte!«, rief Karl von hinten. Er kam sich wie neugeboren vor, und Qutopía war von nun an seine Schwester.

»Danke, Karl«, rief sie zurück und lachte wild.

»Prächtig!«, jauchzte Herr Trutz. »Jetzt müssen wir uns nur noch einen verschwiegenen Landeplatz suchen.«

Qutopía schüttelte den Kopf. »Daraus wird nichts, Meister. Die *Fuchur* kann nur noch im Kreis fliegen. Ich lasse sie langsam sinken. Bis zur Landung dürfte noch eine knappe Stunde vergehen, so hoch, wie wir im Augenblick sind. Aber dann kann's noch mal ziemlich ungemütlich werden.«

Karl legte beide Hände wie einen Trichter an den Mund. »Du bringst uns schon heil runter, Qutopía!«

Herr Trutz drehte sich um. »Was sind das für neue Töne, Herr Koreander?«

»Sie hat uns gerade das Leben gerettet. Ich komme mir blöd vor, wenn ich sie da noch siezen soll.«

»Schnickschnack. Das meine ich nicht. Sie haben ihr gerade Mut zugesprochen. Bisher musste man *Sie* immer aufmuntern.«

Karl wusste nicht, was er darauf erwidern sollte. Er beugte sich aus dem Sattel, um ihre Chancen auf eine einigermaßen weiche Landung abzuschätzen. »Ganz schön finster da unten.«

»Da lebt ja auch nur lichtscheues Gesindel.«

»Ein paar Straßenlaternen würden trotzdem nicht schaden. Wen bestehlen die Kerle eigentlich, wenn die Stadt nur von Dieben bewohnt wird?«

»Sie rauben sich gegenseitig aus.«

»Das soll wohl ein Witz sein.«

»Wieso? Nach einem erfolgreichen Überfall oder einem lukrativen Einbruch hat so ein Gauner genug Vermögen gemacht, um sich wieder von einem anderen bestehlen zu lassen.«

»Das ist verrückt!«

»Wie man's nimmt. Ein Gutes hat die Sache ja. Die Halunken sind so sehr mit sich selbst beschäftigt, dass sie nur selten außerhalb Kleptonias Schaden stiften.«

»Ab und zu verdingen sie sich für Geld«, gab Karl zu bedenken.

»An König Kumulus?«

»Oder den Unbekannten, der unsere Bücher stehlen lässt.« Karls Blick wanderte wieder nach unten. Wer mochte dieses

Wesen sein, das nicht davor zurückschreckte, eine ganze Welt dem Nichts preiszugeben? Unter der *Fuchur* war noch immer nichts zu sehen. Die Dunkelheit wurde sogar noch undurchdringlicher, je tiefer sie sanken. Obwohl das langsame Hinabtrudeln auf die Nachtstadt ungefähr so lange dauerte, wie Qutopía geschätzt hatte, verstrich die Zeit nach Karls Empfinden wie im Fluge – wohl nicht von ungefähr.

»Mein Höhenmesser sagt mir, dass wir jeden Moment unten sein müssen«, rief das Drachenmädchen endlich.

»Aber die Nacht ist so schwarz wie ein Ofenrohr. Wir werden uns den Hals brechen«, unkte Karl. Nun wurde ihm doch mulmig.

»Nicht, wenn ich die Glühkörper anrege.«

»Du hast Scheinwerfer?«, rief er erleichtert.

»Sie haben Strahler?«, fragte fast gleichzeitig Herr Trutz.

»Mein Vater nennt sie Glühkörper. Enthalten Liebessaft von lucinesischen Riesenleuchtkäfern.«

Aus den Augen und aus mehreren Schuppen am Bauch des Glücksdrachen flammte rosafarbenes Licht auf und erhellte die nähere Umgebung. Karl sah schneebedeckte Dächer. Und dann eine Turmspitze, die auf sie zuraste. Beide Männer schrien.

Qutopía erhöhte geistesgegenwärtig den Schub des Fluidumkonvektionsantriebs. Der Drache schoss haarscharf über dem Gebäude hinweg und erbeutete dabei den kupfernen Wetterraben.

»Das war knapp«, bemerkte Herr Trutz.

»Auf die Weise können wir unseren Flug wenigstens etwas beeinflussen«, erwiderte Qutopía, während der Drache in einer rosa Lichtwolke rasch tiefer sank. »Da ist ein Platz!«, stieß sie plötzlich hervor und zerrte an den Zügeln.

Seiner Form nach glich das unbebaute Areal einer Pferderennbahn: lang gestreckt und an den Enden rund. Ideal für eine Notlandung. Die *Fuchur* sackte ab und nahm am letzten Haus vor dem Platz einige Dachziegel mit. Unsanft setzte sie auf dem Boden auf. Ihre Beine gaben nach und knickten in die Flugstellung nach hinten weg. Der Schnee federte die Landung zwar ab, aber nun begann das riesige Drachenschiff zu rutschen. Der längliche Platz war nicht besonders groß. Vom anderen Ende glitt, wie es schien, ein palastartiges Haus heran. Der Schnee stob nur so nach allen Seiten.

»Hat das Ding keine Bremse?«, schrie Karl.

»Keine, die noch richtig funktionieren würde.«

»Na prächtig!«, grunzte Herr Trutz.

Mit einem lauten Kratzen schrammten die Bauchschuppen des künstlichen Drachen über das Kopfsteinpflaster. Karl sah sich schon unter den Trümmern des Hauses begraben. Aber dann wurde das Rutschen doch langsamer. Zuletzt drückte sich die Löwenschnauze des Glücksdrachen durch ein Fenster im zweiten Stockwerk, und die *Fuchur* war endlich zum Stillstand gekommen.

Qutopía ließ die Glühkörper erlöschen.

Aus dem Haus ertönten angstvolle Schreie. In den Fenstern wurden schwarze Vorhänge zur Seite geschoben. Dahinter brannte Licht.

»So viel zu unserer unauffälligen Landung«, brummte Herr Trutz.

»Fangen Sie jetzt nicht an sich zu beschweren«, knurrte Qutopía.

»Du hast deine Sache gut gemacht«, sagte Karl.

Die Haustür flog auf, und eine Horde finsterer Gesellen stürmte heraus. Sie hielten Laternen und allerlei fremdartige Waffen in den Händen, einige wohl zum Säbeln und Spießen, andere jedoch zum Schießen. Aus ihrer Mitte ragte ein Hüne auf, der Menschengestalt hatte, aber mit Federn bedeckt war, im Gesicht mit weißen, ansonsten mit schwarzen. Sein Kopf bewegte sich ruckartig hin und her.

»Wer seid ihr denn?«, blaffte er zu den Drachenreitern herauf.

Der Meisterbibliothekar übernahm wie gewohnt die Rolle des Wortführers. Er sagte, sie kämen in dringendem Auftrag von der Kindlichen Kaiserin, und stellte dann zuerst Qutopía vor, danach seinen Stellvertreter und zuletzt sich selbst. Karl fragte sich, ob so viel Offenheit gegenüber Dieben und Halsabschneidern angebracht war. »Und mit wem habe ich die Ehre?«, fragte am Ende Herr Trutz.

»Mein Name ist Elster.«

»Prächtig!«, rief der Alte aus. »Das trifft sich gut. Entschuldigen Sie, wenn wir so mit der Tür ins Haus fallen, aber wir wollten Sie ohnehin sprechen.«

»Ach, wolltest du das? Und dazu musst du meinen Palast in Trümmer legen?«

»Es ist nur ein Fenster und ein klein wenig von der Mauer drum rum, das …«

»Schweig!«, herrschte Elster den Bibliothekar an. »Du willst eine Unterredung? Die sollst du bekommen. Wenn mir eine angemessene Abfindung für den Schaden eingefallen ist, den ihr an meinem Palast angerichtet habt.« Elsters Kopf sprang bald hier-, bald dorthin. Er musterte den Drachen und seine Reiter, wie es früh am Morgen schon einmal König Kumulus II. getan hatte. Was danach kam, war weniger galant. Elster gab seinen Männern Winke, die schon für sich allein Bände sprachen. Dennoch fügte er laut hinzu: »Nehmt sie fest, durchsucht sie und sperrt sie ins Loch.«

»Puh, ist das kalt hier! Während unserer ganzen Reise habe ich nicht so gefroren.« Karl saß auf einem dreibeinigen Schemel. Vor ihm brannte auf einem umgestülpten Tonbecher ein Talglicht. Er hatte die Hände in den Ärmeln des Mantels vergraben und die Arme an den Leib gepresst. Zusammen mit Herrn Trutz und Qutopía saß er nun schon seit mindestens zwei Stunden im Loch, einem feuchten Gewölbe unter Elsters Palast, und fast genauso lange kreisten seine Gedanken um die schwarze Perle, die man ihm – ebenso wie das Schwert – bei der Leibesvisitation abgenommen hatte. Missmutig musterte er die verrosteten Ketten mit Handschellen, die an den Wänden hingen. In einer Ecke der Zelle saß ein grinsendes Skelett.

»Das hängt mit den Luftmassenverhältnissen zusammen«, erklärte Qutopía, die sich weder am Gerippe noch an der Kälte zu stören schien. Sie lehnte in der Nähe des Knochenmannes an der Wand und betrachtete ihn interessiert. Ohne ihre Studien zu unterbrechen, fügte sie hinzu: »Je höher man in Phantásien steigt, desto wärmer wird es.«

»Phantásische Dualität«, murmelte Herr Trutz. Er saß auf einem morschen Holzrost, das wohl als Bett gedacht war, aber nicht einmal über eine Matratze verfügte.

Karl blinzelte verwirrt. »Wie bitte?«

»So nennt man eines der Naturgesetze, auf denen das besondere Wesen der Inneren Welt beruht. Alles hier existiert in einer sich ergänzenden Zweisam- oder Paarigkeit: Gut und Böse, Schwarz und Weiß, Heiß und Kalt. Nimmst du das eine weg, rückt das andere nach.«

»So wie unweigerlich der Tod folgt, wenn das Leben schwindet, meinen Sie?«

»Ein gutes Beispiel für Dualität in der Äußeren Welt. Dort

ist sie allerdings nicht so ausschließlich wie hier. Denken Sie nur an das Vakuum. Hier gibt es so etwas nicht.«

»Aber das Nichts ...«

»Das Nichts gehört nicht zu Phantásien, junger Freund. Es zerstört die Innere Welt.«

Karl dachte einen Moment über die Erklärungen des Meisterbibliothekars nach, schüttelte dann aber den Kopf. »Ehrlich gesagt, habe ich von dieser Paarigkeit bis jetzt wenig bemerkt. Jedenfalls ist mir während des Fluges trotzdem fast der Hintern abgefroren.«

Endlich riss sich Qutopía von dem Knochenmann los und lächelte Karl direkt an. »Vergiss nicht, dass diese neue mysteriöse Kälte viele Länder, die wir überflogen haben, fest im Griff hat. Wäre die Temperatur darüber noch tiefer, dann könnten wir uns jetzt erst mal aus einem dicken Eispanzer heraushacken lassen.«

»Ich bin mit der Situation äußerst unzufrieden«, murrte Herr Trutz.

Karl und Qutopía sahen ihn fragend an. »Mit den thermischen Bedingungen im Allgemeinen oder mit irgendetwas im Besonderen?«, erkundigte sich Ersterer.

»Schnickschnack! Das ist jetzt nebensächlich. Die Kindliche Kaiserin ist ...« Er verstummte. Als sie in das Loch geworfen worden waren, hatte er seine Begleiter gewarnt: Die Wände könnten Ohren haben. Für einen Wechselbalg stellte es kein großes Problem dar, sich in Gestalt einer Ratte in irgendeinem dunklen Winkel zu verstecken und alles, was gesprochen wurde, zu belauschen.

Wenigstens so viel war allen klar: Der yskálnarische Kompass, den Qutopía immer noch am Handgelenk trug, hatte sie geradewegs nach Kleptonia gelotst. Leider zeigte das Instrument nur die Richtung, nicht aber die Höhe an. Deshalb war die *Fuchur* fast in die Schutzmauer der Nachtstadt gerast. Zumindest stand nun aber fest, dass der falsche Kollek-Tibe hier Zuflucht gesucht hatte. Was immer er von dem Gespräch mit König Kumulus im Kristallpalast von Wolkenburg aufschnappen konnte, würde er so schnell wie möglich berichten wollen. Es lag also nahe, dass sich der Auftraggeber des angeblichen Sammelraben innerhalb der Stadtmauern befand.

Herr Trutz blickte grimmig auf den Knochenmann, dann auf das Drachenmädchen. »Qutopía, meine Liebe, bitte sing doch noch einmal für uns.« Sie hatten verabredet, vertrauliche Informationen nur flüsternd auszutauschen, während einer von ihnen laut sang.

Wie schon mehrmals zuvor stimmte Qutopía ein feuriges Lied an, das von der Freiheit, der Anmut und dem sonnigen Gemüt der Glücksdrachen in den Lüften handelte. In der Strophe, die sie jetzt sang, wurde die bezaubernde Glockenstimme der Tiere gepriesen. Karl fühlte einen wohligen Schauder. Nicht der Text berührte ihn so, sondern Qutopías Stimme. Sie war hell und rein und voller Leben.

»Ich traue diesem Elster nicht.«

Karl zuckte zusammen, weil ihm nicht aufgefallen war, wie sich Herr Trutz an sein Ohr herangepirscht hatte. »Meinen Sie etwa, ich? Er ist ein Gauner. Haben Sie sein Haus gesehen? Er scheint ziemlich erfolgreich in seinem Geschäft zu sein.«

»Das meinte ich nicht. Der falsche Sammelrabe. Was, wenn Elster ihn uns auf den Hals geschickt hat?«

»Sie sagten doch, Kleptonia sei eine Stadt der Diebe. Jeder hier könnte die Wechselbalge gedungen haben.«

»Am besten, wir lassen das Thema gegenüber dem Anführer zunächst links liegen und stellen uns ahnungslos. Ich habe einmal gelesen, ein nicht unbeträchtlicher Teil des Wirtschaftsaufkommens von Kleptonia würde sich auf

Entführungen gründen. Vielleicht will Elster Lösegeld für uns erpressen. Wir präsentieren uns ihm wie gehabt als Gesandte vom Hof der Kindlichen Kaiserin auf wichtiger Mission. Die meisten Geschöpfe respektieren die Goldäugige Gebieterin. Vielleicht bekommen wir unsere Informationen und er lässt uns wieder ziehen.«

»Ohne den Glücksdrachen stecken wir trotzdem hier fest.«

»Den bekommt Qutopía schon wieder hin.«

Karl blickte auf das singende Mädchen und nickte. Ja, das würde sie.

Kaum eine halbe Stunde später rasselte das Schloss, und die eisenbeschlagene Holztür schwang quietschend auf. Helles Licht drang in die Zelle, ein riesiger Schatten fiel herein. Dessen Besitzer war ein kleiner Räuber mit Stoppelbart und Augenbinde, der sich nun mittels knarrender Stimme Gehör verschaffte.

»Elster will euch sprechen. Kommt mit!« Er drehte sich um und schlurfte voran.

»Ob wir den Zwerg überwältigen sollen?«, flüsterte Qutopía.

»Vergessen Sie es «, erwiderte Herr Trutz. »Wir kämen vermutlich nicht einmal aus diesem Haus heraus. Aber spätestens draußen in Kleptonia wären wir Freiwild. Verhalten wir uns ruhig. Und reizt die Schurken nicht!«

Über eine ausgetretene Steintreppe, an der alle Stufen unterschiedlich hoch waren, gelangten sie ins Erdgeschoss und wurden über knarrende Dielen in ein Labyrinth aus Gängen geführt. Überall führten Türen in Nebenzimmer. Ab und zu durchquerten sie auch größere Räume, die sehr rustikal eingerichtet waren und nicht besonders ordentlich aussahen.

Allerorten lagen Waffen herum – riesige Dolche, schartige Säbel, Armbrüste, Steinschleudern, Keulen, Streitäxte und Knüppel –, aber auch das typische Handwerkszeug des Diebes ließ sich erblicken, also Ringe mit Dietrichen, Wurfanker an langen Seilen, Stemmeisen, Vorschlaghämmer, Meißel, Schwarzpulver, Kneifzangen, kleine Angeln für Geldbörsen, große Leitern und anderes Gerät.

Sie blieben vor einer hohen, breiten Tür aus schrundigem schwarzbraunem Holz stehen. Der kleine Räuber klopfte.

»Was!«, brüllte jemand von drinnen. Es klang eher nicht nach einer Frage.

»Spitzelfopp«, rief der Einäugige. Entweder war das eine Parole oder sein Name.

»Rein mit euch«, donnerte es hinter der Tür.

Der Kleine führte die Gefangenen in einen großzügig dimensionierten Raum, dessen Wände aus unbehauenen Feldsteinen bestanden, der Boden aus festgestampftem Lehm mit darüber gestreutem Stroh, die Decke aus Balken und dicken Bohlen. Ein großes Kaminfeuer spendete Wärme und diente offensichtlich auch als Kochstelle – ein ziemlich abgenagtes Gerippe von einem unbekannten Tier, braun geröstet und fetttriefend, hing dort an einem Spieß. In der Luft lag ein durchaus appetitlicher Duft. Karl bemerkte, dass er abgesehen von ein wenig Trockenfleisch aus Qutopías Provianttasche schon seit Stunden nichts mehr gegessen hatte.

An einem groben Tisch saß Elster auf einer Holzbank, mit dem Rücken zur Tür. Sechs andere wilde Gestalten leisteten ihm beim Mahl Gesellschaft. Einige der Halunken erkannte Karl von der Festnahme wieder. Drei Kerle waren von menschlicher Gestalt, wie der Einäugige, nur erheblich größer. Über die Herkunft der anderen wurde Karl von Qutopía später aufgeklärt. Es waren ein zwergenhafter trübländischer

Nebelkobold mit blassblauer Haut, spitzen Ohren und Schlangenaugen, ein Breschenschläger vom Bröckelberg – er sah aus wie eine Kugel mit kurzen Armen und Beinen, in die das Gesicht gleich eingearbeitet war – und ein lessenischer Langrüssel, mit ziemlicher Sicherheit der Taschendiebzunft angehörend, weil diese Wesen ihre im Ruhezustand mehrfach um den Körper gewickelte Nase mit unübertroffenem Geschick als Greifwerkzeug einsetzen konnten. Elster selbst sah aus wie ein Mensch, in dessen Ahnenreihe sich ein paar diebische Vögel eingeschlichen hatten. Seine gebogene Nase glich wohl nicht von ungefähr einem Schnabel und sah auch genauso hart aus.

Nachdem der kleine Räuber die Gäste vor dem Tisch abgeliefert hatte, drehte sich der Anführer auf der Bank um. Die Pupillen seiner blassgelben Augen waren ungewöhnlich groß, fast wie bei einem Uhu. Wie selbstverständlich richtete er das Wort an Herrn Trutz. »Ich hoffe, es fehlt euch an nichts?«

Und ob!, dachte Karl. Er hatte sein aufgeschlagenes Taschentuch mit der schwarzen Perle auf der Tischplatte neben dem Humpen des Räuberhauptmanns entdeckt. Das Schwert war nirgends zu sehen.

Die Augen des Meisterbibliothekars verengten sich. »Ist das eine Fangfrage?«

»Du brauchst nicht so misstrauisch zu sein, alter Mann. Was für uns gut ist, soll nicht zu eurem Schaden sein.«

»Wie darf ich das bitte verstehen?«

»Du weißt, wo ihr hier gelandet seid mit eurem ... Was ist das überhaupt?«

»Ein Glücksdrache«, sagte Qutopía.

»Bei den sieben wilden Räubern! So sieht ein Glücksdrache aus? Ich dachte, die gäbe es nur im Märchen.«

»Sie sind sehr selten geworden in letzter Zeit«, bemerkte Herr Trutz. Ein wachsamer Ausdruck lag auf seinem Gesicht. »Im Übrigen wissen wir sehr wohl, dass wir uns hier in Kleptonia, der Stadt der Diebe, befinden. Wir kommen auf Empfehlung eines ... Freundes, eines Ihrer Kunden zu Ihnen ...«

Karl fiel auf, dass Herr Trutz seine Stimme mit Absicht ausklingen ließ, als erwarte er, von Elster nun den Namen des Wolkenburger Königs zu hören. Wenn der falsche Sammelrabe von diesem Halunken geschickt worden war, dann musste er auch wissen, woher seine Geiseln gerade kamen.

Aber der Anführer ruckte nur mit dem Kopf vor und sagte: »Freut uns immer, wenn unsere Klienten mit uns zufrieden sind und uns weiterempfehlen, was, Padong?« Elster hieb mit der flachen Hand vor dem Breschenschläger auf die Tischplatte, dass die Zinnteller und -becher nur so sprangen.

Das kugelförmige Wesen vom Bröckelberg musste wohl eingenickt sein. Es zuckte zusammen und schrie mit überraschend schriller Stimme: »Was?«

»Schlaf weiter«, brummte Elster und fragte Herrn Trutz: »Um wen handelt es sich denn?«

»Kumulus II.«

»Den König von Wolkenburg! Er hat einen ausgefallenen Geschmack. Bist du auch Imaginariensammler?«

»Herr Elster, ich deutete es bereits an, unsere Mission ist von höchster Stelle sanktioniert. Die Goldäugige Gebieterin persönlich hat ...«

»Ich dachte, sie wird vermisst?«, unterbrach der Dieb den erregten Bibliothekar.

»Das wissen Sie bereits?«

Der Räuberhauptmann lehnte sich, den Ellbogen lässig auf die Tischplatte gestützt, zurück. »Man hört so dies und das. In meinem Geschäft ist das lebenswichtig.«

»Hat Ihnen diese Information zufällig ein schwarzes Vögelchen ins Ohr gezwitschert?«

»Ich habe nicht die geringste Ahnung, wovon du sprichst. Was willst du von mir, Meisterbibliothekar?«

»In der Phantásischen Bibliothek verschwinden seit einiger Zeit Bücher. Zurück bleibt eine ominöse Leere – König Kumulus nennt sie das Nichts –, die auf kurz oder lang den Bücherturm zum Einsturz bringen wird. Ich weiß nicht, inwiefern Sie mit meiner Arbeit vertraut sind, aber hier handelt es sich um eine Katastrophe bisher nie dagewesenen Ausmaßes. Die Existenz ganz Phantásiens könnte von diesem Nichts bedroht werden. Und damit auch Ihre, Herr Elster.«

»Du verdächtigst doch nicht etwa mich?«, fragte der Anführer mit Unschuldsmiene.

Die Augen des Bibliothekars sprangen kurz zu der schwarzen Perle auf dem Tisch. »Ich muss zugeben, mir kam für einen Moment der Gedanke.«

»Es wäre gesünder für dich, wenn du solche Hirngespinste ganz schnell wieder aus deinem Kopf verbannst, alter Mann.«

»Dann muss ich mir wohl jemand anderen in dieser Stadt suchen, der mir weiterhelfen kann.«

»Das wird dir kaum gelingen.«

»Wie darf ich das verstehen?«

»Mein Einfluss reicht weit; das muss auch so sein. Ich darf mich wohl mit Fug und Recht als den König der Diebe bezeichnen, wenngleich Kleptonia keine Monarchie im herkömmlichen Sinne ist. Eines haben wir hier allerdings mit den Hochglanzkönigreichen gemein: Es gilt das Recht des Stärkeren. Im Moment meines.«

Am Tisch wurde eifrig genickt. Nur der Breschenschläger war schon wieder eingeschlafen.

»Prächtig!«, rief Herr Trutz. »Dann sind wir ja genau an der richtigen Adresse. Kennen Sie denjenigen, der unsere Bücher stiehlt? Haben Sie eine Ahnung, wer hinter diesem groß angelegten Raubzug gegen die Phantásische Bibliothek steckt?«

Elster hob seinen Zinnbecher an den Mund und kippte den Inhalt in sich hinein. Eine rote Flüssigkeit, vermutlich Wein, lief ihm über das gefiederte Kinn herab. Mit Wucht ließ er den leeren Humpen neben sich auf die Holzbank knallen und antwortete: »Nein.«

Der Breschenschläger grunzte, schlief aber weiter.

Karl hatte das verschwommene Gefühl, der König der Diebe wisse mehr, als er zu sagen bereit war. »Bitte entschuldigen Sie, Elster, wenn ich mich einmische«, sagte er leise, »aber Sie meinten vorhin, was für Sie gut sei, solle auch nicht zu unserem Schaden sein. Wie genau meinten Sie das?«

Elster grinste. »Ganz einfach. Wenn ich das Lösegeld für euch drei bekomme, dann lasse ich euch wieder gehen.«

Karl schluckte. »Sie wollen die Gesandten der Kindlichen Kaiserin als Geiseln nehmen?«

»Nein. Ich möchte nur eine Entschädigung für das kaputte Schlafzimmerfenster. Und ein Schmerzensgeld für meine Frau. Sie war ziemlich erschrocken, als plötzlich ein glutäugiger Drache zu ihr hereinschaute.«

Die Unholde am Tisch stimmten ein grölendes Gelächter an.

Karl deutete auf die schwarze Perle. »Sie haben da etwas sehr Kostbares, das meiner Obhut anvertraut ist. Da es für Sie offenbar als Lösegeld nicht in Frage kommt, möchte ich es gerne zurückbekommen.« Er wunderte sich selbst über seine Abgeklärtheit. In Wolkenburg, gegenüber König Kumulus, hätte seine Forderung noch ganz anders geklungen. Anscheinend musste er das Wesen der Perle erst erkennen, um ihrer magischen Anziehung nicht erneut zu erliegen. Trotzdem barg sie einen kostbaren Schatz, den er nicht so einfach aufgeben wollte.

Der König der Diebe empfand wohl Ähnliches. Brüsk erwiderte er: »Die Perle behalte ich als Pfand.«

»Aber Sie haben doch uns als Geiseln.«

»Sicherheiten kann man nie genug haben. Wenn ich's mir recht überlege, sollte ich das hübsche Schmuckstück gleich als Anzahlung behalten.«

»Kommt überhaupt nicht in ...!«

»Ich denke, das lässt sich alles regeln«, mischte sich Herr Trutz in einem Ton ein, der anscheinend beschwichtigen sollte, aber nichtsdestotrotz seine Ungeduld verriet. »Wichtiger ist im Augenblick, dass wir die Auflösungserscheinungen in der Bibliothek zum Stillstand bringen. Wenn nicht Sie uns weiterhelfen können, Herr Elster, kennen Sie dann vielleicht jemanden ...?«

»Maul halten!«, brüllte der Räuberhauptmann. Sofort herrschte Ruhe im Raum. Nur das leise Schnarchen des Breschenschlägers war zu hören, ab und zu knackte die Glut im Kamin. »Ich werde dir jetzt mal was sagen, du kleiner ... alter ... Mann. Du bist freiwillig hierhergekommen, und jetzt wirst du dich brav an unsere Regeln halten – sofern dir dein Leben lieb und teuer ist. In der Nachtstadt bestimme nämlich *ich,* wo es langgeht. Was andere wollen, interessiert mich überhaupt nicht. Ich lasse die Kindliche Kaiserin in Frieden und sie mich, was ich zu schätzen weiß. Aus Dankbarkeit für ihre Zurückhaltung bin ich zu einem kleinen Zugeständnis bereit: Ich werde mich für euch nach den Hintermännern umhören, die eure Bibliothek fleddern. Das kostet mich nicht viel. Sobald ihr mir das vereinbarte Lösegeld bezahlt, verrate ich euch, was ich herausbekommen habe, und ihr dürft wieder gehen. Andernfalls – ihr habt ja euren Vorgänger im Loch gesehen.«

»Ich wüsste nicht, dass wir schon etwas vereinbart hätten«, erwiderte Herr Trutz irritiert.

»*Vereinbaren* bedeutet bei uns, dass die anderen machen, was *ich* bestimme.«

»Ah! Na dann ...«

»Aber außer der Perle haben wir nichts von Wert dabei«, warf Karl ein, weil ihm das Bild des Skeletts noch recht lebhaft im Kopf herumspukte.

»Das macht auch nichts. Mir schwebt da etwas ganz Bestimmtes vor, das ihr mir besorgen sollt. Es ist sehr kostbar und schwer zu stehlen. Man gerät dabei leicht auf die schiefe Bahn.« Elster lächelte geheimnisvoll.

Die Gefährten sahen sich sprachlos an. Hatte der Räuberhauptmann »stehlen« gesagt? Karl wandte sich wieder Elster zu. »Wir sollen etwas für Sie *stehlen?«*

»Rede ich so undeutlich?«

»Aber *Sie* sind doch der Dieb!«

»Richtig. Mit Diplom sogar. An der hiesigen ›Akademie für unkonventionelle Besitzwechsel‹ erworben. Jahrgangsbester. *Summa cum laude!* Aber in diesem besonderen Fall hilft mir das auch nicht weiter.«

»Wollen Sie etwa die Kronjuwelen des Königs von England stehlen?«

»Wer ist denn *das?«*

Herr Trutz versuchte zu retten, was zu retten war. »Ein Inselkönigreich. Ziemlich abgelegen. Daher die Sorge meines Stellvertreters. Wonach steht Ihnen der Sinn, Herr Elster?«

Der Räuberhauptmann sah den Bibliothekar aus seinen großen Eulenaugen an und flüsterte: »Den *Nox!«*

Allein schon der Klang des Namens hatte für Karl etwas Unheimliches. Wer oder was der Nox war, wusste er jedoch nicht, und seinen beiden Begleitern ging es, ihren verständnislosen Mienen nach zu urteilen, wohl ebenso.

»Der Nox«, erklärte Elster deshalb, »ist ein schwarzer Stein in Form und Größe einer hohlen Menschenhand mit einigen besonderen Eigenschaften: In seiner Umgebung erstarrt alles zu Eis und er saugt Dunkelheit auf wie ein trockener Schwamm Wasser. Daher seine Farbe. Zurück bleibt warmes, reines Licht. Erstaunlich, nicht wahr?«

Karl zuckte die Achseln. Gerade erst hatte Herr Trutz ihn über ein wichtiges Naturgesetz der Inneren Welt aufgeklärt. Scheinbar unbeeindruckt erwiderte er: »Typische Folge der Phantásischen Dualität. Was soll daran erstaunlich sein?«

»Hört, hört!«, spöttelte der Räuberhauptmann. »Da kennt sich ja einer bestens aus. Na, umso besser. Wollt ihr den Nox trotzdem sehen?«

Die Frage überraschte nicht nur Karl. »Wie meinen Sie das?«

Elster zeigte auf eine silberne Platte, die hinter ihm auf dem Tisch lag und mit einem Leinentuch bedeckt war. Karl hatte darunter etwas Essbares vermutet. »Ich besitze ein Modell in Originalgröße. Es wurde von den Zwergen der Brüllenden Berge angefertigt, nachdem man ihnen den Nox gestohlen hatte. Sie verehrten den Stein, weil er die Dunkelheit aus ihren Höhlen vertrieb.«

»Moment, Moment«, bat Karl. »Habe ich Sie richtig verstanden? Jemand entwendet irgendwelchen Zwergen eine überaus kostbare Rarität, nach der sich Sammler wie König Kumulus vermutlich alle zehn Finger ablecken würden, und die Diebe kamen nicht aus Kleptonia?«

»Ich weiß, das klingt ungeheuerlich«, knurrte Elster. »Geradezu geschäftsschädigend. Es wäre mir auch lieb, wenn ihr die Sache für euch behalten könntet. Sonst müsste ich euch nämlich zum Schweigen bringen.«

Die drei Gefangenen nickten verständnisvoll.

»Wenigstens haben wir den Zwergen diese Kopie hier geklaut«, fügte Elster zu seiner Ehrenrettung hinzu und zog das Tuch von dem verhüllten Objekt.

Karl musste sich beherrschen, um nicht angewidert zurückzuweichen, so lebensecht wirkte das schwarze Modell des Nox, das mit der hohlen Handfläche nach oben auf der Silberplatte lag – für abgeschnittene Gliedmaßen hatte er sich nie erwärmen können. Die Oberfläche des Steins war matt sowie von feinen Fältchen und Riefen überzogen, fast so, als handele es sich tatsächlich um Haut. Selbst lange, fast klauenhafte Fingernägel hatten die Zwerge aus dem dunklen Gestein geschält. Karl verglich das Modell mit seiner eigenen rechten Pratze. Es war etwas kleiner und endete an der Handwurzel in einer runden Halbkugel. Die einzelnen Finger berührten einander nicht. Sie waren leicht gekrümmt und der Daumen abgewinkelt, so als umschlössen sie gemeinsam eine große, unsichtbare Stange.

»Wir haben uns die Nachbildung des Nox verschafft, um uns mit seiner äußeren Beschaffenheit vertraut zu machen: seiner Gestalt, Größe, dem ungefähren Gewicht ... Gründliche Vorbereitung ist die Mutter jedes erfolgreichen Unternehmens.«

»Selbstverständlich«, erwiderte Karl und kam sich selbst schon wie ein Dieb vor. »Warum wollen Sie den Nox unbedingt ... erwerben? Hat Ihnen jemand einen hohen Preis dafür geboten?«

»Ich will ihn für mich haben. Jeder Bandenführer in Kleptonia würde ihn gern besitzen, denn mit der schwarzen Hand lässt sich den Konkurrenten etwas wegnehmen, das bisher unstehlbar war: die Finsternis. In meiner Branche ist nämlich die Dunkelheit so wichtig wie das Wasser für den Fisch. Der Dieb, der plötzlich im Licht steht, wird unweigerlich auf frischer Tat ertappt. Damit fällt er an die Gerichtsbarkeit und ist als Rivale aus dem Rennen.«

»Sie haben *Gerichte* in Kleptonia?«, wunderte sich Karl.

Elster nickte. »Sicher. Die Strafe für unkonventionellen Besitzwechsel ist Verbannung.«

»Strafe? Die Diebe können doch jederzeit freiwillig die Nachtstadt verlassen, oder etwa nicht?«

»Nur wenn sie einen vom Großen Rat der Diebe unterschriebenen Arbeitsvertrag haben, der sie zeitlich begrenzt dazu berechtigt, im Ausland tätig zu sein. Wenn jemand auswandern will, gibt es nur einen Weg für ihn.«

»Und der wäre?«

»Er muss über die Mauer klettern.«

Karl schwindelte allein bei dem Gedanken an den himmelstürmenden Schlot, in dem Kleptonia sich vor dem Sternenlicht versteckte. Der Meisterbibliothekar nickte ihm aufmunternd zu, damit er das Gespräch weiter vorantrieb. Mit belegter Stimme sagte Karl: »Na schön, Sie wollen also den Nox. Warum holen Sie sich ihn nicht selbst?«

»Für unsereinen ist es ziemlich schwierig, ihn durch halb Phantásien zu schleppen«, druckste Elster.

»Warum?«

»Eine kurze Berührung, na gut, aber man braucht ein reines Herz, um den Nox gefahrlos über eine weitere Strecke zu tragen.«

»Und je verruchter das Herz, desto gefährlicher die Berührung?«

Elster nickte.

Das heißt, nicht wir sind dir, sondern du bist uns ausge-

liefert. Karl witterte eine Chance. »Ich denke, Herr Trutz wird sich kaum dazu bereit erklären, diese komische Hand für Sie zu holen, solange Sie das Eigentum der Phantásischen Bibliothek konfisziert haben.«

»Du bekommst dein Schwert wieder. Es ist sowieso zu nichts nütze, weil es in der Scheide festgerostet ist.«

»Darum geht es überhaupt nicht. Wir verlangen die Perle zurück.«

»Bei den sieben wilden Räubern!«, polterte Elster. »Du hast gar nichts zu fordern, Bürschchen. Die Perle bleibt bei mir.«

»Dann werden Sie den Nox wohl allein herschaffen müssen.«

Herr Trutz begann das Spiel offenbar zu gefallen. Er schüttelte den Kopf, verdrehte die Augen zur Decke und raunte – für alle unüberhörbar – in Qutopías Ohr: »Was für ein sturer Junge! Elster könnte uns alle foltern und er würde seine Meinung trotzdem nicht ändern.«

Der »sture Junge« erschauderte. Und wenn der Räuberhauptmann Gefallen an dieser Idee fand?

Zum Glück kam es nicht ganz so schlimm. Der König der Diebe fluchte und gab schließlich nach, wenngleich sein Einlenken mehr wie eine Drohung klang. »Man erpresst mich nicht ungestraft, Bürschchen. Nimm das verdammte Ding. Wenn es euren Kampfeswillen stärkt, dann bin ich bereit, den Preis zu zahlen.«

Kampfeswille? Karl hatte das ungewisse Empfinden, dass es einen weiteren Grund gab, weshalb sich der Räuberhauptmann nicht persönlich um den Dunkelstein bemühte. »Gibt es sonst noch etwas, das wir wissen sollten?«

»Ja. Der Nox wird von zwei namenlosen Wächtern bewacht.«

»Weshalb haben Sie nicht ein paar Ihrer Kumpane zusammengetrommelt, gemeinsam das Handding rausgehauen und es dann von einer reinherzigen Jungfrau auf einem weißen Schwan in Ihren Palast bringen lassen?«

»Die ganze Bevölkerung der Nachtstadt könnte nichts gegen die Hüter des Nox ausrichten.«

»Und warum sollen gerade wir ...?«

»Sie und Herr Trutz machen mir einen ehrlichen Eindruck. Vor allem aber sind Sie beide Bibliothekare in der Phantásischen. Also Adamssöhne. Ich hörte, die besäßen einen starken Willen und könnten sogar Namen erfinden.«

Karls Mund stand offen. Er versuchte einen Sinn in dem Gesagten zu erkennen.

Qutopía drängte sich dicht an seine Seite und flüsterte ihm wie eine Souffleuse etwas zu, das ihn aber nur noch mehr aus dem Konzept brachte. »Phantásische Geschöpfe sind unfähig, sich neue Namen auszudenken.«

Er schaute sie entgeistert an. Ihre unvermittelte Nähe, ihr herber, aber nicht unangenehmer Duft und das grüne Funkeln ihrer Augen verunsicherten ihn noch zusätzlich. »Und wer hat dich Qutopía genannt?«

»Meine Mutter. Ich heiße so wie meine Oma und die genauso wie ihre Großmutter. Alle Namen Phantásiens wurden irgendwann von Menschenkindern zu uns gebracht.«

»Von Adamssöhnen?«

Qutopía lächelte verschmitzt. »Oder Evastöchtern.«

Karl wandte sich benommen wieder dem König der Diebe zu. »Was nützt es dem ehrenwerten Thaddäus, wenn er sich vor einem Paar unbesiegbarer Wächter aufbaut und Namen erfindet?«

Elster schüttelte den Kopf. »Das werde ich dir erklären. Wohlgemerkt, nicht dem Meisterbibliothekar, sondern *dir,* mein junger Freund. Gerade jetzt, wo du mir die schwarze

Perle abgepresst hast, ist der alte Mann eine viel zu kostbare Geisel, um sie leichtsinnig aus der Hand zu geben. Nicht er wird zum Schwarzen Elfenbeinturm aufbrechen, um mir den Nox zu holen, sondern du.«

Es gab mindestens tausend Bedenken, die Karl hätte vorbringen können. Aber andererseits wollte er Herrn Trutz auch nicht im Stich lassen. Er schuldete dem Alten einiges, der selig wie ein kleines Kind in seinem Bett lag und schlummerte. Um die offenbar sehr fruchtbaren Geschäftsbeziehungen mit dem Wolkenburger Hof nicht unnötig zu belasten, hatte der Räuberhauptmann seinen »Freunden, die auch König Kumulus' Freunde waren«, ein deutlich komfortableres Quartier zugestanden. Darin gab es drei Betten, eine Waschgelegenheit, einen Tisch, vier Stühle, einen mottenzerfressenen Teppich, ein Bild von einem röhrenden Hirsch und Gitter an den Fenstern.

Qutopía war, nachdem Elster sie und Karl über die Einzelheiten seines Plans aufgeklärt hatte, in Begleitung einiger Halunken vor das Haus geführt worden, um den Glücksdrachen wieder flottzumachen. Sie brauchte dazu die ganze Nacht oder vielmehr das, was Karls Uhr als solche maß. In Kleptonia spürte man ja nie einen Unterschied zwischen Tag und Nacht. Abgesehen von dem Lichtblick einmal im Jahr, wenn der phantásische Vollmond durch den Riesenschlot schien.

Karl versuchte sich zu erinnern, wie viele Tage in Phantásien schon hinter ihm lagen. Waren es vier? Ihm kam es wie vier Jahre vor. Die Siebentagefrist für die Generalvollmacht konnte er wohl endgültig vergessen. Er steckte mitten in dieser Welt, und es war überhaupt nicht abzusehen, wann er sie wieder verlassen konnte. Wozu auch die Eile? Sein letzter Versuch, Herrn Trutz zu einer Unterzeichnung der Generalvollmacht zu bewegen, war kläglich gescheitert. Der Laden war ohnehin futsch. Stattdessen sollte er jetzt unbesiegbaren Wächtern gegenübertreten. Vermutlich würde er das Ende von Tag Nummer fünf nicht mehr erleben.

Obwohl Herr Trutz ihm dringend geraten hatte, sich aufs Ohr zu legen, während Qutopía das verklemmte Leitwerk der *Fuchur* reparierte, und obwohl er sich unendlich müde und ausgebrannt fühlte, fand er keine Ruhe. Irgendwann hatte er den kleinen Räuber gerufen und sich zu dem Drachenmädchen nach oben bringen lassen.

»Kommst du voran?«, rief er zu ihr hinauf. Sie saß an der Schwanzwurzel des Drachen, über eine geöffnete Schuppe gebeugt, und sah überrascht von ihrer Arbeit auf.

»Du, Karl?«

»Ich konnte nicht schlafen.«

Qutopía lächelte. »Mir würde es genauso gehen. Eigentlich bin ich froh, dass meine Hände etwas zu tun haben, da brauche ich nicht über unsere nächste Reise nachzudenken.«

»Kann ich dir helfen?«

»Klar doch. Komm herauf.«

Karl warf dem Langrüssel, dessen empfindliche Nase in einem meterlangen, rot-weiß gestreiften Strickschlauch steckte, einen fragenden Blick zu. Der Halunke – er hieß übrigens Schnapper – nickte.

Geschickt erklomm Karl das mechanische Drachentier. Während er Qutopía Werkzeuge reichte oder irgendwelche Teile festhielt, die ihm nicht das Geringste sagten, öffnete er ihr sein Herz. »Ich glaube, ich schaff das nicht. Mir fällt doch nie ein, was gut und richtig ist.«

Qutopía hielt inne und sah ihn offen an. »Das stimmt nicht, Karl. Na gut, du bist nicht der große Draufgänger, aber deshalb finde ich dich trotzdem nett.«

»Du …?« Sein Mund blieb offen stehen.

Sie nahm ihm den hingehaltenen Hammer ab und berührte dabei seine Hand. Karl glaubte einen elektrischen Schlag zu bekommen, aber er zog den Arm nicht zurück.

»Hast du eine Freundin, Karl?«

»Ich. Ja. Nein, eigentlich nicht.«

»Eigentlich?«

»Die Nachbarn haben eine kleine Tochter. Ich lese ihr manchmal Geschichten vor.«

»Das ist lieb von dir. Ich glaube, du hast das Herz am richtigen Fleck. Deshalb hat der ehrenwerte Thaddäus dich zu seinem Nachfolger bestimmt.«

»Das war vermutlich sein größter Irrtum.«

»Wohl kaum. Sonst hätte die Kindliche Kaiserin deine Berufung nicht bestätigt.«

Weisenkind! Das ernste, unendlich schöne Gesicht des kleinen Mädchens, das er in der Spiegelwabe erblickt hatte, schwebte für einen Moment vor seinem inneren Auge. Ja, sie schien nicht den geringsten Zweifel an ihm zu haben. *Tu, was du willst, und es wird das Richtige für Phantásien sein. Aber bitte tu es!* Als ihm die Worte aus ihrem Berufungsschreiben durch den Sinn gingen, straffte er unwillkürlich die Schultern.

»Woran denkst du?«, fragte Qutopía.

»An ein kleines Mädchen mit bernsteinfarbenen Augen.«

»Ist es das, dem du immer die Geschichten vorliest?«

Karl zögerte. »Ich weiß nicht. Vielleicht.«

Qutopía vertiefte sich wieder in ihre Arbeit. Nach einer Weile fragte sie: »Hast du schon eine Idee, wie wir in diesen Turm hineinkommen?«

»Ich?«

»Ab jetzt bist du hier der Bestimmer.«

»Der was?«

»Du triffst die Entscheidungen für uns beide. Vielleicht sogar für ganz Phantásien.«

»Ach du liebes bisschen! Nein, ich muss noch darüber nachdenken, was Elster uns gesagt hat.«

Die Instruktionen des Oberdiebes waren eher Warnungen, aber kein echter Plan gewesen. Der Nox, dieser schwarze Stein, der aussah wie eine hohle Hand, liege tief unter dem Schwarzen Elfenbeinturm verborgen. Dort, in einem runden, kalten, strahlend hellen Gewölbe, werde er von den zwei Hütern bewacht. Boden, Decke, Wände, alles in dem Raum, sei weiß, sogar die beiden Wächter. Über kurz oder lang bleiche der Nox alles in seiner Nähe aus, das dunkler als weiß war. Aus diesem Grund müsse Karl unbedingt weiße Handschuhe tragen, wenn er den Nox von seinem Sockel nehme, und ihn in den weißen Beutel legen.

Beide Utensilien gehörten zu der Ausrüstung, die Elster für Karl bereitgelegt hatte. Der Hilfsdieb musste sogar das Steinmodell in den Händen wiegen, um »ein Gefühl für das Gut zu bekommen«. Es war unerwartet schwer. Neben der schwarzen Perle, die der Räuberhauptmann nur höchst widerwillig herausrückte, durfte Karl auch sein Schwert wieder an sich nehmen. Als erstaunlichste Leihgabe des Königs der Diebe erwies sich jedoch ein schmaler Gürtel, lang genug, um ihn sich zweimal um die Taille zu schlingen, der aus flachen gläsernen Kettengliedern bestand und seinen Träger unsichtbar machte. Karl hatte ihn sofort ausprobieren müssen, war aber froh, als er das Ding wieder ablegen durfte – das Gefühl, die eigene Hand nicht mehr vor Augen zu sehen, hatte ihm überhaupt nicht behagt.

Je besser die Ortskenntnisse, desto erfolgreicher der Bruch. So lautete einer der Merksätze, die Elster noch aus seiner Ausbildungszeit im Traum hersagen konnte. Der Oberdieb hatte sich daher viel Zeit genommen, um jede von seinen Spitzeln ausspionierte Einzelheit über den Schwarzen Elfenbeinturm penibel zu erklären. Der Nox strahle eine Kälte aus, die im ganzen Gebäude spürbar sei. Zugleich entziehe er ihm allmählich die Schwärze. Dadurch herrsche in Innern des Bauwerks ein ständiges Zwielicht, ideal für einen Dieb. Nach Sonnenuntergang umgebe den Turm darüber hinaus eine glühende Aura, da die gewaltigen Kräfte des Nox sogar die Dunkelheit der Nacht ansaugen. Weil die Kälte des schwarzen Steins nicht bis nach außen dringe, sei dort zudem mit großer Hitze zu rechnen – eine Folge der Phantásischen Dualität, deren Paare sich immer gegenseitig ergänzten, wie Karl inzwischen wusste.

Der Schwarze Elfenbeinturm sei noch nicht ganz vollendet, betonte Elster. Äußerlich fehle zwar nur noch die Spitze – Gerüchten zufolge solle sie die Gestalt einer verdorrten Magnolienblüte erhalten –, aber mit dem Innenausbau hapere es noch. In der Unfertigkeit lägen gleich mehrere Vorteile für Karl. Der Turm sei sogar höher als die Stadtmauer von Kleptonia, also eine riesige Baustelle. Somit biete er viele Verstecke. Auch müsse man im oberen Abschnitt nicht mit vielen Wächtern rechnen, zumal die Hausherrin erst kurz vor der Einweihung ihr neues Domizil beziehen wolle.

Sie hieß Xayíde und war die Schwester der Kindlichen Kaiserin. Diese Eröffnung hatte Karl kurzzeitig aus der Fassung gebracht. Die ganze Schilderung des Schwarzen Elfenbeinturms war düster, bedrohlich. Wie konnte jemand, der vom gleichen Blut wie Weisenkind war, sich solch ein Heim bauen?

Obwohl Herr Trutz und Qutopía die Familienverhältnisse bei Hofe kannten, hatten sie, genauso wie Elster, nur unbefriedigende Antworten parat. Äußerlich habe der Schwarze Elfenbeinturm mit dem weißen der Kindlichen Kaiserin große Ähnlichkeit, was einige Rückschlüsse auf Xayídes Motive zuließ. Obwohl ihr noch nie jemand eine Auflehnung gegen ihre Schwester, die Kaiserin, hatte nachweisen können, galt es doch als offenes Geheimnis, dass sie nichts unversucht ließ, um die Macht über Phantásien an sich zu reißen. Sie war eine Zauberin und eine Meisterin der Verführung. Auf die eine oder andere Weise konnte sie fast allem und jedem ihren Willen aufzwingen.

Als Karl hinreichend eingeschüchtert war, hatte Elster noch einmal darauf hingewiesen, dass Xayíde dem Schwarzen Elfenbeinturm derzeit fernbleibe, weil sie den Baulärm nicht ertragen könne. Sie residiere noch in ihrem alten Zauberschloss Hórok, das wegen seiner recht eigenwilligen Gestalt auch die Sehende Hand genannt werde. Die Aufsicht in dem schwarzen Turm habe sie ihrem Spiegelbild übertragen. Wie gefährlich dieses sei, hatte Elster nicht sagen können, aber sicherheitshalber zur Vorsicht gemahnt: »Alles, was hohl ist, kann sie nach Belieben kontrollieren, und du musst damit rechnen, dass auch ihr Spiegelbild diese Macht besitzt. Behüte also deine Gedanken. Lass dich auf keinen Fall von ihren Dienern irgendwie zermürben oder entmutigen, denn Erschöpfung und Hoffnungslosigkeit können den Sinn leer machen. Dann wärst du ihr unweigerlich ausgeliefert.«

Nachdem Karl diese Warnung wiederholt hatte, wies der König der Diebe auf eine weitere, nicht zu unterschätzende Schwierigkeit hin. Diese hänge mit dem unwegsamen Umfeld des Turms zusammen. Das Gebäude stehe auf dem Schieferhang, einer riesigen, schrägen Ebene, die an die Toten Berge grenze, eine trostlose Felsenwüste. Der schwarzgraue Schiefer sei spiegelblank, wie poliert, und jeder, der versuche, zum

Schwarzen Elfenbeinturm vorzudringen, rutsche unweigerlich ab und falle in den Tiefen Abgrund, dessen Name für sich spreche. Niemand, der dort hineinfalle, komme wieder heraus.

Jetzt, als Karl sich all diese Einzelheiten noch einmal durch den Kopf gehen ließ, wunderte er sich. Er geriet nicht in Panik. Er hatte auch noch nicht den Verstand verloren. Natürlich fürchtete er sich. Er war ja kein Held. Aber diese Angst hatte ihren Schrecken verloren. Sie war beherrschbar geworden. Verstohlen blickte er in Qutopías Gesicht. Ruhig arbeitete sie an den Innereien des Drachen. Sie verströmte Zuversicht. Und er nahm diese Aura in sich auf. *Du triffst die Entscheidungen für uns beide. Vielleicht sogar für ganz Phantásien.* Sie hatte das voller Vertrauen gesagt. Nicht der geringste Zweifel an seinen Fähigkeiten lag in ihrer Stimme, kein »Das schaffst du sowieso nicht!« Dafür hätte er sie küssen mögen ...

Karl spürte, wie er rot wurde. Rasch wandte er sich ab.

»Ist dir nicht gut?«, fragte Qutopía.

»Doch, doch. Nur eine kleine ... Irritation.«

»Du drückst dich immer so gewählt aus. Fast so wie der ehrenwerte Thaddäus. Zwickt's bei dir im Magen?«

»Eher woanders. Aber es geht schon wieder. Du, Qutopía?«

Sie blickte von ihrer Arbeit auf. Karl fand sie im Licht der Laternen wunderschön. »Ja?«

Er räusperte sich. »Ich glaube, ich weiß jetzt, wie wir den Nox bekommen, ohne auf die schiefe Bahn zu geraten.«

DER SCHWARZE ELFENBEINTURM

Das Gefühl, einen Glücksdrachen zu steuern, machte Karl überhaupt nicht glücklich. »Du musst die Trimm-, Antriebs- und Verzögerungsriemen nur locker in der Hand halten, alles andere macht die *Fuchur* fast von allein.« Ungefähr so hatte sich Qutopías kurze Einweisung angehört. Jetzt fürchtete er, das fliegende Riesending könnte tatsächlich auf die Idee kommen, etwas »von allein« zu machen.

Das Drachenmädchen hatte sich zurückgelehnt und war sofort eingeschlafen. Ihr Kopf lag an seiner Brust, ihr rotes Haar flatterte ab und zu um seine Nase. Ein verwirrend schönes Gefühl für Karl. Er saß auf dem Platz von Herrn Trutz, der als eine erstaunlich optimistische Geisel in der Nachtstadt zurückgeblieben war, und hatte seine Arme um Qutopía gelegt – natürlich nur, damit er die Kontrollriemen richtig halten konnte. Während die Grenze von Noktunia als helle Linie am Horizont auftauchte, fragte er sich, was geschähe, wenn sich ein Junge aus der Äußeren Welt in ein Mädchen aus Phantásien verliebte. Dann fielen ihm der alte Herr Trutz und Hallúzina ein. Im Haus der Erwartungen hatte der Bibliothekar gesagt, man müsse alles vergessen, was einen an die Äußere Welt binde, man müsse ein Narr werden …

Qutopía veränderte unruhig die Lage ihres Kopfes und verscheuchte damit Karls zwiespältige Gedanken. Vor ihm lag die wohl schwerste Herausforderung seines Lebens. Er durfte sich jetzt durch nichts ablenken lassen.

Einmal mehr flogen die vielfältigsten Landschaften unter ihm dahin, und als das Drachenmädchen wieder wach war, spielte sie für ihn die Fremdenführerin. »Da siehst du den Steinernen Wald«, rief sie. »Alles darin ist erstarrt.« Oder: »Hier sollten wir nicht landen. Unter uns liegt der Verwunschene Garten der Asudem.«

Karl blickte verwundert auf die grüne Landschaft, die tatsächlich wie ein grenzenloser Garten mit Hecken, Blumenbeeten und nach strenger Ordnung angelegten Wegen war. »Asudem? Wer oder was ist das?«

Qutopía drehte sich zu ihm um. »Ein pralles Weibsbild mit einem kleinen Schönheitsfehler.«

»Und der wäre?«

»Sie hat wild wuchernde Schlingpflanzen statt Haare auf dem Kopf.«

»Erwürgt sie damit ihre Opfer?«

»Du hast vielleicht eine Phantasie! Nein, flögen wir tiefer, könntest du es sehen. Die hübsch beschnittenen Bäume und Hecken in ihrem Garten waren früher einmal lebendige Geschöpfe. Die Asudem hat sie mit einem einzigen Blick ihrer grünen Augen verwandelt.«

Karl erstarrte. Für einen Moment sah er hinter Qutopías Schutzbrille die Augen der Asudem. Sie warf den Kopf in den Nacken und lachte.

»Keine Angst, Karl. Meine roten Haare sind echt.«

Als erneut die Dämmerung heraufzog, war Karl wieder einmal in gedrückter Stimmung. Er hatte ein wenig gedöst und war nach dem Erwachen ins Grübeln verfallen. Die glühenden gelbgrünen Augen wollten ihm nicht aus dem Sinn gehen. Seit jener schrecklichen Nacht, als er den unheimlichen Besucher aus dem Buchladen vertrieben hatte, waren sie regelrecht in sein Unterbewusstsein eingebrannt. Später, vor der Phantásischen Bibliothek, hatte er sie noch einmal gesehen, im Kopf eines riesigen Wolfes. Zufall? Auch die schlingpflanzenhäuptige Asudem hatte offenbar grüne Augen und Qutopía ebenso. Aber zumindest die des Drachenmädchens glühten nicht im Dunkeln. Karl fragte sich, ob es zwischen dem Verschwinden der Bücher aus der Phantásischen Bibliothek, dem zurückbleibenden Nichts und den glühenden Augen einen Zusammenhang gab.

Die öde Landschaft tief unter ihm passte zu seiner Trübseligkeit, ja, sie schien sie noch zu verstärken. Er sah nur Steine und schroffe Berge. Offenbar näherten sie sich dem Ziel ihrer Reise. Langsam glitt eine Schlucht heran, die sich wie ein riesiger Riss durch die Wüste zog. Zu beiden Seiten verlor sie sich am Horizont.

»Jetzt sind wir bald da«, rief Qutopía über die Schulter und bestätigte damit seine Vermutungen. »Wir überfliegen gerade den Tiefen Abgrund. Teilt Phantásien in zwei Hälften und natürlich auch das Land der Toten Berge, über dem wir uns gerade befinden. Nur ungefähr eine halbe Meile breit ist dieser Spalt, aber sein Name ist trotzdem eine Untertreibung. Es heißt, er sei ein bodenloser Schlund. Wollen wir mal auskundschaften, ob's stimmt?«

»Bist du verrückt?«

Sie lachte. »War nur ein Scherz. Das da vor uns muss der Schieferhang sein.«

Karl lehnte sich etwas zur Seite, um besser an dem Drachenmädchen vorbeispähen zu können. Jenseits der trostlos grauen Felsenwüste sah er eine dünne dunkle Linie. Ihn fröstelte. Unwillkürlich wanderte seine Hand zu der Stelle über dem Herzen, wo er jetzt den Lederbeutel mit der stetig glimmenden Meerschaumpfeife trug. Um sie vor den Räubern zu verbergen, hatte er sie in die linke Innentasche des Mantels gesteckt. Er spürte die Wärme, und sie tat ihm gut.

Allmählich nahm der Schieferhang im Abendlicht Konturen an. Er glich einem gigantischen schwarzgrauen Keil. Bald wurde erkennbar, dass nur der steile Abhang an der Grenze zu den Toten Bergen dieses Bild vermittelte. Als die *Fuchur* die Lehne überflogen hatte, erstreckte sich der Schieferhang vor ihnen als riesige, wie flüssiger Lack spiegelnde schiefe Ebene. Steuerbords verschwand sie hoch in den Wolken und backbords endete sie abrupt im Tiefen Abgrund.

»Der Schwarze Elfenbeinturm!«, rief Qutopía bald darauf und deutete nach vorn.

Auch Karl hatte danach Ausschau gehalten und ihn bereits entdeckt. Unten auf dem Schieferberg herrschte schon Nacht, aber aus der luftigen Höhe hob sich das riesige Bauwerk wie ein schaurig-schöner Dorn vom tiefvioletten Himmel ab. Je näher die *Fuchur* kam, desto mehr Einzelheiten konnte Karl erkennen.

Der Schwarze Elfenbeinturm war rund, unten breit, oben schmal und natürlich schwarz. Eine Straße schraubte sich vom Schieferhang, aus dem das Bauwerk lotrecht aufragte, bis zur Spitze empor. In und an dem Gebäude brannten einzelne Lichter. Außerdem war es von einer dünnen strahlenden Aura umgeben, als hätte jemand seine Umrisse mit einem weißen Konturstift nachgezogen – genau wie von Elster beschrieben.

Der Kontrast zwischen dem spiegelglatten Umland und den schroffen Außenmauern des Turms hätte stärker nicht sein können. Hier gab es Giebel und Erker, Türmchen und Terrassen, Balkone und Stege. Obwohl Xayídes zukünftige Residenz noch nicht einmal fertig war, wirkte alles alt, wie unter einer dicken Kruste verborgen, als hätten Scharen von Pechvögeln seit Jahrhunderten ihren schwarzen Unrat darüber abgeladen.

»An der Basis gibt es reichlich Landeplätze. Die Terrassen sind vermutlich extra für Flug-Boten gebaut worden. Wenn wir da runtergehen, würdest du viel schneller ins Verlies kommen«, gab Qutopía zu bedenken.

Karl schüttelte den Kopf, obwohl sie es nicht sehen konnte. »Nein. Wir machen's so, wie ich es entschieden habe.«

Sie nickte. »Du bist der Bestimmer.«

Die *Fuchur* näherte sich dem Bauwerk von der Nachtseite her aus großer Höhe. Zuletzt ließ Qutopía sie wie eine Spinne am Faden auf die unfertige Turmspitze hinab. So hoffte Karl eventuellen Spähern ein Schnippchen zu schlagen. Der obere Abschluss des noch unfertigen Gebäudes war eine Plattform, vermutlich weil hier die von Elster erwähnte Spitze aufgesetzt werden sollte. Im Moment lag nur Handwerkszeug herum. Nirgends waren Wachen oder Bauarbeiter zu sehen, genau wie Karl es sich ausgerechnet hatte. Die helle Aura, die ihm schon im Anflug aufgefallen war, sah nun, da der Turm direkt unter ihm lag, wie eine dünne Nebelhülle aus, die das schwarze Bauwerk in ein gespenstisch fahles Licht tauchte. Nach oben bildete sie eine senkrechte, spitz zulaufende Fahne aus. Der erste Eindruck ließ an einen rauchenden Schornstein denken, aber irgendwie hatte Karl den Eindruck, das genaue Gegenteil davon zu sehen: Der Turm schien die aufkommende Nacht in sich aufzusaugen.

Die *Fuchur* tauchte direkt in die lichte Wolke hinein. Karl spürte eine trockene Wärme, die rasch zunahm, je tiefer sie sanken. Sein Herz begann wild zu pochen, als die Beine des mechanischen Glücksdrachen sanft aufsetzten.

»Wir sind da«, verkündete Qutopía mit leiser Stimme. Rasch hatte sie ihre Sicherheitsriemen gelöst und drehte sich im Sattel zu Karl um. »Puh, ist das heiß hier!«

»Mir wird ganz mulmig, wenn ich mir vorstelle, dass eine kleine schwarze Hand all das bewirken soll.«

»Willst du da wirklich allein reingehen?«

»Wird schon schief gehen. Ich habe ja mein Schwert und den gläsernen Gürtel.« Er gab sich alle Mühe, zuversichtlich auszusehen, hatte aber den Eindruck, nicht sehr überzeugend zu wirken.

»Soll ich nicht doch mitkommen?«

Karl streichelte Qutopías Wange. »Jeder von uns hat seine Aufgabe, und das hier ist ganz allein meine. Halte dich bereit, Drachenmädchen. Wenn ich zurückkomme, musst du einen Blitzstart hinlegen.«

»Und wenn du nicht kommst?«

»Sobald die Sonne wieder aufgeht, verschwindest du hier …«

»Aber …!«

»Qutopía. Dir darf nichts geschehen. Sollte ich scheitern, dann musst du zum Elfenbeinturm fliegen und die Berater der Kindlichen Kaiserin informieren. Sie werden einen anderen, Tüchtigeren als mich finden, der …«

»Es gibt keinen anderen«, sagte Qutopía mit fester Stimme. »Die Kindliche Kaiserin hat dich berufen. Du hast mir ihren Brief gezeigt. ›Du wirst deine Bestimmung erfüllen, dessen bin ich gewiss.‹ Das hat sie dir geschrieben.«

Er holte tief Atem. »Ja. Ich weiß. Und deshalb gehe ich jetzt. Allein! Sollte ich nicht zurückkehren …« Er verstummte, weil Qutopía sich plötzlich vorgebeugt und ihn auf den Mund geküsst hatte. In ihren grünen Augen spiegelte sich das letzte Licht der untergehenden Sonne. Auf ihrem Gesicht lag ein Ausdruck des Zorns, aber auch tiefer Sorge.

»Wage ja nicht, mir Lebewohl zu sagen, Karl Konrad Koreander! Wir sehen uns später.«

Karl durchbrandete eine heiße Woge. Er wusste nicht, wie ihm geschah. Qutopías Lippen waren auf den seinen warm und süß wie Honig gewesen. In seinem Körper verteilte sich eine Wärme, die er nie zuvor kennengelernt hatte. Scheu lächelte er und drückte noch einmal dankbar ihre Hand. Sie hatte ihm Mut gegeben. Und vielleicht sogar noch mehr. Was konnte ihm jetzt noch passieren?

Es dauerte viel zu lang. Karl humpelte jetzt schon eine geschlagene Stunde durch die Hitze auf der spiralförmigen Hauptstraße des Schwarzen Elfenbeinturms. Sein linkes Fußgelenk schmerzte, er fühlte sich ausgedörrt und wurde allmählich müde. Wenigstens hatte er sich inzwischen etwas an das Gefühl gewöhnt, die eigenen Füße nicht mehr zu sehen. Bisher war er nur vereinzelten Bauarbeitern begegnet, die offensichtlich noch einige letzte Arbeiten fertig stellen wollten, bevor die Nacht endgültig das Regiment übernahm. Bisher hatte niemand den unsichtbaren Besucher bemerkt, der still mit sich haderte. Er hatte die Ausmaße des Turmes unterschätzt.

Dann kam ihm eine Idee, die er anfangs für zu absurd hielt, um ihr in seinem Kopf Auslauf zu gewähren: *Vielleicht haben die hier einen Paternoster.* Falls er im Rathaus zu Hause einmal in eine der oberen Amtsstuben musste, benutzte er nie den umlaufenden Fahrstuhl. Schon die vorn und hinten offenen Kabinen waren abschreckend genug, aber mehr noch ließ ihn etwas anderes schaudernd zurückweichen, sobald ihn jemand einlud, das Höllending zu besteigen: die Ungewissheit, was ihn in der Dunkelheit unter dem Stadthaus erwartete.

Der Gedanke ließ sich nicht einsperren, aber das mochte ja durchaus sein Gutes haben. In Xayídes Reich sei nichts gefährlicher als ein leerer Geist, hatte Elster mehrfach gewarnt. Ebenso gut könnte man sich vor einem Berserker entwaffnen und ihn anschließend zum Zweikampf herausfordern. Karl spürte nun doch die Strapazen der letzten Tage. Eine bleierne Schwere hielt Einzug in seine Glieder. Den Sinn beschäftigt zu halten fiel ihm immer schwerer. Wenn es hier so etwas wie einen Fahrstuhl gab, warum ihn dann nicht benutzen? Schon lief er auf den erstbesten Eingang zu.

Das Tor glich dem Gesicht eines schaurig starrenden Wesens. Der eigentliche Durchgang hatte die Form eines aufgesperrten Mauls. Der Rundbogen war mit spitzen Zähnen verziert. Eine Tür fehlte noch. Als Karl in den Rachenbereich des Unwesens vordrang, hörte er ein sonderbares Geräusch. Früher hatte er hin und wieder in eine von Vaters leeren Weinflaschen geblasen und ihr einen ähnlichen Laut entlockt, einen ungemein tiefen, vibrierenden Flötenton. Meist entstand mit dem Klang sofort auch ein bestimmter Gedanke in seinem Kopf: *So muss sich das Nebelhorn des Dampfers anhören, mit dem ich von hier weit, weit wegfahre*. Gewöhnlich hatte er die Flasche schnell wieder zu den anderen gestellt. Das Geräusch in dem Turm war nicht unbedingt lauter, aber irgendwie … größer. Ein besseres Wort fiel ihm nicht ein. So, als bliesen viele kleine Jungen auf vielen leeren Weinflaschen.

Im »Rachenraum« hinter dem Maul herrschten erträglichere Temperaturen. Er war noch nicht eingerichtet. Seine geringe Größe ließ auf eine eher profane Zweckbestimmung schließen. Vielleicht würde er in Zukunft einem von Xayídes Schreibern als Stube dienen. Hier lehnte eine Leiter, da entdeckte Karl das Handwerkszeug eines Steinmetzen auf dem Boden: einen runden Holzschlägel, Eisenhämmer, verschiedene Meißel, einen Wassereimer, Lappen und Töpfe mit Schleifmitteln. An der Wand darüber befand sich ein noch unfertiges Relief. Es zeigte eine Frau mit dem Unterleib eines Drachen, die gerade ein Kind verschlang – nur die Beine ragten noch aus ihrem Maul. Angewidert wandte sich Karl ab.

Durch eine weitere Maul-Tür gelangte er auf einen breiten runden Flur. Von der Hitze draußen war fast nichts mehr zu spüren. Im Nacken fühlte er einen schwachen Zug. Irgendetwas saugte die Luft in den Turm hinein und kühlte sie gleichzeitig ab. Karl versuchte sich in der fremden Umgebung zu orientieren und wunderte sich, wie leicht ihm dies fiel. Andere gezähnte Eingänge reihten sich hier wie Perlen an der Schnur. Tatsächlich erinnerte ihn dieses Stockwerk des Schwarzen Elfenbeinturms ein wenig an das Rathaus daheim. Seltsam war das fahle Licht; er vermochte nicht festzustellen, woher es kam. Es ließ im näheren Umkreis alles wie auf einer Schwarzweißfotografie aussehen.

Irgendwo musste es Wachen geben. Obwohl der Hort des Nox noch tief unter ihm lag, wollte er sich besser früher als zu spät auf eine überraschende Begegnung mit ihnen einstellen. Karl legte die rechte Hand auf den Griff seines Schwertes und versuchte es langsam herauszuziehen. Aber es gelang ihm nicht.

»Was ist nun schon wieder?«, zischte er, ermahnte sich aber sofort wieder zur Ruhe. Im Haus der Erwartungen hatte sich seine nicht besonders ansehnliche Waffe als ausgesprochen hilfreich erwiesen. Warum streikte sie jetzt? *Hat sie nicht auch König Kumulus und später Elsters Schurken den Dienst verweigert?* Möglicherweise besaß das Schwert ja einen eigenen Willen. *Vielleicht besser, ihn nicht zu brechen,* entschied Karl aus einem unbestimmten Gefühl heraus und ließ es stecken, wo es war.

Auf leisen Sohlen folgte er entgegen dem Uhrzeigersinn dem gebogenen Flur. Die Maul-Türen sahen alle gleich aus. Eben wie in einem Amt. Irgendwie machte die geballte Gleichförmigkeit die hässlichen Fratzen nur noch abstoßender. Mit einem Mal bemerkte er zu seiner Linken ein phosphoreszierendes Licht, das sich deutlich von der fahlen Flurbeleuchtung abhob. Karl lief rasch darauf zu.

Wieder waren es Durchgänge, zwei weit aufgerissene grässliche Mäuler. Kurz hinter dem ersten entdeckte er eine Wand. Etwa doch ein Paternoster? Als er bei dem gezahnten Durchlass ankam, schreckte er sofort wieder zurück. Entsetzt schnappte er nach Luft.

Vielleicht war die senkrechte Röhre ja ein Aufzugsschacht, aber dann einer ohne Fahrstuhl. Der kurze Blick in die Tiefe hatte ihm eine Beklemmung beschert, die sich gar nicht mehr abschütteln lassen wollte. Nun war er auf einem Briefgreif geflogen und auf einem Glücksdrachen, aber das Dahingleiten unter dem weiten Himmel hatte ihm lange nicht so viel ausgemacht wie der Blick in diesen schmalen, schier unendlichen Schlund. Karl zwang sich ruhig zu atmen. Plötzlich stutzte er.

Ein Vorschlaghammer schwebte vorüber. Das schwere Werkzeug kam sehr langsam von oben den Schacht herab und trieb an Karl vorbei. *Ein unsichtbarer Paternoster?* Er lief zur zweiten Maul-Tür, nahm all seinen Mut zusammen und steckte den Kopf hindurch. Erst jetzt bemerkte er die glatten Lampen an den Schachtwänden, die wie Schildkrötenpanzer aussahen und das phosphoreszierende Licht verbreiteten, vier endlose Reihen von Lichtern, die sich tief unten zu berühren schienen. Erheblich näher war da schon die Mütze, die er in diesem Augenblick entdeckte und die sich gemächlich von ihm entfernte. Er blickte nach oben. Weit über sich sah er einen Schuh, eine kleine Säge und zwei breite Pinsel, die sich ihm ebenso bedächtig näherten. Die Handwerker des Schwarzen Elfenbeinturmes waren allem Anschein nach nicht besonders ordentlich.

Karl kramte in seinen Taschen, weil er etwas ausprobieren wollte, und er wurde fündig. Ein kleiner Zipfel Trockenfleisch aus Qutopías Reiseproviant lag in seiner offenen Hand, jedenfalls fühlte es sich so an, denn er konnte ja weder das eine noch das andere sehen. Mit der Linken hielt er sich an einem Zahn der Maul-Tür fest und schob die Rechte vorsichtig in den lichten Schacht. Der Luftzug, den er schon zuvor bemerkt hatte, war ganz deutlich zu spüren. Nicht wie in einem Kamin von unten nach oben, sondern genau umgekehrt saugte etwas am Fundament des Turmes alles nach unten. Rasch zog Karl die Hand zurück.

Augenblicklich wurde der Zipfel sichtbar. Er schwebte. Schwerelos hing er vor Karls Nase in der Luft. Und dann setzte er sich langsam in Bewegung. Das Trockenfleisch trieb nach unten.

Was nun? Der Gedanke, sich irgendeiner unsichtbaren Kraft anzuvertrauen, erschreckte Karl. Noch entmutigender war allerdings die Vorstellung, zu Fuß den weiten Weg zur Basis des Turmes zurückzulegen. Bei dem Tempo, in dem hier Mützen, Hämmer und andere Dinge zu Boden sanken, würden sie vermutlich am nächsten Morgen noch nicht unten angekommen sein. *Zu langsam!*

Karls Augen brannten von dem kränklichen grünen Licht

in der Röhre. Er fühlte sich ausgelaugt. Aber er zwang sich erneut zum Nachdenken. Elster hatte ihm unendlich viele Einzelheiten über den Schwarzen Elfenbeinturm erzählt – seine Spione mussten wirklich fleißig gewesen sein –, aber Karl konnte sich nicht an die kleinste Äußerung über Paternoster erinnern. Auch nicht über Fahrstühle oder Gleitsitze oder Schwebeschlünde oder wie immer derlei Einrichtungen in Phantásien heißen mochten … *Halt!* Mit einem Mal fiel ihm etwas ein: Auf die eine oder andere Weise könne Xayíde fast allem und jedem ihren Willen aufzwingen, hatte der König der Diebe gesagt.

Fast allem! Und jedem! Auch sich selbst?, fragte sich Karl. Oder diesem Schlund? Er schloss die Augen, atmete tief durch, ließ den Türholm los und trat einen Schritt vor.

Die Entscheidung war ihm nicht leicht gefallen. Aber er hatte sich nicht geirrt. Er schwebte. Wie zuvor der Zipfel. Langsam glitt er nach unten. Er schloss die Augen und konzentrierte sich. *Wie zwingt man einem Paternoster seinen Willen auf?* Karl versuchte es mit allen möglichen Gedanken. Richtungsangaben: *Nach unten … hinab … abwärts …* Stillen Befehlen: *Sinke! Sacke! Falle!* Und eher metaphorischen Botschaften: *Führe mich zur Wurzel des Schwarzdorns.* Sogar verzweifeltes Flehen – *Zum Erdgeschoss, bitte!* – wollte nichts fruchten. Er trieb träge nach unten. Das Maul, das ihn verschluckt hatte, lag zwar schon unerreichbar über ihm, aber zu Fuß wäre er trotzdem schneller gewesen. Seine blendende Idee war wohl doch nicht so genial gewesen. Oder Xayíde und ihre Dienerschar benutzten irgendwelche Zauberwörter, um …

Mit einem Mal wurde es in Karls trübem Gedankennebel taghell.

Ich will zum Nox!

Kaum hatte sein Bewusstsein den Worten Gestalt verliehen, beschleunigte sich seine Abwärtsbewegung. Schon wollte neue Panik in ihm hochkriechen, aber als sich die Sinkgeschwindigkeit auf ein erträgliches Maß einpendelte, wurde er wieder ruhiger. Nach einer Weile machte ihm die neue Art der Fortbewegung sogar Spaß. Die leuchtenden Schildkrötenpanzer glitten wie die Lampen einer Lichterkette an ihm vorüber.

Je tiefer er sank, desto kälter wurde es. Als Karl auf das untere Ende der Röhre zuschwebte, kam er sich vor wie ein fliegender Eiszapfen. Ohne den Mantel seines Vaters wäre er vermutlich während des immer noch langen Abstiegs erfroren. Er verlangsamte die Sinkgeschwindigkeit, indem er den Druck seines Willens vorsichtig verminderte. *Ich möchte zum Nox, bei nächster Gelegenheit.*

Sanft kam er zum Stillstand. Auf dem Grund des Schachtes, etwa ein halbes Stockwerk unter ihm, lagen kleine Spachtel und Kellen von Stukkateuren, der Hammer eines Zimmermanns und das Gebiss eines ...? Karl hätte auf einen Vampir getippt, wollte sich mit diesem Gedanken dann aber doch nicht anfreunden. Er blickte durch ein zahnbewehrtes Maul in einen riesigen, fahl schimmernden Raum. Dort herrschte Stille, abgesehen von dem tiefen, vibrierenden Ton, der den ganzen Turm erfüllte. Karl rief sich den gläsernen Gürtel in Erinnerung. Niemand konnte ihn sehen. Entschlossen trat er durch das Maul.

Die Halle am Grund des Schwarzen Elfenbeinturms hatte die Größe von vier Fußballstadien, einschließlich der Sitzränge. Sie machte schon einen recht fertigen Eindruck, auch wenn die Einrichtung noch fehlte. Nirgends waren Stühle oder Bänke zu sehen. Nur einige schwarze Ritterrüstungen, jede dreimal so groß wie ein durchschnittlicher Mann, standen herum. Karl ließ den Blick zu den fernen Wänden schweifen. Daraus ragten mächtige Lisenen, flache Halbsäulen, hervor. Die weit auseinander fächernden Kapitelle hoch oben unter der Decke erinnerten Karl an die Blütenkelche Fleisch fressender Pflanzen. Auf den Pfeilern befanden sich erhabene, fremdartig verschlungene Ornamente, die ungefähr wie die Krampfadern aussahen, die sein Vater an den Beinen gehabt hatte.

Der Boden war spiegelglatt. Nur feine Nähte ließen erkennen, dass er aus quadratischen Platten bestand. Vermutlich hatte man das Material des Schieferhangs benutzt, um ihn auszulegen. Im Zentrum befand sich ein runder Kern, dessen Form an einen schlecht abgenagten Apfelgriebs erinnerte: An Boden und Decke war der Durchmesser größer als in der Mitte. Diese »Zentralspindel« bot Raum für Hunderte von Schwebeschlünden oder wie immer die langen Schächte hießen. Vermutlich gab es darin auch zusätzliche Zimmer für Besucher, Hofbeamte. *Wachen!*

Karl hatte sich unvorsichtig bewegt, und dabei waren die Glieder an den Enden seines viel zu langen Gürtels aneinander geklimpert. Unmittelbar darauf hatte er zu seiner Rechten ein Klappern vernommen. Er fuhr herum. Ein Schauer lief ihm über den Rücken.

Ja, es waren Wachen, die offenbar auf das verdächtige Geräusch aufmerksam geworden waren und sich jetzt nach dessen Ursprung umsahen. Die von ihm als protzige Dekoration mit den Ausmaßen eines Heldendenkmals gedeuteten schwarzen Rüstungen besaßen offensichtlich ein äußerst wachsames Innenleben. Einer der Panzerkolosse kam direkt auf ihn zu.

Karl war unfähig, sich zu bewegen. Nur einen Schritt vor ihm blieb der Posten stehen. Er klappte das Visier hoch. Abermals erschauerte Karl.

Der Helm des Panzerriesen war leer.

Alles, was hohl ist, kann sie nach Belieben kontrollieren. Er hätte nie gedacht, dass Elsters Warnung so wortwörtlich zu nehmen war. Die Rüstung blickte sich um. Abgesehen vom Quietschen, Schaben und Klappern der Panzerung gab sie keine Geräusche von sich, kein unwilliges Brummen, keine Aufforderung an den unsichtbaren Eindringung, nicht einmal Atem war zu hören. Karl glaubte im nächsten Moment unter dem schwarzen Eisenschuh zerstampft zu werden, aber unvermittelt klappte der Panzerriese sein Visier wieder zu, machte kehrt und lief zu seiner Position zurück. Die anderen Wächter folgten seinem Beispiel. Mit einem Mal war das tiefe, vibrierende Pfeifen wieder das einzige Geräusch in der Halle. Die Panzerriesen standen völlig bewegungslos da. Wie hohle Rüstungen.

So viel steht fest, das Diebeshandwerk ist nichts für dich. Karl atmete tief. Es dauerte eine Weile, bis er seinen Schrecken so weit überwunden hatte, dass er wieder zu ruhigem und besonnenem Denken fähig war. Wo ging es zum Nox? Diese Frage galt es als Nächstes zu klären. Er versuchte sich zu erinnern. Ja! Elster hatte etwas von einer Geheimtür in der Großen Eingangshalle gesagt, einer schwarzen Luke im Boden, die ...

Karls Gedanken kamen knirschend zum Stillstand. Entsetzt starrte er auf die spiegelglatte Fläche unter seinen Füßen. Wieder musste er einen Schauer niederkämpfen, weil er sich selbst nicht sah, danach einen zweiten, da er nicht die geringste Ahnung hatte, wie er in dieser gewaltigen Halle eine schwarze Falltür finden sollte. Elsters Erläuterungen waren etwas undurchsichtig gewesen: Eigentlich sei der Eingang in die unterirdischen Gewölbe nur ein quadratisches Loch, aber Xayíde habe es mit einem Zauber verschlossen, der es fest wie schwarzes Glas mache. Verzweifelt sah sich Karl um. Das fahle Licht ließ den polierten Schiefer *überall* so dunkel wie Blutstein erscheinen.

Er fühlte sich hohl und ausgebrannt. *Nein!,* ermahnte er sich. Nicht hohl. Nicht wie die Panzerriesen, die Xayídes Wille kontrollierte. Selbst planmäßiges Absuchen des Bodens – vermutlich ein Unterfangen für mehrere Tage – würde ihm nicht helfen, die verborgene Luke zu finden. *Erinnere dich! Was hat Elster noch gesagt? Wie kommst du zum Nox?* Der Oberdieb hatte von einer besonderen Eigenschaft des schwarzen Steins gesprochen: Er sauge Dunkelheit auf wie ein trockener Schwamm Wasser.

Das ist es! Jetzt erst begriff Karl vollends, warum der Schwarze Elfenbeinturm mit seinen vielen Öffnungen, der doch eigentlich wie ein Schornstein die Luft von unten nach oben ziehen müsste, sich genau umgekehrt verhielt. Die Kraft des Nox entzog ja der Nacht ihre Finsternis. Und wohl auch dem Turm. Daher das fahle Licht im Gebäude und außerhalb. Karls Herz begann heftig zu schlagen. Er war der Lösung ganz nah. Der Luftzug, den er nach dem Betreten des Turmes gespürt hatte, musste ursächlich ein *Licht*zug gewesen sein oder zumindest das, was passierte, wenn die Dunkelheit aus der Umgebung gesaugt wurde …

Saugen! Das Wort flammte wie eine Leuchtrakete in Karls Bewusstsein auf. Er musste nur der Strömung folgen. Sie würde ihn direkt zum Nox führen. Aber wie? Zwar spürte er die Bewegung der Luft – oder vermochte er sogar die Bewegung der Dunkelheit wahrzunehmen? –, aber seine Sinne waren zu schwach, um sich dies zunutze zu machen. Schwarzer Rauch wäre nicht schlecht, überlegte er, verwarf den Gedanken aber gleich wieder. Die Panzerriesen würden ihn vielleicht riechen können.

Er kramte in seinen Taschen, stieß auf Vertrautes und sogar Überraschendes. Das Magieskop! Er hatte es im Kristallpalast von Wolkenburg unbeabsichtigt eingesteckt und Herrn Trutz seitdem noch nicht zurückgegeben. Es konnte Verzaubertes in seiner wahren Gestalt zeigen. *Also auch ein schwarzes Loch auf schwarzem Grund.* Karl suchte weiter. Ein Schnipsel von der Generalvollmacht war vermutlich – trotz der Tinte – viel zu hell. Der Beutel und die Handschuhe von Elster schieden gleich ganz aus. Das Schwert – ungeeignet. Ein Büschel Haare? Er war aschblond. *Habe ich denn überhaupt nichts Schwarzes dabei?*

Doch! Plötzlich fiel es ihm ein. Am liebsten hätte er laut aufgelacht. Behutsam steckte er das eine Ende des gläsernen Gürtels in die rechte und das andere in die linke Manteltasche. Später würde er es unter mindestens zwei Lagen Stoff verbergen, um sich nicht noch einmal durch ein Klirren zu verraten. Anschließend schlich er einige Schritte weit von der hellen Maul-Tür des Schachtes weg. Dann ließ er sich auf das rechte Knie nieder und begann Hallúzinas fast vier Tage alten Verband von seinem Fußgelenk abzuwickeln. Er hatte sich ein wenig über die pechschwarzen Heilpflanzen gewundert. Jetzt waren sie seine ganze Hoffnung. Wenn sie sich nur nicht verfärbt hatten!

Als er das letzte Stück des Verbandes löste, blieb die Kräuterpackung wie eine Schnitzelpanade an seinem Bein hängen. Zumindest die äußere Schicht war knochentrocken. Er musste sich ganz auf seinen Tastsinn verlassen, weil er sich ja selbst nicht sehen konnte. Mit der linken Hand drückte und kratzte er an der Kruste und versuchte die abbröckelnden

Blätter in der rechten aufzufangen. Bald hielt er ein ermutigendes Häuflein in der hohlen Hand, das sich wie Tee anfühlte. *Bitte lass die Blätter schwarz sein!*, flehte er im Stillen, während er die Reste des Heilumschlags zwischen seinen beiden Handflächen zu Staub zermahlte.

Noch einmal blickte Karl sich um. Die schwarzen Panzerriesen standen bewegungslos in der Halle verteilt. Jetzt würde sich zeigen, wie gut ihre Augen waren oder was immer sie zum Sehen benutzten. Er atmete tief ein, streute ein wenig von dem Kräuterstaub auf seine rechte Handfläche, hielt sie schräg nach oben vor den Mund und blies. Das Geräusch der ausströmenden Luft kam ihm wie das Brausen eines Orkans vor. Aber keine der Ritterrüstungen reagierte darauf.

Eine kleine dunkle Wolke erhob sich in die Luft.

Es ist schwarz!, triumphierte Karl im Stillen. Aufmerksam verfolgte er den Pulvernebel. Er bewegte sich. Langsam zog er weg von der Zentralspindel in einen Bereich der Halle, wo es keine Eingänge gab. Bald hatten sich die feinen Partikel jedoch so weit in der Luft verteilt, dass er sie aus den Augen verlor. Er füllte abermals eine kleine Menge Staub in seine Rechte und wiederholte die Prozedur. Auf diese Weise durchquerte er in mehreren Etappen den riesigen Raum. Alles musste sehr behutsam, sehr leise vonstatten gehen, denn er bewegte sich mitten unter den Visieren der schwarzen Panzerriesen.

Sein Pulvervorrat schrumpfte besorgniserregend rasch zusammen, und immer noch war kein Ende der Suche abzusehen. Trotzdem drängte er die Zweifel beiseite. Herr Trutz würde dem Skelett keine Gesellschaft leisten, die Phantásische Bibliothek keinesfalls zusammenstürzen. *Und Weisenkind?* Vielleicht lag sie irgendwo frierend in einem Bett und würde wieder auftauchen, sobald es ihr besser ging. Sofern es in seiner Macht stand, würde er die Kindliche Kaiserin von ihrer

Krankheit heilen. Doch zunächst musste er die vermaledeite Falltür finden.

Als Karl die letzten Pulverkrümel auf seine Hand streute, drohte er dann doch zu verzagen. Er wagte stärker als zuvor zu blasen und heftete sich an die davontreibende Wolke. *Bitte lass mich nicht im Stich!,* flehte er abermals,

Plötzlich sanken die leichten Kräuterkörnchen rasch nach unten, zogen sich zu einer deutlich sichtbaren dunklen Fahne zusammen und verschwanden im Boden.

Karl musste sich beherrschen, um nicht vor Begeisterung loszuschreien. Leise ließ er sich auf beide Knie nieder und strich mit den Händen über die schwarze Falltür. Sie fühlte sich rau an, sogar Risse schienen darin zu sein, obwohl sie so glänzend aussah wie alle anderen Platten ringsum. *Und jetzt?* Wie bekam er das Ding auf?

Er holte das Magieskop aus der Tasche. Ja, es funktionierte prächtig, wie Herr Trutz sagen würde. Da war tatsächlich ein schwarzes Loch. Aus einigen Metern Entfernung hätte Karl es schon nicht mehr gesehen. Er glaubte Treppenstufen auszumachen, war sich aber nicht sicher. Nirgends ließ sich ein Hebel oder Knauf oder sonst ein Mechanismus erkennen, um den Deckel zu öffnen. Kein Wunder, machte er sich klar. Xayíde hatte das Lukending ja mit einem Zauber …

Ein neuer Geistesblitz verhalf ihm zu der Einsicht, dass in diesem Gebäude allein der Wille seiner Herrin alles kontrollierte. Wieder konzentrierte er sich, wie er es zuvor im Schwebeschacht getan hatte.

Ich will zum Nox!

Die Worte waren die gleichen, die Wirkung nicht. Etwas stimmte nicht mit dieser Falltür. »Verflixt!«, zischte Karl.

Die Helme mehrerer Panzerriesen in der Nähe ruckten herum. *Dein Mundwerk ist immer noch schneller als dein*

Verstand, schalt sich Karl, doch das nützte ihm nun auch nichts mehr. Die Ritterrüstungen kamen näher. Er war unsichtbar. Sie wussten nicht genau, von wo sie das einzelne Wort vernommen hatten, aber die grobe Richtung stimmte.

Hör endlich auf, anderen die Schuld an deinen Miseren zu geben, und lass dir etwas einfallen! Er hatte wirklich lange genug Straßenbahnschaffner und wehrlose Minutenzeiger als Ausreden benutzt, um sich seine eigenen Schwächen nicht einzugestehen. Aber damit musste nun Schluss sein. Ganz allein *er* hatte irgendetwas falsch gemacht. Aber was?

Einer der Panzerriesen war vielleicht noch zwanzig Schritte entfernt. Er kam jetzt direkt auf Karl zu. Der zermarterte sich das Hirn und ließ sich abermals Elsters Instruktionen im Eiltempo durch den Kopf gehen, von der Beschreibung des Schieferhangs bis zu der des Wächterpaars beim Nox.

Zehn Schritte.

Die Adamssöhne besäßen einen starken Willen, hatte er gesagt. Und könnten sogar Namen erfinden!

Ich will zum Nox durch deine Pforte, du Finstertor!

Sein Gedanke war eher ein lautloser Schrei der Verzweiflung, aber er zeigte augenblicklich Wirkung. Die Falltür namens Finstertor glitt nach unten. Dabei zogen sich ihre Ecken zur Mitte hin zusammen, erst langsamer, dann plötzlich sehr schnell. Die Luke war verschwunden. Alles hatte sich ohne den geringsten Laut abgespielt.

Fünf Schritte.

Karl sprang in das dunkle Loch.

Noch zwei.

Verbirg mich, Finstertor! Wie aus dem Nichts tauchte die Luke wieder auf und verschloss den Weg nach unten. Karl blickte durch das Magieskop empor und erschauerte. Über ihm ragte die riesige Gestalt der schwarzen Ritterrüstung auf.

Das Visier war hochgeklappt. Ein leerer Helm blickte sich nach allen Seiten um. Zuletzt sah er nach unten. Karl glaubte zu Stein zu erstarren.

Dann marschierte der Koloss scheppernd davon.

Das war knapp, Sportsfreund! Karl atmete erleichtert auf und sah sich in dem finsteren Loch um, in das er ohne lange nachzudenken gesprungen war. Erst als er das Magieskop zu Hilfe nahm, hellte sich seine Umgebung merklich auf, weil es die Falltür durchsichtig machte. Auf diese Weise konnte das fahle Licht aus der Halle nach unten dringen. Undeutlich erkannte er die Stufen, die er zuvor nur erahnt hatte. Sie waren kohlrabenschwarz. Es roch nach frischer Farbe. Vermutlich ließ Xayíde den Anstrich dieses Niedergangs regelmäßig erneuern, weil der Nox ihn immer wieder ausbleichte.

Karl stieg hinab. Die Treppe war nicht besonders lang. Nach vielleicht fünfundzwanzig oder dreißig Stufen stieß er auf eine richtige Tür. Zum Glück war sie gut geölt. Leise schwang sie auf, und ein helles Licht umfing ihn. Rasch trat er hindurch und ließ die Tür hinter sich ins Schloss gleiten.

Es waren zwei Paar Schuhe, über die Phantásische Dualität zu reden oder ihre Auswirkungen am eigenen Leib zu erfahren. Das grell strahlende Weiß überraschte ihn. Wie schon zuvor sah er auch hier nirgends eine Lampe. Es konnte nur der schwarze Stein sein, der alle Schatten aufsaugte. Erst jetzt begriff er wirklich, wie viel Licht in Phantásien sogar das Dunkel barg. Man musste nur die Finsternis herauslesen, um es sichtbar zu machen. Karl atmete tief durch und verfolgte kurz das helle Wölkchen, das seinem Mund entwichen war. Dann setzte er sich wieder in Bewegung.

Jetzt war er seinem Ziel ganz nah. Irgendwo in dieser lichten kalten Tiefe erwartete ihn der Hort des Nox. Aber auch ein Paar schrecklicher Wächter.

DER NOX

Das dunkle, vibrierende Pfeifen drang bis in die strahlenden Gänge hinab. Die Kraft des schwarzen Steins musste ungeheuerlich sein. Karl bewegte sich so leise wie möglich und versuchte sich die Anzahl der Abzweige einzuprägen, die er bisher genommen hatte: zwei rechts und einer links. Oder war es andersherum?

Wieder stieß er auf eine Gabelung, die wie ein T aussah, wieder musste er eine Entscheidung treffen: links oder rechts. Er entschied sich für rechts, weil er glaubte, der stetige Luftstrom ziehe ihn in diese Richtung. Nun lief er durch einen breiten Gang. Wie in den vorhergehenden war die Decke gewölbt. Mauersteine oder Putz konnte Karl nicht entdecken. Xayídes Baumeister hatten offenbar die ganze unterirdische Anlage aus dem massiven Schiefergestein herausgehauen – vorausgesetzt, es war möglich, dass Schiefer so weiß wurde wie Kalk.

Auf seinem Weg in die Tiefe legte sich Karl im Kopf alle möglichen Namen zurecht, die zu den zwei Wächtern passen könnten, aber irgendwie war er mit keiner Wahl zufrieden. Er konnte sie ja schlecht Hinz und Kunz nennen. In Phantásien war die Gabe der Menschenkinder gefragt, Namen zu *erfin-*

den, nicht die Fähigkeit, bereits benutzte aus einer Gedächtnisschublade hervorzukramen und wieder zu verwenden. Das konnten die Phantásier auch ganz gut allein. Wie die Mutter eines gewissen Drachenmädchens bewiesen hatte. Seltsam, dass Qutopía ihm ausgerechnet jetzt durch den Sinn ging. Einmal mehr verscheuchte er sie in einen warmen Winkel seines Bewusstseins. Dort konnte sie auf ihn warten, bis alles vorüber war.

Nirgendwo im Gebäude hatte Karl den mysteriösen Luftzug, der sogar verschlossene Türen und Luken zu durchdringen vermochte und den ganzen Turm wie eine gigantische Hirtenflöte zum Erklingen brachte, so stark gespürt wie hier unten. Seine Rechte suchte und fand erneut den hölzernen Schwertgriff an seiner linken Seite. Vorsichtig, fast bettelnd zog er daran. Das Schwert steckte in der Scheide fest. Der Gang bog nun in einer lang gezogenen Kurve nach links ab. Karl hätte gern gewusst, wie tief Xayíde wohl noch hatte graben lassen, um ihren Schatz sicher zu behüten. Oder sollte er sich lieber fragen, wie weit sie den Nox in das Gestein verbannt hatte, um ihren Schwarzen Elfenbeinturm vor seiner Macht zu schützen? Mit einem Frösteln entsann er sich der lichten Aura, die den finsteren Dorn bis zur Spitze hinauf umgeben hatte. Und er wollte den Nox berühren, ihn durch halb Phantásien tragen. War sein Herz wirklich rein genug, um diese Aufgabe zu wagen?

Unerwartet erblickte er vor sich ein Strahlen, gegen das die hinter ihm liegenden Gänge wie finstere Tunnel erschienen. Karl ahnte bereits, was das zu bedeuten hatte. Sein Herz begann heftig zu schlagen. Die Augen zu Schlitzen verengt, ging er vorsichtig weiter.

Das grelle Licht kam aus einem quadratischen Durchgang von etwa drei mal drei Metern. In dem dahinter liegenden

Raum sah Karl einen Quader aus Eis, vielleicht einen Meter sechzig hoch und so trübe, dass man nur an einigen Stellen hindurchsehen konnte. Darin eingeschlossen war eine menschliche Gestalt.

Karl begann zu zittern, doch diesmal lag es nicht an der Kälte. Was für eine Schandtat hatte sich Xayíde da ausgedacht? Einen Menschen – der Größe des undeutlich sichtbaren Schemens nach zu urteilen noch ein *Kind!* – in Eis einzuschließen, damit hatte er nun wirklich nicht gerechnet. Vermutlich war dieser Block zur Abschreckung aufgestellt, als Warnung für alle, die überlegten weiterzugehen.

Karl spürte eine nie gekannte Wut in sich aufsteigen. Er drückte sich eng an die linke Wand. Überrascht stellte er fest, dass sie heiß war. *Der Nox nimmt sich die Dunkelheit und Kälte, zurück bleiben Licht und Wärme,* rief er sich erneut in den Sinn. Noch einmal kontrollierte er seine Diebesausrüstung. Zunächst zog er die weißen Handschuhe an. Sie passten, waren sogar ein wenig zu groß. Außerdem steckte in seiner Manteltasche der Beutel, den man mit einem Band verschließen konnte. Elster hatte nicht ohne Stolz auf das lichtdichte, weiche und zugleich ungemein reißfeste Material dieser kostbaren Utensilien hingewiesen. Das verwendete Tuch war aus dem überaus seltenen Mähnenhaar von Albinoeinhörnern gewebt. Das Gewebe sei sogar imstande, die Macht des Nox zu bannen. Karl hoffte inständig, dass er mit dieser Versicherung nicht nur hatte beruhigt werden sollen. Er tastete nach dem gläsernen Gürtel, den er um den Mantel geschlungen und behutsam wie eine Kordel über Kreuz verknotet hatte. *Gut.* Die Enden steckten noch in seinen Taschen. Und das Schwert? *Gar nicht gut.* Das sture Ding weigerte sich immer noch, seinen Dienst anzutreten. Dann musste es eben ohne »schneidige Hilfe« gehen.

Leise wie ein Schatten trat Karl unter den Durchgang. Er hatte seinen Geist gegen die furchtbarsten Anblicke gewappnet, die er sich in seiner gewiss nicht armen Phantasie ausmalen konnte, aber der Eisblock mit dem Kind wischte jeden klaren Gedanken aus seinem Kopf. Wenn diese Untat wirklich als Warnung gedacht war, dann hatte Xayíde sich damit ins eigene Fleisch geschnitten! Sie würde ihren kostbarsten Schatz verlieren, vielleicht eine zu geringe Strafe für das Leben eines unschuldigen Kindes, aber gewiss eine, die ihr sehr wehtun würde.

Das gleißendhelle Gewölbe war natürlich weiß. Alles mutete seltsam flach an, und es dauerte eine Weile, bis Karl andere Konturen als die des Eisblocks erkennen konnte. Es sah aus, als befinde sich der Raum im Innern einer Kugel, die ein gutes Stück oberhalb des Äquators abgeschnitten worden war. Mit etwa zwanzig Schritten konnte man ihn durchmessen. Im Zentrum ragte ein mächtiger, kristallklarer Eiszapfen auf, an die drei Meter hoch und ziemlich dick. Und auf diesem ruhte aufrecht der Nox.

Die schwarze hohle Hand wirkte wie ein bösartiges Geschwür inmitten von all dem strahlenden Weiß. Sie war jenem Modell, mit dem sich Karl in Elsters Haus vertraut gemacht hatte, zum Verwechseln ähnlich. Die wohlgeformte Rechte mit den auffallend langen Fingernägeln wirkte ungemein lebensecht. Karl wäre es nicht einmal seltsam vorgekommen, wenn sie ihm zugewunken hätte.

Er wagte kaum zu atmen. Wo waren die Wächter? Er bemerkte, wie sich seine Haare bewegten. Sie wurden in Richtung Nox geweht. Auch an seinem Mantel spürte er den Zug. Offenbar saugte der Stein ihm bereits die Farbe aus. Warum ließen sich die Hüter nicht blicken? Sollte es wirklich so leicht sein, den Dunkelstein zu stehlen? Er trat einen Schritt vor.

Urplötzlich erschienen zu beiden Seiten hinter dem Nox die Wächter. Er hielt erschrocken die Luft an. Auf den ersten Blick sahen sie wie Katzen aus, die im Sitzen dösten. Nur riesiger. Obschon die eine etwas kleiner und nicht ganz so massig war. Vielleicht handelte es sich um Männchen und Weibchen. Dennoch waren beide ungefähr doppelt so groß wie Löwen. Und die langen, nackten Schwänze, die sich um ihre Pfoten wanden, hatten Schlangenköpfe. Weder die Katzen noch ihre Schwänze besaßen Augen. Die kraftvollen Wesen waren genauso weiß wie der Boden und das Gewölbe. Sie hockten ruhig vor der Wand, fast so, als wären sie schon die ganze Zeit da gewesen – etwas anderes konnte sich Karl auch nicht vorstellen. Er fühlte sich nun selbst wie ein Eisblock. Mit Sicherheit hatten die Hüter des Nox ihn aus ihrer perfekten Deckung beobachtet ...

Nein, haben sie nicht. Du bist unsichtbar. Karl ließ – nicht wirklich erleichtert, aber zumindest ein wenig hoffnungsvoller – die in seiner Lunge eingesperrte Luft entweichen und bemerkte entsetzt, dass sein Atem in der kalten Luft kondensierte.

Die Hüter rührten sich nicht. *Sie sind ja blind!,* machte er sich klar. Ohne Augen. Blinde Wächter? Womöglich sollten sie den Nox unterschiedslos vor jedem Eindringling schützen. Karl konnte seine Gegner sehen, und schon ihr Anblick ließ sein Blut in den Adern gefrieren. Was nun? Sollte er zum Eiszapfen springen, den Nox herunterreißen und sich aus dem Staub machen? Irgendetwas in seinem Bewusstsein hielt ihn davor zurück. Wie viel konnten die Hüter tatsächlich wahrnehmen? Er wagte einen Schritt nach links, wodurch er die schräge Gewölbewand nun im Rücken hatte.

Ruhig und absolut synchron folgten ihm die augenlosen Katzengesichter.

Das musste ein Zufall sein, redete sich Karl ein. Er hatte keinen Laut von sich gegeben, nicht das kleinste Klimpern des Gürtels. Allen Mut zusammennehmend, wagte er einen weiteren Schritt.

Die Reptilienschwänze erwachten. In völliger Übereinstimmung wandten sich ihm die Schlangenköpfe zu und züngelten.

Das nimmt kein gutes Ende! Karl geriet in Panik. Was sollte er tun? Namen erfinden? Was für ein Schwachsinn! Als wenn sich diese Ungeheuer damit bändigen ließen! Die Falltür war etwas anderes. Er hatte *Ali Baba und die vierzig Räuber* gelesen – da gab es auch das »Sesam öffne dich!«. Aber hier? In Gedanken rief er alle möglichen Befehle, formulierte inbrünstige Willensbekundungen, aber die Katzenschlangen rührten sich nicht ...

Hatte er sie etwa längst gebannt? Karl trat beherzt einen Schritt vor, direkt auf die schwarze Hand zu – und bereute sogleich seinen Entschluss.

Beide Hüter erhoben sich auf ihre Tatzen und näherten sich ihm: Die kleinere kam links-, die größere rechtsherum. Im Nu war der Rückweg von einem augenlosen Ungeheuer versperrt. Nur mit Mühe konnte Karl einen Aufschrei unterdrücken. Er zerrte am Schwertgriff, doch die Waffe rührte sich nicht aus der Scheide. *Bleib ruhig! Denk nach! Sie können dich nicht sehen,* redete er sich immer noch ein.

Plötzlich senkte die Bestie zu seiner Linken den Kopf dicht über den Boden und fauchte. Gleichzeitig zischte der nach vorne gebogene, überraschend lange Schlangenschwanz. Zwei Wolken trieben auf Karl zu. Es war wie eine Herausforderung an den unsichtbaren Gegner. Erschrocken fuhr er herum, als sich ihm nun auch das Ungeheuer zur Rechten in gleicher Weise stellte. Wie gebannt starrte er auf die Atemwolken, die sich bald vereinten, und erst jetzt wurde ihm bewusst, dass der Kampf bereits begonnen hatte.

Wo der Dunst über den Boden strich, bildete sich eine Reifschicht. Aber das war erst der Anfang des Grauens. Aus der glitzernden Schicht wuchs rasch ein Teppich feiner Eisnadeln empor.

Schlagartig wurde Karl klar, was geschehen würde, wenn er auf diesen Läufer aus gefrorenen Nadeln trat. Das verräterische Knirschen musste die Hüter unweigerlich zu ihrem Opfer führen. Entsetzt wich er vor den letzten Resten der träge herantreibenden Wolke zurück. Ein bohrender Schmerz im rechten Fuß ließ ihn aufschreien. Er hatte nicht an das Loch in seiner Schuhsohle gedacht. Gleich mehrere Eisnadeln waren durchgedrungen und hatten sich wie Wespenstacheln in sein Fleisch gebohrt. Um nicht das Gleichgewicht zu verlieren, machte er mit dem anderen Bein einen Ausfallschritt. Mit dem Geräusch unzähliger zersplitternder Glasnadeln gingen ein paar Hundert weitere Stacheln zu Bruch.

Spätestens jetzt hatten die zwei Wachbestien ihre Beute lokalisiert. In schneller Folge fauchten und zischten sie weitere Wolken gegen den Eindringling. Diesmal überzogen sie nicht allein den Boden mit einem funkelnden Stachelkleid. Sie deckten Karl auch direkt mit ihrem eisigen und zugleich widerwärtig stinkenden Atem ein.

Die Kälte war fast unerträglich. Trotzdem versuchte er den Hütern auszuweichen. Aber es gelang ihm nicht. Bald hatten sie ihn, weit vom rettenden Ausgang entfernt, in die Enge getrieben. Wenn er dorthin zu entkommen versuchte, zischte ihn ein blinder Schlangenkopf an, und wagte er einen Ausfall in die andere Richtung, blickte er in ein Maul mit gefletschten Zähnen. Auch ihre, vermutlich rasiermesserscharfen, Pranken setzten die Bestien ein. Doch bis jetzt hatten sie ihn nicht berührt. Die Hüter des Nox schienen es darauf abgesehen zu haben, auch ihn in einen Eisquader zu verwandeln.

Mit einem Mal konnte er seine Beine nicht mehr bewegen. Seltsamerweise spürte er keine Kälte mehr. Dafür hatte er das Gefühl, in eine umgestülpte Igelhaut eingenäht zu sein, die sich langsam zusammenzog. Der Schmerz drohte ihn zu übermannen. Er schien sich mit unzähligen Nadeln in seine Gedanken zu bohren, sie förmlich zu durchlöchern. Nicht mehr viel, und sein Bewusstsein würde zerfallen wie ein mottenzerfressener Teppich. Die Bestien kamen langsam näher. Jetzt machten sie sich daran, den Dieb endgültig einzueisen.

Hoffentlich kann wenigstens Qutopía fliehen. Das Bild des Drachenmädchens glitt nebelhaft durch Karls fast schon erstarrten Geist. Er sah ihr besorgtes Gesicht vor sich. Die grünen, im Abendlicht funkelnden Augen. Und dann spürte er mit einem Mal ihren honigsüßen Kuss auf seinen Lippen. Für einen Moment kehrte die Wärme zurück, die sie ihm damit gegeben hatte. Nur sein Herz und sein Kopf waren frei vom lähmenden Frost. Er blickte das kleinere der beiden Ungeheuer an und sagte: »Der Nox gehört von nun an mir, Galatía! Xayíde war nie seine rechtmäßige Besitzerin, und deshalb bin ich auch kein Dieb.« Er hätte nicht erklären können, woher diese Gewissheit kam. Vielleicht hatte der Dunkelstein selbst es ihm verraten. Rasch wandte er sich der zweiten Katzenschlange zu und verkündete: »Du wirst die schwarze Hand von nun an nicht länger behüten, Frígon, weil ich sie mit mir nehme – mit reinem Herzen.«

Was nun geschah, sollte in die Legenden von Phantásien eingehen. Frígon und Galatía, die beiden Hüter des Nox, verwandelten sich zu Eis, und in dem Maß, wie sie durchscheinend wurden, kehrte das Leben in Karls Glieder zurück. Als er sich wieder bewegen konnte, fiel sein Blick auf das Kind im

Eisblock. Zu seinem großen Bedauern war es nicht aufgetaut und wiedererwacht. Offenbar hatte ein anderer Zauber es erstarren lassen. Was für ein Frevel! Erneut kochte ohnmächtige Wut in Karl hoch. Er zerrte am Griff seines Schwertes, aber es widersetzte sich ihm. Hektisch löste er die Scheide von seinem Gürtel.

»Ihr habt dem Bösen gedient«, schrie er die beiden Eiswächter an, »also werdet ihr wie die Bösen untergehen.« Mit diesem Urteil holte er weit aus und schmetterte das Schwert samt Scheide gegen Frígons Kopf. Dieser brach auch sofort ab und fiel zu Boden. Dort zersplitterte er in Abertausende von Eiskristallen. Doch Karls Zorn war immer noch nicht gestillt. Er schwang sein stumpfes Schwert ein zweites Mal und hieb mit aller Kraft auch gegen Galatías Katzenschädel. Dieser flog im Bogen herab und ging wie der erste sofort zu Bruch. Dann geschah etwas Überraschendes.

Karl hörte ein seltsames Knistern, das sich heller als eine Pikkoloflöte von dem allgegenwärtigen tiefen Pfeifton abhob. Verwundert sah er, wie sich unzählige Risse in den Eiskörpern der Wächter bildeten. Jäh fielen sie in sich zusammen.

»Zwei jämmerliche Häuflein Schnee«, murmelte er. Einen Augenblick später entsann er sich wieder seiner Aufgabe. Er blickte zu dem dicken Eiszapfen in der Mitte des Gewölbes. Der Nox hatte den Sieg über seine Hüter mit Gleichmut hingenommen. Oder sogar willkommen geheißen? Für einen Moment fragte sich Karl, ob es gut war, den schwarzen Stein an die Oberfläche zurückzubringen. Aber dann fielen ihm wieder Qutopía und Herr Trutz ein, die Bibliothek, Phantásien. Und Weisenkind, die kranke Kindliche Kaiserin.

Entschlossen lief er auf die kristallklare Säule zu, holte zum dritten Mal weit aus und schwang das Schwert dagegen.

Er hatte so viel Kraft in seinen Schlag gelegt, dass ihm der Griff aus der Hand gerissen wurde. Die Waffe schlitterte über den Boden und rutschte in den harschigen Haufen, der einmal Frígon gewesen war. Der eisige Sockel des Nox brach krachend entzwei. Geistesgegenwärtig fing Karl den Stein mit beiden Händen auf. Sogar das Gewicht hatten die Zwerge mit ihrem Modell überraschend genau getroffen.

Ein Kribbeln durchfuhr seinen Körper, als hätten tausend Hornissen dort Einzug gehalten. Die Kälte der schwarzen Hand drohte ihn zu überwältigen. Sie war weniger von jener Art, die einem Frostbeulen beschert, als vielmehr wie ein lähmendes Gift, das alle Gefühle und Gedanken erstarren lässt. Rasch holte er aus der Manteltasche den weißen Sack aus Einhornhaar, ließ die schwarze Hand hineingleiten und zog ihn zu. Erleichtert atmete er auf. Doch nur für einen Moment. So lange brauchte er, um seinen Fehler zu erkennen. Er hatte sich verraten.

Denn das dunkle, vibrierende Pfeifen aus dem Schwarzen Elfenbeinturm über ihm war im selben Augenblick erstorben, als der Nox in dem Beutel verschwand.

Die Stille schmerzte fast mehr als zuvor der eisige Hauch von Frígon und Galatía. Sein keuchender Atem dröhnte in Karls Kopf wie das Geläut in einem Glockenturm. Er war aus dem Gewölbe kopflos losgelaufen und rannte nun um sein Leben. Noch hatte er den Gürtel um und war unsichtbar. Er konnte es schaffen.

Taumelnd erreichte er endlich die Tür vor der Treppe, die zur Empfangshalle hinaufführte. Ohne nachzudenken, riss er sie auf, stürzte nach oben und raunte: »Finstertor, ich will von dir entlassen werden.« Karl hatte seinem Willen kaum Ausdruck verliehen – er fand die Formulierung auch nicht besonders originell –, als die Falltür auch schon gehorchte. Lautlos senkte sie sich ab, schrumpfte dabei zusammen und verschwand schließlich ganz. Entkräftet wankte er in die riesige Halle, die ohne die Kraft des Nox bereits zu verblassen begann.

Der blanke Schrecken warf ihn fast um. Dutzende von Panzerriesen stapften scheppernd auf ihn zu. Karls Rechte fuhr zum Griff seiner Waffe, vielmehr dahin, wo sie hätte sein sollen. Aber das Schwert war nicht da! Bei seinem überstürzten Aufbruch aus dem Nox-Gewölbe hatte er es zurückgelassen. Es lag noch immer unter Frigons eisigen Überresten. Im nächsten Moment hatte Karl es schon vergessen. Er war viel zu erschöpft, viel zu aufgeregt, um noch einen einzigen klaren Gedanken fassen zu können. *Flucht!* war das letzte Wort seines gequälten Geistes, das man hätte niederschreiben können, alles andere nur noch Reflex. Erneut begann er zu laufen, obwohl sein verletztes Fußgelenk schmerzte, die von den Eisstacheln durchlöcherte Sohle brannte, jeder Muskel in seinem Körper um Gnade schrie.

Die Panzerriesen konnten ihn offensichtlich nach wie vor nicht sehen, aber sie hatten ein feines Gehör. Jeder Laut, den Karl verursachte, schien sich in ihren hohlen Rüstungen vielfach zu verstärken – er glaubte tatsächlich das Echo wahrzunehmen. Ziellos rannte er in der kolossalen Halle umher wie ein verängstigtes Kaninchen zwischen einer Meute von Jägern. Der Ring aus schwarzen Rüstungen zog sich immer enger um ihn zusammen. Irgendwo in seinem ausgezehrten Geist flammte ein kleiner Funke auf und erhellte ein Gesicht. Es gehörte einem sommersprossigen Mädchen mit roten Haaren. Karl entdeckte eine Lücke in dem Kordon aus schwarzem Stahl und dort hinein stolperte er.

Irgendwie hatte er es geschafft, durch den Ring zu schlüpfen. Noch einmal mobilisierte er letzte Reserven. Da gab es doch einen Schwebeschlund. Was war das noch gleich? Sein Gedächtnis streikte. Das vage Gefühl, etwas Gutes für sich und das grünäugige Mädchen zu tun, trieb ihn voran. Die schwarzen Rüstungen folgten ihm in dichtem Abstand.

Wie ein verletztes Tier, das die Wasserstelle schon wittert, humpelte er zielstrebig weiter. Und dann – endlich! – entdeckte er den Schimmer, der sich von der immer dunkler werdenden Umgebung deutlich durch seine kränklich grüne Farbe abhob. Karl dachte nichts mehr, fühlte nichts mehr: Sein Geist war leer. Er sah nur noch das Licht und wankte darauf zu. Als er die Maul-Tür erreicht hatte, ließ er sich nach vorne fallen.

Er bemerkte nicht einmal, wie sein gläserner Gürtel an einem der Zähne, die den Durchgang zierten, hängen blieb und vom Gewicht seines fallenden Körpers mitten entzweigerissen wurde. Im Nu wurde er sichtbar.

Plötzlich schloss sich ein riesiger stählerner Handschuh um seinen Hals. Er spürte einen dumpfen Schlag am Kopf und verlor die Besinnung.

War es das ohrenbetäubende Hallen schwerer Eisenschuhe auf blankem Steinboden, das ihn erwachen ließ? Oder das unangenehme Gefühl an seinen Füßen? Er konnte es nicht einordnen. War es nun eisige Kälte oder glühende Hitze? Karl öffnete die Augen. Alles um ihn herum war verschwommen.

»Du hättest deinen Willen besser behüten sollen«, spottete eine tiefe, samtene Stimme, die wie durch eine lange Röhre zu ihm zu sprechen schien.

»Wer sind Sie?«, fragte er.

»Du wirst der mächtigsten Magierin Phantásiens etwas mehr Respekt entgegenbringen«, antwortete die verschleierte Stimme, und Karl spürte augenblicklich, wie die beängstigende Mischung aus Kälte und Hitze bis zu seinen Knien emporkroch.

»Wartet!«, murmelte er. Sein Kopf dröhnte, vermutlich von dem Schlag, den man ihm versetzt hatte. Er kniff die Augen zusammen und öffnete sie wieder. Nach kurzer Zeit konnte er klarer sehen. Das Schrecklichste bemerkte er zuerst.

Seine Füße steckten in einem Eisblock, der jenem auf furchtbare Weise ähnlich sah, den er bei dem Kind im Gewölbe gesehen hatte. *Also doch Frost,* sagte sein wieder erwachter Verstand. *Aber warum fühlt es sich wie eine Million glühender Nadelspitzen an?* Seine Augen erkundeten die Umgebung. Er befand sich in einem ziemlich großen Saal, dessen Grundriss die Form einer Linse oder einer an den Enden zugespitzten Ellipse hatte. Die Fresken an der Decke – überwiegend sah er dort Ungeheuer, die andere Ungeheuer zerfleischten – konnte er im Halbdunkel nur undeutlich ausmachen. Die Wände waren mit ähnlich verwirrenden Motiven verziert wie jene in der Empfangshalle, nur dass hier alles deutlich pompöser wirkte. Genau in der Mitte des Raums – dort, wo bei einem Auge die Pupille hingehörte – stand auf einem flachen Podest, umgeben von vier großen Feuerbecken, ein wuchtiger Thron aus roten Korallen. Karl blinzelte abermals, weil er die Person, die darin saß, nur verschwommen wahrnehmen konnte, so als sitze sie hinter einer schmutzigen Milchglasscheibe. Ab und zu wurde die Gestalt etwas klarer, dann verwischten sich ihre Konturen erneut. Offenbar saß in dem hochlehnigen Korallensessel eine große, schlanke, auf beängstigend kühle Weise schöne Frau.

»Wer seid Ihr?«, wiederholte Karl seine Frage, diesmal mit mehr Ehrerbietung.

Der Schemen wurde für einen Moment deutlich erkennbar. Die Frau lächelte geheimnisvoll. Sie war ungewöhnlich blass, was ihr schönes Gesicht wie aus Porzellan erscheinen ließ. Ihr hoch aufgetürmtes Haar hatte die Farbe eines Sonnenuntergangs und war mit silbernen Spangen, Juwelen, Zöpfen und Knoten fast genauso bizarr gestaltet wie die Fassade des Schwarzen Elfenbeinturms. In auffälligem Kontrast zur Frisur stand ihr langes, wallendes, fast schlichtes Gewand aus giftgrüner Seide. Beide Farben, die ihrer Haare und jene ihrer Robe, wiederholten sich in ihren Augen: Das eine war rot, das andere grün. Im nächsten Moment verschwamm der Schemen schon wieder und sah nur noch aus wie das düstere Werk eines trübsinnigen Impressionisten.

»Ich bin Edíyax«, sagte die Frau auf dem Korallenthron.

»Nie gehört.«

»Noch eine solche respektlose Bemerkung und ich ...« Anstatt ihre Drohung auf zivilisierte Weise vorzubringen, ließ Edíyax die frostige Fessel um Karls Beine eine Handbreit höher wachsen.

»Gnade!«, schrie er und wurde sofort leiser, als das brennende Eis zum Stillstand kam. »Verzeiht bitte, Edíyax. Ich dachte hier niemanden weiter anzutreffen als ein paar Bauarbeiter und Wachen.«

»Ach, und deshalb glaubtest du mir den Nox getrost stehlen zu können?«

»Bei allem Respekt, aber der Nox war im Besitz von Xayíde – obwohl sie nicht seine Eigentümerin ist.«

»Ich *bin* Xayíde, die Herrin von Schloss Hórok, vom Schwarzen Elfenbeinturm, vom Garten Oglais, vom ...«

»Und bald auch von Phantásien?« Karl biss sich auf die

Unterlippe. *Deine vorlauten Fragen bringen dich noch um Kopf und Kragen.* Entgegen seiner Befürchtung wuchs das Eis jedoch nicht weiter.

»Du bist ein schlauer Dieb«, sagte der Schemen einschmeichelnd. »Was weißt du noch über mich?«

»Dass Ihr nicht wirklich Xayíde seid.«

»Wer behauptet das?«

»Ihr selbst. Hattet Ihr Euch nicht Edíyax genannt?«

»Du musst noch viel über uns lernen, junges Menschenkind. Ich bin das *Spiegelbild* der Herrin von Schloss Hórok, vom Schwarzen Elfenbeinturm, vom …«

»Seid Ihr dann eigentlich weiblich oder eher …?« *Verkneif dir endlich deine dreisten Fragen,* schalt sich Karl. Er hätte am liebsten mit dem Fuß aufgestampft, aber aus begreiflichen Gründen war ihm das nicht möglich.

»Ob ich eine Dame bin?« Das Spiegelbild lächelte geheimnisvoll. »Eher andersherum.«

Also ein Mann, dachte Karl. *Oder …?* Er entschied sich, das Spiegelbild als Neutrum zu behandeln, und fragte: »Weshalb seid Ihr so verschwommen und schattenhaft?«

Überraschend gereizt erwiderte Edíyax: »Du hättest mich früher sehen sollen! Oh, ich war makellos finster, ein perfektes Spiegelbild von Xayídes Seele. Aber in letzter Zeit mutet die Herrin mir viel zu. Der verdammte Stein nagt an mir und laugt mich aus. Genauso wie diesen ganzen Turm hier. Ich hoffe, er wird bald fertig sein, damit ich zur Herrin zurückkehren kann.« Schnell hatte das Spiegelbild sich wieder in der Gewalt und säuselte: »Sag mir, kluges Menschenkind, wie sieht meine Zukunft aus?«

»Meint Ihr, die der Herrin von Hórok und besagten Liegenschaften oder Eure eigene?«

»Gibt es denn da einen Unterschied?«

Einen Augenblick lang war Karl verwirrt. Gab es den? Über dem schmerzhaften Prickeln in seinen Beinen vergaß er die müßige Frage. Das Eis erinnerte ihn an das Kind im Nox-Keller. *Wie Eure Zukunft aussieht, Herrscherin der Finsternis? Ihr werdet bestimmt genauso zur Unkenntlichkeit zermahlen und zermalmt enden wie Eure beiden Eiskätzchen Frígon und Galatía.* Er atmete tief durch, um sich wieder zu beruhigen, und antwortete: »Wie kommt Ihr darauf, das ich Euch diese Frage beantworten kann?«

»Weil Ihr ein Menschenkind seid.«

»Ich ...?«

»Ihr habt die Hüter des Nox besiegt. Selbst ich hätte das nicht vermocht, obwohl sie durch meine Magie im Schiefergewölbe festgehalten wurden.«

»Was habt ihr vom Nox, wenn Ihr ihn selbst nie besuchen und bestaunen könnt?« wunderte sich Karl.

»Er wird mein Königreich im gleichen Glanz erstrahlen lassen wie vormals das der Kindlichen Kaiserin.«

Vormals? Karl ahnte Schreckliches. »Und wie soll das gehen?«

»Am Tag der Einweihung des Schwarzen Elfenbeinturms wird Xayíde, die Herrin von Schloss Hórok ... na, du weißt schon. Sie wird ganz Phantásien ihre Macht beweisen. Ursprünglich war vorgesehen, die beiden Hüter des Nox aus ihrer Pflicht zu entlassen – das ist ja nun hinfällig geworden. Dank deiner Hilfe, Menschenkind, wird sie die schwarze Hand selbst zur Spitze ihres Turmes tragen können und sie dort in die Magnolienknospe setzen, und ihr neues Schloss wird sich verwandeln. Der Nox wird es zu einem weißen Elfenbeinturm machen, größer und beeindruckender als der meiner schwachen Schwester.«

Damit war klar, was Xayíde tatsächlich vorhatte. Als

Schwester der Kindlichen Kaiserin wollte sie nicht länger nur über ein paar Schlösser und Ländereien herrschen. Die Macht zu teilen, egal mit wem und in welchem Verhältnis, kam für sie nicht in Frage. Sie wollte alles. Ganz Phantásien. Dieser entsetzliche Gedanke entfachte neuen Kampfeswillen in Karl, der nach seiner Besinnungslosigkeit alles andere als erholt und ausgeruht war. *Weisenkind* ist *nicht schwach! Sie wird dich in deine Schranken weisen.* Mit kaum verhohlenem Abscheu sagte er: »In Euren Augen ist jeder Herrscher kraftlos, der den eigenen Untertanen nicht seinen Willen aufzwingt, nicht wahr?«

»Höre ich da einen vorwurfsvollen Unterton?«, spöttelte Edíyax.

»Wie kommt Ihr darauf, dass ich Euch bei der Verwandlung Eures schwarzen Turms helfe?«

»Du hast es schon getan.« Edíyax beugte sich zur Seite, und eine schwarze, überraschend kleine Ritterrüstung trat hinter dem Thron hervor. In seinen stählernen Gliederhandschuhen hielt der Panzerzwerg verschiedene strahlend weiße Gegenstände, die Karl sofort wiedererkannte. Es waren seine Handschuhe, deren Verlust er noch gar nicht bemerkt hatte, und der Beutel mit dem Nox. Xayídes Spiegelbild nahm von dem Diener zunächst die Handschuhe entgegen und ließ beide in seinen Schoß fallen, um sodann den linken überzuziehen. Dabei fielen Karl die erstaunlich langen Finger der Zauberin auf. Erst jetzt ließ sich ihr Spiegelbild, als fürchte es, das Tuch des Sackes allein hätte die Macht des Nox nicht bändigen können, den verhüllten Stein reichen. Ihn vor sich haltend und damit Karls Niederlage gleichsam betonend, erklärte Edíyax: »Die Jagd und selbst das Scheren von Albinoeinhörnern wird in fast allen Ländern Phantásiens mit Ächtung bestraft. Nicht, dass ich mich darum kümmern würde, aber es ist fast unmöglich, an Tuch heranzukommen, das aus diesem besonderen Haar gewebt worden ist. Ich hätte mich vermutlich an die Hehler von Kleptonia wenden müssen, um ein wenig davon zu bekommen. Dank deiner beherzten Tat blieb mir der Handel mit diesem *Abschaum* erspart.«

»Dann könntet Ihr mich ja jetzt wieder gehen lassen.«

»Ja, das könnte ich wohl.« Edíyax erhob sich von seinem Thron, stieg vom Podest und näherte sich gemessenen Schrittes seinem Gefangenen. In klaren Augenblicken konnte Karl auf dem gespiegelten Gesicht ein geheimnisvolles Lächeln sehen. Dann fiel sein Blick auf den zweiten Handschuh. Er hatte sich irgendwie in der Silberschließe von Edíyax' Gürtel verfangen und baumelte nun von ihm unbeachtet herab, ein seltsamer Anblick, weil das reinweiße Gewebe aus Einhornhaar immer klar blieb, sosehr der Schemen zwischenzeitlich auch verschwimmen mochte. Karl versuchte nicht unentwegt auf den Handschuh zu starren.

»Ich bin in Eurer Hand, Edíyax. Wenn ich Euch eine offene Frage stelle, bekomme ich dann eine ehrliche Antwort?«

»Wärst du denn bereit, für meine Aufrichtigkeit einen Preis zu bezahlen?«

Karl schluckte. *Was denn für einen Preis?* »Ja«, antwortete er wider besseres Wissen.

»Also schön. Stelle deine Frage.«

»Seid Ihr es, die aus der Phantásischen Bibliothek Bücher stehlen und sie vernichten oder in eine andere Welt schaffen lässt?«

Das Spiegelbild begann um Karl herumzuschleichen. »Also deshalb ist ein neues Menschenkind zu uns herübergekommen! Der alte Meisterbibliothekar ist wohl mit dieser Aufgabe überfordert.«

Karl hätte sich am liebsten die Zunge abgebissen. Anstatt

den Bücherschwund aufzuklären, hatte er mit seiner Frage seine Beweggründe preisgegeben. Trotzig stieß er hervor: »Ihr schuldet mir noch die Antwort.«

Edíyax' Lippen schoben sich von hinten dicht an sein Ohr, und das Spiegelbild zischte: »Ich schulde dir überhaupt nichts.«

Die frostige Fessel wuchs bis zur Mitte von Karl Oberschenkeln empor. »Schon gut!«, stieß er beschwichtigend hervor. Am liebsten hätte er den Schemen am hübschen langen Hals gepackt und gewürgt. Noch waren seine Hände eisfrei. »Ich dachte, wir hätten eine Abmachung getroffen.«

Edíyax kam wieder vor ihm zum Stehen und grinste. Das rote und das grüne Auge tauchten wie zwei funkelnde Juwelen aus den verschwommenen Umrissen auf. »Also schön, mein kluges Menschenkind. Ich werde deinen Wissensdurst stillen. Das ist nur fair.« Der Schemen drehte sich zum Thron um und rief: »Büchsborg, das ist doch fair, nicht wahr?«

Wieder erschien die kleine schwarze Rüstung hinter der Lehne und nickte so eifrig, dass dabei das Visier mehrmals hochschwang und klappernd wieder herunterfiel. Karl holte tief Luft, ließ seine Hand vorschnellen, löste den weißen Handschuh von Edíyax' Gürtelschnalle und schob ihn in seine Manteltasche. Als sich das Spiegelbild zu ihm zurückdrehte, stand er wieder so da wie zuvor.

Edíyax sagte grinsend: »Nein.«

»Ich fürchte, ich verstehe nicht ...«

»Du fragtest mich, ob ich etwas mit dem Verschwinden der Bücher in der Phantásischen Bibliothek zu tun habe, und ich antworte: Nein. Nicht das Geringste.«

»Vielleicht nicht du, das Spiegelbild, aber Xayíde.«

»Das ist Haarspalterei.«

»Möglicherweise ...« Eine kühne Idee flammte plötzlich

in Karls vernebeltem Bewusstsein auf, wie ein nächtliches Leuchtfeuer. »Die Bücher bestehen aus Licht. Auch der Nox beeinflusst irgendwie die Natur des phantásischen Lichts. Vielleicht zerstört Ihr die Bücher damit.«

Wieder fing Edíyax an, um ihn herumzuwandern, als wäre Karl ein Rohling und es, das Spiegelbild, ein Bildhauer, der sich überlegte, wie er am geschicktesten eine Vorstellung aus seinem Kopf auf das Material übertragen sollte. Hörbar amüsiert erwiderte Edíyax: »Da sieht man mal, dass du das Wesen des Nox gar nicht verstanden hast, du kluges Menschenkind. Die schwarze Hand kann das Licht nicht nehmen. Dazu wäre schon eher der Lux geeignet.«

In Karls Kopf schien soeben eine Nussschale zu zerplatzen, an deren Inhalt er schon seit Tagen hatte herankommen wollen. Für einen Moment vergaß er sogar das Eis an seinen Beinen. »Der Lux? Was ist denn das?«

Edíyax lachte und schüttelte zugleich das rote Haupt. Es klang nicht einmal spöttisch. Eher wie eine Lehrerin, die sich über die Wissensabgründe ihres Schülers wundert. »Du versuchst den Nox zu stehlen, ohne den Lux zu kennen? Hat dir noch niemand die Geschichte der beiden Steine erzählt.«

»Nein. Aber könnt nicht Ihr sie mir erzählen, Ediyax?«

»Das ist dann aber mehr als die vereinbarte *eine* Frage. Ich hoffe, du bezahlst den Preis.«

Karl erinnerte sich, wie selbstbewusst Herr Trutz mit Elster verhandelt hatte, und erwiderte: »Ich stehe zu meinem Wort.«

»Also gut.« Edíyax lächelte auf eine unmöglich zu deutende Weise, und dann erzählte es die Geschichte der beiden Steine. »Vor langer Zeit kam ein Wesen nach Phantásien, das nicht aus der Äußeren, sondern aus einer anderen Welt stammte, deren Name verloren gegangen ist. Es hieß Gmork und besaß große Macht. Nicht, dass es zaubern konnte oder sonstwie mit magischen Fähigkeiten ausgestattet war. Seine Kraft speiste sich allein aus seiner boshaften, überaus großen Verschlagenheit. Gmork war das, was man in Phantásien einen ›Wanderer‹ nennt: Er konnte zwischen verschiedenen Welten hin und her wechseln, was seine Gefährlichkeit nur noch größer machte. Trotzdem fand er einen Meister: den Fünfgesichtigen Gogam. Der Fünfgesichtige Gogam ist mehr als boshaft, mehr als verschlagen, mehr als magisch. Er vereint all dies in sich und noch einiges dazu. Er lässt sich, ebenso wie Gmork, nicht von irgendwelchen Grenzen zwischen den Welten aufhalten. Jedes seiner fünf Antlitze besitzt einen eigenen Namen. Sie heißen Lüge, Hass, Wut, Streit und Gier; Lüge ist der Wortführer. Gemeinsam nennt man sie auch die Unaussprechlichen, was viel über das listige und verborgene Wirken des Gogam verrät. Kaum einer wird je zugeben, von den Unaussprechlichen verführt worden oder ihnen sonstwie zum Opfer gefallen zu sein, was ihnen nur zupass kommt. So können sie ihr Unwesen fast ungehindert weitertreiben.«

An dieser Stelle unterbrach Karl Xayídes Spiegelbild. »Was haben Gmork und die Unaussprechlichen mit Nox und Lux zu tun?«

»Du kannst es wohl nicht erwarten, deinen Preis zu bezahlen, ungeduldiges Menschenkind. Mir soll es recht sein. Ich will mich kurz fassen. Besagter Gmork ging, wie so mancher vor ihm und auch viele danach, dem Gogam in die Falle. Er war heimatlos, ohne eigene Welt, und weil er endlich ein Zuhause haben wollte und die Unaussprechlichen ihm eines zusicherten, lieh er ihnen sein Herz ...«

»Er hat *was* getan?«

»Du hast mich schon richtig verstanden. Er gab ihnen den lebendigen Beutel, in dem seine Beweggründe, seine innersten Gefühle enthalten waren. Gogam bannte mit den vereinten Kräften seiner fünf Angesichter Gmorks Herz auf einen glasklaren Stein, der die Form zweier hohler, ineinander verschränkter Hände hatte, ein wenig wie ein Käfig, in dem ein unsichtbares rundes Etwas gefangen gehalten wurde. Doch in all ihrer List hatten sogar die Unaussprechlichen nicht vorhergesehen, was darauf geschehen ist. Die eine Hand wurde weiß und die andere schwarz. Sie sogen Licht und Finsternis in sich hinein. Die zerstörerische Macht des herrenlosen Herzens war unvorstellbar und selbst vom Fünfgesichtigen Gogam kaum zu beherrschen. Deshalb brachte er die beiden Hände nach Phantásien, wo die Zwerge sie voneinander lösten. Und so wurden der Nox und der Lux geschaffen. Die schwarze Hand behielten die kleinen Steinmetze als Lohn für ihre Arbeit und versteckten sie tief in ihren Höhlen unter den Brüllenden Bergen. Die weiße Hand dagegen, den Lux, trug Gogam in die Äußere Welt. Dort ist sie wohl heute noch.

Damit machte der Fünfgesichtige dem freien Herumvagabundieren Gmorks ein Ende. Fortan durfte das jetzt herzlose Wesen nur noch zwischen der Äußeren Welt und Phantásien hin- und herwechseln. Hierzu gaben ihm die Unaussprechlichen fünf Tore. Drei sollen im Laufe der Geschichte zerstört worden sein, aber man erzählt sich, Gmork streife immer noch zwischen den Welten umher. Unter einem richtigen Zuhause hatte er sich fürwahr etwas anderes vorgestellt, und deshalb fühlte er sich betrogen. Er musste den Fünf zu Willen sein, was völlig gegen seine Natur verstieß. Daher ist er seit dieser Zeit auf der Suche nach den beiden Hälften seines Herzens und irrt zwischen Phantásien und der Äußeren Welt umher – hier hat er die eine Gestalt und dort eine andere.«

»Wird er nicht irgendwann die beiden Hälften seines Herzens finden und wieder zusammensetzen?«

»Das ist so gut wie ausgeschlossen. Jede der Steinhälften

für sich allein würde ihn töten, wenn er sie länger berührt, als die Zeitspanne zwischen zwei Atemzügen ist. Damit er sein Herz zurückgewinnen kann, muss aber mindestens eine der beiden Hände die Grenze zwischen Phantásien und der Äußeren Welt passieren. Dazu müsste er sie mit sich herumtragen, was sein Leben ebenfalls auslöschen würde, denn nur wer reinen Herzens ist, könnte das tun. Er wird wohl auf alle Ewigkeit rastlos zwischen den zwei Welten umherziehen und dem Gogam ein unwilliger Diener sein.«

Karl deutete auf den weißen Beutel, der in Edíyax' behandschuhter Linker lag. »Angenommen, Gmork hätte einen Schutz aus Einhornhaar so wie Ihr. Könnte er dann unbeschadet den Nox in die Äußere Welt bringen, um ihn mit dem Lux zu vereinen?«

»Selbst das würde Gmork nichts nützen. Es wäre ja sein eigenes Herz, das er in der Hand hielte. Niemand von uns würde so etwas überleben.«

»Und wenn es ihm doch irgendwie gelingt, das Unmögliche zu schaffen?«

»Dann könnte er aus unseren beiden Welten für immer verschwinden. Er wäre wieder frei.«

Karl schwieg. Sein Gehirn hatte die Geschichte von Gmork und seinem gespaltenen Herzen aufgesaugt, aber nun konnte er nichts mit ihr anfangen. Er war zu erschöpft, kam sich vor wie ausgeschabt. Da war das überwältigende Gefühl, gerade einen Schlüssel in die Hand bekommen zu haben, aber er wusste ihn nicht zu benutzen. Der Lux und der Nox hatten irgendetwas mit dem Bücherschwund in der Phantásischen Bibliothek zu tun. Aber was?

»Dann ist es an der Zeit, dass du deinen Teil unserer Abmachung erfüllst«, sagte Edíyax.

»Eine Frage hätte ich noch«, erwiderte Karl rasch.

»Sind alle Menschenkinder so wissbegierig wie du?«

»Manche sind noch viel schlimmer. Was ich dich fragen will, betrifft Gmork. Du hast gesagt, er besitze in jeder Welt eine andere Gestalt. Kannst du mir mehr darüber erzählen?«

Edíyax schien ernsthaft darüber nachzudenken. Nach einer Weile, antwortete das Spiegelbild: »Nein. Ich habe Gmork nie gesehen, noch kann ich von anderen Augenzeugen berichten.«

Karl nickte enttäuscht.

»Halt!«, sagte mit einem Mal der Schemen. »Eine Kleinigkeit fällt mir doch noch ein. Wenn sie dich für die Zeit, die vor dir liegt, zufriedener macht, kann ich sie dir gerne sagen.«

Karl nickte aufgeregt.

»Es wird erzählt, Gmork habe besondere Augen.«

Ein Schauer rann über Karls Rücken. »Besonders? Inwiefern?«

»Sie sind grün, eigentlich ein gelbliches Grün. Und sie leuchten in der Dunkelheit.«

Karl traf diese Mitteilung wie ein Hieb mit dem flachen Schwertblatt. *Der Brandstifter!*, schoss es ihm durch den Kopf, vermischt mit unzähligen anderen Überlegungen. Er hatte die glühenden gelbgrünen Augen mehrfach gesehen. Und er glaubte die beiden Gestalten Gmorks zu kennen: Die eine war die eines stattlichen Menschen und die phantásische die eines riesigen Wolfs. *Halb Mensch, halb Wolf? Ein Werwolf!*

Während er versuchte die Tragweite dieser neuen Erkenntnis zu begreifen, überhörte er ganz, wie Edíyax wieder zu sprechen begann.

»Damit soll es genug sein, mein wissensdurstiger Freund. Zum Nachdenken hast du noch ausreichend Gelegenheit, wenn du für mich meinen Schatz bewachst.« Xayídes Spiegelbild lachte leise in sich hinein. »Jetzt habe ich einen schönen Ersatz für meine beiden zersplitterten Hüter.«

Erst als das Eis, in dem Karls Beine eingeschlossen waren, wieder zu wachsen begann, begriff er, von welchem Preis Edíyax die ganze Zeit gesprochen hatte. Voller Entsetzen schrie er auf. Er spürte, wie die Kälte an ihm emporwuchs und zugleich wie Feuer brannte. Ehe er reagieren konnte, hatte das Eis seine Hände am Körper gefesselt. Dann erreichte es seine Schultern, kroch den Hals hinauf und umschloss zuletzt seinen Kopf. Wie in dem Moorschlund im Haus der Erwartungen geriet er in Panik. Aber er konnte nicht einmal mehr zappeln, denn der Eisblock, in den Edíyax ihn eingeschlossen hatte, hielt ihn fester, als jede Fessel es hätte tun können. Nun musste er unweigerlich sterben ...

Nach einer Weile dämmerte ihm, dass er wohl doch nicht so schnell ersticken würde. Obwohl er nicht atmen konnte, blieb er am Leben. Wie in einem Wachtraum nahmen seine Augen alles wahr. In dem Eis bildeten sich kleine Kristalle, so dass es hier und da undurchsichtig wurde, aber zufällig blieb ein Sehschlitz über seinem Gesicht frei. So konnte Karl mitverfolgen, wie Edíyax ihn hingebungsvoll bewunderte, wie der Schemen sich vor Lachen bog, wie schwarze Panzerriesen kamen und ihn aufhoben, wie sie mit ihm durch den lichten Schacht in die Empfangshalle hinabschwebten und ihn dann durch die Falltür in die unterirdischen Gewölbe brachten. Für einen Moment sah er eine andere Ritterrüstung vorauseilen. Sie trug den weißen Beutel mit dem Nox.

Spätestens jetzt begriff Karl, was Xayídes Spiegelbild mit ihm vorhatte, und die Vorstellung war so grauenvoll, dass er abermals die Besinnung verlor.

DIE VERWANDLUNG

Die glühende Kälte war nicht einmal das Schlimmste. Mehr noch litt Karl unter dem Eingeschlossensein im magischen Eis. Es war kalt, und zugleich brannte es auf seiner Haut wie Tausende von Wespenstichen. Zum Glück hatte er den Wintermantel von ... Karl konnte sich nicht mehr richtig entsinnen, von wem das alte Kleidungsstück stammte. War es sein Vater gewesen? Dieser ständig gedrückte Mann, der den viel zu frühen Tod seiner Frau niemals verwunden hatte? Ausgelöscht. Die Erinnerung an den vom Leben enttäuschten äußeren Menschen war aus Karls Gedächtnis gelöscht, wie ein raues Gewand, das man abstreift und ins Feuer wirft. In seinem Bewusstsein gab es nur noch ein blasses Bild des inneren Kurt Klemens Koreander, jenes bemitleidenswerten Witwers, der verzweifelt bei Vorschriften, beim Wein und bei anderen trügerischen Dingen Halt gesucht hatte und dabei immer weiter abgerutscht war.

Nach dem Erwachen aus der Bewusstlosigkeit war Karl zu sehr mit sich selbst beschäftigt gewesen, um auf seine Umgebung zu achten. Erst nach einer Weile registrierte er, was sich da draußen, jenseits des eisigen Panzers, befand. Allzu überrascht war er nicht.

Xayídes Spiegelbild hatte ihn in dem runden Gewölbe aufstellen lassen, das er schon einmal besucht hatte. Er blickte genau auf den Nox, der in seiner schauerlichen Schönheit auf einem erneuerten Eiszapfen ruhte – die Reste des alten hatte noch niemand weggekehrt. Auch Frígon und Galatía lagen noch als glitzernde Haufen am Boden. Und hinter dem Eiszapfen stand der andere Block.

Mit einem Mal durchzuckte Karl ein schrecklicher Gedanke. Lebte das Kind dort vor dem Ausgang etwa noch? War es genauso wie er lebendig ins Eis eingeschlossen worden? Angestrengt versuchte er mehr von dieser anderen Gestalt zu erkennen, aber vergeblich. Der Eisquader gegenüber war voller Kristalle, welche die Sicht behinderten. Außerdem konnte sich Karl ja weder nach rechts noch nach links wenden. Das Gesicht des Kindes war von dem Eiszapfen verdeckt. Es trug ein langes weißes Hemd, so viel stand fest. Barfuß schien es zu sein. Um die schmalen Schultern floss offenbar langes weißes Haar. Das arme Kind musste schon sehr lange hier stehen, dass der Nox es derart ausgebleicht hatte.

Man verliert leicht das Gefühl für die Zeit, wenn man bei vollem Bewusstsein in einem Eisblock eingeschlossen ist. Karl hätte gern auf seine Taschenuhr gesehen. Wie lange war er ohne Besinnung gewesen? Wie spät war es? Ob über dem Schwarzen Elfenbeinturm schon die Sonne aufgegangen war? Hoffentlich hatte Qutopía auf ihrem Glücksdrachen rechtzeitig fliehen können, bevor die schwarzen Panzerriesen sie entdeckten.

Mit einem Mal spürte Karl über seinem Herzen eine überraschende Wärme. Ja, das wohlige Gefühl kam eindeutig nicht *aus* seiner Brust, so wie er es noch während der Auseinandersetzung mit Frígon und Galatía empfunden hatte. Es war mehr äußerlicher Art. Unvermittelt hörte er ein Knacken.

Während der Studienzeit hatte ein Kommilitone aus betuchtem Haus ihn einmal in eine Bar eingeladen. Von daher kannte er diesen Laut. So klang es, wenn Eiswürfel in ein Getränk geworfen wurden und knisternd von kleinen Sprüngen durchzogen wurden. So ähnlich hatte es sich auch vor gar nicht allzu langer Zeit angehört, als die Hüter des Nox zu Eiskristallen zerfallen waren ...

Karl hatte sich schon fast aufgegeben, aber jetzt keimte neue Hoffnung in ihm auf. Er stemmte sich gegen seinen Eispanzer. Vergeblich. Angestrengt versuchte er sich zu erinnern. Die linke Brusttasche? Was hatte er dort hineingesteckt? So etwas konnte er sich nie merken. Den Handschuh aus Einhornhaar? Nein, der steckte in der rechten Außentasche. Oder links? Jedenfalls musste etwas anderes ... *Die Meerschaumpfeife von Herrn Trutz!*

Karl war so aufgeregt, dass er am liebsten aus seiner Haut gefahren wäre, um irgendwie schneller aus seinem Gefängnis zu entkommen, was natürlich Humbug war. Hektisch spannte er die Muskeln, stemmte sich mal nach rechts, dann wieder nach links, bald vor, bald zurück. Immer häufiger hörte er das ermutigende Knistern und Knacken. *Sie mag Ihnen noch einmal nützlich sein. Passen Sie gut darauf auf,* hatte der Meisterbibliothekar von seiner nie erlöschenden Tabakpfeife behauptet – und Recht behalten! Ihre ewige Glut war selbst gegen die Zauberkraft Xayídes gefeit. Karl hätte schreien mögen vor Freude, aber auch das gelang ihm nicht.

Es dauerte dann doch noch eine ganze Weile, bis er sich endlich aus der frostigen Fessel befreit hatte. Merkwürdigerweise verteilte sich die Wärme der Pfeife, ausgehend vom Herzen, in seinem ganzen Körper, wodurch das Eis nach und nach überall schmolz. Knirschend sprengte er die letzten

Reste des Panzers auf. Dann wanderte sein Blick zum Nox. Eine wilde Entschlossenheit durchbrandete Karl.

»Diesmal lasse ich ihn mir nicht abnehmen.« Sein Geist war wieder so lebendig, dass unweigerlich auch die Zunge mitgerissen wurde. Karl holte den kleinen dunkelblauen Ledersack aus der linken Brusttasche des Mantels. Dort hatte er die Pfeife versteckt, um sie vor den begehrlichen Blicken von Elsters Kumpanen zu verbergen. »Fürwahr eine nützliche Entscheidung«, murmelte Karl.

Er befreite die Meerschaumpfeife aus ihrer Umhüllung und sah sie nachdenklich an. Irgendwo hatte er einmal etwas über dieses außergewöhnliche Material gelesen. Sepiolith. So lautete die wissenschaftliche Bezeichnung für das meist reinweiße Mineral, aus dem solche Pfeifen hergestellt wurden. Den beinahe märchenhaften Namen verdankte es wohl seiner Porosität und der daraus resultierenden, für Gesteine außergewöhnlichen Eigenschaft, auf Wasser schwimmen zu können. Karl grübelte. So kalt es in der unmittelbaren Umgebung des schwarzen Nox auch war, hinterließ er doch Helligkeit und Wärme, wo immer er etwas Dunkles aufsaugen konnte. Dann musste der Lux das genaue Gegenteil sein: Er absorbierte Licht und strahlte Hitze aus. Wie die stetig glühende weiße Meerschaumpfeife?

Sein Blick sprang unvermittelt zu dem anderen Eisblock. Rasch durchquerte er den Raum. Seine Hand wanderte über die Oberfläche, ohne sie zu berühren. »Was hat Xayíde dir nur angetan, kleines Mädchen?«, flüsterte er. In seinem Herzen rührte sich Mitleid. Obwohl er die Gestalt im Eis noch immer nur schemenhaft wahrnahm, glaubte er sich doch sicher zu sein: Es handelte sich um ein Mädchen – blass, zart, barfuß, mit schneeweißem, langem Haar und einem wadenlangen Hemdchen –, das zu lange dem Nox ausgesetzt gewesen war.

Der Größe nach zu urteilen mochte es neun, höchstens zehn Jahre alt gewesen sein, bevor man es hier eingeschlossen hatte, um ... ja, wozu eigentlich?

»Wer bist du?«, flüsterte Karl traurig. Eine Träne tropfte von seinem Gesicht und fiel genau auf den durchbrochenen Pfeifendeckel, bahnte sich ihren Weg durch die kleinen Löcher und fiel auf die Glut. Es zischte. Karls Blick senkte sich auf die Meerschaumpfeife in seiner Hand, und es war, als erwachte er aus einem Traum. Erneut wandte er sich dem Mädchen zu und hoffte, dass sie ihn hören oder von seinen Lippen ablesen konnte.

»Bitte verzeih mir. Ich kann nicht warten, bis du aus diesem magischen Gefängnis befreit bist, aber meine Meerschaumpfeife lasse ich dir da. Vielleicht ...« Er senkte den Blick, weil es ihm ein schlechtes Gewissen bereitete, das unschuldige Kind sich selbst zu überlassen. Aber hier ging es schließlich um Phantásien, um die Bibliothek, um Herrn Trutz und Qutopía und ... Rasch legte er die Pfeife oben auf den Eisblock des Mädchens und drehte sich um.

Er verspürte Zorn, weil ihm Xayíde oder ihr Spiegelbild oder vielleicht auch beide diese Entscheidung abverlangt hatten. Rasch warf er einen Blick auf seine Taschenuhr. Gerade erst kurz vor Mitternacht. Dabei war ihm das Gefangensein im Eis wie eine Ewigkeit vorgekommen. Gerade wollte er sich entspannen und erwog schon die Möglichkeit, doch zu warten, bis das Mädchen aus ihrem Block befreit war, als ihm ein schrecklicher Gedanke kam. Was, wenn die Uhr im Eis stehen geblieben war und ihre Unruhe sich erst nach seiner Befreiung wieder in Bewegung gesetzt hatte? Immerhin war ja auch er in dem hermetisch abgeschlossenen Panzer am Leben geblieben, als wäre die Zeit für ihn irgendwie angehalten worden. Nein, er durfte nicht länger zaudern.

Seine Hand tauchte in die linke Manteltasche ... Nichts. *Also doch rechts!* Ja, da fand er, was er suchte. Den Handschuh aus Einhornhaar. Sollte er ihn überziehen, um den Nox vom Eiszapfen zu nehmen? Er hatte eine bessere Idee.

Als er vor dem Zapfen stand, bahnte sich jedoch zunächst ein neues Problem an. Das Eisding war so hoch, dass er die schwarze Hand selbst springend nicht erreichte. Er bräuchte ... *Das Schwert!* Karl wirbelte herum. Da lagen die beiden weißen Haufen, einer für Frígon, der andere für Galatía. Karl schloss die Augen, dann wusste er wieder, wo sein Schwert versteckt war. Aus den Überresten Frígons zog er es hervor.

Schnell streifte er sich den Handschuh über, holte mit Schwert und Scheide aus und fällte ein zweites Mal den eisigen Sockel des Nox. Geschickt fing er in der Rechten den Stein auf. Diesmal war Karl auf die unheimliche Kälte gefasst, die der Nox ausstrahlte. Er legte ihn sofort auf den Boden und zog den Handschuh wieder aus. Danach zögerte er. Wie sollte er den Handschuh über den Nox streifen, ohne diesen zu berühren? Elster hatte ihn ausdrücklich davor gewarnt. »Ich weiß!«, flüsterte er und griff in die Hosentasche.

»Ist zwar nicht aus dem Haar von Albinoeinhörnern gewebt«, murmelte er, »aber für ein paar Sekunden wird's schon langen.« Er faltete das Tuch zweimal auf, schnappte sich mit der Linken den Nox – und brüllte.

Unbestreitbar hatte das Einhornhaar wesentlich besser als das Taschentuch die Kälte abgehalten. Sie raubte ihm fast die Sinne. Ein bunter Funkenregen stob auf und trieb in Richtung Ausgang davon. Karl schenkte dem vielfarbigen Sternenstaub, oder worum immer es sich dabei handelte, keine weitere Beachtung. Während er weiter vor Schmerzen schrie, mühte er sich ab, um dem dunklen Stein den weißen Handschuh überzustülpen. Er schaffte es sogar, mehr schlecht als recht, doch ehe er ganz fertig war, rollte plötzlich etwas Kleines, Rundes aus dem Taschentuch. An die darin eingeschlagene schwarze Perle hatte er vor lauter Aufregung gar nicht mehr gedacht. Gerade wollte er nach ihr greifen, als er eine weitere unangenehme Überraschung erlebte, die ihn erschrocken innehalten ließ.

Die Perle war strahlend weiß.

»Ach du liebes bisschen!« Für einen Moment war er zu verwirrt, um irgendetwas anderes tun zu können, als die weiße Perle am Boden anzustarren. War ihr jähes Erblassen etwa der Grund für den Glitzerstaub, der sich so rasch verflüchtigt hatte? Das konnte nichts Gutes bedeuten, dachte Karl. Hatte er das gebundene Buch – wie hieß es doch gleich? – etwa für immer zerstört? *Gewogene Worte*. Jetzt fiel ihm der Titel des Sonettenkranzes wieder ein. Der Nox musste die Gedichte irgendwie aufgesaugt haben. Karl unterdrückte einen Fluch. Was hatte er nur angestellt! Er mochte sich die Reaktion von Herrn Trutz gar nicht ausmalen, wenn diese von dem Verlust erfuhr. Der Meisterbibliothekar würde zweifellos der Kindlichen Kaiserin ein Telegramm schicken und seinen Berufungsvorschlag zurückziehen.

Aber alles Jammern half nun auch nichts mehr. Sobald der Nox in dem weißen Handschuh verschwunden war, erstarb wieder das tiefe, vibrierende Pfeifen im Schwarzen Elfenbeinturm. Damit hatte Karl gerechnet.

»Ab jetzt läuft die Stoppuhr, Sportsfreund.« Er verschloss den Handschuh, indem er den Stoff auf einer Seite nach innen umschlug. Das musste fürs Erste genügen. Besorgt musterte er die Innenfläche seiner linken Hand. Sie brannte wie Feuer und war schneeweiß. Das Taschentuch hatte nur wenig Schutz geboten. Der Nox verschwand in der rechten Außentasche des Mantels. Danach ging alles sehr schnell. Zuerst legte Karl die Perle ins Taschentuch zurück, faltete es mehrmals zusammen und steckte beides ebenfalls weg. Hierauf nahm er sein Schwert und befestigte es samt Scheide am Gürtel.

Bevor er das Gewölbe verließ, blieb er noch einmal vor dem Eisblock des Mädchens stehen. Die Meerschaumpfeife hatte über ihrem Kopf bereits eine Mulde geschmolzen. Seltsamerweise befand sich kein Wasser darin. Könnte bei magischem Eis normal sein, überlegte sich Karl. Bald würde der Kopf des Kindes frei sein.

»Leider kann ich nicht mehr für dich tun«, entschuldigte er sich noch einmal. »Verlasse diesen Turm, sobald du frei bist und ... Lebe wohl, kleines Mädchen.«

Karl musste sich regelrecht von dem verschwommenen Gesicht losreißen, um den Weg nach oben anzutreten. Wäre er nur einen Moment länger stehen geblieben, hätte er mitansehen können, wie gleichsam ein Schleier von dem starren Antlitz fiel. Es war blass und atemberaubend schön. Aus dem rasch schmelzenden Eis blickten zwei große traurige Augen in das verlassene Gewölbe. Ihre Farbe war die von geläutertem Gold. Karl hätte sie vermutlich eher mit zwei Bernsteinen verglichen.

Den Weg nach oben kannte er ja bereits. Karl hätte sich nie zugetraut, dass er so schnell laufen konnte, zumal sein Fußgelenk immer noch schmerzte. Vermutlich war das eine der erfreulichen Veränderungen, die nach Bekunden des Meisterbibliothekars jeder menschliche Phantásien-Besucher in der einen oder anderen Form erlebte. Als Karls entschlossener

Wille das Finstertor aufgezwungen hatte und er in die große, sich erneut verdunkelnde Halle stürzte, erwartete ihn bereits ein Empfangskomitee aus etwa zwei Dutzend schwarzen Panzerriesen – einige mehr, als er befürchtet hatte.

Der Ring aus riesenhaften Ritterrüstungen war lückenlos. Karl erwog seine Möglichkeiten. Plötzlich spürte er an seiner linken Seite ein ungeduldiges Ruckeln. Überrascht blickte er an sich herab. Es war das Schwert, das sich da bemerkbar machte. »Wird ja auch Zeit«, brummte er. Seine Rechte hatte den Griff noch nicht ganz berührt, als der ihm auch schon entgegensprang.

Die Panzerriesen waren zwar hohl, aber Xayíde hatte ihnen offenbar so viel Verstand eingehaucht, dass sie die veränderte Lage als Bedrohung einstufen konnten. Sofort rückten sie vor. Doch diesmal konnte Karl sich wehren. Und er tat es.

Das Licht des Schwertes flammte auf. Die Waffe tanzte regelrecht mit Karl durch die Halle, und wiederum wurde er mehr vom Schwert geführt als umgekehrt. Offenbar wusste es deutlicher als sein Träger zu unterscheiden, wann er es tatsächlich brauchte, aber dann zeigte es sich auch von seinen beiden besten Seiten – es war ja eine zweischneidige Waffe. Eine, die mühelos Stahl zerstückeln konnte.

Ehe er sich's versah, waren einige Rüstungen zu Schrott zerfallen. Aber die Panzerriesen rückten immer noch vor. Ein gewaltiges Schwert fuhr auf Karl herab, doch seine flammende Klinge parierte den Schlag. Danach säbelte sie dem Gegner die Füße weg, hierauf die Unterschenkel, dann den Rest der Beine, und so ging es weiter, bis nur noch der Kopf übrig war. Panikartig rollte der Helm mit scheppberndem Visier davon.

Obwohl sich Karl sichtlich Mühe gab, als Schwertkämpfer eine gute Figur zu machen, hatte er doch in Wahrheit wenig Kontrolle über das Treiben seiner munteren Klinge. Zeitweilig konnten seine Augen nicht einmal die rasenden Richtungswechsel verfolgen. So schnell wie Bienenflügel arbeitete sich das Schwert durch Berge schwarzen Stahls. Endlich echote in den leeren Helmen wohl die Einsicht, dass sie in diesem Kampf nur den Kürzeren ziehen konnten, und die verbliebenen Panzerriesen flohen.

Die Klinge gleißte noch einmal auf, als wollte sie den Flüchtenden einen höhnischen Gruß nachrufen, dann verschwand sie in der Scheide. Das Licht erlosch, und an Karls Seite hing wieder das unscheinbare Kinderschwert.

»Danke. Das war wirklich freundlich von dir«, sagte er zu seiner wundersamen Waffe und hatte für einen Moment das Gefühl, als würde sie unter einem wohligen Schauer erzittern. Für weitere Konversation fehlte leider die Zeit. Er durfte sich keine Verschnaufpause gönnen, obwohl der Tanz mit dem Schwert kräftezehrend gewesen war. Schnell lief er zu den Schwebeschlünden. Welche Maul-Tür hatte er beim letzten Mal gewählt. Die rechte oder ...?

»Ja!«, stieß er erregt hervor, als er gleich beim ersten Eingang fündig wurde. Er konnte sein Glück kaum fassen, die zwei Hälften des gläsernen Gürtels lagen ein halbes Stockwerk unter ihm am Grund des Schachtes. Ein rascher Blick nach oben gab ihm die Gewissheit, dass diesmal kein Panzerriese in der Röhre lauerte. Dann sprang er ins grüne Licht. *Ich will die gläserne Kette auflesen.* Sein Geist hatte die Absicht, nicht das Ziel formuliert, und schon glitt Karl nach unten.

Die eine Hälfte des Gürtels band er sich um den Leib – diesmal unter Mantel und Jackett –, die andere steckte er ein. *Und jetzt will ich zu Qutopía und ihrem Glücksdrachen.* Wieder war der Gedanke kaum gedacht, als Karl schnell zu steigen begann. Er zog seine Taschenuhr heraus und klappte sie auf. Mitternacht. Falls sie richtig ging, hatte er alle Zeit der Welt.

Von innen, gewissermaßen aus der Rachenperspektive, sah er in die dunklen Flure und Räume, die an ihm vorüberglitten, während er immer höher stieg. Ab und zu rannten Panzerriesen wie aufgedrehte mechanische Ritterrüstungen durch sein Blickfeld. Er musste unweigerlich schmunzeln.

Endlich erreichte er das obere Ende des Schwebeschlundes und schwang sich heraus. Wie hoch über ihm lag wohl die Spitze des Turms? Er hoffte, nicht allzu weit, denn seine geschundenen Füße taten ihm weh. So schnell wie möglich humpelte er weiter.

Bald hatte er einen Ausgang gefunden, der ihn auf die Hauptstraße zurückbrachte, die sich schneckenartig bis ganz nach oben wand. Von der lichten heißen Aura des Schwarzen Elfenbeinturms war nur noch ein Hauch zurückgeblieben, der sich spürbar schnell verflüchtigte. Spätestens jetzt war bewiesen, dass der Nox tatsächlich über das monumentale Bauwerk das Nachtlicht angesaugt hatte. Nun steckte er in einem Handschuh aus Einhornhaar in Karls Manteltasche, und der Turm versank in Dunkelheit.

Trotzdem konnte er über sich bereits das Ende des Weges sehen. Neue Kraft floss in seine müden Glieder. Plötzlich hörte er einen Ruf, der ihm das Mark in den Knochen gefrieren ließ.

»Lass das, du Hexe! *Au!* Was machst du da mit meinen Füßen?«

Die Stimme gehörte Qutopia. Jemand tat ihr weh! Warum war sie nicht oben, bei der *Fuchur?* Karl wirbelte herum – und blickte in Edíyax' grinsendes Angesicht. Das Spiegelbild stand mit abgespreizten Armen vor einer dunklen Nische, als wollte es die Person darin mit irgendeinem Zauber am Fliehen hindern. Aber die eisigen Fußfesseln konnte das Drachenmädchen ohnehin nicht abschütteln.

»Du bist in Eile?«, fragte der Schemen hörbar amüsiert.

Tausend Gedanken schossen gleichzeitig durch Karls Kopf. Vielleicht war das der Grund, weshalb Edíyax ihn nicht sofort in Eis verpacken konnte. Er überging alle standesgemäßen Anredeformen und forderte: »Lass sie sofort frei!«

Edíyax lachte. »Wir können ja tauschen. Ich gebe dir das Mädchen und du mir den Nox.«

»Ich habe eine andere Idee.« Karl hatte das Zucken an seiner Seite richtig gedeutet. Wie ein Blitz schoss das Schwert in seine Hand. Mit drei schnellen Sätzen war er bei dem Schemen. In einer gleißenden Zickzacklinie fuhr die Klinge von oben nach unten durch Edíyax hindurch. Karls Augen waren geblendet. Er konnte den Schemen nicht mehr sehen, und so stieß er das Schwert in die Scheide zurück, um Qutopía zu Hilfe zu eilen. Doch da hörte er ein hässliches Lachen.

»Hast du etwa gedacht, du könntest ein Spiegelbild mit einem Schwert erschlagen?« Edíyax' schlanke Gestalt tauchte erneut aus der Dunkelheit auf.

Früher hätte sich Karl von einer solchen Niederlage wohl entmutigen lassen, doch jetzt wurde er nur noch entschlossener. »Einen Versuch war's wenigstens wert«, antwortete er trotzig. »Du hättest fliehen können. Aber jetzt ist meine Geduld mit dir zu Ende.«

Es war ein Wagnis, das wusste Karl. Nicht um sich selbst machte er sich Sorgen, aber um Qutopía. Doch nur einen Moment. Sie war reinen Herzens, daran zweifelte er nicht. Das Spiegelbild Edíyax dagegen hatte im großen Thronsaal deutlich gezeigt, wie es die Macht des Nox einschätzte.

Noch ahnte es wohl nicht, was Karl vorhatte, denn es grinste ihm hämisch entgegen, doch als er eine reinweiße Hand aus seiner Manteltasche zog, erstarrte das schöne kühle Gesicht. Für einen Augenblick wurde es so klar, dass man

Xayídes rotes und grünes Auge erkennen konnte. Beide waren weit aufgerissen.

»Tu das nicht!«, hauchte Edíyax und riss in einer beschwörenden Geste die Arme hoch.

»Warum nicht?« Karl ignorierte die beißende Kälte und begann das umgeschlagene Tuch an der Unterseite des Handschuhs zu öffnen.

»Aber du weißt es doch längst, kluges Menschenkind«, schmeichelte der Schemen. Die samtige Stimme zitterte.

»Ich möchte es aber von dir hören.«

»Wie du befiehlst, Herr. Nur lass die schwarze Hand, wo sie ist.«

»Ich bin ganz Ohr.«

»Edíyax ist doch nur das Spiegelbild von Xayídes Seele. Deshalb ist sein Wesen so unstet.«

»Und daher ist es so düster wie ein Schatten. Solche Schemen sind die Leibspeise des Nox. Wusstest du das?«

Edíyax schrie auf, weil Karl rasch den weißen Stoff von der Handwurzel des Dunkelsteins gestreift hatte. Während er dessen starre kalte Finger immer noch mit dem Einhorntuch festhielt, war ungefähr ein Drittel des Nox entblößt. Das reichte, um Xayídes Spiegelbild aufzusaugen. Man konnte zusehen, wie es heller wurde und gleichzeitig verblasste. Eine fahle Nebelwolke trieb zur schwarzen Hand hin, wurde rasch schmaler und verschwand schließlich ganz im Nox.

Karl lief zu dem Drachenmädchen, das ihn mit offenen Armen empfing. »Geht es dir gut?«

»Abgesehen von dem Klotz am Bein schon.« Sie schlang die Arme um seinen Hals und küsste ihn. »Du bist mein Held, Karl.«

»Ich? Ein Held?« Er musste lachen, wurde aber schnell wieder ernst und betrachtete nachdenklich die eisige Fessel, die

Qutopías Füße bis über die Knöchel bedeckte. »Ich möchte dich nicht gerne mit dem Brocken bis zur Turmspitze schleppen. Wie kriegen wir dich da am schnellsten heraus?«

Sie versuchte zu springen, um das Eis auf diese Weise zu zerschlagen, aber es war zu schwer. Entmutigt schüttelte sie den Kopf. »Hast du nicht eine Meerschaumpfeife, die nie erlischt?«

»Gehabt«, schnaubte er. »Ich musste sie am Grunde des Turms zurücklassen, weil ... Aber das ist eine andere Geschichte, die ich dir ein andermal erzähle. Warte.« Er verstaute den Nox rasch wieder in seiner Manteltasche. Dann legte er seine Hand über den Schwertgriff, und – siehe da! – es sprang bereitwillig heraus. »Das ist wirklich nett von dir.«

»Mit wem sprichst du?« Das Drachenmädchen klang erstaunt.

»Später, Qutopía. Alles später. Bleib schön so breitbeinig stehen, hörst du?«

»Machst du Witze?«

»Oh, entschuldige. Am besten, du kneifst die Augen zu.«

Karl hob das gleißende Schwert, und das Drachenmädchen wandte sich in sichtlichem Entsetzen ab. Ein einziger Schnitt genügte, um den frostigen Block zwischen ihren Füßen zu zerteilen. Offenbar vertrug sich das magische Eis nicht besonders gut mit dem Strahlen der Klinge, jedenfalls schmolz es wie Butter in einer heißen Pfanne dahin.

Qutopía trat erleichtert auf der Stelle. »Meine Füße sind überhaupt nicht nass!«, rief sie aus.

»Natürlich nicht.« Karl nahm ihre Hand und zog sie hinter sich her in Richtung Turmspitze. »Wie hat Ediyax dich überwältigen können?«, fragte er nach ein paar Schritten.

»Ich muss wohl eingenickt sein und da ...«

»Alles klar.«

»Bist du mir böse?«

»Ha!«, lachte er auf. »Ich bin der Letzte, der sich das erlauben dürfte. Warte, bis wir in der Luft sind, dann erzähle ich dir, was ich alles vermasselt habe.«

»Aber du hast den Nox.«

Karl musste an das Mädchen unter dem Schwarzen Elfenbeinturm denken und nickte traurig. »Ja, den habe ich.«

Karls Anweisung war unmissverständlich, und Qutopía hielt sich daran. Sie stieg in den Pilotensattel der *Fuchur* und drehte sich nicht um. Hinter ihr saß Karl, den Nox wie ein Siegesfanal hoch über sich haltend. Er hatte die schwarze Hand, nachdem sie auf dem Plateau an der Spitze des Schwarzen Elfenbeinturmes angekommen waren, bis auf zwei Finger aus ihrer schützenden Umhüllung befreit. Jetzt jubelte er für einen kleinen Moment des Triumphes. Doch bald verstummte er, denn was nun geschah, übertraf nicht allein seine Vorstellung, sondern vor allem seine Absicht.

Gierig hatte der Dunkelstein die umgebende Finsternis in sich aufgesaugt, vor allem die Schwärze des Turms. Von oben nach unten verblasste der finstere Dorn, der Xayídes neuer Palast hätte werden sollen. Besser denn je erkannte Karl, wie gut dieser Vergleich zu dem Turm passte. Es musste ein dunkler, ein böser Saft gewesen sein, aus dem das Gebäude erwachsen war. Als diese Substanz ihm jetzt entzogen wurde und keine magischen Kräfte sie erneuern konnten, verdorrte der Dorn binnen weniger Augenblicke.

Die Schnellbleiche wurde ihm auch zum Verhängnis. Während die *Fuchur* noch eine Ehrenrunde über dem gewaltigen Bauwerk drehte, brach es dicht über dem schrägen Baugrund ab. In grotesker Langsamkeit kippte der Schwarze Elfenbeinturm zur Seite. Schließlich zerbarst er in Millionen kleiner Stücke, die den glatten Schieferhang hinabrutschten und für immer im Tiefen Abgrund verschwanden.

»Du bist so still. Was ist mit dir?«, fragte Qutopía nach einer ganzen Weile. Die *Fuchur* war längst wieder auf Kurs zur Nachtstadt.

Er antwortete nicht. Seine Gedanken waren bei dem Mädchen in dem Eisblock.

VERWIRRSPIEL

Es soll nicht unerwähnt bleiben, dass der Verlust des Nox und der daraus folgende Zusammenbruch des Schwarzen Elfenbeinturms zu Xayídes größten Niederlagen zählte. Am meisten schmerzte sie das Scheitern ihrer umstürzlerischen Pläne. Sie würde auf eine andere Gelegenheit warten müssen, um ihrer Schwester, der Kindlichen Kaiserin, die Macht zu entreißen. Xayíde hatte in unzähligen gescheiterten Intrigen gelernt, sich in Geduld zu üben. Den Verlust ihres Spiegelbildes ertrug sie übrigens mit Fassung, es hatte ihr nie besonders geschmeichelt. In den Phantásischen Chroniken verkam das vom Nox verschlungene Abbild der Magierin zu einer Fußnote: »Ediyax ward nie wieder gesehen.«

Als Zauberin konnte sich Xayíde andere willfährige Diener erschaffen, und das tat sie dann auch. Ihre schwarzen Panzerriesen wurden von Grund auf modernisiert, ebenso wie Schloss Hórok, das ihr noch eine Weile länger als Residenz dienen musste. Ihr Ende kam dann so, wie Karl Konrad Koreander es vorhergesehen hatte. Aber das ist eine andere Geschichte und soll ein andermal erzählt werden.

Für die beiden Reiter auf dem mechanischen Glücksdrachen war es ein ausgesprochen kurzer Tag. Das Morgengrauen hatte sich kaum gegen die Nacht durchgesetzt, als es auch schon wieder dunkel wurde. Karl war erwacht, weil ihm die Sonne direkt ins Gesicht schien. Jetzt schmerzte ihn der Nacken. Hätte ihm früher jemand erzählt, er würde irgendwann fünf Stunden lang in einem Sattel hoch über den Wolken schlafen, er hätte den Witzbold einfach ausgelacht. Er konnte ja nicht einmal reiten. Aber in Phantásien war eben vieles anders. Die Innere Welt hatte ihn verändert, und das war, gelinde gesagt, ziemlich anstrengend.

Weil ein normales Gespräch während des Fluges unmöglich war, berichtete er Qutopía nur skizzenhaft, was sich im Schwarzen Elfenbeinturm zugetragen hatte. Als die *Fuchur* in die ewige Nacht von Noktunia eintauchte, erklärte das Drachenmädchen, es sei todmüde, Karl möge einfach stur nach der Nadel fliegen, sie sei auf Kleptonia eingestellt. Dann gab Qutopía ihm den yskálnarischen Kompass, und nachdem Karl ihn sich ums Handgelenk gebunden hatte, reichte sie ihm die Kontrollriemen. Wie selbstverständlich lehnte sie sich sodann an seine Brust zurück, und er legte seine Arme um sie. Offensichtlich fühlte sie sich bei ihm geborgen, und ihr dieses Gefühl vermitteln zu können betrachtete er als kostbares Geschenk. Nun, es war auch aufregend und durchaus angenehm, ein so hübsches Mädchen im Arm zu halten. Anfangs hatte Karl nicht richtig verstehen können, warum Herr Trutz scheinbar unbedacht versprochen hatte, für immer zu Hallúzina zurückzukehren, selbst wenn er dafür die Äußere Welt aufgeben und das Leben eines alten Narren wählen musste. Durch Qutopía lernte Karl umzudenken, mit jedem Tag ein bisschen mehr.

Während sie an seiner Brust schlief, wanderten seine Gedanken zu den turbulenten Ereignissen im Schwarzen Elfenbeinturm zurück. Je näher die *Fuchur* Kleptonia kam, desto mehr zweifelte er an der Aufrichtigkeit Elsters. Wollte der Räuberhauptmann den Nox wirklich nur besitzen, um seine Konkurrenten auszuschalten? Diese Geschichte hörte sich zwar im ersten Moment plausibel an, wenn man aber in Ruhe darüber nachdachte, klang sie eher wie eine geschickt getarnte Lüge. Der Dunkelstein würde vermutlich binnen kurzem die Nachtstadt ausbleichen und dadurch in ein verräterisches Zwielicht tauchen, das auch für Elsters Geschäfte Gift sein musste. Sein Gewerbe blühte in der Finsternis. Aber was sonst bewegte den König der Diebe dazu, sich gegen die Kindliche Kaiserin aufzulehnen, indem er ihre Gesandten zu Geiseln nahm und sie zur Komplizenschaft nötigte? *Und wenn er gelogen hat? Wenn er den Nox doch nicht für sich selbst haben will?*

Karl schauderte, als er sich der Konsequenzen dieser Möglichkeit bewusst wurde. Mit einem Mal bekam alles einen Sinn. Wer hatte das größte Interesse am Nox? Die Antwort war so erschütternd, dass er sich minutenlang weigerte, den Namen auch nur zu denken. Aber das gelang ihm nicht wirklich. Das Wort hatte sich seit dem unerquicklichen Gespräch mit Edíyax längst in seinem Hirn festgesetzt, wie ein Dorn, der sich mit Widerhaken immer tiefer ins Fleisch bohrt: »Gmork!«

Qutopías Kopf drehte sich auf die andere Seite. Sie murmelte etwas Unverständliches und schlief weiter.

Ja, dieses Wesen ohne Herz, das vom Fünfgesichtigen Gogam zu endlosem Vagabundieren zwischen Phantásien und der Äußeren Welt verdammt worden war, wollte mehr als jedes andere Geschöpf den Nox für sich gewinnen. Xayídes dunkles Seelenspiegelbild hatte Gmork beschrieben: Seine

Augen seien grün, eigentlich ein gelbliches Grün. *Und sie leuchten in der Dunkelheit.* Karl erschauerte einmal mehr, als er sich an den Wolf erinnerte, der ihn vor der Phantásischen Bibliothek beobachtet hatte. Er war so groß gewesen wie ein Ochse.

Ob Gmork Jagd auf die Bibliothekare der Phantásischen Bibliothek machte? Eine rundherum erschreckende Vorstellung, aber nicht so ohne weiteres von der Hand zu weisen. Da war der Brandanschlag auf das Antiquariat von Herrn Trutz. Außerdem, wenn der Werwolf den König der Diebe dingen konnte, dann wohl auch einen Waldschrat wie diesen Skrzat oder zwielichtige Verwandlungskünstler wie die Wechselbalge. Aus diesem Karl durchaus vernünftig erscheinenden Gedankengang ergaben sich jedoch neue Fragen, auf die ihm keine zufriedenstellenden Antworten einfallen wollten: Steckte Gmork auch hinter dem Bücherschwund in der Phantásischen Bibliothek? Und wenn ja: Welche Absichten verfolgte er damit, und wie sperrte er die gestohlenen Werke in schwarze Perlen?

Wieder regte sich das Drachenmädchen unruhig an Karls Brust. Sie erwachte. Er beschloss, ihr seine Überlegungen mitzuteilen und so bald wie möglich auch mit Herrn Trutz darüber zu reden.

»Habe ich lange geschlafen?«, murmelte Qutopía.

»Ich weiß es nicht genau«, gestand Karl.

Sie drehte sich zu ihm. »Wieso nicht?«

»Mir geht etwas durch den Kopf. Da hab ich nicht auf die Zeit geachtet.«

»Und was beschäftigt meinen Helden so sehr? Etwa wieder die Unterschrift unter dieser …?«

»Generalvollmacht?« Karl schüttelte traurig den Kopf. »Die hatte ich schon fast vergessen, und das ist wohl auch gut so.

In ziemlich genau einem Tag läuft meine Frist ab. Dann wird irgendjemand anderer das Erbe des ehrenwerten Thaddäus antreten. Nein, mir ist nicht wohl, wenn ich an diesen Elster denke. Es würde mich schon sehr überraschen, wenn er uns tatsächlich gehen lässt. Wir müssen es irgendwie schaffen, Herrn Trutz aus dem Palast von Kleptonia zu befreien und ...« Er verstummte nachdenklich.

»Und?«, fragte Qutopía.

Karl seufzte. »Mir ist nicht ganz wohl bei der Sache, aber ich fürchte, wir müssen den Nox ein zweites Mal stehlen.«

Die Schäden an Elsters palastartigem Haus waren gerade notdürftig repariert worden, als der Glücksdrache abermals das Fenster eindrückte. Qutopía war trotzdem stolz auf ihre Landung. Die *Fuchur* hatte keinen einzigen neuen Kratzer abbekommen.

In nun schon vertrauter Manier stürmte eine Hand voll Diebe – diesmal ohne ihren Anführer – vor die Tür. Der frisch gefallene Schnee stob unter ihren Füßen auf. Sie präsentierten ihre Waffen.

»Was habt ihr euch dabei gedacht?«, näselte Schnapper, der lessenische Langrüssel.

»Eigentlich gar nichts«, fauchte Qutopía zurück. »Wir waren froh, in eurem dunklen Loch heil herunterzukommen.«

»Bringt uns zu Elster. Wir haben etwas für ihn«, forderte Karl.

»Das werden wir tun«, erklärte Spitzelfopp, der kleine einäugige Räuber, der auch zum Empfangskomitee gehörte. »Kommt erst mal runter und gebt euer Werkzeug ab.«

Nacheinander kletterten Qutopía und Karl vom Glücksdrachen. Karl hatte sehr genau verstanden, was der Einäugige von ihm wollte, aber er mimte den Begriffsstutzigen. »Ich habe kein Werkzeug dabei.«

Spitzelfopp hielt die Hand auf. »Das Schwert.«

Karl gab es ihm.

»Und den gläsernen Gürtel.«

Seine Linke fuhr in die Innentasche des Mantels und förderte ein Häuflein leise klirrender Kettenglieder zu Tage. »Danke noch einmal. Das Klimperding hat mir wertvolle Dienste geleistet.«

Einauge verzog keine Miene. Er reichte den Gürtel achtlos an einen Kumpanen weiter und verlangte: »Jetzt die weißen Handschuhe.«

Karl griff in die rechte Außentasche seines Mantels, öffnete die Unterseite des Einhornhaarhandschuhs und zog den verhüllten Stein hervor. »Bitte schön.«

»Was soll das?«, keuchte der kleine Räuber entsetzt und wich mehrere Schritte zurück.

»Es gab ein paar Komplikationen im Schwarzen Elfenbeinturm. Der Beutel und mit ihm der linke Handschuh sind in den Tiefen Abgrund gestürzt. Der Nox ist jetzt hier drinnen.«

»Dann lass ihn da auch stecken. Elster soll entscheiden, was damit geschieht. Ich gehe vor und gebe ihm Bescheid. Schnapper, der Langrüssel da, wird euch gründlich filzen, und dann kommt ihr nach.« Spitzelfopp entschwand ins Haus.

Elster trug die Nachricht vom abermals zerstörten Schlafzimmer seiner Gemahlin mit Fassung. Er gab Anweisung, das Loch wieder zu verschließen – zum Schutz gegen Einbrecher –, und hörte nicht einmal zu, als Spitzelfopp ihm vom Nox erzählen wollte. Stattdessen jagte er den kleinen Räuber aus dem Kaminzimmer, um endlich seine zwei Hilfsdiebe zu empfangen.

Als sich den beiden Helden vom Schieferhang die Tür zu dem großen, wohlig warmen Raum öffnete, in dem Elster seine Gefangenen schon einmal begrüßt hatte, stob das Drachenmädchen hinein und imitierte täuschend echt eine Furie. »Sie sollten unbedingt für ein Landefeuer sorgen, wenn Sie Ihren Vorplatz in Zukunft weiter als Piste für Fluggeräte nutzen wollen.« Mit ihrer Beschwerde wollte sie ihm nur den Wind aus den Segeln nehmen, damit er gar nicht erst auf die Idee kam, sich wieder einen Schadensersatz für das demolierte Fenster auszudenken.

Aber den König der Diebe interessierte nur eines. »Habt ihr ihn?«

»Wen?«, fragte Karl scheinheilig und bestens gelaunt, nachdem er zu Qutopía aufgeschlossen hatte.

»Mir ist nicht nach Scherzen zumute. Den *Nox* natürlich. Wo ist er? Ach, und wenn wir schon beim Ausräumen der Taschen sind: Die schwarze Perle hätte ich auch gerne zurück.«

Karl spielte weiter den unerschrockenen Meisterdieb und holte grinsend den Handschuh aus seiner rechten Manteltasche. Scheinbar teilnahmslos sah er sich im Raum um. Den trübländischen Nebelkobold und den Bröckelberger Breschenschläger strafte er mit Missachtung. Er suchte nach etwas anderem, und bald hatte er es auf dem Kaminsims entdeckt.

Elster war in der Zwischenzeit von seiner Bank aufgesprungen. Er stürzte auf den Hilfsdieb zu und versuchte nach der weiß verpackten Hand zu greifen. »Gib schon her.«

Karl wich rasch einen Schritt zurück und schob den Handschuh ungefähr zur Hälfte vom Nox. »Immer langsam, Elster. Wir hatten eine Abmachung.«

»Bei den sieben wilden Räubern! Was soll das?« Der Dieb wich respektvoll zurück und hob abwehrend die Hand, als könne allein der Anblick des schwarzen Steins ihn schon verbrennen. »Deck ihn wieder zu, Koreander!«

»Nicht, bevor ich den Meisterbibliothekar gesprochen habe.«

»Dem geht's gut. Du kannst gleich zu ihm.«

»Warum lassen Sie ihn nicht holen?«

»Weil *ich* hier die Regeln bestimme.«

»Ach, so einfach geht das? Na gut, dann will ich mir auch mal eine ausdenken.« Den halb entblößten Nox wie einen Schild vor sich haltend, ging Karl rückwärts zum Kamin, schälte den Stein aus dem Handschuh, bis er ihn nur noch am Daumen festhielt, und erklärte dabei: »Wir machen es so. Ich lege den Dunkelstein hier auf den Kaminsims zu seinem Zwilling und behalte so lange den Einhornhaarhandschuh, bis der Meisterbibliothekar bei uns ist.« Genau das tat er dann auch, befreite zuletzt den schwarzen Daumen aus seiner Umhüllung und ließ diese in der Manteltasche verschwinden.

Elsters Reaktion war anzuhören, dass es in seinem Palast keine weiteren Tuchwaren aus den Mähnen von Albinoeinhörnern gab. »So etwas nennt man Erpressung.«

»Sie sind der Fachmann in solchen Dingen.«

Elsters Federgesicht war eine Fratze aus Zorn und Furcht. »Das werdet ihr drei mir büßen.«

»Wieso? Sie haben den Preis für das Lösegeld festgesetzt, und ich bezahle ihn jetzt. Oder ging es Ihnen am Ende gar nicht allein um den Nox? Hat Ihr ›Klient‹ Ihnen noch einen anderen Auftrag gegeben? Etwas in der Art von: ›Sieh zu, dass der Bibliothekar und sein Gehilfe von der Bildfläche verschwinden.‹ Hat er Ihnen das befohlen?«

»Ich habe keine Ahnung, was du da schwafelst, Jungchen. Mir befiehlt jedenfalls keiner etwas.«

»So? Selbst der Werwolf nicht?«

Elsters großer Körper versteifte sich. Seine Stimme klang auffallend gepresst, als er antwortete: »Du bist von Sinnen. Ich weiß nichts von einem Werwolf.«

»Vielleicht hat er sich Ihnen ja anders vorgestellt. Sein Name lautet *Gmork.«*

Der König der Diebe wirkte mit einem Mal alles andere als majestätisch. Hätte sein Federkleid es zugelassen, wäre er vermutlich blass geworden. So ruckte sein Kopf nur nervös hin und her. Mal starrte er zum Nox, der neben dem schwarzen Zwilling stand und auf den finsteren Gesellen offenbar eine beängstigende Anziehungskraft ausübte, dann wieder wanderten seine Augen zu dem so unerwartet kühnen jungen Mann, der wie verwandelt war. Der Räuberhauptmann musste sich wohl fragen, was diesen Koreander nur so verändert hatte. Vor dessen Aufbruch zum Elfenbeinturm wirkte er zögerlich und verängstigt, jetzt bot er dem mächtigsten Mann von Kleptonia rotzfrech die Stirn. Das war Elster nicht gewohnt. Deshalb fühlte nun anscheinend *er* sich unsicher, obwohl er seine Beklommenheit zu verbergen suchte. »Es geht dich gar nichts an, mit wem ich Geschäfte treibe«, brummte er.

Aha! Es stimmt also, dachte Karl und wiederholte seine Forderung. »Lassen Sie endlich den ehrenwerten Thaddäus herbeibringen, sonst übergebe ich den Elfenhaarhandschuh diesem Feuer ...«

»Nicht!«, japste Elster und streckte beide Hände beschwichtigend nach vorn, weil Karl sich anschickte, das provisorische Nox-Futteral in den Kamin zu werfen. »Ist ja schon gut, Koreander. Beruhige dich, Jungchen. Wir werden schon handelseinig.« Und sich dem Breschenschläger zuwendend, schrie er mit schriller Stimme: »Du hörst doch, was er will,

Fettwanst. Jetzt wälz deinen Körper endlich zum Quartier dieses Bücherwurms und bring ihn her.«

Der kugelrunde Halunke quälte sich von der Bank hoch, zog wie eine Schildkröte seine Stummelgliedmaßen ein und rollte aus dem Raum. Bis zur Ankunft von Herrn Trutz belauerten sich Karl und Elster gegenseitig. Qutopía gesellte sich derweil zu Karl und hielt sich an ihm fest. Sie wusste, was er vorhatte, aber zum ersten Mal seit ihrem Kennenlernen war in ihm mehr Entschlossenheit als in ihr.

Der Breschenschläger kehrte zurück und in seiner Begleitung der Bibliothekar. Der Alte sah wohlgemut aus, nicht im Geringsten wie ein um sein Leben bangender Gefangener.

Auch Karls Rückkehr schien ihn nicht sonderlich zu überraschen. »Mein lieber Koreander«, freute er sich. »Sie sind aber schnell wieder da. Haben Sie gefunden, wonach es meinen Gastgeber gelüstet?«

»Ja. Aber um es zu bekommen, musste ein hoher Preis bezahlt werden.«

Ein besorgter Ausdruck trat in Herrn Trutzens Gesicht. »Ihnen geht es doch gut, junger Freund?«

»Keine Sorge. Qutopía und ich sind für unsere Mühe reich belohnt worden. Doch dazu später. Zuerst müssen wir mit unserem – wie sagten Sie doch so schön? – ›Gastgeber‹ handelseinig werden. Bitte kommen Sie zu mir.«

Herr Trutz löste sich von der Seite des Breschenschlägers und durchquerte, auf seinen Gehstock gestützt, den Raum. Als er am Kamin angelangt war, küsste ihn Qutopía auf die Wange und flüsterte ihm dabei etwas ins Ohr. Dann legte sie ihre Hand schützend um seine Schulter.

»Sie können später weiterschmusen«, presste Elster mit gequälter Stimme hervor. »Bringen wir die Sache zu Ende. Ich will den Nox. Und die schwarze Perle.«

Karl nickte entschlossen. »Ja. Wir werden jetzt gehen und mit dem Glücksdrachen Ihre gastliche, aber doch ein wenig düstere Stadt verlassen ...«

»Und der Handschuh?«

»Den lasse ich fallen, sobald wir in die Luft steigen.«

»Das ist keine gute Idee.«

»Manchmal muss man sich mit dem Zweitbesten zufriedengeben.«

»Ich traue dir nicht, Bürschchen.«

»Ich Ihnen auch nicht, Herr Elster. Vielleicht darf ich einen Kompromiss vorschlagen?«

»Ich verhandle nicht.«

»Also gut.« Karl hielt den Handschuh dicht vor das Kaminfeuer.

»Sofort aufhören!«, schrie Elster, und als Karl innehielt, fügte er hinzu: »Lass schon hören. Was schlägst du vor?«

»Der Meisterbibliothekar und das Drachenmädchen gehen vor zum Drachen. Es ist vor allem ihr Leben, das mir am Herzen liegt. Wir werden uns dann schon irgendwie einig.«

Elster knirschte mit den Zähnen. »Einverstanden.«

Karl umarmte Qutopía, dann schüttelte er Herrn Trutz die Hand. »Tun Sie einfach, was das Drachenmädchen Ihnen sagt«, flüsterte er.

»Kommen Sie, Meisterchen, ich helfe ihnen«, sagte die Pilotin so laut, als wäre der Bibliothekar schwerhörig. Sie nahm ihn wie einen Tattergreis unter dem Arm und führte ihn zum Ausgang.

Der König der Diebe gab seinen Halunken einen unmissverständlichen Befehl. »Lasst sie auf ihre Drachenmaschine aufsteigen, und wenn sie es wollen, dann sollen sie abfliegen. Aber falls Koreander draußen aufkreuzt, ohne dass ich es erlaubt habe, dann macht ihr sie alle nieder.«

Der alte Mann und das Mädchen verließen in Begleitung der Halunken den Raum.

Elster sah ihnen nach. Als sie außer Sicht waren, wandte er sich wieder zu Karl um und verkündete mit drohendem Unterton: »Jetzt sind nur noch wir beide da.«

Karl nickte und wischte sich mit der freien Hand über die Stirn. Die Hitze vor dem Kamin wurde allmählich unerträglich. »Wenn man um ein wirklich wertvolles Stück verhandelt, ist es ohnehin nützlich, dass sich die Entscheidungsträger allein austauschen.«

»*Austauschen.* Das ist ein passendes Stichwort. Ich habe dir das Leben des Alten und des Mädchens gegeben. Ein guter Handel wird Zug um Zug vollzogen. Jetzt wäre der geeignete Zeitpunkt, mir die Perle und den Nox zu geben, finde ich – Letzteren gut verpackt in dem Handschuh, wenn ich bitten darf.«

»Und was geschieht dann mit mir?«

»Das wird sich zeigen.«

»Sie wollen mich an Gmork ausliefern.«

»Wie kommst du denn da drauf?« Elsters Antwort kam ein wenig zu schnell, um unverfänglich zu klingen.

Karl ahnte, wie die Befehle des Werwolfs lauteten, und die Vorstellung trieb ihm den Schweiß erst richtig aus den Poren. »Was zahlt er euch dafür, dass ihr mich einfangt?«

»Nichts, was man mit Geld aufwiegen könnte.«

»Die Herrschaft über Noktunia?«

»Ha!«, lachte Elster. »Als wenn ich mich mit ein wenig Schwarz begnügen würde, wenn ich alle Farben haben kann.«

»Er hat Ihnen ganz Phantásien versprochen?« Karl keuchte in echter Betroffenheit.

»Gmork hat für die Innere Welt keine Verwendung.«

Er muss dem Fünfgesichtigen Gogam zu Willen sein. Dann

sind es die Unaussprechlichen, die Phantásien vernichten wollen! Die Erkenntnis traf Karl wie ein Stromschlag. Er schwankte.

»War wohl ein bisschen viel, die Jagd nach dem Nox«, sagte Elster in geheuchelter Sorge. »Willst du einen Schluck zu trinken?«

Karl nickte. »Ja, bitte. Aber sehen Sie sich vor! Ich kann den Handschuh immer noch ins Feuer fallen lassen.« Zur Bekräftigung wedelte er mit dem kostbaren Stück vor dem Kamin.

»Ruhig Blut, Jungchen«, sagte Elster, goss aus einem Zinnkrug roten Wein in einen Becher und näherte sich vorsichtig seinem Hilfsdieb. Nachdem Karl das Gefäß entgegengenommen hatte, zog sich Elster wieder einige Schritte zurück.

Karl nippte nur an dem Wein, stellte den Humpen auf den Kaminsims neben den Nox und stutzte. Auf dem Zinnbecher befand sich ein schneeweißer Handabdruck. Dann begriff er. Grinsend zeigte er dem Räuberhauptmann die farblose Innenfläche seiner Linken. »Das habe ich dem Dunkelstein zu verdanken. Offensichtlich holt sich meine Hand nun zurück, was er ihr genommen hat – auf Kosten anderer, die ein wenig Dunkelheit entbehren können.«

Elster untersuchte hektisch seine Rechte, mit der er dem Hilfsdieb das Trinkgefäß gereicht hatte. Wenngleich er an sich keine weißen Flecken entdecken konnte, wirkte er wenig beruhigt.

Karl fragte sich, ob Qutopía und Herr Trutz inzwischen beim Drachen waren? Er konnte Elster nicht länger hinhalten. Noch einmal griff er nach dem Humpen, nahm nun jedoch einen auffällig großen Schluck Wein und fing plötzlich an zu husten. Der Zinnbecher rutschte ihm aus der Hand und fiel scheppernd zu Boden. Rotwein spritzte heraus. Elster rang sichtlich mit sich, ob er losstürmen und dem dreisten Gehilfen den Handschuh entreißen sollte. Weil Karl mit dem Handschuh in der Luft herumwedelte und dabei dem Feuer ein paarmal bedrohlich nahe kam, zögerte der Dieb. Man hätte glauben können, der junge Mann sei am Ersticken, so hustete und röchelte er.

»Was war in dem Wein?«, krächzte Karl und hustete abermals, als würden ihm jeden Moment die Eingeweide hochkommen. »Wollten Ihre Spießgesellen Sie vergiften?« Er hielt sich die Hände vor den Bauch, taumelte ein wenig zur Seite, weg vom Kamin, und krümmte sich.

Das war der Moment, auf den Elster gewartet hatte. Er stürzte mit drei, vier schnellen Sätzen zu der Stelle, wo sein Hilfsdieb nach Luft rang. Aber plötzlich verschwand Karl direkt vor seinen Augen.

»Bei den sieben wilden Räubern!«, keuchte Elster. Er war völlig perplex. Wie konnte so etwas sein? Ein Mann löste sich nicht einfach in Luft auf. Dann kam ihm der gläserne Gürtel in den Sinn, und er brüllte Spitzelfopps Namen. Der kleine Räuber hatte ausdrücklich gemeldet, dass der Gürtel zurückgegeben worden sei.

Der König der Diebe wurde mit einem Mal sehr still. Wie auch immer, wenn Koreander sich nicht einfach weggezaubert hatte, sondern unsichtbar immer noch in diesem Raum war, dann musste er sich früher oder später verraten. Elster blickte sich um. Zu dumm! Die Flammen im Kamin knisterten zu laut, um leise Schritte vernehmen zu können. Dann wanderte sein Blick etwas höher und blieb am Kaminsims hängen.

Elster brüllte vor Wut auf.

Nachdem Karl die zweite Hälfte des gläsernen Gürtels unter seinem Jackett geschlossen hatte und damit unsichtbar geworden war, huschte er wie ein Schatten um den heranstürmenden Oberdieb herum. Während Elster auf die leere Stelle starrte, wo eben noch ein Mensch gestanden hatte, schnappte sich Karl zuerst die Kopie des Nox, dann das Original. Ihm fehlte die Zeit, um es in den Handschuh zu stecken, deshalb ließ er den Dunkelstein ohne schützende Hülle in seine Manteltasche gleiten. Jetzt würde sich zeigen, wie rein sein Herz wirklich war.

Anschließend huschte er in Richtung Ausgang. Er war noch nicht sehr weit gekommen, als hinter ihm der wütende Aufschrei Elsters ertönte. Der Halunke hatte den Verlust seiner schwarzen Hände also bemerkt. Nur wenige Augenblicke später hörte Karl schwere Schritte hinter sich. Elster hatte die Verfolgung aufgenommen. Dann brüllte der König der Diebe Befehle.

»Der Bursche hat den Nox gestohlen! Haltet den Dieb! Bringt ihn mir! Aber lasst ihn leben!«

Karl rannte so schnell er nur konnte. Er hörte immer noch die wutschnaubende Stimme Elsters durchs Haus hallen. Die Befehle wurden in wechselnder Reihenfolge und mit immer blutrünstigeren Anreicherungen wiederholt.

»Bringt mir endlich diesen verfluchten Burschen und vor allem den Nox! Wenn alles vorüber ist, drehe ich ihn durch den Wolf ... Ich reiß ihm das Herz heraus, dem Satansbraten. Gebt mir auf den Nox Acht! ... Brecht ihm meinetwegen die Knochen, aber tötet ihn nicht. Lasst ihn auf keinen Fall zum Haus hinaus, den Dreckskerl ...«

Die Liste der Flüche und Verwünschungen soll an dieser Stelle nicht unnötig ausgedehnt werden. Festzuhalten bleibt, dass Karl in arge Bedrängnis geriet. Er hätte nie gedacht, dass derart viele Halunken zu Elsters Hofstaat gehörten. Aus allen Ecken strömten sie hervor wie Ratten, die auf einem sinkenden Schiff an Deck wuseln. Ihr vorrangiges Ziel war das Versperren sämtlicher Fluchtwege, die nach draußen führten.

Karl hastete eine Treppe hinauf und folgte einem Flur, der durch Öllampen an den Wänden erleuchtet war. Plötzlich öffnete sich vor ihm eine Tür. Schnell drückte er sich an die Wand und legte seine Rechte auf den gläsernen Gürtel, um ja kein Geräusch zu verursachen. Aus der Tür trat, ohne erkennbare Eile, ein kleines, nacktes Kind mit einem auffallend großen Kopf. Es sah nicht älter aus als vier Jahre und war auf eine erschreckende Weise mager. Seine Bewegungen wirkten dennoch so elastisch und sicher wie bei einem vor Kraft strotzenden Erwachsenen. Als das Kind sich umdrehte und auf Zehenspitzen die Tür ins Schloss zog, zeigte es Karl sein Gesicht. Es war alt wie bei einem Greis und spiegelte das boshafte Wesen des kleinen Geschöpfes wider. Für einen Moment schienen die großen violettfarbenen Augen des Wechselbalgs Karl direkt anzusehen. Er erstarrte.

Es kam ihm so vor, als wäre die Zeit stehen geblieben. Dabei vergingen höchstens zwei, drei aufgeregte Herzschläge, bis sich das Greisenkind wieder rührte. Es wandte ihm den Rücken zu und lief den Gang hinauf. Karl kannte sich zu wenig in der Physiognomie von Wechselbalgen aus, um beschwören zu können, dass es derselbe war, den er durch das Magieskop im Kristallpalast von Wolkenburg gesehen hatte, aber er war sich doch ziemlich sicher. Ihn hätte brennend interessiert, ob Elster den verwandlungsfähigen Spion auf eigene Rechnung in König Kumulus' Palast geschickt hatte oder ob dies als »Dienst am Kunden« geschehen war. Für Gmork.

Ich könnte doch ... Karl folgte auf leisen Sohlen dem Wechselbalg. Durchs Haus hallten immer noch die aufgeregten

Stimmen der Diebe, die sich gegenseitig anfeuerten, beschimpften und den Fortschritt ihrer Suche meldeten.

Jemand rief: »Vielleicht ist er nach oben gelaufen.«

Und ein anderer erwiderte: »Dann steckt er in der Falle.«

Eine dritte Stimme, die Karl bekannt vorkam, schrie: »Verdammt! Jetzt weiß ich, was der Bursche vorhat.«

Endlich hatte Karl den linken Ärmel seines Mantels hochgeschoben und den yskálnarischen Kompass vom Handgelenk gelöst. Zu schade, dass Qutopía ihn auf ein neues Ziel eingestellt hatte, sonst wüsste er jetzt, ob der Wechselbalg vor ihm derselbe war, den er in Wolkenburg als Sammelraben gesehen hatte. Karl hielt die Unterseite des Instruments in Richtung des Verfolgten und blickte durch das Justierloch. Als das Greisenkind darin erschien, stellte sich der yskálnarische Kompass auf sein neues Ziel ein. Kein Augenblick zu früh, denn unvermittelt polterte, dem Geräusch nach zu urteilen, ein Riesenhalunke heran.

Es war der kleine Räuber.

Der Wechselbalg drehte sich zu dem Einäugigen um und blickte einmal mehr direkt durch Karl hindurch. »Spitzelfopp, du bist es. Habt ihr ihn immer noch nicht erwischt?«

»Nein. Du könntest ruhig mithelfen, Täuschel.«

»Ich habe andere Befehle, das weißt du genauso gut wie ich. Der Herr muss erfahren, was vorgefallen ist.«

»Das wird Elster nicht gefallen. Du solltest wenigstens warten, bis wir den Nox wiederhaben.«

»Camouflagius ist gerade zurückgekommen. Sobald feststeht, ob ihr es wieder mal vermasselt habt, wird er nachkommen.«

Ohne ein weiteres Wort wandte sich Täuschel wieder um, und Karl wurde Zeuge einer unheimlichen Verwandlung. Wie ein Schwimmreifen, aus dem plötzlich die Luft entwich, schrumpfte der nackte Kinderkörper zusammen, bis er etwas größer als ein Spatz, aber kleiner als eine Krähe war. Zugleich wurde er, abgesehen von einem kleinen, strahlend blauen Fleck, kohlrabenschwarz. Im nächsten Moment flatterte der falsche Sammelrabe durch den Flur zu einer Stiege und verschwand in ein höheres Stockwerk.

Genau dorthin wollte auch Karl, und es wurde höchste Zeit, sich aus dem Staub zu machen. Qutopía hatte eindeutige Anweisungen, und sie würde pünktlich abfliegen, um wenigstens das Leben von Herrn Trutz zu retten. So leise wie möglich schlich er zur Treppe. Leider war Elsters Palast im Laufe vieler Jahre durch ständige Anbauten aus einem eher bescheidenen Fachwerkhaus gewachsen, und im Moment befand sich Karl in diesem ältesten Teil. Man konnte kaum einen Schritt machen, ohne dass irgendwo Dielen oder Balken knarrten. So auch jetzt.

»Ist da wer?«, stieß Spitzelfopp hervor. Er hielt den Kopf schräg, um besser lauschen zu können.

Wieder knarrte ein Bodenbrett unter Karls Fuß. Er wünschte, er hätte Flügel wie dieses garstige Kind namens Täuschel.

Das runzlige Gesicht des kleinen Räubers verzog sich zu einem diebischen Grinsen. »Koreander. Du bist hier, nicht wahr? Hast alles mitangehört.«

Endlich hatte Karl die Treppe nach oben erreicht. Sie würde gewiss noch lauter knarren. Er nahm nun keine Rücksicht auf verräterische Geräusche mehr, sondern rannte so schnell er konnte hinauf. Hinter ihm rief Spitzelfopp nach Verstärkung.

Im zweiten Stock angekommen, versuchte Karl sich kurz zu orientieren. Er hatte nicht die geringste Ahnung, wie sich die Gänge und Zimmer auf das verwirrende Haus verteilten, aber sein Orientierungssinn wies ihm die richtige Richtung. Hinter sich hörte er die Schritte des Verfolgers. Als er sich umwandte, sah er Spitzelfopp näher als erwartet hinter sich. Karl erschrak und verlor fast das Gleichgewicht. Wankend und nach Halt suchend, stieß er gegen die Wand und riss eine dort aufgehängte Lanze aus der Halterung. Die Waffe stürzte mit lautem Knall zu Boden.

»Er ist irgendwo hier oben«, keifte Spitzelfopp.

Karl rannte weiter in die Richtung, in der er sein Ziel vermutete. Plötzlich endete der Gang. Eine Tür! Karl stieß sie auf und warf sie hinter sich gleich wieder zu. Ein schwerer Schlüssel steckte im Schloss. Den drehte er herum.

Sackgasse oder Notausgang? Der Raum, in dem er sich befand, war absolut finster – der Normalfall in Kleptonia. Blind taumelte er voran. Hinter ihm hämmerten Fäuste gegen die massive Holztür. Der kleine einäugige Räuber würde sie wohl allein nicht aufbrechen können, aber die Verstärkung war schon unterwegs. Karl stieß mit dem Schienbein gegen ein Möbelstück und jaulte vor Schmerzen auf. Während er noch mit ausgestreckten Armen durch die Finsternis tappte, hörte er hinter sich ein lautes Krachen, begleitet von einem berserkerhaften Laut. *Breschenschläger!* Jetzt war er verloren …

Plötzlich erschien vor ihm ein unförmiger rosenfarbener Lichtfleck. Karl blickte in zwei Augen, die wie riesengroße Rubine aussahen: der Kopf des Glücksdrachen, der immer noch im Schlafzimmer von Elsters Gattin hing. Vor Karls Augen schob er sich langsam aus dem Raum.

Mit wenigen Sätzen war er bei dem Loch. Der große löwenartige Kopf hatte das Haus schon verlassen. Karl sprang. Für einen Augenblick sah er tief unter sich im rosigen Licht den verschneiten Platz. Dann landete er unsanft auf der Schnauze des Glücksdrachen.

»Was war das?«, rief die Pilotin.

»Ich. Karl«, antwortete er und rappelte sich wieder auf.

Geschickt balancierte er über den langen Drachenhals auf das Drachenmädchen und den Bibliothekar zu. Hinter ihm zerbarst die Schlafzimmertür unter dem Gewicht des Breschenschlägers.

»Flieg, Qutopia, flieg, *Fuchur«*, schrie Karl, während er noch lief.

Das Drachenmädchen konnte seinen Gefährten zwar nicht sehen, war aber auf einen Blitzstart vorbereitet. Der Fluidumkonvektionsantrieb heulte kurz auf und schon schoss der Glücksdrache nach oben.

Der Breschenschläger warf sich zu spät aus der Fensteröffnung und landete ziemlich unsanft im Schnee.

DIE MEISTERBIBLIOTHEKARE

Die Chroniken von Phantásien berichten Widersprüchliches über Elsters Schicksal. Einige nicht sehr zuverlässige Quellen behaupten, er sei von einem seiner Männer, einem Breschenschläger, platt gewalzt worden, als es zwischen ihnen zum Streit kam. Andere Zeugen wollen erfahren haben, dass er von einem großen Wolf gerupft wurde und sich nicht mehr erholte. Die offizielle Version, die sich in den Legenden von Phantásien am weitesten verbreitete, ist jedoch folgende:

Nachdem Elster sich den Nox hatte stehlen lassen, war er für die vereinigten Diebeszünfte von Kleptonia als Anführer untragbar geworden. In Gestalt einer Ratte ertappte ein Wechselbalg namens Camouflagius den großen Elster bei einem schäbigen Raub. Der ehemalige König der Diebe wurde rechtskräftig verurteilt und der Stadt verwiesen. Zum Hohn gab man ihm eine lächerliche Waffe mit auf den Weg, ein Kinderschwert, wie es schien, mit einem Griff aus Holz; irgendjemand hatte es in seinem Palast gefunden. Eine Zeit lang irrte er heimatlos kreuz und quer durch Phantásien. Er versuchte sich mit ein paar Räubereien über Wasser zu halten, scheiterte aber jämmerlich, weil ihm das Schwert den Gehorsam verweigerte und sich partout nicht aus der Scheide ziehen ließ. Bei einer Wüstendurchquerung wurde es Elster zur kräftezehrenden Last, und er warf es einfach fort.

Schließlich erreichte er die Alte Kaiser Stadt. Elsters Schicksal wird von den phantásischen Historikern gerne als Beweis dafür angeführt, dass jeder, der sich zum Kaiser über die Innere Welt berufen fühlt, sich irgendwann zum Idioten macht. Wie dem auch sei, Elster wurde wieder sesshaft und machte mit einem verrückten Waldschrat, der übrigens Skrzat hieß, eine gut gehende Haarspalterei auf. Obwohl ihre Tätigkeit völlig sinnlos war, erlangten die beiden damit noch einmal großen Ruhm. Aber das ist eine andere Geschichte und soll ein andermal erzählt werden.

Der große Wolf schnappte schneller zu, als der unechte Kollek-Tibe reagieren konnte. Unversehens fand sich der Wechselbalg, der eben noch von den Ereignissen in Elsters Haus berichtet hatte, im Magen seines Auftraggebers wieder. Gmork pflegte seine Helfer üblicherweise nicht zu verschlucken – vertrauenswürdige Halunken waren schwer zu finden –, aber in diesem besonderen Fall machte er eine Ausnahme. Er wollte den Reitern auf dem vorüberfliegenden Glücksdrachen zeigen, was sie von einem herzlosen Wesen wie ihm zu erwarten hatten.

»Ach du liebes bisschen! Er hat ihn einfach verschluckt. Habt ihr das gesehen?«, stieß Karl hervor. Er saß wieder hinter Qutopía und Herrn Trutz. Die *Fuchur* umkreiste in einem weiten Bogen die Phantásische Bibliothek. Im Abendrot saß auf einem Hügel aus bräunlichem Gras – nun allein – der ochsengroße Wolf.

Der Meisterbibliothekar nickte mit versteinerter Miene. »Das muss Gmork sein. Hat wohl gehofft, wir würden von hier oben nicht bemerken, was er tut.«

»Was sagt der Kompass?«, rief Qutopía von vorn.

Karl schob den linken Ärmel des Mantels hoch. »Wie festgebacken.«

»Dann ist der gefiederte Spion vermutlich schon verdaut.«

»Manchmal kann Pflichterfüllung tödlich sein.« Karl blickte dem Wolf nach, der ohne allzu große Eile den Hügel hinabtrottete. »Wartet mal! Ich habe eine Idee.« Rasch löste er den yskálnarischen Kompass vom Handgelenk und visierte Gmork durch das Justierloch an. Danach kontrollierte er den Stengel, der aus einem andrusischen Vergissmeinnicht stammte. Die grüne Kompassnadel richtete sich zitternd auf den Werwolf aus. »Ich habe ihn markiert.«

»Sie haben was?«, fragte Herr Trutz.

»Gmork. Der Kompass ist auf ihn ausgerichtet. Jetzt können wir ihn finden, egal wohin er geht. Am besten, wir nehmen gleich die Verfolgung auf.«

Der Alte schüttelte den Kopf. »Sie sind ja gar nicht wiederzuerkennen, junger Freund. Trotzdem sollten wir nichts überstürzen, sondern uns erst einmal gründlich beraten. Sie haben mir da auf dem Flug ein paar Dinge erzählt, die ich noch nicht zusammenbekomme. Lasst uns landen, Kinder. Möglichst dicht bei der Bibliothek, wenn ich bitten darf. Ich spüre mein altes Hinterteil nämlich nicht mehr.«

Das Drachenmädchen landete die *Fuchur* sicher und sanft auf der Wiese vor dem Bücherturm. Es wehte ein eisiger Wind. Die Borkentrolle versahen noch immer treu ihren Wachdienst, aber die meisten ihrer Blätter waren abgefallen. Schon aus der

Luft hatte Karl die besorgniserregenden Veränderungen in der vormals so grünen Landschaft gesehen. Es war kein normaler Herbst, der den Lebenssaft in der Natur immer zäher werden ließ, sondern die rätselhafte Krankheit. Nicht mehr lang, und alles würde unter einem Eispanzer erstarren.

»Wie geht es dir, Knarz, du alter Wurzelgnom?«, begrüßte Herr Trutz den Wächter, der vor dem Haupteingang des Bücherturms Posten stand.

»Ach«, antwortete der mit tiefer, trauriger Stimme und knarrte lang – für Borkentrolle war das gleichbedeutend mit einem tiefen Seufzer. »Ich fühle mich saft- und kraftlos. Meine Jahre sind gezählt, fürchte ich.«

»Jetzt male nicht Donner- und Blitzschlag an den Himmel. Eine alte Borkenhaut wie du steckt diese kleine Kälte doch mit Leichtigkeit weg.«

»Schön wär's. Ich bin nicht der einzige unter uns Wächtern, die über Astreißen klagen. Aber lass uns über etwas anderes reden, sonst werde ich noch schwermütig. Hier haben sich alle große Sorgen um dich gemacht, ehrenwerter Thaddäus. Je kleiner eure Mitarbeiter, desto ungeduldiger sind sie. Hast du auf deiner Reise etwas erreicht?«

Herr Trutz wiegte den Kopf hin und her. »Ich denke schon. Der ehrenwerte Karl, das Drachenmädchen Qutopia und ich müssen uns noch beraten. Albega wird uns unterstützen. Lass die Zweige nicht hängen, alter Freund. Der nächste Frühling kommt bestimmt.«

Karl bewunderte den Meisterbibliothekar für seine Fähigkeit, andere aufzumuntern. Die drei Gefährten verabschiedeten sich von den Borkentrollen und betraten den äußeren Arkadenweg der Phantásischen Bibliothek. Herr Trutz war zu entkräftet, um den weiten Weg in sein Arbeitszimmer auf eigenen Beinen zu bewältigen, deshalb setzte er sich schon nach wenigen Höhenmetern, die er anscheinend nur mit Hilfe seines Gehstocks zu bewältigen vermochte, auf eine steinerne Bank und rief zwei vorbeiflatternde Buchfalter zu sich. Den einen schickte er zu Alphabetagamma und den zweiten zum Schlag der Briefgreife.

Die von der Reise müden Gefährten gönnten sich einige Minuten der Erholung. Jeder hing seinen eigenen Gedanken nach. Karl bewunderte den feuerroten Abendhimmel. So wie es in Noktunia immer dunkel war, wurde die Region um die Phantásische Bibliothek mehr als jede andere von der Sonne verwöhnt. Der kleine Zeiger seiner Taschenuhr stand genau auf der Acht. Bald würde sein siebter Tag in Phantásien anbrechen.

»Herr Trutz?«

»Ja?«

»Könnten wir die kurze Verschnaufpause nicht dazu benutzen, die Generalvollmacht zu einem rechtsgültigen Dokument zu machen?«

»Was wollen Sie?«

Karl zog den zerknitterten Bogen aus der Brusttasche seines Mantels. Das Papier sah aus, als hätte es schon sieben Jahre dort gesteckt. Er faltete es auf und reichte es dem Meisterbibliothekar.

»Die Vollmacht! Richtig!«, sagte Herr Trutz leise, als erinnerte er sich erst jetzt. »Sie haben sich das Antiquariat wirklich verdient, mein lieber Koreander. Haben Sie einen Stift? Möglichst dokumentenecht, wenn es geht.«

Karl blickte den Bibliothekar aus großen Augen an. »Nein. Ich dachte, Sie ...«

»Ich?« Herr Trutz lachte. »Du liebe Güte, ich habe die Taschen am liebsten immer leer. Nein, damit kann ich Ihnen leider nicht dienen.«

»Und du, Qutopía?«, fragte Karl das Drachenmädchen.

Sie schüttelte den Kopf und sah ihn nicht einmal an. Irgendwie wirkte sie abwesend. Oder böse?

Karl seufzte. »Dann müssen wir eben warten, bis wir in Ihrem Arbeitszimmer sind.« Er faltete die Vollmacht wieder zusammen und steckte sie diesmal in die linke Innentasche seines Jacketts.

Kurze Zeit später landete ein riesiger Briefgreif auf der Plattform. Herr Trutz begrüßte ihn wie einen alten Bekannten.

»Huschhusch, meine alte Adlerlöwin. Ich dachte schon, wir würden uns nie mehr wiedersehen.«

Auch Karl war von der Bank aufgesprungen und zu dem Greif geeilt. Sprachlos betastete er die Narbe an Huschhuschs Brust, wo die Pfeilviper sie getroffen hatte. Der Greif schien ihn sofort wiederzuerkennen und begann laut zu schnurren.

»Bringe uns auf dem schnellsten Weg in mein Arbeitszimmer, altes Mädchen«, sagte Herr Trutz.

Wenig später landeten sie auf einer anderen Terrasse in schwindelnder Höhe. Karl konnte sich noch gut erinnern, wie er sich vor fast einer Woche hier oben gefühlt hatte. Jetzt wunderte sogar er sich über die Verwandlung, die er in dieser Zeit durchgemacht hatte. Über eine Wendeltreppe gelangten sie in das Arbeitszimmer des Meisterbibliothekars. Während den Fuß des Bücherturms schon Schatten umschlichen, schien hier oben immer noch die Sonne. Der Glanz in dem großen Sprossenfenster kam Karl angenehm vertraut vor.

Auf dem Schreibtisch wartete ein Männchen, das man leicht für einen großen Bleistift hätte halten können. Dieser Eindruck verflüchtigte sich aber, als Albega die Ärmchen hochriss und auf seinen winzigen Beinen wie ein grün lackierter Blitz über die Arbeitsplatte flitzte. »Meister, du bist wieder da! Wunderbar! Wunderbar!«

Herr Trutz lief mit kurzen, aber schnellen Schritten auf den Tisch zu. Kein einziges Mal benutzte er dabei seinen Stock. »Was hattest du denn gedacht, alter Griffel und Weggenosse?«

»Hat der Grünschnabel dich gefunden?« Albegas winziger Daumen deutete auf Karl.

»Ich bitte doch um etwas mehr Respekt. Karl Konrad Koreander ist mein designierter Nachfolger. Die Kindliche Kaiserin hat ihn bestätigt.«

»Hab ich mir gleich gedacht.«

»Und das da ist Qutopía, die Tochter Querolats.«

Albega warf die kleinen Arme hoch. »Etwa *der* Querolat? Der legendäre Weltreisende? «

»Sie kennen meinen Vater?«, fragte Qutopía sichtlich geschmeichelt.

»Ich wäre ein miserabler Bücherdrill, wenn ich noch nie etwas von dem Mann gehört hätte, der von jedem Land Phantásiens eine Karte besitzen soll.«

»Und weil du so belesen bist, brauchen wir deinen Rat, Griffelchen«, erklärte Herr Trutz. An die anderen beiden Gefährten gewandt fuhr er fort. »Bitte setzt euch doch. Holt euch den Sessel von da heran. Ich muss für eine Sekunde meine Bücher begrüßen.«

Karl und Qutopía wechselten einen Blick, sagten aber nichts. Inzwischen kannten sie ja die Marotten des Alten. Das Drachenmädchen ließ Albega auf ihre Hand klettern und setzte sich einfach auf den Schreibtisch. Karl humpelte zur seitlichen Regalwand, wo der Ohrenbackensessel stand. Zunächst befreite er sich von einer Last, die ihm seit Stunden nicht nur die Manteltaschen ausgebeult, sondern ihn auch auf eine andere, schwerer zu beschreibende Weise niedergedrückt hatte. Er legte den inzwischen wieder behandschuhten, aber nach wie vor eisigen Nox sowie das Duplikat auf ein Regalbrett und atmete auf. Die Tasche, in der er die schwarze Hand aufbewahrt hatte, war kalt wie eine Kühlkammer. Erleichtert schob er den hochlehnigen Sessel zum Schreibtisch.

Herr Trutz war derweil zur großen Bücherwand geschritten, die dem Fenster genau gegenüberstand. Er breitete davor die Arme aus und schwärmte: »Seid mir willkommen, meine Lieblinge. Ah, und wie ihr klingt! Hören Sie es auch, mein lieber Koreander?«

Karl musste schmunzeln. »Nein, aber ich rieche ihren Duft. Er ist sehr angenehm.«

»Ach ja, das hatte ich fast vergessen. Prächtig, nicht wahr?«

»Hier lässt es sich bestimmt angenehm arbeiten.«

Herr Trutz drehte sich um. »Das will ich wohl meinen. Ein bisschen werde ich das hier alles schon vermissen.«

»Wollen Sie immer noch ...?«

»Zu Hallúzina? Aber natürlich will ich das. So habe ich es beschlossen und versprochen.«

»Selbst wenn Sie dadurch zum Narren werden?«

Herr Trutz kehrte langsam zum Schreibtisch zurück und lächelte wie ein gütiger Großvater. »Mein lieber Karl – ich darf Sie doch so nennen, oder?«

»J-ja«, stotterte der. Trotz oder gerade wegen all der gemeinsam und auch füreinander durchstandenen Abenteuer überraschte ihn diese Frage.

»Sehen Sie, Karl, jeder muss für sich lernen, die Folgen seiner Entscheidungen zu tragen, egal ob sie nun gut oder schlecht sind. Je eher er sich über seine Schwächen und Fehler klar wird, desto leichter wird es ihm fallen, mit ihnen zurechtzukommen. Mein Entschluss ist es, gemeinsam mit Hallúzina auf dem Weg des Lebens in den Sonnenuntergang zu wandern. Und mir ist es ganz egal, wie andere das Wort Glück buchstabieren, ob sie mich einen alten Narren heißen oder über mich den Kopf schütteln. Es gibt immer den breiten, ausgetretenen, bequemen Weg, den alle gehen, obwohl er nur im Kreise führt. Wer diesen Weg wählt, wird fast nie anecken. *Man kann es aber auch ganz anders machen.*«

Herr Trutz zwinkerte Karl zu, dem es in diesem Moment wie Schuppen von den Augen fiel. Der Alte hatte ihn gerade an sein Lebensprinzip erinnert, das wie eine geheime Botschaft ganz unten auf dem Vermächtnis in der Dokumentenmappe verborgen gewesen war, die er seinem Nachfolger im Buchladen zurückgelassen hatte.

»Leider unterlaufen einem dabei manchmal dumme Schnitzer«, seufzte Karl.

Herr Trutz ließ sich schwer in seinen Schreibtischstuhl sinken, stützte die Rechte auf den Gehstock und nickte. »Das gehört dazu. Aber Sie haben Ihre Aufgabe, wie ich finde, prächtig gemeistert – was ich offen gestanden auch nicht anders erwartet hatte.«

»Ich muss Ihnen etwas beichten, Herr Trutz. Die schwarze Perle, die ich hier in der Bibliothek gefunden habe …«

Der Alte nickte. *»Die Gewogenen Worte.* Was ist damit?«

»Sie sind weg.«

»Das ist kaum möglich. Oder waren Sie zwischenzeitlich in der Äußeren Welt und haben sie dort bei einem Pfandleiher versetzt?«

»Mir ist nicht zum Scherzen zumute, Herr Trutz.«

»Sagen Sie bitte Thaddäus zu mir, Karl.«

»Hören Sie mir überhaupt zu?« Karl hatte in seiner aufwallenden Verzweiflung die Stimme gehoben, ließ nun jedoch den Kopf hängen. Qutopía beugte sich mit besorgter Miene vor und legte ihm eine Hand auf den Arm.

Herr Trutz überhörte den scharfen Ton. Seine Stimme klang jetzt ungewöhnlich weich. »Ja, mein lieber junger Freund. Ich höre, aber Sie haben noch nicht begonnen zu reden. Ehe Sie in alte Gewohnheiten zurückfallen und sich vorschnell die Schuld für etwas geben, dessen Zeuge Sie vielleicht nur waren, erzählen Sie doch einfach, was geschehen ist. Am besten, Sie fangen ganz von vorn an, damit Albega auch versteht, worum es geht.«

Und das tat Karl dann auch. Er berichtete für den Meisterbibliothekar und den aufmerksam lauschenden Bücherdrill noch einmal ausführlich von der Nacht im Schwarzen Elfenbeinturm, gestand schließlich auch, wie die schwarze Perle durch seine Unvorsichtigkeit ausgebleicht worden war, und präsentierte zum Beweis seine schneeweiße linke Handfläche. Nachdem er abschließend seine »eigene Dummheit« gebührend herausgestrichen hatte, schüttelte er den Kopf und meinte: »Ich bin wohl doch nicht so gut als Meisterbibliothekar geeignet, wenn ich die Bücher der Phantásischen verschwinden lasse.«

Herr Trutz blickte mit versteinerter Miene geradeaus. Qutopía, die mit Albega auf der Schulter vor ihm saß, schien für ihn nur Luft zu sein. »Bitte zeigen Sie mir die Perle«, sagte er unvermittelt.

Karl holte das Taschentuch hervor und faltete es auf der Tischplatte neben Qutopía auseinander. »Sie können Sie ruhig in die Hand nehmen. Inzwischen ist sie nur noch eine stinknormale Perle.«

»Also, dafür ist sie zu groß«, widersprach das Drachenmädchen.

Karl zuckte die Schultern.

Herr Trutz hielt die Perle zwischen Daumen und Zeigefinger dicht vor seine Augen. »Ich spüre nichts mehr von der magischen Anziehungskraft, die sie früher besessen hat. Könnte ich kurz das Magieskop haben?«

Karl wurde rot. »Oh! Das habe ich in Wolkenburg wohl einfach eingesteckt und …«

»Schon gut. Sie können es behalten. Ich will nur rasch hindurchschauen und mich vergewissern …« Herr Trutz verstummte jäh, weil sein Nachfolger einen Ausruf der Verzweiflung und gleich danach einen des Schmerzes ausstieß.

»Auch das noch! *Aaaah,* ist das heiß!« Karl ließ das Monokel auf eine schwarze Dokumentenmappe fallen, die neben Qutopías Oberschenkel auf dem Schreibtisch lag. Erst als das Brennen in seinen Fingern nachließ, bemerkte er, dass es ebenjener Aktendeckel war, den er vor seiner Abreise mit dem Briefgreif hier liegen gelassen hatte.

Herr Trutz beugte sich interessiert über das Monokel. Alles daran, auch das Glas, war schneeweiß. »Was haben Sie noch in der Manteltasche transportiert?«

Selbige wurde von Karl gerade hektisch untersucht. Sie sah von innen so aus, als hätte er darin Weizenmehl transportiert. Seufzend blickte er auf. »Den Nox. Eine Zeit lang ohne den Einhornhaarhandschuh. Vermutlich hat er deshalb Ihr Monokel ausgebleicht. Ich bin ein Riesenhornochse. Erst die Perle und jetzt das. Wie konnte mir das nur passieren?«

»Vermutlich durch Unordnung«, schlug Albega vor. »Du solltest dir ein System anlegen, nach dem du deine Manteltaschen befüllst.«

Karl warf dem vorlauten Bücherdrill einen wütenden Blick zu.

»Wir sollten unser Gehirnschmalz nicht auf kleine Brötchen schmieren«, ging Herr Trutz dazwischen.

Drei Augenpaare sahen ihn verständnislos an.

Mit einem Lächeln heischte der Bibliothekar um Nachsicht. »Ist nur so eine Redensart. Ich wollte damit ausdrücken, dass Karls unkonventionelle Art, seine Taschen als universelle Kleingepäck- und Utensilienbehälter zu benutzen, uns bei der Aufklärung der hiesigen Auflösungserscheinungen einen wichtigen Hinweis liefern könnte.«

»Könnten Sie das noch einmal für Drachenflieger erklären, Meisterchen? Ganz langsam, wenn's geht«, bat Qutopia.

Herr Trutz zog unter einem Dokumentenstapel einen Federhalter hervor und stieß damit das Monokel von dem Aktendeckel. Wie ein schneeweißer Scherenschnitt hob sich sein Umriss da, wo es eben noch gelegen hatte, von der schwarzen Pappe ab. »Stecken Sie es wieder ein, Karl, bevor es uns den Schreibtisch ruiniert. Sie werden's vielleicht auch noch brauchen.«

Karl benutzte seinen zu langen Mantelärmel, um das heiße Monokel anzufassen. Im Nu war es wieder dort verschwunden, wo er es in den letzten Tagen mit sich herumgetragen hatte. »Es tut mir so Leid …«

»Pscht!«, machte Herr Trutz. Dass sein Magieskop unbrauchbar geworden war, schien ihn nicht im Geringsten aufzuregen. Vielmehr versank er abermals in tiefes Nachdenken und starrte dabei auf Qutopias Bauch und doch irgendwie durch sie hindurch …

Nach geraumer Zeit hob er langsam den Kopf, bis seine Augen die des Bücherdrills gefunden hatten. »Denkst du auch, was ich denke, Griffelchen?«

Das Männchen nickte.

»Dann nichts wie los! Lasst uns nachschauen!«

Karl verstand zwar nicht, was in die beiden gefahren war, die wie von der Tarantel gestochen auffuhren und – Albega nun auf der Schulter des Bibliothekars – auf den nächsten Durchgang zusteuerten. Karl und Qutopía sahen sich einmal mehr verständnislos an und nahmen die Verfolgung auf.

»Die ›Abteilung für verschüttete Werke‹«, rief Herr Trutz auf dem nicht eben kurzen Weg einmal über die Schulter. Sie hatten inzwischen ein anderes Stockwerk erreicht und zahlreiche verwirrende Haken geschlagen. Wenig später gelangten sie in einen Raum, der von Gewürzdüften erfüllt war – jedenfalls stellte es sich für Karl so dar. Herr Trutz lief zielstrebig auf ein Regal zu und entnahm ihm ein dünnes, petersiliengrün schimmerndes Büchlein, drehte sich mit strahlender Miene zu den jungen Gefährten um und zeigte ihnen den Titel.

Sie mussten nicht einmal lesen. Das erledigte für sie Albega: »*Die Gewogenen Worte* von Romeo Oratore. Fünfzehn Klinggedichte im Versmaß eines fünffüßigen Jambus. Ein gewichtiges Werk. Sehr zu empfehlen!«

Karl war sprachlos. Nicht nur die wundersame Wiedererweckung des Buches erstaunte ihn, sondern auch sein intensives Aroma. Es duftete nach Kräutern, die er bisher für geruchlos gehalten hatte: *Koriander.*

Qutopía nahm das Werk nur mit den Augen wahr, und dementsprechend klang auch ihre Würdigung. »So ein kleines Buch hat Wolkenburg fast in den Untergang getrieben? Ist ja unglaublich!«

»Die Größe eines Werkes bemisst sich nicht an der Menge des Papiers, auf dem es gedruckt ist«, näselte der Bücherdrill.

Endlich fand Karl seine Stimme wieder. »Aber wie konnte es hierher in die Phantásische Bibliothek zurückkehren?«

Herr Trutz schmunzelte. »Durch Ihren – wie haben Sie es doch gleich genannt? – ›dummen Schnitzer‹. Im Nachhinein betrachtet war es wohl eher ein Geniestreich.«

»Ich fürchte, ich verstehe immer noch nicht.«

»Alle Bücher in der Phantásischen Bibliothek bestehen aus Licht, nicht wahr?«

»Ich habe auch schon versucht, ihm das begreiflich zu machen«, mischte sich Albega ein.

»Bitte halte für einen Moment deinen Mund, Griffelchen.«

Alphabetagamma verschränkte die Arme vor der schmalen Brust und schwieg.

Karl nickte. »Das mit dem Licht ist mir geläufig.«

»Gut. Sie hatten im Schwarzen Elfenbeinturm das Taschentuch mit der darin befindlichen Perle benutzt, um den Nox in den Handschuh zu stecken, richtig?«

Karl nickte.

»Der Nox saugt alles Dunkle auf. So wurde die Perle weiß. Korrekt?«

»Ja. Nicht nur sie.« Karl hielt noch einmal seine weiße Handfläche hoch. »Aber das Buch ... *Die Gewogenen Worte* bestehen, wie Sie ja selbst eben sagten, aus Licht, und der Nox interessiert sich nicht für ...« Mit einem Mal blieb Karls Mund offen stehen.

Herr Trutz nickte dem immer noch eingeschnappten Albega lächelnd zu. »Kluger Junge! Jetzt hat er's auch kapiert.«

»Ungeheuerlich!«, stieß Karl hervor. »Als ich in Xayídes Thronsaal mit ihrem Spiegelbild gesprochen habe, hat es mir beiläufig verraten, was des Rätsels Lösung ist. Edíyax sagte: ›Die schwarze Hand kann das Licht nicht nehmen. Dazu wäre schon eher der Lux geeignet.‹ Das ist es!«

»Vermutlich erzählst du uns jetzt gleich wieder etwas von der Phantásischen Dualität«, bemerkte Qutopía mit einer säuerlichen Miene.

»Du hast es also auch erkannt«, gab Karl ihr Recht und hielt einmal mehr seine weiße Handfläche hoch. »Ich hatte damit auf Elsters Humpen einen ausgebleichten Abdruck hinterlassen. Umgekehrt muss der Lux in der Äußeren Welt auch weiße Perlen schwarz machen können. Und mit dem Licht wird ihnen auch die Wärme entzogen. Deshalb war die Perle, die ich ursprünglich unter den Augen Albegas fand, eiskalt. Sie hat übrigens ein kleines Loch. Gmork dürfte die Perlen wohl an einer Schnur befestigt und über den Lux gezogen haben. Direkt kann er den Lichtstein ja nicht länger berühren, als die Zeit zwischen zwei Atemzügen beträgt, weil er sonst sterben müsste ...«

»Was wiederum bedeutet, dass er die weiße Hand in der Äußeren Welt entdeckt haben muss, obwohl der Fünfgesichtige Gogam sie vor ihm versteckt hatte«, fügte Herr Trutz mit ernster Miene hinzu.

Karl nickte. »Weil Gmork ihm ein äußerst nützlicher Diener ist. Wer sonst kann schon frei zwischen der Äußeren und der Inneren Welt hin- und herwechseln? Die Unaussprechlichen wollen Phantásien zerstören. Ich würde zu gern verstehen, was sie daran so sehr stört, dass sie es im Nichts versinken lassen wollen. «

»Sehen Sie sich unsere Bibliothek genau an, Karl, dann werden Sie es begreifen.«

Karls Blick schweifte zu den Büchern. Mit einem Mal nickte er. »Alles hier ist Licht gewordene Schöpferkraft. Damit werden Veränderungen hervorgebracht.«

»Und Irrtümer aufgedeckt.«

»Aber Lüge, Hass, Wut, Streit und Gier denken nicht daran, *andere* vorwärtszubringen. Die Unaussprechlichen leben in ihrer eigenen Innenwelt.«

»Einem Refugium, in dem das Nichts regiert, die Stille des Todes. Alles was ihre Ruhe dort stört, wollen sie vernichten.«

Qutopía rieb sich die Oberarme. »Jetzt hört aber auf mit diesen Schauergeschichten. Macht lieber einen Vorschlag, wie wir Gmork das Handwerk legen können.«

»Er will mich«, sagte Karl unvermittelt.

Alle sahen ihn verständnislos an. »In aller Bescheidenheit gefragt: Warum gerade Sie und nicht mich?«, gab Herr Trutz zu bedenken.

»Weil Sie zu schlau für ihn sind. Gmork braucht ein Menschenkind, um die zwei Hälften seines Herzens zusammenzubringen. Die Meisterbibliothekare der Phantásischen Bibliothek sind immer Adamssöhne gewesen.«

»Oder Evastöchter«, erklärte Herr Trutz.

»Deshalb hat er *hier* nach jemandem gesucht, der für ihn den Nox in die Äußere Welt trägt, weil er selbst es nicht vermag. Vermutlich hatte er Sie ausspioniert, weil er versuchen wollte, Sie ohne Ihr Wissen für seinen Plan zu gewinnen. Aus diesem Grund ist er vor dem Buchladen aufgekreuzt. Alles mag schon weit gediehen gewesen sein, aber dann kam ich, und Sie verschwanden durch Ihre geheime Bibliothek nach Phantásien, wo sie sich an Gmorks Fersen hefteten. Um mir den Weg in die Innenwelt zu versperren, versuchte er das Tor mit Feuer zu zerstören, aber die unsichtbaren Wächter haben es beschützt. Das dürfte ungefähr der Zeitpunkt gewesen sein, an dem der Werwolf seine Pläne änderte.«

»Inwiefern?«

»Überlegen Sie bitte, Thaddäus: Uns beide hat im Abstand von einem phantásischen Jahr jeweils eine Pfeilviper vom Himmel geholt. Vermutlich war der Waldschrat Skrzat genauso von Gmork gedungen wie Elster und seine Wechselbalge, die sich in Sammelraben verwandeln, hier die Bücher in schwarze Perlen einschließen und sie zu ihm bringen. Jetzt wollte Gmork um jeden Preis verhindern, dass Sie ihm in die

Quere kommen, denn er hatte mich entdeckt, den Zauderer, den Unentschlossenen, den leicht zu Verführenden ...«

»Der Sie aber nur in Ihrer eigenen vernagelten Vorstellung waren.«

»Danke.«

»Keine Ursache. Gmork hat sich in Ihnen gründlich getäuscht, mein lieber Freund.«

»Und nun muss er es mit zwei Bibliothekaren aufnehmen.«

*»Meister*bibliothekaren.«

»Jetzt übertreiben Sie.«

»Doch, doch, wenn ich Meisterbibliothekar sage, dann meine ich auch ...«

»Vielleicht könntet ihr beiden endlich damit aufhören, euch Honig um die Nasen zu schmieren, und lieber einen Vorschlag machen, wie wir diesen räudigen Wolf zur Strecke bringen«, mischte sich Qutopía abermals ein.

Albega stimmte ihr durch heftiges Nicken zu.

»Verräter«, knurrte Herr Trutz in Richtung des Bücherdrills.

Der ging zum Gegenangriff über. »Ich schlage vor, unsere Honigschnute stellt sich freiwillig als Köder zur Verfügung.«

Qutopía sog erschrocken die Luft ein.

»Das kommt überhaupt nicht in Frage«, sagte Herr Trutz kopfschüttelnd.

»Albega hat Recht«, verkündete dagegen Karl.

Das Drachenmädchen eilte an seine Seite und hielt sich an seinem Arm fest. »Aber du kannst doch nicht ...«

Karl sah sie traurig an. »Doch, ich kann. Und ich muss, Qutopía. Es ist der einzig vernünftige Weg, etwas gegen die Unaussprechlichen und ihren Plan zu unternehmen. Gmork ist ihr Werkzeug. Wenn wir ihn zu Fall bringen, wird auch Gogams Plan scheitern.«

Qutopía funkelte Herrn Trutz an. »Jetzt sagen Sie doch mal

etwas, Meister. Sie sind in dieser Bibliothek schließlich der Bestimmer. Karl kennt sich in Phantásien noch viel zu wenig aus …« Karl nahm ihre Hand und begann sie zu streicheln, bis sie schließlich verstummte. Mit Tränen in den Augen sah sie ihn an. »Was ist?«

»Wenn Thaddäus dem Gmork folgt, wird der misstrauisch werden. Der Werwolf erwartet vielmehr, dass ihm der junge, dumme Karl auf den Leim gegangen ist und ihm den Nox bringt.«

»Du bist nicht dumm. Und woher willst du wissen, was er denkt?«

»Der Nox und der Lux sind auch ein Paar, die sich ergänzen. Die schwarze Hand ist das einzige Mittel, die gebundenen Bücher wieder aus den verfinsterten Perlen zu befreien. Gmork weiß, dass wir das wissen und alles daransetzen werden, um die Perlen zurückzugewinnen. Vielleicht hat sein falscher Kollek-Tibe die eine Perle sogar mit Absicht hier zurückgelassen, damit Thaddäus oder ich sie finden. Sieh selbst!« Karl deutete auf *Die Gewogenen Worte,* die Herr Trutz immer noch in der Hand hielt.

Aus den grünen Augen des Drachenmädchens quollen Tränen. Wortlos sah sie ihn an, und ihr beschwörender Blick, ihre flehentliche Miene waren ein einziges verzweifeltes *Nein!*

GMORKS TOR

Ja, seine Entscheidung sei mutig und wahrscheinlich auch richtig, sagte Thaddäus, nachdem ihn sein Nachfolger auf die Seite genommen und unter vier Augen um seine Meinung gebeten hatte. Auf Karls Frage, was ihn erwarten werde, wenn er Gmork folge, wusste der alte Meisterbibliothekar allerdings auch keine klare Antwort zu geben. »Mit Sicherheit eine Pforte in die Äußere Welt.« Es gebe viele solcher Türen, die nach Phantásien führten und auch wieder hinaus. Jeder müsse seinen eigenen Weg finden, und ein Tor, das sich dem einen öffne, mag dem anderen verschlossen bleiben. Solch ein Abgewiesener könne es zwar zerstören, es, wie ja von Gmork versucht, mit Feuer verbrennen, aber selbst niemals hindurchgehen. Wie er dann Gmorks Pforte benutzen solle, wollte Karl noch wissen. Herr Trutz hatte mit einem säuerlichen Lächeln erwidert: »Hoffen wir, dass die Unaussprechlichen keine Hermetiden vor ihre fünf Türen postiert haben.« Mit diesen vagen Aussichten und mit vollen Manteltaschen hatte sich Karl auf die Suche nach dem Werwolf begeben.

An seinem Handgelenk befand sich der yskálnarische Kompass. Der Stengel des andrusischen Vergissmeinnicht leuchtete in der Dunkelheit und wies ihm den Weg. In seiner rechten äußeren Manteltasche steckte in weißer Umhüllung aus Einhornhaar eine schwarze Hand. Den gläsernen Gürtel trug er unter dem Jackett. Auch das Magieskop hatte Karl dabei, obwohl es ihm in seinem derzeitigen Zustand kaum nützlich sein konnte. Er vermisste schmerzlich sein Schwert. Zugegeben, es war ein wenig launisch gewesen. Sein Träger musste schon bei einer Herausforderung überfordert sein, damit es sich herausziehen ließ, und man durfte es zudem nur im Kampf gegen echte Bösewichter um Unterstützung bitten. Aber dann war es im besten Sinn des Wortes Feuer und Flamme gewesen. Bei einer Auseinandersetzung mit Gmork hätte es Karl bestimmt nicht den Dienst versagt. Mit Ausnahme des Unaussprechlichen konnte er sich im Moment keine boshaftere Kreatur vorstellen.

Kurz vor Mitternacht hatte Karl die Phantásische Bibliothek durch einen Hinterausgang verlassen. In seinem Geist hallten noch immer Qutopías letzte Worte nach: »Ich bin es leid, immer um diejenigen zu bangen, die ich liebe. Erst wirft diese ekelhafte Seuche meinen Vater aufs Krankenbett, und jetzt begibst du dich in Lebensgefahr. Sei vorsichtig, Karl. Mit dem Werwolf ist bestimmt nicht zu spaßen.«

Nein, das war wirklich nicht anzunehmen. *Diejenigen, die ich liebe.* Warum hatte Qutopía das ausgerechnet in dieser Situation sagen müssen? *Sie liebt mich.* Der Gedanke beflügelte ihn, aber er nahm ihm auch einiges von seiner neu erworbenen Unbekümmertheit. *Habe ich je so etwas besessen?,* fragte er sich. Jedenfalls wollte auch er das Drachenmädchen wiedersehen. Welche Chancen hatte eine Liebe, durch die eine Grenze zwischen zwei Welten verlief? Er schüttelte ärgerlich den Kopf und murmelte: »Konzentrier dich, Sportsfreund. Vor dir liegt die größte Herausforderung deines Lebens.«

Es war empfindlich kühl. Ein rauer Wind ließ das Gras wie einen Ozean wogen. Über der Landschaft lag ein silbernes Licht, das die Spuren der Krankheit verwischte, die auch hier, im Umkreis des Bücherturms, die Natur befallen hatte. Über der Phantásischen Bibliothek hing der Vollmond. In manchen Regionen der Inneren Welt schien er offenbar jede Nacht. So konnte sich Karl hinlänglich sicher bewegen.

Der Kompass führte ihn über eine sanft ansteigende Wiese zu einer Hügelkette, die im Mondlicht wie eine in mehreren Windungen aus dem Wasser ragende Seeschlange aussah. Das Versteck Gmorks konnte nicht allzu fern sein, denn auf seine Fragen hatte Herr Trutz von mehreren Mitarbeitern der Bibliothek immer wieder die gleiche Antwort bekommen. »Der große Wolf? Ja, den haben wir schon öfter hier gesehen.« Die Wollwandlerhirten hätten nie einen Verlust ihrer Tiere beklagt, sich sogar im Gegenteil durch die Gegenwart des großen Wolfs vor anderen Räubern sicherer gefühlt. So habe niemand dem grauen Jäger mit den glühenden Augen besondere Beachtung geschenkt. Auf die Idee, ihn mit dem Verschwinden der Bücher in der Bibliothek in Verbindung zu bringen, war natürlich erst recht niemand gekommen.

Inmitten der Wiese stieß Karl auf einen Weg, nicht viel mehr als ein Trampelpfad. Der yskálnarische Kompass bedeutete ihm unmissverständlich, der sich im Mondlicht dunkel abzeichnenden Spur zu folgen. Mit einem Mal ruckte die Nadel so heftig nach links, dass er unwillkürlich erschrak. Als er den Kopf drehte, sah er auf einer nahen Anhöhe die schwarze Silhouette des Wolfs. Die glühenden Augen waren direkt auf ihn gerichtet.

Einige flache Atemzüge lang wagte er nicht, sich zu rühren. *Du bist unsichtbar,* rief er sich in Erinnerung, blickte aber trotzdem zum Boden hinab. Nein, im Moment konnte er sich auch nicht durch niedergetretenes Gras verraten. Der Weg bestand aus festgestampfter Erde. Aber dann fiel ihm ein, welches das empfindlichste Organ der Wölfe ist: die Nase.

Ob er den Mann riechen konnte, der sich ihm näherte? Karl atmete tief durch. Und wenn schon! Das war ja schließlich der Sinn der Übung.

Der Mensch bewegte sich wie ein Anfänger. Gmork grinste wölfisch. Obwohl der Bibliothekar nicht zu sehen war, hatte er sich durch seine Fußstapfen im Gras verraten. Später folgte er zwar dem Pfad, den die Hirten mit ihren Wollwandlern regelmäßig benutzten, aber dafür stank er zehn Meilen gegen den Wind. Koreander hielt es ja nicht einmal für nötig, auf die Luftströmungen zu achten. Ob er den Nox dabeihatte? Sein eigenes Herz konnte Gmork nicht wittern. Zu allem Übel war es auch nicht zu sehen, weil das dumme Menschlein sich unsichtbar gemacht hatte. Gmork beschloss, die Jagd zu eröffnen.

Er drehte sich um und trottete den Hang hinab. Gleich würde Koreander ihn aus den Augen verlieren und musste ihm über die Wiese folgen – mit einer großen, gut sichtbaren Fährte.

Wenig später sah Gmork wie erwartet hinter sich die Fußstapfen, die wie von allein den Abhang hinabstürmten und das verdorrte Gras platt trampelten. Dieser Narr war sogar noch dümmer als vermutet. Oder steckte Absicht dahinter? Immerhin hatte Koreander es geschafft, Xayídes Spiegelbild den Nox abzujagen. Gmork empfand eine gewisse Wesensverwandtschaft mit der Magierin vom Schloss Hórok, auch wenn er nicht verstehen konnte, warum sie ihr Revier mit aller Macht auf ganz Phantásien ausdehnen wollte. Er hätte sich mit einem hübschen Wald begnügt, in dem er jagen und den er sein Zuhause nennen durfte. Wie auch immer, Koreanders Wankelmut machte ihn unberechenbar. Gmork beschloss, kein unnötiges Risiko einzugehen.

Nach einer kurzen Wanderung durch das welke Gras erreichte er den versteinerten Zwillingsbaum, der wie ein einsamer Riese auf der Wollwandlerweide stand. Vor Jahrhunderten war eine Kolonie Quarzotteln über ihn hergefallen. Die haarfeinen Würmer verwandelten mit ihren Körperausscheidungen jede Pflanze, an der sie sich gütlich taten, zu Stein. Sogar einige Blätter waren auf diese Weise, ehe sie abfallen konnten, an den Ästen erstarrt. Die Hirten mieden solche Bäume. Ihren Schatten zu berühren brachte nach ihrer Vorstellung Unglück. Sie hielten die Steinbäume für Wohnsitze von Geistern und bösen Wesen. Nicht ganz zu Unrecht, dachte Gmork und konnte sich ein weiteres Wolfsgrinsen nicht verkneifen. Die abergläubische Furcht der Hirten kam ihm zupass. Bisher hatte niemand sein Geheimnis entdeckt.

Geduldig vergewisserte sich der Werwolf, dass Koreander ihm weiterhin folgte. Ja, die Fußstapfen bewegten sich noch durch das hohe Gras. Der Mensch musste etwas besitzen, das ihn führte, einen magischen Gegenstand oder vielleicht den yskálnarischen Kompass, von dem Täuschel berichtet hatte, der Wechselbalg, der sich einmal zu viel hatte entdecken lassen. Gmork schlüpfte in den Eingang unter den versteinerten Wurzeln.

Rasch lief er durch den unterirdischen Tunnel. Er musste noch etwas Wichtiges erledigen, bevor das Vergnügen kam. Die Unaussprechlichen würden nicht erbaut sein, wenn er ihnen seine Dienstverpflichtung aufkündigte. Aber er wusste, wie er sie gnädig stimmen konnte. Koreander würde das Tor schon finden. Er konnte sich hier unten nicht verlaufen. Sollte er nur noch ein wenig suchen, seinen Kopf anstrengen. Das würde ihm die Illusion vermitteln, mit eigenem Scharfsinn und dank eigener Entschlusskraft den Weg in die Äußere Welt gefunden zu haben. Für kurze Zeit durfte er sich ruhig wie ein Held vorkommen, sich an dieser Vorstellung berauschen. Um so leichter wäre er nachher zu überwältigen.

Der Baum sah irgendwie merkwürdig aus. Eigentlich waren es sogar zwei Stämme, die sich ein Stück über dem Boden zu einem einzigen vereinten. Dadurch sah das bizarre Gewächs wie ein stiller Riese aus, der reglos auf der Weide stand, als hielte er Wache. Es war jedoch nicht so sehr seine seltsame Gestalt, die Karl grübeln ließ. Er brauchte einen Moment, bis er darauf kam, was an ihm nicht stimmte. Das Gras im Umkreis war besonders hoch – als hätten die Wollwandler es aus einem unbekannten Grund verschmäht –, und es wogte im Wind. Aber der Baum bewegte sich nicht im Geringsten. Selbst seine wenigen Blätter hingen steif an ihren Ästen. Wie versteinert.

Für einen Moment sah Karl die gelbgrünen Augen unter dem Baum aufleuchten, dann war der Wolf verschwunden. Der Kompass ließ keine Zweifel aufkommen. Gmork hatte sich nicht hinter dem Baum davongestohlen, er musste *unter* dem erstarrten Riesen verschwunden sein. Oder er lauerte noch im hohen Gras.

Vorsichtig näherte sich Karl dem Baum. Bald reichten ihm die Halme bis zur Hüfte. Dann hatte er den Bannkreis – genauso kam ihm diese Grasbarriere vor – durchbrochen und stand vor dem Riesenbaum. Er legte seine Hand auf die Rinde und zog sie rasch wieder zurück. Die knorrige Haut dieses Triftbewohners war kalt wie … *Stein?*

Karl reckte sich nach einem tief hängenden Ast. *Knack!* Plötzlich hielt er ein Blatt in der Hand. Der dünne versteinerte Stengel war abgebrochen. Ungläubig betastete er es, um dann wieder zur Baumkrone aufzublicken. Der einsame Riese war tot.

Einmal mehr blickte Karl auf seinen Kompass. Die grün schimmernde Nadel zeigte genau auf den Baum. Zur Sicherheit umrundete er die beiden dicken Stämme, die wie Beine aus dem Erdreich ragten. Die Kompassnadel drehte sich geduldig mit, zeigte immer in die Mitte des von ihm abgeschrittenen Kreises. Jedes Mal wenn sie auf den dunklen Spalt zwischen den stämmigen Beinen deutete, erbebte sie heftig. Karl ging ein paarmal hin und her, bis er sicher war, dass nicht er selbst durch ängstliches Zittern das Vergissmeinnicht vibrieren ließ.

Irrtum ausgeschlossen. Nach mehreren Versuchen machte er sich mit dem Gedanken vertraut, in diesen Spalt zwischen den Stämmen hinabzusteigen, der so dunkel wie der Rachen eines Drachen war und in den man selbst bei Tageslicht vermutlich nicht einmal mit Blicken vordringen könnte. Alles in ihm sträubte sich dagegen. Es erforderte schon eine gehörige Portion Kühnheit – oder Dummheit –, diese Höhle leibhaftig zu erkunden.

Wachsam, jeden Moment mit einem Angriff des Wolfes rechnend, trat Karl zwischen die Beine des Riesen. Einen Moment lang schwankte er zwischen Hoffen und Bangen. Einerseits wünschte er sich, das Tor der Stämme wäre auch schon die Tür in die Äußere Welt. Andererseits fürchtete er sich vor der Konfrontation mit Gmork, die dort unweigerlich auf ihn wartete, und hoffte insgeheim, dass sie sich zumindest noch ein wenig hinausschieben ließ. Er spähte in die dunkle Tiefe.

Der Baum selbst war nicht die Pforte zwischen den Welten. Karl sah unter sich ein überraschend großes Loch, das zwischen armdicken Wurzeln hindurch ins Erdreich führte. Obwohl ihm von dort ein unangenehmer Geruch entgegenschlug, atmete er erleichtert auf und kletterte vorsichtig hinab.

Als er den Grund des Lochs erreicht hatte, war aus dem Geruch ein bestialischer Gestank geworden. Er kannte derartige Ausdünstungen von den Raubtieren im Zoo, aber nie zuvor hatte er sie so überwältigend empfunden. Ein neugieriger Abenteurer, der bis hierher vorgedrungen war, konnte nichts Klügeres tun, als umzukehren und die Flucht zu ergreifen. Eine durchaus verlockende Überlegung, fand auch Karl.

Vor sich glaubte er einen Tunnel auszumachen, aber selbst das Licht des Vollmondes schien sich nicht weiter vorzuwagen. Der Gang war finster wie das Innere eines Ofenrohrs. Karl wurde schmerzlich bewusst, dass er keine Lampe mitgenommen hatte. Was sollte er tun? Wer konnte schon wissen, wie weit es noch bis zum Tor war? Wäre es nicht das Vernünftigste, um- und mit einer Lampe zurückzukehren? Ein angenehmer Gedanke, der weiteren Aufschub verhieß. Aber dann machte Karl sich klar, dass die Tür in die Äußere Welt womöglich nicht ständig und auch nicht beliebig lang offen stand. Eigentlich wäre es sogar nahe liegend, dass Gmork sie auf irgendeine Art und Weise öffnete, wenn er hindurchgehen wollte, sie aber sonst für Unbefugte geschlossen hielt.

Hektisch tastete Karl seine zahlreichen Taschen ab. Ein Feuerzeug hatte er nicht dabei. Die Meerschaumpfeife, mit deren Glut er eine provisorische Fackel hätte entzünden können, lag unter dem Stumpf von Xayídes schwarzem Turm. *Jetzt* hätte sie ihm nützlich sein können, wie Thaddäus ihm verheißen hatte. Gab es nicht irgendetwas anderes, mit dem er ein wenig Licht in diese Dunkelheit ...?

Das Monokel! Es gierte doch nach Abkühlung. Der Nox hatte den riesigen Schwarzen Elfenbeinturm zum Erglühen gebracht, da würde das von ihm aufgeladene Magieskop doch wohl einen mickrigen Tunnel ausleuchten können. Karl benutzte sein Taschentuch, um das heiße Monokel an seiner Schnur aus der Manteltasche zu fischen. Und tatsächlich! Das Augenglas war von einer Aura umgeben, die ein fahles Licht auf die Tunnelwände warf. Das Monokel am Halsband vor sich haltend, drang er tiefer in Gmorks unterirdisches Reich ein.

Allmählich gewöhnte sich Karl an den bestialischen Geruch. Der Gang glich eher einer langen, nicht sehr sorgfältig angelegten Röhre, so als hätte ein riesiger Maulwurf sie aus dem lockeren Erdreich herausgewühlt. Aus den Wänden ragten Wurzeln. Immerhin konnte Karl aufrecht darin gehen. Kein Wunder, Gmork war so groß wie ein Stier.

Nach einer Weile änderte sich das Aussehen des Gangs. An die Stelle von Erdreich trat Stein. Die Wände ragten nun senkrecht empor, der Boden wurde glatter, nur die Decke wölbte sich weiterhin über Karls Kopf. Kein Zweifel, hier hatten sich eiserne Werkzeuge durch den Fels gefressen. Wo würde der Tunnel wohl enden?

Eben hatte Karl noch geglaubt, stundenlang so durch die Finsternis schleichen zu müssen, als Wände und Decke unvermittelt auseinander zu treiben schienen. Plötzlich stand er in einer kahlen Felsenkammer, die annähernd rund war. Ein blasser Tausendfüßler floh aus dem matten Lichtkreis des Monokels. Ansonsten bot der Raum wenig Aufregendes, nur einen weiteren Durchgang, der sich durch einen schwachen Schimmer von der Dunkelheit abhob. Vielleicht eine neue Täuschung, dachte Karl. Seine Sinne waren bis zum Äußersten angespannt. Rasch ließ er das Monokel in der linken äußeren Manteltasche verschwinden.

Kein Irrtum. Der Ausgang aus der Felsenkammer leuchtete tatsächlich in einem blassen, unsteten, aber warmen orangeroten Licht. Zögernd ging Karl darauf zu. War das die Tür zur Äußeren Welt?

Nein, es handelte sich um einen weiteren Tunnel. Zehn oder fünfzehn Schritte vor sich sah er die Quelle des Leuchtens: einen Feuer-Opal, so groß wie ein Scheunentor. Die Wand schien in ständiger Bewegung zu sein, als flössen in ihr verschiedene Farben zwischen Feuerrot und Orangegelb unablässig umeinander. *Das muss es sein!*, dachte er. Die Lichtwand war so eindrucksvoll, wie er dies von einem Tor in die andere Welt erwartet hatte. Auf Zehenspitzen näherte er sich.

Unmittelbar vor der leuchtenden Wand blieb er stehen. Obwohl er sich des Ernstes der Lage durchaus bewusst war, konnte er nicht umhin, die opalisierende Fläche zu bewundern. Sie war tatsächlich so glatt wie ein polierter Halbedelstein. Zaghaft bewegte er seine Fingerkuppen an dem Riesenopal entlang, ohne ihn zu berühren. Er spürte weder Hitze noch Kälte, kein elektrisierendes Knistern oder sonstige Zurschaustellungen phantásischer Kräfte. Also wagte er endlich die Wand zu berühren.

Seine Finger tauchten in den Opal ein, als bestünde der aus handwarmem Honig. Karl spürte so gut wie nichts, was er einigermaßen enttäuschend fand. Bald steckte sein Arm bis zum Ellbogen in der Wand. Kein Zweifel, dies war eine Pforte. Es hatte keinen Zweck, länger zu zaudern. Vielleicht stand Gmork ja schon auf der anderen Seite und überlegte, was er mit dem scheinbar herrenlosen Arm anfangen sollte. Karl machte einen beherzten Schritt nach vorn.

Irgendwie hatte er etwas anderes erwartet. Eine Wohnung vielleicht, aus deren Fenster man auf eine regenfleckige Backsteinmauer sah. Aber nicht das! Obwohl Karl genau wusste, wo er war, schwankte er zwischen Enttäuschung und Staunen. Er stand wiederum in einer Felsenkammer, allerdings einer, die sich von der vorhergehenden unterschied wie die Nacht vom Tag. Der Raum war vollkommen. Eine riesige Kugel hätte hier vermutlich Boden, Decke und alle sechs Wände berührt, so harmonisch wirkten seine Proportionen. Ja, er war sechseckig, wie die Spiegelwabe im Haus der Erwartungen, aber deutlich größer. Karl schätzte, dass drei oder vier Männer seines Kalibers wie im Zirkus Schulter auf Schulter stehen müssten, damit der oberste die Decke berühren könnte.

Nach dem Durchschreiten des Opals hatte er sich unter dem Bogen eines Alkovens wiedergefunden, von denen es reihum noch fünf weitere gab. Ihre mehr oder weniger stark durchscheinenden Rückwände bestanden aus weißem Bergkristall, blauem Lapislazuli, rotem Almandin, tiefgrünem Malachit und schwarzem Gagat. So jedenfalls hatte ihm Albega diesen Raum beschrieben, während er sich von Karl zum Fuß der Phantásischen Bibliothek hinuntertragen ließ. Karl blickte nach oben. Unter der Decke befand sich ein sechseckiges Loch, bedeckt von einer Art Käfig aus goldenen Streben, in dem die Sprossen einer Leiter zu erkennen waren. Das Gitter diente als Aussichtsplattform, in seltenen Fällen auch als Zugang in die lichte Kammer, die einen der kostbarsten Schätze Phantásiens beherbergte: die Wissende Druse.

Das Ei stand mitten in der Kammer, und seine Ausmaße waren gewaltig. Karl schätzte seine Höhe auf drei Meter. Die Außenhülle war weißgrau – soweit sich dies im farbigen Schein der Wabenwände beurteilen ließ – und so uneben wie der Rauputz an einer Hauswand. In Brusthöhe sah er ein großes Loch. Die Innenwand des steinernen Hohlkörpers war dicht an dicht mit violettfarbenen Kristallen bedeckt. Karl fühlte sich wie magisch von der Druse angezogen. Darin hatte der Legende nach ein schiffbrüchiger Seemann *Die verlorene Unschuld* entdeckt, das erste Buch der Phantásischen Bibliothek, eine steinerne Tafel, die hier unten gehütet wurde wie die Kronjuwelen des englischen Königshauses im Tower von London. Karl beugte sich über den Rand des Lochs, um im Ei nach der Steintafel zu suchen – und erschauerte.

Sie war nicht da! Statt einer beschrifteten Platte sah er nur eine absolut lichtlose Leere. *Das Nichts!* Gmork hatte das wertvollste Buch der Bibliothek gestohlen! Die Erkenntnis traf ihn wie ein Keulenschlag. Er entsann sich nur allzu gut der Worte Albegas: *Eine Prophezeiung sagt,* Die verlorene Unschuld *werde irgendwann vom Angesicht Phantásiens verschwinden, und dann müsse es neu erschaffen werden. Ich mag mir lieber nicht vorstellen, was passieren würde, wenn die Leere auch in die Wissende Druse Einzug hält.*

»Jetzt ist es geschehen«, flüsterte Karl. Sein Mund war trocken. Er glaubte versteinern zu müssen wie der Baum auf der Wollwandlertrift. Die Entführung der *Verlorenen Unschuld* konnte nur eines bedeuten: Gmork suchte die Entscheidung. In dieser Nacht! Er wollte den Willen des Fünfgesichtigen Gogam erfüllen und sich dann mit seinem Herzen aus dem Staub machen, in irgendeine andere Welt. Oder er würde – was viel schlimmer wäre – als entfesselter Erzlump in Phantásien und der Äußeren Welt nach Belieben sein Unwesen treiben. Das musste um jeden Preis verhindert werden.

»Wo ist das Tor?«, murmelte Karl und sah sich um. Vermutlich hinter einem der übrigen fünf Alkoven. Er schob den Mantelärmel zurück, blickte auf den Kompass und schritt die

Nischen ab, aber das Vergissmeinnicht zeigte immer auf ihn selbst. War das yskálnarische Wunderding etwa kaputtgegangen, ausgerechnet jetzt, im wichtigsten Moment?

Schlagartig wurde ihm klar, wo sein Denkfehler lag. Die Kompassnadel zeigte nicht *auf* ihn, sondern durch ihn *hindurch.* Auf die Wissende Druse.

Wieder trat Karl vor die gezackte Öffnung, die selbst ungefähr die Form eines Eies hatte. Kopfschüttelnd betrachtete er die dunkle Leere im hinteren Teil des Hohlraums. Sollte das Nichts etwa das Tor sein? Er begann zu zittern. Was für eine schauerliche Vorstellung! Albega hatte ihn einmal eindringlich gewarnt, irgendwelche Körperteile auch nur in die Nähe der Leere zu bringen. Um sich hineinzustürzen, war diese hier allerdings viel zu klein. Aber der yskálnarische Kompass zeigte unmissverständlich in das Ei.

Karl beugte sich noch weiter vor, um die Innenwände der Druse betrachten zu können. Und dann fiel es ihm auf. Die violetten Kristalle zu seiner Linken sahen verschwommen aus, fast so, als würde eine Nebelschwade vor ihnen hängen. Er konnte sich noch gut erinnern, wie er zum ersten Mal in die geheime Bibliothek des Thaddäus Tillmann Trutz geblickt und überhaupt nichts gesehen hatte. Abermals rann ein Schauer über Karls Rücken. *Kein Zweifel. Das Tor ist* in *dem Ei.*

Ironischerweise war die schwerste Entscheidung, die er auf seiner Reise durch Phantásien treffen musste, jene, die ihn wieder hinausführen sollte. Er atmete tief ein und nahm all seinen Mut zusammen, dann stieg er in die Wissende Druse.

So eng wie möglich drückte er sich an die Innenwand, um dem Nichts keinesfalls näher als nötig zu kommen. Von den Kristallen in der Druse ging ein schwacher Lichtschimmer aus. Wegen des gewölbten Bodens und der scharfkantigen

Kristalle war es unmöglich, einen sicheren Stand zu gewinnen.

»Au!« Karl jaulte auf, als sich einer der spitzen Steine durch das Loch in seiner Sohle bohrte. Er verlor das Gleichgewicht und kippte vorwärts, direkt auf das Nichts zu. Halt suchend riss er die Arme nach vorn. *»Au!«* Jetzt hatte ihn ein Kristall in die Hand gebissen, so zumindest fühlte es sich an. Karl hing vorgebeugt im Ei. Unter sich sah er das Nichts. Der Anblick war unerträglich. Er kniff die Augen zu und kämpfte gegen die Schmerzen an. Wenn er jetzt losließ, musste er unweigerlich mit dem Gesicht in der Leere landen, und falls er sich mit der Hand am Boden abzufangen versuchte, würde er sie und womöglich den halben Arm einbüßen. Der Schweiß trat ihm aus den Poren, und er schnaufte wie ein Walross. In seinen Oberarmen spürte er ein immer stärkeres Ziehen. Jeden Moment würden ihn die Kräfte verlassen. *Stoß dich ab!,* schrien seine Gedanken. *Ignoriere den Schmerz.* Aber es ging nicht. Die Kristalle waren einfach zu spitz. Er musste sich vor ihnen schützen. Aber wie?

Irgendwie schaffte er es, die Hände in die zu langen Ärmel zurückzuziehen und sie so in ein schützendes Polster zu hüllen. *Gedankt sei dem Mann, der mir den Mantel vermacht hat!* Der Name war ihm entfallen. Noch einmal schöpfte er tief Atem, drückte seinen Hintern heraus, um den Körperschwerpunkt zu verändern, und stieß sich mit beiden Armen gleichzeitig von der Drusenwand ab.

Für einen schrecklichen Moment kämpfte er abermals um sein Gleichgewicht. Er warf die Arme zurück und schwankte unendlich langsam nach hinten. Zu guter Letzt kam er wieder an der aufrechten Wand zum Stehen. Nun spürte er zwar durch den Mantel die Kristalle im Rücken, aber darüber konnte er nur lächeln. Das Nagelbett eines Fakirs war vermutlich ungemütlicher, dachte er erleichtert. Er hatte dem Nichts ein Schnippchen geschlagen.

Nach einer kurzen Verschnaufpause näherte er sich auf wackligen Füßen weiter dem verschwommenen Fleck zu seiner Linken. Ganz behutsam.

»Aaaah!« Abermals schrie er auf, weil sein geschundener Fuß auf eine Kristallspitze trat. Diesmal half alles Rudern mit den Armen nichts. Er fiel. Mitten durch das Tor.

Polternd landete Karl auf einem Dielenboden. Er spürte sofort eine unangenehme Wärme. Durch ein Fenster, dessen Scheiben mit weißer Farbe bestrichen waren, fiel mattes Licht. Im Nu war er wieder auf den Beinen. Er rechnete mit einem Angriff. Irgendwo hier musste Gmork stecken, kein Wolf, sondern ein großer, stattlicher, vermutlich bärenstarker Mann.

Doch niemand ließ sich blicken. Karl schaute sich um. In dem Raum sah es aus wie in einer Rumpelkammer. Hinter ihm stand ein großer dunkelbrauner Holzrahmen an der Wand, wie man sie gewöhnlich von Spiegeln kennt. Ein geschickter Schnitzer hatte ihm die Gestalt dorniger Zweige verliehen, die sich umeinander schlangen. Darin befand sich nicht etwa Glas, sondern eine Karl nur allzu vertraute Dunkelheit. Der blinde Spiegel war Gmorks Tor.

Ansonsten schien der Raum auf den ersten Blick nicht viel zu bieten. Überall Gerümpel: eine verstaubte Stehlampe, altmodisches Geschirr, achtlos auf dem Boden gestapelt, Nachtschränkchen; in einer Ecke stand ein alter Tisch und darauf ein Karton, in einer anderen stapelten sich Stühle. Weitere Kartons standen auf dem Boden. Die Wände waren ...

Karl riss sich die Brille von der Nase und putzte sie hektisch mit seinem Taschentuch sauber, während er gleichzeitig auf eine nicht mit Möbeln verstellte Wand zustolperte. Was er zunächst im Zwielicht für ein brusthohes Panel aus schwarzen Holzleisten gehalten hatte, waren unzählige Perlenschnüre. Schwarze Perlen, wohlgemerkt.

Gestohlene Bücher aus der Phantásischen Bibliothek!

Nun, das war nicht eindeutig erwiesen. Er müsste schon mit dem Magieskop nach Spuren der eingesperrten Werke suchen, was aus begreiflichen Gründen nicht ging. Doch was sonst sollten diese Perlen sein? Gmork hatte die Wissende Druse ausgeraubt. Wenn *Die verlorene Unschuld* nicht binnen kurzem an ihren angestammten Platz zurückkehrte, dann würde Phantásien untergehen. Nachschub an schwarzen Perlen war also unnötig, zumal in diesen Mengen. Es musste sich um bereits gebundene Werke handeln.

Mit einem Mal blieb Karls Blick an einem der Kartons hängen, denen er vorher keine weitere Beachtung geschenkt hatte. Er öffnete ihn und fand darin Briefumschläge. Hunderte. Nein – er entdeckte weitere in den anderen Kisten – es mussten *Tausende* sein. Alle Kuverts waren bereits frankiert und mit einer Adresse versehen, Empfänger in aller Herren Länder. Und dann bemerkte er auf dem Tisch noch etwas, das seiner Aufmerksamkeit bisher entgangen war: ein kleines weißes Porzellanschüsselchen, in dem sich zwei oder drei Dutzend schwarzer Perlen befanden. Daneben lag ein kleiner Stapel Umschläge.

Karl blinzelte verwirrt. *Gmork will die eingeschlossenen Bücher verschicken? Warum nur?* Unvermittelt lichtete sich das dunkle Gewölk in seinem Geist, und er begriff das ganze infame Ausmaß von Gmorks Plan. Oder hatte der Fünfgesichtige diese Vorgehensweise angeordnet? Wer auch immer, jedenfalls sollten die ungeschriebenen Bücher in alle vier

Winde zerstreut werden. Sie würden die Dekolletés mehr oder weniger hübscher Damen schmücken oder in den Schatullen von Sammlern verschwinden, die sich im Verborgenen an ihrem Anblick weideten. Ihr eigentlicher Wert musste dadurch unweigerlich zunichte werden. Kein Mensch würde die ungeschriebenen und zerstörten Werke je lesen können. Nie mehr würden sie andere befruchten, sie bereichern, ihnen Hoffnung schenken oder sie zu neuen Horizonten der Erkenntnis führen …

Ein Rumpeln ließ Karl hochschrecken. Sein Kopf flog herum zu einer Tür, direkt gegenüber dem Dornenrahmen. Von dort war das Geräusch gekommen. Dann hörte er, wie eine andere Tür ins Schloss fiel. Er lauschte, aber keine Schritte waren zu hören. Es war also niemand gekommen. Gmork musste *gegangen* sein. Karl konnte sein Glück kaum fassen. Wenn er die Perlen durch den blinden Spiegel nach Phantásien zurückbringen konnte, dann wäre viel gewonnen. Vielleicht ließ sich sogar der Spiegel, dieses Tor nach Phantásien, zerstören. Es war das vorletzte von ursprünglich fünf, über die Gmork einst verfügt hatte. Damit wäre er fürs Erste außer Gefecht gesetzt.

Um kein Risiko einzugehen, schlich Karl als Erstes zur Tür. Die Dielen knarrten unter seinen Füßen. Er lauschte. Aus dem Nachbarraum war nicht der kleinste Laut zu vernehmen. Vorsichtig drückte er die Klinke hinab. Obwohl er die Tür äußerst behutsam und nur um eine Armeslänge zum Nebenzimmer hin öffnete, quietschte sie wie unter schärfstem Protest. Eine trockene Hitze schlug ihm entgegen. Der angrenzende Raum lag in tiefer Dunkelheit, abgesehen von einer gleißend weißen Hand, die vor ihm in der Luft zu schweben schien. *Der Lux!* Rasch schlug Karl die Tür wieder zu.

Was er gesehen hatte, hing trotzdem noch vor seinem

inneren Auge, und er erschauerte. Diese völlige Dunkelheit! Er brauchte einen Moment, um zu begreifen, dass nicht allein Vorhänge oder vernagelte Fenster die Ursache der Finsternis nebenan sein konnten. Nur der Lichtstein konnte seiner Umgebung derart radikal alle Helligkeit entziehen. Sogar die Rumpelkammer war für einen Augenblick dunkler geworden.

Dank der Erklärungen des Meisterbibliothekars, die sich Karl ins Gedächtnis rief, war ihm einigermaßen klar, was da vor sich ging. Nox und Lux spiegelten jene »Dualität« wider, die ein Grundprinzip von Phantásiens Natur war. Aber auch in anderen Welten ließ sie sich beobachten. Die weiße Hand war das genaue Gegenteil der schwarzen. So wie im Nox-Gewölbe unter dem Schwarzen Elfenbeinturm gleißende Helligkeit geherrscht hatte, waltete hier Finsternis. Der Lux machte alles dunkel und schwarz. *Auch weiße Perlen.*

Karls Herz raste. Er wollte die einmalige Gelegenheit nicht ungenutzt verstreichen lassen. Gmork hatte offenbar das Nebenzimmer, vielleicht sogar die Wohnung verlassen. Selbst wenn er überraschend zurückkehrte, konnte er seinen ungebetenen Gast ja nicht sehen. Alles sprach dafür, den Lux mitzunehmen. Damit ließe sich dem Werwolf ein Schlag versetzen, von dem er sich so bald nicht wieder erholen würde. Karls Augen schweiften fieberhaft durch die Rumpelkammer. Hinter den Stühlen entdeckte er eine schwarze Hutschachtel. Genau das, was er brauchte. Er huschte durch den Raum und kehrte mit dem großen runden Karton zurück. Um seine Anspannung in den Griff zu bekommen, schöpfte er noch ein paarmal tief Atem. Dann stieß er sachte die Tür auf.

DER LUX

Bücherbolde galten gemeinhin als ungeschlachte Wesen, deren Verstand leicht überstrapaziert werden konnte. In der Phantásischen Bibliothek waren sie gleichwohl wertvolle Helfer für allerlei einfache Dienste. Lector machte da keine Ausnahme. Äußerlich glich er, wie übrigens alle seine Artgenossen, einem großen Muskelprotz im blau eingefärbten Fell eines Gorillas. Er war ungefähr anderthalbmal so hoch wie der Meisterbibliothekar, etwa doppelt so schwer und ein Hundertstel so schlau. Über einen Hals verfügte Lector nicht. Vorzugsweise kleidete er sich in kurze Lendenschurze aus goldener Fischhaut, damit sein seidiges koboldblaues Fell und die Muskeln gebührend zur Geltung kamen. Anzumerken ist vielleicht noch, dass Lector nie las.

Er war zum Wachdienst abkommandiert. Der ehrenwerte Thaddäus persönlich hatte ihn mit dem Schutz der Drusenwabe betraut. Wenn sich jemand an *Die verlorene Unschuld* zu schaffen mache, dann solle er ihn breit klopfen. So lautete die Anweisung des Meisters. Lector hatte sie bereits nach dreimaliger Wiederholung verstanden.

Als er in die Gewölbe unter der Bibliothek geeilt war, hatte er sich seinen kleinen Kopf über den Grund für die plötzliche

Betriebsamkeit zerbrochen. Überall schwirrten Buchfalter herum, wuselten Bücherdrille umher, schnatterten Leseratten oder zischelten Brillenschlangen. Nachrichten wurden überbracht, Posten bezogen und Gerüchte ausgetauscht. Der ganze Turm war ein einziges Tohuwabohu. Lector konnte sich das alles nicht erklären. Aber jetzt genoss er die Stille in der Juwelenkammer. Er saß im Käfig über der Wissenden Druse und bewunderte das Farbenspiel in den verschiedenen Alkoven. Für ihn gab es keinen schöneren Ort als diesen. Hier herrschte Friede ...

Unvermittelt hörte er ein Geräusch, das ihm alle Haare zu Berge stehen ließ, was bei einem Bücherbold einen reichlich grotesken Anblick ergibt – sie sehen dann aus wie überdimensionierte blaue Staubwedel. Lector lauschte. Nach wenigen Augenblicken kehrte der lang gezogene, dunkel hallende Laut wieder. Wie bei Bücherbolden üblich, hatte auch Lector ein großes, besonders weiches Herz. Für ihn hörte es sich so an wie ein abgrundtief trauriges Weinen. So als würde die Phantásische Bibliothek selbst ein großes Unrecht beklagen.

Als der Laut zum ersten Mal den himmelstürmenden Bücherturm erzittern ließ, fuhren im Arbeitszimmer des Meisterbibliothekars sämtliche Köpfe hoch.

»Was war das?«, fragte Qutopía.

»Hörte sich an, als käme es irgendwo aus dem Gebäude«, meinte Alphabetagamma.

Herr Trutz schüttelte langsam den Kopf. Sein Gesicht war wie versteinert. »Nicht *aus* dem Turm, Griffelchen. Das Klagen kommt *von* ihm.«

Das Drachenmädchen starrte den Bibliothekar voll dunkler Ahnungen an. »Was wollen Sie damit sagen, Meister?«

»Hören Sie es denn nicht, meine Liebe? Die Phantásische Bibliothek windet sich im Todeskampf.«

Lector hatte das Gefühl, dass der Bücherturm über ihm schwankte wie eine Pappel im Sturm. Und jedes Mal, wenn er dieses tiefe Reißen, dieses Knarren und Heulen hörte, richteten sich seine Körperhaare erneut auf. Insofern war der Bücherbold ein sehr empfindlicher Anzeiger für den Zustand der Bibliothek. Leider schenkte ihm niemand Beachtung. In seinem kleinen Verstand wälzte er die Frage, ob er seinen Posten über der Wissenden Druse verlassen und Meldung machen oder lieber hier bleiben und auf eine Zuspitzung der Lage warten sollte. Er war kein großer Freund von Veränderungen, also beschloss er zu bleiben.

Unvermittelt hörte er über sich ein neues Geräusch, eine fipsige Stimme, noch höher als die der Bücherdrille. Auf seiner platten Nase landete ein Buchfalter.

»Lector!«, piepste der Bibliotheksbote.

»Hier, Torkelmund!«, antwortete Lector. Die beiden kannten sich.

»Der ehrenwerte Thaddäus schickt mich.«

»So?«

»Ja. Es muss etwas Schreckliches geschehen sein.«

»Ach.«

»Hast du dieses Geräusch etwa noch nicht bemerkt?«

»Welches?«

»Dieses Sichwinden und Jammern, das Ächzen und Klagen.«

»Ach, das!«

Torkelmund verdrehte die winzigen Augen zum Loch in der Decke. »Der ehrenwerte Thaddäus glaubt, dass jemand *Die verlorene Unschuld* gestohlen hat.«

»Wie kann man etwas stehlen, das schon verloren ist?«

»Das Buch, du Hohlkopf! Die *Steintafel* in der Wissenden Druse. Das wertvollste Werk überhaupt. Den Anfang unserer Bibliothek, und wenn wir es nicht bald finden, auch ihr Ende ...«

»Moment«, sagte Lector empört. »Ich habe es nicht genommen.«

»Das behauptet ja auch keiner, du hirnloser blauer Bettvorleger.«

»Ich verbiete mir solche Beschimpfungen. Ich bin kein Vorleger.«

»Nein, du bist ein Wächter. Der ehrenwerte Thaddäus sagt, du sollst sofort in der Druse nachsehen und ihm Bescheid geben.«

»Bescheid geben worüber?«

Torkelmund bekam fast einen Flügelkrampf. »Ob die Steintafel wirklich weg ist, du ... du ... Bücherbold.«

»Warum hast du das nicht gleich gesagt?«

Ein wenig beleidigt, aber trotzdem willig machte sich Lector an die Arbeit. An einer kleinen Kurbel ließ er den Gitterkorb bis dicht über das Ei hinab. Dann öffnete er mit einem goldenen Schlüsselchen die Käfigtür, was ihm wegen seiner klobigen, behaarten Hände nicht ganz leicht fiel. Als das geschafft war, ließ er eine Leiter auf den Boden hinunter und machte sich an den Abstieg.

Endlich blickte er in die Wissende Druse. Abermals richteten sich seine Haare auf. »Beim ollen Scribonius, das gibt's doch nicht!«

Torkelmund landete auf seinem Kopf und sah selbst, was den Bücherbold so aus der Fassung brachte. »Das Nichts!« fiepte er.

»Das was?«

»So nennt der ehrenwerte Thaddäus die leeren Flecken, die anstelle der verschwundenen Bücher zurückbleiben.«

»Guck mal. Da ist noch was.« Lectors langer Arm langte in die Druse. Obwohl er ungewöhnlich scharfe Augen besaß, hatte er das fast durchsichtige Ding auf den glitzernden Kristallen anfangs nicht bemerkt. »Sieht aus wie eine Kette aus Glas«, staunte er.

»Oder ein Gürtel«, grübelte Torkelmund.

»Unsinn! Warum sollte das Buch einen Gürtel tragen?«

Die Frage blieb vorerst unbeantwortet. Der Buchfalter flatterte auf. »Ich muss dringend Bericht erstatten.«

»Warte! Und ich?«, rief ihm Lector nach.

Torkelmund drehte in der Drusenwabe noch eine Runde und erwiderte: »Du bleibst hier. Vielleicht kommt der Dieb ja zurück.«

»Ist gut«, antwortete der Bücherbold. »Dann haue ich ihn platt.«

Die Tür quietschte wie eine Alarmanlage. Karl standen sämtliche Haare zu Berge. Hoffentlich war der Werwolf schon außer Hörweite. Dunkelheit schwappte in die Abstellkammer. *Nicht direkt in den Lux schauen, wenn dir dein Augenlicht lieb und teuer ist!*, ermahnte sich Karl. Rasch hielt er sich den schwarzen Pappdeckel vors Gesicht. Es war unheimlich. Wie auf einem Röntgenbild sah er noch durch den Karton die weiße Hand. Das genaue Spiegelbild des Nox.

Behutsam tastete Karl sich voran. In seinem dicken Wintermantel brach ihm sofort der Schweiß aus, so heiß war es in diesem Zimmer. Bald stieß er gegen einen Tisch. Er drehte den Kopf zur Seite, legte den Deckel auf die Tischplatte und nahm die Hutschachtel in beide Hände. Rasch stülpte er sie über den Lux. Schlagartig wurde es hell, und er bekam einen Schreck.

Seine Hände waren zu sehen. Eigentlich hätte es ihm schon nebenan auffallen müssen, aber normalerweise kannte er sich ja nicht anders als gut sichtbar. Hastig fuhr er sich mit der Hand unter das Jackett. Der Gürtel war nicht etwa nur aufgegangen. Er hatte ihn verloren. Vermutlich bei dem Gewanke und Geschwanke in der Wissenden Druse. Irgendwie kam ihm der Verlust seiner Tarnung wie ein böses Omen vor, aber schnell verdrängte er die düsteren Gedanken. Er war nicht abergläubisch, und im Moment lief das Unternehmen »Schwarze Perle« doch besser als erwartet.

Karl sah sich um. Das Zimmer war etwas größer als die Rumpelkammer nebenan. Zu seiner Linken entdeckte er ein Fenster. Es war gleichfalls mit Farbe abgedeckt, allerdings mit schwarzer. An der gegenüberliegenden Wand sah er eine weitere Tür. An der Decke brannte eine einzelne Glühlampe; der Lux hatte ihr Licht zuvor vollständig verschluckt. Auf dem rechteckigen, langen Tisch stand eine große Keramikschale, in der Hunderte von weißen Perlen lagen. Ein Vermögen! An Geld schien es dem Bösewicht oder seinen Auftraggebern jedenfalls nicht zu mangeln. Karl sah auch einige Fäden und Nadeln herumliegen. Offensichtlich fädelte Gmork die Perlen tatsächlich auf, um sie so über die Innenfläche der weißen Hand ziehen zu können, ohne diese zu berühren. Aber warum ließ er den Lux so unverhüllt hier herumliegen?

Plötzlich hörte Karl ein Geräusch, das ihm das Blut in den Adern gefrieren ließ. Hinter ihm schwang die Tür der

Rumpelkammer knarrend und quietschend zurück, bis sie ins Schloss fiel. Das Klacken ließ ihn zusammenfahren.

»Ihr Menschen seid so dumm!«

Die Stimme in Karls Rücken schnarrte leicht und klang gleichwohl tief und ruhig, aber auf eine höchst unangenehme Weise gefühllos. Die Muskeln in seinem Hals waren hart wie Stein. Er musste sich schon ganz umdrehen, um den Sprecher zu sehen. Es war ein ungewöhnlich großer und breitschultriger Mann in einem schäbigen grauen Anzug. Lässig stand er an die Wand gelehnt, an der Stelle, die eben noch von der Tür verdeckt gewesen war. Sein linkes Bein kreuzte sich mit dem rechten, und der Fuß war auf die Zehen aufgestützt. Die Hände steckten in den Hosentaschen. Das Gesicht war alterslos. Es hätte ebenso gut einem Vierzigjährigen gehören können wie einem gut erhaltenen Mann in den Achtzigern. Er hatte einen breiten Unterkiefer, aber ein spitzes Kinn sowie eine ungewöhnlich lange Nase. Die Haare erweckten den Eindruck, als wären sie einmal schwarz gewesen, nun wirkten sie jedenfalls so grau wie das Fell eines Wolfs. Am auffälligsten aber waren seine Augen, die im schwachen Licht der Glühlampe gelblich grün glommen.

»Gmork«, sagte Karl. Zu mehr war er nicht fähig.

»Koreander«, erwiderte der Werwolf.

»Sie haben mich erwartet?«

»Wussten Sie das nicht? Sie wirken irgendwie verschrocken.«

»Ich habe so etwas geahnt, aber gehofft hatte ich …« Karl biss sich auf die Unterlippe. *Was rede ich da?*

Gmork grinste wölfisch. »Haben Sie den Nox mitgebracht?«

»Warum sollte ich?«

»Um der Phantásischen Bibliothek ihre Bücher zurückzugeben und die Innere Welt zu retten.«

»Ich denke nicht, dass Sie die Perlen freiwillig herausrücken werden, oder?«

»Wenn es sich vermeiden lässt – nein. Ich habe allerdings mit ihrem Versand bis zu unserer Begegnung gewartet, für den Fall, dass sich unerwartete Schwierigkeiten ergeben.«

»Ich hätte Ihnen ein Geschäft vorzuschlagen.«

Die Bemerkung schien Gmork zu belustigen.

»Was ist?«, fragte Karl schroff.

»Nichts, nichts. Nur zu, machen Sie Ihre Offerte.«

»Ich bringe die gebundenen Bücher wieder nach Phantásien, wo sie mit Hilfe des Nox ihre ursprüngliche Gestalt zurückerhalten. Anschließend gebe ich Ihnen die schwarze Hand.«

Gmork stieß sich unvermittelt von der Wand ab. »Haben Sie den Nox etwa dort gelassen?«

Karl zögerte.

»Reden Sie!«, knurrte die finstere Gestalt.

»Wo ist *Die verlorene Unschuld?«*

Wieder grinste Gmork. »Warum fragen Sie das ausgerechnet mich?«

»Ich rede von dem Buch. Vielmehr von der Steintafel aus der Druse des Wissens. Sie haben sie doch gestohlen, nicht wahr?«

»Gegenvorschlag. Ich gebe Ihnen *Die verlorene Unschuld* zurück und erhalte dafür von Ihnen die schwarze Hand.«

»Und die übrigen Perlen?«

»Gehen in alle Welt.«

»Damit der Fünfgesichtige Gogam Ihnen nichts am Zeug flicken kann?«

»Wenn Sie es so ausdrücken wollen.«

Karl zögerte. Sein Blick wanderte zu der schwarzen Hutschachtel. Der Lux leuchtete jetzt viel deutlicher hindurch als zuvor. Vermutlich brannte er sich allmählich durch die Pappwände.

»Was ist nun?«, fragte Gmork in drängendem Ton.

Der Schweiß rann Karl in dicken Tropfen von der Stirn. Er hatte nicht die Absicht, auf diesen Handel einzugehen. Wichtiger als alle anderen gestohlenen Bücher war aber das Werk aus der Wissenden Druse. Er musste zuerst erfahren, wo der Werwolf es versteckt hatte.

Zum Schein ging er auf den Vorschlag ein. »Also gut. Geben Sie mir die Perle. Dann bekommen Sie die schwarze Hand.«

Gmork trat rasch an den Tisch heran, was Karl unwillkürlich zurückfahren ließ, doch der Hüne wollte ihn nicht angreifen. Er spuckte auf den Tisch. Eine schwarze Perle sprang klappernd über die Holzplatte, bis sie an die Hutschachtel prallte und in Richtung Kante weiterrollte. Schnell hielt Karl die Hand darunter und fing sie auf. Er wagte es nicht, sie eingehender zu untersuchen, sondern steckte sie kurzerhand in die Hosentasche.

»Her mit dem Nox!«, knurrte Gmork.

»Woher weiß ich, ob sich *Die verlorene Unschuld* auch wirklich in der Perle befindet?«

»Benutzen Sie Ihr magisches Monokel.«

Karls Mund blieb einen Moment offen stehen, aber dann erinnerte er sich an den falschen Sammelraben im Kristallpalast. »Von dem Magieskop hat Ihnen ein Kollek-Tibe berichtet, nicht wahr?«

»Wir beide wissen, dass es so ist. Wenn Sie nicht so enden wollen wie Täuschel, sollten Sie nun den Nox herausrücken.«

In Wirklichkeit war Karl sogar froh, endlich die schwere steinerne Hand in ihrem Kleid aus Einhornhaar aus seiner Manteltasche holen zu können. Sein Puls raste jetzt, aber er ließ sich seine Empfindungen nicht anmerken. Langsam legte er das Objekt von Gmorks Begierde auf den Tisch.

»Und jetzt wirst du genau das tun, was ich dir sage«, erklärte der menschliche Werwolf mit einer plötzlich viel leiseren Stimme, deren Kälte Karl erschreckte. »Du befreist die schwarze Hand aus ihrer Hülle, nimmst die weiße da unter der Hutschachtel hervor und fügst sie beide zusammen.«

Karl blickte geradewegs in Gmorks glühende Augen. Er konnte in ihnen etwas lesen, das für diesen Handel kein gutes Ende verhieß. Es kostete ihn allen Mut, mit fester Stimme zu antworten: »Das kann ich nicht.«

»Was soll das heißen? Die Hände passen nur auf eine Weise zusammen. Die Daumen müssen sich kreuzen. *Tu es*, verdammt noch mal.«

»Nein!«

Gmorks Attacke kam so plötzlich, dass Karl keine Gelegenheit zur Reaktion blieb. Der Hüne sprang nach vorn, seine riesigen Pranken schnappten nach Karls Hals und drückten zu. Der Angegriffene, alles andere als schmächtig, wehrte sich mit unbändiger Kraft. Tatsächlich geriet Gmork ins Wanken. Karl wollte schreien, aber es kam nur ein erstickter Laut heraus. Anstatt sich zu befreien, weckte seine Gegenwehr neue, ungeahnte Kräfte im Werwolf. Dessen Daumen suchten und fanden den Kehlkopf des Opfers. Und drückten noch fester zu. Karl schlug verzweifelt mit den Armen um sich. Sein Hals drehte sich etwas im Griff des Gegners, doch er kam nicht frei. Zwei-, dreimal traf er auf harte Muskeln an Gmorks Brust oder Bauch. Der Werwolf schob ihn weiter von sich fort. Er hatte die größere Reichweite. Und den längeren Atem.

Selbiger wurde Karl nämlich schon knapp. Er trat mit dem Fuß und traf sogar ein Bein seines Kontrahenten. Gmork wankte abermals. Karl nutzte den Moment der Schwäche und versuchte eine schnelle Drehung, um sich irgendwie aus dem tödlichen Griff zu winden. Die beiden vollzogen einen grotesken Tanz durch den Raum. Gmork prallte gegen eine Wand, an der noch einige weiße Perlenschnüre hingen, bereit zur Umwandlung in schwarze. Gleich darauf drängte er Karl zurück, bis dieser mit den Oberschenkeln gegen die Tischkante stieß und das Gleichgewicht verlor.

Ein Bein auf dem Boden, das andere in der Luft, versuchte er wieder hochzukommen. Völlig unmöglich. Der Schweiß rann ihm in Strömen über den Körper. Sein Kopf drohte zu zerplatzen. Sterne tanzten vor seinen Augen. Sein Körper schrie nach Sauerstoff, doch ihm gelang kein einziger Atemzug. Er lag mit dem Rücken auf der Tischplatte, und Gmork benutzte sein Gewicht und die unglaubliche Kraft seiner Arme, um sein Opfer wie auf einer Schlachtbank einem schnellen Ende zuzuführen. Seine von der Anstrengung erstarrte Miene wirkte kühl und lauernd.

Karl wollte noch nicht sterben. Er war mit einer Strategie hergekommen, deren Erfolg von seinem Überleben abhing. Das versteinerte Gesicht vor seinen Augen begann zu verschwimmen. Jeden Moment musste er die Besinnung verlieren. Mit der linken Hand suchte er nach einem Halt, um sich vielleicht doch noch einmal aus dem zangenartigen Griff zu befreien. Dabei stieß er gegen die Schüssel mit den losen Perlen. Das Gefäß rutschte vom Tisch und zerschellte klirrend am Boden. Die weißen Perlen verteilten sich in alle Richtungen.

»Ich gebe dir eine letzte Chance«, presste Gmork hervor und lockerte gleichzeitig seine Hände um Karls Hals. »Füge mein Herz zusammen, und ich lasse dich leben.«

Karls pumpte gierig den kostbaren Sauerstoff in die Lungen. »Tu es doch selbst«, krächzte er trotzig.

»Das kann ich nicht.«

»Die Zeit zwischen zwei Atemzügen genügt dir. So lange darfst du die beiden Steine berühren. Wenn die Hände erst ineinander verschränkt sind, werden sie dir nichts mehr tun.«

»Warum das Risiko eingehen, wenn du es für mich tun kannst?«

»Weil ich meine Prinzipien habe.«

»Dann sollst du daran ersticken.« Gmorks Hände schlossen sich erneut wie Eisenklammern um Karls Hals.

Dessen Herz schien für einen Moment auszusetzen. *Jetzt stirbst du. Oder du packst die Sache endlich richtig an.* Seine Linke tastete erneut über den Tisch. Der Arm wurde immer länger. Dann stieß er endlich gegen den gesuchten Gegenstand: die Hutschachtel. Aber er bekam sie nicht richtig zu fassen. Er legte alle Kraft in eine letzte, explosionsartige Kraftanstrengung und bäumte sich gegen Gmorks Umklammerung auf. Die Hände des Gegners rutschten von seinem schweißnassen Hals ab, und tatsächlich kam er für einen Augenblick frei.

Karls Kopf flog herum. Er sah einen Tragegriff an der Seite der Hutschachtel und packte zu. Mit einem Ruck riss er sie vom Lux. Im Raum wurde es dunkel. Nur die gleißende Hand war noch zu sehen, aber sie verströmte kein Licht – sie schluckte es. Schon spürte er wieder die Pranken des Gegners auf seiner Brust. Sie drückten ihn auf den Tisch zurück und tasteten sich schnell zum Hals empor. Aber diesmal war Karl schneller. Er biss die Zähne zusammen, und seine Linke schloss sich um den Lux.

Der Schmerz war überwältigend. Für einen Moment glaubte Karl verbrennen zu müssen. Gleichzeitig stieg ein glühender Zorn in ihm auf, den er so heiß nie zuvor gespürt hatte – der Stein brachte seine Gefühle zum Kochen. Aber Karl ließ nicht los, sondern stieß mit geschlossenen Augen den weißen

Stein in die Dunkelheit, dorthin, wo er das Gesicht seines Gegners vermutete. Der Lux prallte gegen ein Hindernis. Karl vernahm einen gellenden Schrei, der ihm fast die Trommelfelle zerriss. Augenblicklich löste sich Gmorks Griff. Karl ließ den Lux auf die Tischplatte kollern, rollte sich zur Seite und fiel zu Boden.

Seine Linke war taub, aber an seinem Gesicht, das auf den Dielen lag, und in der rechten Handfläche spürte er einige der Perlen, die er zuvor verschüttet hatte. *Ich brauche die Hutschachtel!* Irgendwo in einem anderen Winkel der undurchdringlichen Dunkelheit stöhnte Gmork. Anscheinend hatte ihm die Berührung mit seinem halben Herzen fast die Besinnung geraubt. Zumindest war Karl jetzt klar, warum er es lieber nicht selbst zusammenfügen wollte.

Noch war die Gefahr nicht vorüber. Karl tastete sich fieberhaft über den Boden. Wo war nur die Hutschachtel? Er hatte sie doch über sich hinweg in dieselbe Richtung geschleudert, in die er eben vom Tisch gerollt war.

Auf allen vieren kroch er ein Stückchen weiter über die Dielen, und da fand er sie. Sogleich hob er die Schachtel auf. Allmählich kehrte Leben in seine linke Handfläche zurück. Nicht unbedingt angenehm, denn dem Gefühl nach steckten tausend Nadeln darin. Vorsichtig, um nicht von irgendwelchen Perlen zu Fall gebracht zu werden, stand er auf und bewegte sich schlurfend zum Tisch zurück. Durch den Karton hindurchspähend, sah er die weiße Hand. Er stülpte die Hutschachtel darüber. Und das Zimmer wurde wieder hell.

Gmork lag an der Wand neben der Tür, die zur Rumpelkammer führte. An seinem Hals prangte ein schwarzer Fleck. Er schien benommen, stöhnte immer noch, kam aber allmählich wieder zu sich. Vom Brandmal des Werwolfs beunruhigt, warf Karl einen Blick auf seine eigene Hand. Ihre Innenfläche war scheckig: Hier schwarz wie Ruß, dort immer noch schneeweiß, aber da, wo Lux *und* Nox gemeinsam auf sie eingewirkt hatten, sah die Haut rosig aus, wie neu. Er entsann sich der Worte Elsters: *Eine kurze Berührung, na gut, aber man braucht ein reines Herz, um den Nox gefahrlos über eine weitere Strecke zu tragen.* Offensichtlich traf Ähnliches auch auf die weiße Hand zu, doch wenn die zerstörerischen Kräfte beider zusammentrafen, dann hoben sie sich gegenseitig auf. Trotz der Schmerzen legte Karl seine Linke auf die Hutschachtel, um im Notfall sofort wieder an den Lux zu kommen. Er hatte Zeit gewonnen, nicht mehr. Gmork war ihm überlegen, und er erholte sich offenbar schnell. Karl hatte von Anfang an gewusst, dass es in dieser Begegnung keine friedliche Übereinkunft geben würde. Entweder der Werwolf würde ihn besiegen oder umgekehrt.

Vom Boden her starrte ihn Gmork böse aus glühenden gelbgrünen Augen an. Eine Weile lag er nur schwer atmend da, dann ächzte er: »Wie wäre es mit einem Waffenstillstand?«

Er will mich in Sicherheit wiegen. »Und wie soll der aussehen?«

»Du fügst für mich beide steinernen Hände zusammen. Dafür schenke ich dir dein Leben.«

Karl blieb unnachgiebig. »Es ist *dein* Herz, Gmork. Du wirst es selbst tun müssen. Wenn du beide Hälften gleichzeitig ergreifst und aneinander legst, wird es dich nicht töten Es mag wehtun, aber du weißt, was der Lohn des Schmerzes ist.«

Gmork funkelte ihn an. Ein Ausdruck kalten Hasses, aber auch unbändiger Gier lag wie eine Maske auf seinem Gesicht. Er nickte. »Mir bleibt wohl keine andere Wahl. Gib mir die steinernen Hände.«

»Ich will zuerst dein Wort, dass ich die schwarzen Perlen im Nebenzimmer nach Phantásien zurückbringen darf.«

»Ohne den Nox nützen sie dir nichts.«

»Vielleicht findet sich zur rechten Zeit ein Weg, die darin eingeschlossenen Bücher wieder zu befreien. Wenn du sie in alle Welt verschickst, sind sie für immer verloren.«

»Also meinetwegen. Nimm das Zeug. Mir bedeutet es nichts. Außerdem kann ich mir mit dem Lux jederzeit neue Perlen einschwärzen. Niemand wird merken, dass sie leer sind, wenn ich die eisigen Kügelchen einfach so verschicke. Was denkst du?«

Karl wunderte sich zwar über diese Frage, nahm seine Gedanken aber an die Kandare. *Lass dich von ihm nicht ablenken!* »Was geschieht, wenn Nox und Lux nebeneinander liegen, ohne sich zu berühren?«

Gmork zögerte. »Das wissen nur die Unaussprechlichen. Ich habe geschlafen, als sie mir mein Herz nahmen. Vermutlich werden sich Licht und Dunkelheit einen erbitterten Kampf liefern.«

Mit dieser Antwort hatte Karl gerechnet, war nun aber doch erleichtert, sie aus Gmorks Mund zu hören. »Dann mache ich einen Vorschlag zu unser beider Sicherheit: Ich drehe die Hutschachtel um und deponiere darin den Lux. Dann befreie ich den Nox vom Handschuh, lege ihn zu seinem Gegenstück und verschließe rasch die Schachtel mit dem Deckel. Du brauchst nur noch tief Luft zu holen, den Deckel abzunehmen, hineinzugreifen und die beiden Hände zu vereinen. Bevor du abermals Atem schöpfst, ist alles vorbei.«

Gmork richtete sich auf. »Warum fällt es mir nur so schwer, dir zu trauen, Koreander?«

»Vermutlich, weil wir beide nicht allzu viel voneinander halten, Werwolf.«

Gmork funkelte ihn aus seinen bösen Augen an. Aber dann deutete er auf die Gegenstände, die vor dem jungen Mann lagen. »Bringen wir es hinter uns.«

Bewusst jede hastige Bewegung meidend, nahm Karl die Hutschachtel zwischen die Hände und schob sie sich so zurecht, dass sie direkt vor ihm lag. Dann beugte er sich über den Tisch und angelte sich den Nox, der während des Kampfes wie durch ein Wunder nicht zu Boden gefallen war. Die nächste Aktion hatte er lange geübt. Er streifte den Handschuh aus Einhornhaar geschwind von dem schwarzen Stein. Genauso schnell hob er die Hutschachtel an, für einen Augenblick verdunkelte sich der Raum und schon im nächsten war es wieder hell.

Gmorks glühende Augen verengten sich. »Das ist doch nicht irgendein Taschenspielertrick, oder? Beide Hände sind jetzt im Karton, richtig?«

»Du kannst dich selbst davon überzeugen.« Mit versteinerter Miene trat Karl von der Hutschachtel zurück und steckte den leeren Handschuh demonstrativ in seine rechten Manteltasche.

Es war Gmork anzusehen, wie sehr er sich nach diesem Moment gesehnt hatte. Er gierte förmlich danach, endlich sein Herz zurückzuerhalten. Entschlossen trat er auf die Hutschachtel zu, packte sie und warf sie achtlos zur Seite. Im Raum wurde es dunkel.

Karl hielt die Luft an. Er machte sich mit festen Schritten an die Umrundung des Tisches, als wolle er fliehen. Gmork durfte jetzt keine Gelegenheit bekommen nachzudenken.

Plötzlich hörte Karl einen markerschütternden Schrei. Er sah in der Dunkelheit zwei Hände. Die eine gleißte weiß, die andere schimmerte rosafarben. Letztere war nicht etwa der Nox. Sie gehörte Gmork und leuchtete von dem Lichtstein, den sie umklammerte und der sie nun verbrannte. Trotzdem kämpfte der Werwolf weiter gegen den Schmerz an und versuchte verzweifelt, sein Herz doch noch zusammenzufügen. Wie lange würde er wohl brauchen, um zu erkennen, dass er getäuscht worden war? Eigentlich hätte es ihm schon auffallen müssen, als das Zimmer sich verfinstert hatte. Die schwarze Hand, deren Berührung ihm nicht das Geringste ausmachte, war nicht der Nox, sondern nur eine perfekte Kopie, von Zwergen geschaffen, um an ihr verlorenes Heiligtum zu erinnern.

An dieser Stelle bleibt festzuhalten, dass die Legende irrte, als sie behauptete, Gmork könne Lux wie auch Nox nur für die Zeitspanne zwischen zwei Atemzügen berühren, andernfalls er sterben würde. Der Werwolf litt erstaunlich lang. Benommen taumelte er durch den Raum, nur seine stampfenden Schritte und das Prasseln umherspritzender Perlen waren zu hören. Als ihm endlich dämmerte, dass ausgerechnet er – das wie er meinte verschlagenste Wesen des Universums – von Koreander buchstäblich hinters Licht geführt worden war, ließ er beide Steinhände fallen. Der Lux blieb unterm Tisch liegen, wodurch er teilweise verdeckt wurde. So konnte die Glühlampe den Raum schwach erhellen.

Karl sah vor sich einen dunklen Schemen. Zwei gelblich grüne Lichter funkelten ihn an. Ein Schauer lief ihm über den Rücken. Er hörte Gmorks schweren Atem. Der Werwolf taumelte wie ein Volltrunkener einen Schritt vor. Dabei geriet sein Fuß auf eine Ansammlung weißer Perlen, die bei den Scherben der Keramikschüssel liegen geblieben waren. Als sich das Gewicht des schweren Mannes auf die Kügelchen verlagerte, rollten sie davon. Gmork ruderte mit den Armen, war aber noch zu benommen, um sein Gleichgewicht zurückzuerlangen. Polternd fiel er zu Boden. Karl hörte einen letzten Schmerzensschrei. Dann herrschte Stille im Raum.

Drei, vier aufgeregte Herzschläge lang war der Bezwinger des Werwolfes unfähig, sich zu rühren. Auch Freude empfand er nicht. Zaghaft vollendete er die Tischumrundung und starrte bang auf den reglosen Körper, der vor ihm auf dem Boden lag. Gmork war mit dem Kopf auf eine große Scherbe geprallt und blutete aus einer tiefen Schnittwunde. Als hinter der Tischkante der Lux in sein Blickfeld geriet, spürte Karl, wie das Licht seinen Augen regelrecht entrissen wurde. Rasch wandte er sich ab.

Er bezweifelte, dass Gmork tot war, und er verspürte auch nicht den Wunsch, ihn zu untersuchen. Er hatte Bücher gelesen, in denen der strahlende Sieger solch einen Augenblick nutzte, um seinem Gegner vollends den Garaus zu machen. Karl mochte solche Helden nicht besonders, und er wollte gewiss keiner von diesen Haudrauf-Heroen werden. Er war nicht der Richter des Werwolfes und gewiss kein Mörder. Also tat er, was er für das Gebot der Stunde hielt. Er machte sich an die Rettung der Phantásischen Bibliothek.

DIE WEISSAGUNG

»Das habe ich befürchtet«, brummte der Meisterbibliothekar. Der Buchfalter Torkelmund hatte ihm gerade die besorgniserregenden Neuigkeiten aus der Drusenwabe überbracht. »Gmork geht aufs Ganze. Er will nicht nur die Bibliothek, sondern gleich ganz Phantásien vernichten.«

»Karl wird ihn schon aufhalten«, sagte Qutopía aus dem Ohrenbackensessel. Ihrer Stimme fehlte es allerdings an der rechten Überzeugungskraft, ihr rechtes Bein baumelte nervös über der Armlehne vor und zurück. »Der gläserne Gürtel beweist es. Er muss dem Gmork dicht auf den Fersen sein. Mir wäre allerdings wohler, wenn Karl seine Tarnung nicht verloren hätte.«

Herr Trutz war anderer Meinung. »Der Gürtel nützt ihm sowieso nur, wenn er sich an Gmork anschleichen oder vor ihm flüchten will. Kommt es zwischen den beiden zur Konfrontation, dann hängt alles davon, ob der Werwolf auf den falschen Nox hereinfällt. Der Junge hat wirklich Mumm, sich so einen Plan auszudenken.«

Vom Schreibtisch her meldete sich Albegas besorgte Stimme. »Und wenn er's vermasselt? Oder *Die verlorene Unschuld* nicht rechtzeitig zurückbringt? Hier würde alles zusammenbrechen, und niemand mehr könnte unsere Welt retten. Vielleicht solltest du sicherheitshalber in deinen Buchladen zurückkehren, Thaddäus.«

Herr Trutz schüttelte den Kopf. »Als was denn? Vielleicht als der Mann, der Phantásien seinem Untergang preisgegeben hat? Oder als wandelnde Lüge? Dafür habe ich mich nicht all die Jahre für die Bibliothek aufgeopfert. Nein, Griffelchen, wir werden kämpfen.«

Albega hieb mit dem rechten Fäustchen ins linke Händchen und rief aus: »Na gut! Wen soll ich niederschlagen?«

»Du bleibst hier. Wenn wichtige neue Meldungen eintreffen, musst du sie sofort an mich weiterleiten.«

»Kommt überhaupt nicht in Frage.«

»Alphabetagamma!«

»Wegen mir. Aber beschwert euch nachher nicht, wenn ich die frohe Nachricht zuerst bekommen habe.« Der Bücherdrill verschränkte beleidigt die Arme vor der Brust und setzte sich auf das Tintenfass.

»Wohin gehen wir?«, fragte das Drachenmädchen.

»Wir laufen nicht, meine Liebe, wir fliegen. Ich will mir selbst ein Bild von den Vorgängen in der Drusenwabe machen.«

Karl hatte die Hände in die Seiten gestemmt und betrachtete das Ergebnis der letzten Minuten hektischer Arbeit. Er stand in der Rumpelkammer vor dem blinden Spiegel. Um sich hatte er mehrere Kisten gestapelt: schwarze Perlen, weiße Perlen, Briefumschläge – so weit, so gut. In seiner Hosentasche steckte *Die verlorene Unschuld,* im Mantel Nox und Lux. Letzteren hatte er mit Hilfe des zu langen Ärmels auf der linken Seite verschwinden lassen.

Er lauschte in Richtung der Tür, die er mangels Schlüssel mit den Möbeln aus der Rumpelkammer verbarrikadiert hatte. Kein Geräusch war zu hören. Gmork war immer noch besinnungslos. Oder tot.

Zum letzten Mal ging Karl im Kopf die Rettungsaktion durch: vor allem das Buch aus der Druse und die beiden Hände hinüberschaffen, dann die schwarzen, hierauf die weißen Perlen, am Schluss die Briefumschläge. Ja, in dieser Reihenfolge würde er alles durch den Spiegel und die Wissende Druse nach Phantásien bringen. Zuletzt kontrollierte er die Lappen, die er um seine Füße gebunden hatte. Sie waren stramm und würden ihn davor bewahren, sich wieder mit den scharfen Kristallen die Sohlen zu durchlöchern. Nach einem tiefen Atemzug durchschritt er den blinden Spiegel.

Was er danach zu fühlen bekam, war ihm zwar mittlerweile hinlänglich vertraut, aber weder im Schwarzen Elfenbeinturm noch in Gmorks »Lux-Zimmer« hatte er daran Freude finden können. Auch jetzt erschreckte er sich fast zu Tode, als ihn plötzlich eine riesige Hand am Hals packte. Eine zweite griff nach seinem Hosenbund. Wie durch ein Wunder wurde er aus der Druse herausgezerrt, ohne an den spitzen Kristallen aufgeschlitzt zu werden.

Jetzt konnte er auch sehen, wer ihm diesen stürmischen Empfang bereitete: ein riesengroßer blauer Menschenaffe in einem goldenen Lendenschurz. Nun, vielleicht war es auch kein Primat, sondern ein Blauer Haarling oder irgendein anderes phantásisches Wesen, das in Höhlen lebte und sich auf der Futtersuche durch die Opalwand in die Drusenkammer verirrt hatte. Karl fühlte sich äußerst grob auf den kalten Steinboden gestoßen. Der blaue Riese drückte ihm die rechte Pranke auf die Brust und richtete sich fast gerade auf – seine langen Arme verliehen ihm die nötige Bewegungsfreiheit –, dann hob er seinen ziemlich großen, unbeschuhten Fuß.

Ach du liebes bisschen! Er will mich platt machen, durchzuckte die schreckliche Erkenntnis Karls Geist. Ihm blieben nur zwei Möglichkeiten: entweder die Augen schließen und warten, bis sein Kopf wie eine Nuss geknackt wurde, oder ...

»Halt!« Karl hatte sich spontan für Möglichkeit Nummer zwei entschieden.

Der Blaue Haarling hielt gehorsam inne. Sein Fuß sank wieder etwas herab.

»Warum willst du mich töten?«, fragte Karl.

»Der ehrenwerte Thaddäus hat gesagt, ich soll jeden Dieb platt hauen«, antwortete der Haarling mit schleppender, tiefer Stimme, die sich trotzdem nach einem kleinen Kind anhörte, das glaubte sich für etwas entschuldigen zu müssen.

»Diebe?« Bei Karl fiel der Groschen pfennigweise. Er hatte zu viel durchgemacht, um noch klar und spritzig denken zu können.

»Die Steintafel aus der Wissenden Druse darf keiner klauen«, erläuterte der Haarling.

»Willst du mich nicht erst einmal fragen, ob ich überhaupt ein Dieb bin?«

»Bist du ein Dieb?«

»Nein. Manche würden mich vielleicht so nennen, wenn sie wüssten, was ich getan habe ...«

»Na also«, sagte der Blaue Haarling und hob wieder den Fuß.

»Warte!«, schrie Karl. Seine Hände wedelten wie Friedensfahnen.

»Was ist denn noch?«, fragte der Haarling.

»Der ehrenwerte Thaddäus hat dir doch bestimmt gesagt, dass du nicht jeden beliebigen Dieb ... platt hauen sollst, sondern nur solche, die das Buch aus der Wissenden Druse haben.«

»Hast du denn das Buch aus der Wissenden Druse?«

»Schon, aber ...«

»Dann darf ich dich auch platt hauen.«

»Nein!«

Das Fell des Haarlings sträubte sich. Unter anderen Umständen wäre es bestimmt ein komischer Anblick gewesen, aber nicht jetzt. Sein Unbehagen brachte der plumpe Riese zusätzlich durch besorgniserregende Worte zum Ausdruck. »Doch. Schluss jetzt. Du bringst mich ganz durcheinander mit deinem Geschrei. Lass mich dich erst platt hauen. Danach sehen wir weiter.«

Der Blaue Haarling hob erneut den zwischenzeitlich etwas nach unten gesunkenen Fuß. Karl schrie, aber es half nichts. Was für eine Ironie! Er hatte *Die verlorene Unschuld* gerettet und wurde jetzt von einem blauen Riesenstaubwedel erschlagen. Diesmal schloss Karl die Augen.

»Lector! Lass ihn sofort los!«

»Beim ollen Scribonius! Du, ehrenwerter Thaddäus?«

Eine Engelsstimme hätte in diesem Moment nicht willkommener sein können als die gerade vernommene. Sie gehörte, wie aus der Reaktion des Haarlings unschwer zu erkennen war, dem Meisterbibliothekar. Karl riss die Augen auf. Über ihm schwebte noch immer der Quadratlatschen des blauen Riesen. »Thaddäus, Sie sind meine Rettung!«

Herr Trutz bedeutete seinem Mitarbeiter, den zukünftigen Vorsteher der Phantásischen Bibliothek etwas pfleglicher zu behandeln.

Lector nahm Karl bei den Achseln, stellte ihn auf die Beine und klopfte ihm den Staub aus den Kleidern. »War nicht so gemeint«, entschuldigte er sich.

Karl versuchte zu lächeln, tat sich aber schwer damit. Inzwischen waren Herr Trutz und Qutopía in die Drusenwabe hinabgestiegen, was Karl zum Anlass nahm, zunächst das Drachenmädchen zu umarmen und sich anschließend bei dem Alten ein zweites Mal für die Rettung in letzter Sekunde zu bedanken.

Dessen Antwort klang bescheiden. »Eine Hand wäscht die andere, Karl. Was tun Sie hier?«

Karl erzählte in wenigen Sätzen, was seit seinem Aufbruch geschehen war. Alsbald erteilte Herr Trutz einem kleinen Schmetterling, den er Torkelmund nannte, mehrere Anweisungen. Dann wandte er sich wieder seinem Stellvertreter zu und verkündete: »Sie sind ein wahrer Held, mein lieber Karl. Jetzt wird alles gut.«

Viele helfende Hände trugen zuletzt zur Rettung der Phantásischen Bibliothek bei, die zwei prominentesten waren der Lux und der Nox. Der »wahre Held«, wie Herr Trutz ihn genannt hatte, blieb jedoch Karl. Zunächst reichte er alle bereitgestellten Kisten durch den blinden Spiegel nach Phantásien durch. Hier wurden sie von Lector in Empfang genommen; der Bücherbold war sehr einsilbig, aber ungemein hilfsbereit. Gmork ließ sich während der Rückführung der gestohlenen Bücher weder sehen, noch hörte man etwas von ihm.

Nachdem auch die weißen Perlen und die adressierten Umschläge den Weg durch das Tor des Werwolfs gefunden hatten – mit ihnen plante der stellvertretende Meisterbibliothekar etwas ganz Besonderes –, kehrte Ruhe in der Drusenkammer ein. Herr Trutz schickte alle bis auf Qutopía und Karl hinaus. Letzterer bewies einmal mehr seine neu erworbene

Entschlusskraft. Er versprach, das an die schwarze Perle in seiner Hosentasche gebundene Buch als erstes einer Vielzahl von Werken zu erlösen. Dabei erlebten er und seine Freunde eine Überraschung.

»Jetzt passt auf. Ihr werdet gleich ein kleines Feuerwerk sehen«, verkündete Karl und ließ die Perle aus geringer Höhe in die hohle Handfläche des Nox fallen. Wie erwartet stob glitzernder Staub von der Perle auf, erhob sich über den Nox und schwebte quer durch den sechseckigen Raum zur Wissenden Druse.

»Es ist ins Ei verschwunden«, stieß Qutopía verzückt hervor.

»Da gehört es ja auch hin«, brummte Herr Trutz. »Lasst uns nachsehen, ob es unbeschädigt ist.«

Aufgeregt liefen alle zum Ei und spähten in das Loch.

»Das ist aber keine Steintafel«, wunderte sich das Drachenmädchen.

Karl war am erschrockensten. »Ach du liebes bisschen! Wenn ich mich nicht irre, ist das ein richtiges Buch. Ein ziemlich dickes sogar.«

»Prächtig! Das habe ich mir fast gedacht«, rief Herr Trutz aus und erntete von seinen Gefährten dafür verständnislose Blicke. Ungeduldig drängelte er: »Ich bin zu klein, um dranzukommen. Bitte reichen Sie mir schnell das Buch, Karl.«

Der gehorchte. Er beugte sich in das Loch und nahm das Buch von dort, wo gerade noch das Nichts gewesen war. Unwillkürlich hielt er es sich unter die Nase. Er zuckte die Schultern. »Riecht nach gar nichts.«

Drei Gesichter beugten sich über den Einband. Er bestand aus kupferfarbener Seide, die im Licht der Wabenwände geheimnisvoll schimmerte. Darauf geprägt war ein ovaler Rahmen. Nein, bei genauerem Hinsehen erkannte Karl zwei

Schlangen, die einander in den Schwanz bissen. Eine war hell, die andere dunkel. *So wie der Lux und der Nox.*

»Die phantásische Dualität«, bemerkte Herr Trutz wie ein Archäologe, der gerade ein kostbares Artefakt gefunden hatte.

»Das Siegel der Kindlichen Kaiserin«, sagte Qutopía.

Karl blickte sie verwirrt an. »Du sprichst von diesem ... Wie hieß es doch gleich?«

»AURYN«, antwortete der Meisterbibliothekar. »Die Gelehrten sind sich nicht ganz einig, ob das Insigne der Goldäugigen Gebieterin vor ihr oder mit ihr entstanden ist.«

»Aber ...« Karl schüttelte den Kopf und tippte mit dem Zeigefinger in das Schlangenoval. »Wie ist das möglich? Wir hatten *Die verlorene Unschuld* zurückgewinnen wollen und jetzt – seht ihr nicht den Namen des Buches?«

Natürlich war auch Herrn Trutz und Qutopía der Titel längst aufgefallen. Und jetzt lasen sie ihn ein weiteres Mal:

Die unendliche Geschichte

»Ich hab's vermasselt. Phantásien ist der Vernichtung geweiht«, jammerte Karl.

Der Meisterbibliothekar blieb erstaunlich ruhig. Er sah ein wenig aus wie ein Mann, der gerade eines Wunders ansichtig geworden war. Lächelnd schüttelte er den Kopf. »Nein, mein lieber Karl. Sie haben alles richtig gemacht. Können Sie sich noch erinnern, was Albega und ich Ihnen über die Legende von der Wissenden Druse erzählt haben?«

»O ja! Nur zu gut. Albega meinte, *Die verlorene Unschuld* werde irgendwann vom Angesicht Phantásiens verschwinden, und dann müsse es neu erschaffen werden. Er sagte auch sinngemäß, er wolle sich lieber nicht vorstellen, was passieren würde, wenn das Nichts in die Wissende Druse Einzug hielte.« Karl schüttelte verzweifelt den Kopf. »Ich wäre fast in dieses Nichts hineingetappt. *Die verlorene Unschuld* ist weg. Jetzt muss Phantásien untergehen.«

Herr Trutz tätschelte ihm die Schulter. »Ruhig Blut, mein lieber Freund. Die Weissagung spricht nicht von Untergang, sondern von einer Neuschöpfung.«

»Das eine kann wohl kaum ohne das andere geschehen.«

»Mag sein, vielleicht aber auch nicht. Eine Raupe verwandelt sich auch in einen Schmetterling, ohne sterben zu müssen. Im Moment wissen wir nur, dass unweigerlich geschehen wird, was die Prophezeiung angekündigt hat, nicht aber wann.«

»Lasst uns doch mal reinschauen«, schlug Qutopía vor und deutete mit dem Kinn auf das kupferfarbene Buch.

Karl zögerte.

»Nur zu«, ermunterte ihn Herr Trutz.

Also öffnete Karl als erstes Geschöpf *Die unendliche Geschichte* und erlebte sofort die nächste Überraschung. »Ach du liebes bisschen!«

»Sie wiederholen sich, mein Guter. Aber irgendwie ergibt das einen Sinn«, erklärte Herr Trutz.

»Ich kann nichts Sinnvolles an einem so dicken Buch voller leerer Seiten finden«, schnaubte Qutopía.

»Doch, meine Liebe«, widersprach der Bibliothekar feierlich. »Phantásien wird neu erschaffen werden. Manches mag auch danach so sein, wie wir es kennen, anderes wird uns fremd erscheinen – vorausgesetzt, wir erleben diese neue Welt. Jemand anderer wird es ganz sicherlich.«

»Wen meinen Sie?«, fragte Karl.

»Derjenige, dem Sie heute den Weg geebnet haben, mein lieber Freund. Derjenige, der dieses Buch einmal wird lesen können. Der seine eigene Geschichte darin findet.«

»Aber ... woher wollen Sie das wissen?«

Herr Trutz lachte leise. »Bei aller Bescheidenheit, Karl, aber ich bin schon etwas länger in Phantásien unterwegs als Sie. Glauben Sie mir, diese Welt hat schon manche Neugeburt erlebt.«

Ehe Karl seine Sprache zurückgewinnen konnte, flatterte ein Buchfalter herbei. Es war wieder Torkelmund. »Eilmeldung, Eilmeldung«, verkündete er und landete auf Herrn Trutzens Rechter, die den Gehstock hielt.

»Was ist denn so wichtig, kleiner Fühlermann?«, fragte der Alte freundlich.

»Gerade ist ein Poststorch von der Kindlichen Kaiserin eingetroffen. Der Bote wartet oben in deinem Arbeitszimmer auf dich.«

»Heißt das ...?«

»Ja, ja, ja, ja«, antwortete Torkelmund, bevor der Bibliothekar seine Frage überhaupt aussprechen konnte. »Sie ist wieder da! Die Goldäugige Gebieterin weilt wieder unter uns.«

Es war derselbe Grünling, der Karl schon in Wolkenburg beliefert hatte, und wie vor drei Tagen verblüffte Flatterich ihn auch diesmal. »Die Kindliche Kaiserin schickt Ihnen das hier.« Er reichte Karl eine wunderschöne, auf Hochglanz polierte Holzschatulle mit kunstvollen Intarsienarbeiten. In der Mitte des Deckels war das kaiserliche Siegel zu sehen, das Oval aus der dunklen und hellen Schlange.

»Für mich?«, fragte Karl ungläubig.

Der Grünling nickte.

»Aber warum schreibt sie mir dauernd, wenn sie mich doch gar nicht kennt?«

»Die Kindliche Kaiserin weiß genau, wer Sie sind, mein Lieber«, mischte sich Herr Trutz ein. »Und jetzt machen Sie endlich die Kiste auf. Oder soll ich das für Sie tun?«

Früher hätte Karl vielleicht mit ja geantwortet, aber nun ergriff er die Initiative. Er nahm Flatterich die Schatulle ab, stellte sie neben Albega auf den Schreibtisch und öffnete den Deckel. Obenauf lag ein Brief, in derselben schwungvollen Handschrift, auf dem gleichen schweren, handgeschöpften Papier wie beim letzten Mal. Ergriffen las er die Botschaft.

Lieber Karl!

Du wirst dich bestimmt wundern, eine weitere Nachricht von mir zu empfangen. Ich muss dir aus verschiedenen Gründen schreiben, zunächst jedoch, um dir Dank zu sagen. Obwohl wir uns nun schon zweimal gesehen haben, ...

»Zweimal?«, stieß Karl ungläubig hervor. Herr Trutz, Albega und Qutopía sahen ihn fragend an. Er lächelte schief und vertiefte sich erneut in den Brief.

... konnten wir nie miteinander reden. Das erste Mal standest du vor einem Spiegel und warst vollauf damit beschäftigt herauszufinden, was du von dir selbst erwarten solltest. Unsere nächste Begegnung verlief noch dramatischer. Wir waren beide in Xayídes magischem Eis eingeschlossen. Ohne dich hätte ich meine sieben unsichtbaren Diener nicht rufen können und wäre immer noch unter dem Schwarzen Elfenbeinturm gefangen. Du tatest mir Leid, als du mich verließest, so voller Gewis-

sensbisse, weil du glaubtest, nicht genug für mich getan zu haben. Doch du hast etwas dir sehr Wertvolles für mich geopfert, um mich zu retten. Heute möchte ich es dir zurückgeben.

Karl ließ den Brief sinken und blickte in die Schatulle. Darin lag, auf kupferfarbene Seide gebettet, die Meerschaumpfeife des Herrn Trutz.

Der kicherte leise. »Habe ich Ihnen nicht gesagt, dass sie Ihnen irgendwann noch einmal von Nutzen sein wird? Jetzt werden Sie das gute Stück hoffentlich zu schätzen wissen.«

»Dabei bin ich nicht einmal Raucher«, murmelte Karl. Das alles war fast zu wunderbar, um es zu glauben. Er hatte Weisenkind mit der nie erlöschenden Glut der Pfeife gerettet, ohne es zu wissen. Fassungslos schüttelte er den Kopf.

»Was ist?«, fragte Herr Trutz.

»Sofort«, erwiderte Karl und setzte die Lektüre des Briefes fort. Schon der nächste Satz überraschte ihn aufs Neue.

Jetzt wirst du das gute Stück hoffentlich zu schätzen wissen, Karl. Gib auf sie Acht, womöglich wird sie dir irgendwann wieder von Nutzen sein.

Karl spähte argwöhnisch über den Rand des Papiers zu dem alten Bibliothekar, kehrte aber gleich wieder zur Lektüre des Briefes zurück.

Doch nun zu einem ernsteren Thema. Ich weiß, dass du gegen ein Wesen antreten musst, das weder von deiner noch von unserer Welt stammt. Vielleicht erreicht dich mein treuer Bote noch vor dieser vielleicht größten Herausforderung deines Lebens. Obwohl Phantásien dich

verwandelt hat, wiederhole ich die Worte aus meinem letzten Brief: TU, WAS DU WILLST, und es wird das Richtige für Phantásien sein. Aber bitte tu es!
Abschließend habe ich nur noch eine Bitte an dich. Flatterich, mein treuer Bote, wird sie dir mündlich übermitteln. Nur so viel will ich dir schreiben: Es gibt viele Mächte, die Phantásien schaden wollen. Meine eigene Schwester, Xayíde, ist eine von ihnen. Mit ihrer Kälte hat sie mich geschlagen. Aber zumindest anfangs ahnte sie nicht, dass noch eine andere Krankheit an meinen Gebeinen nagt: das Nichts. Sowohl die Unaussprechlichen als auch das ruhelose Wesen aus der fremden Welt und die Zauberin haben mir gemeinsam zugesetzt. Nun bin ich zum Sterben müde, zu schwach, um aus mir selbst neue Kraft zu schöpfen. Nur einer kann meine Krankheit heilen, Karl, und das bist du. Lass Flatterich dir erklären, was du für mich tun kannst.
Voller Zuversicht sehe ich deiner Wahl entgegen. In deiner Amtszeit als neuer Meisterbibliothekar werden wir bestimmt noch öfter voneinander hören. Ich wünsche dir eine sichere Hand auf allen deinen Wegen.

Karls Kopf fuhr hoch. Verdutzt blickte er in Flatterichs grünes Gesicht. »*Der* Brief ist auch nicht unterschrieben!«

Der Bote nickte. »Das hat auch seine Ordnung so.«

»Wieso?«

»Weil Sie der Kindlichen Kaiserin einen Namen geben sollen.«

»Ich?«

Herr Trutz, der wegen Karls häufiger Unterbrechungen den Brief zuletzt einfach mitgelesen hatte, wirkte angespannt.

»Das hat er doch gesagt. Und die Goldäugige Gebieterin schreibt, sie blicke Ihrer Wahl mit Zuversicht entgegen. Nun machen Sie schon, Karl?«

»Warum drängeln Sie mich so?«

»Ich habe noch einen Termin.«

»O nein! Etwa wieder eine Reise?«

»Ja, zu einer bildhübschen Weinbäuerin. Aber lenken Sie nicht ab. Geben Sie der Goldäugigen Gebieterin endlich ihren neuen Namen.«

»Aber warum ausgerechnet ich?«

»Weil Sie ein Menschenkind sind, Karl, ein Adamssohn. Solche können Namen erfinden, phantástische Geschöpfe nicht. Ich habe der Kindlichen Kaiserin einst auch einen gegeben, wenn auch aus glücklicherem Anlass.«

»Tatsächlich? Welchen?«

»Nun hab ich ihn so oft ausgesprochen, und immer noch wissen Sie nicht ...« Ärgerlich schüttelte der Alte den Kopf. »Entschuldigen Sie meine Ungeduld. Kurzum: Ich nannte sie Goldäugige Gebieterin.«

»*Sie* war'n das?«

»Ich glaube, das hat er jetzt deutlich genug erklärt«, sagte Albega, während seine Fingerkuppen auf der kaiserlichen Schatulle trommelten.

Wieder suchten Karls Augen das erwartungsvolle Gesicht des Boten. Eigentlich gab es nur einen Namen für das Mädchen mit den Bernsteinaugen. »Weisenkind«, sagte er leise. Eine Windbö ließ plötzlich die Fenster des Arbeitszimmers erzittern.

»Wieso denn das?«, fragte der Bücherdrill.

»Sie ist ein Kind und trotzdem weise wie eine alte Frau. Ich finde den Namen passend.«

Qutopia seufzte verzückt.

»So soll es sein«, verkündete Flatterich. »Dann darf ich Weisenkind also ihren neuen Namen überbringen?«

Karl nickte scheu.

Der Grünling verbeugte sich. »Ich muss mich sputen, damit das Leiden der Goldäugigen Gebieterin endlich ein Ende findet.« Er drehte sich um, lief zu der Tür im Sprossenfenster, öffnete sie und trat auf den Balkon.

»Nicht goldäugig – *bernsteinäugig*«, rief Karl ihm nach, doch der Bote hörte es nicht mehr.

Flatterich stieß einen komplizierten Pfiff aus. Wenige Augenblicke später segelte ein Schatten, so groß wie ein Pottwal, am Fenster vorbei. Er stieg auf die steinerne Brüstung. Als der Poststorch abermals am Balkon vorbeiflog, sprang der Grünling nach vorn. In einer dritten Runde verabschiedete er sich winkend – und nun auf dem Rücken des riesigen Vogels sitzend – von den zwei Meisterbibliothekaren und ihren Gefährten.

»Er braucht sich gar nicht so zu beeilen«, sagte Herr Trutz lächelnd. In einem seiner Augen glitzerte eine Träne.

Verwundert sahen Karl und Albega den Alten an.

Qutopía, selbst eine erfahrene Luftfahrerin, hatte es bereits bemerkt. »Die Brise, die durchs offene Fenster hereinweht – spürt ihr es nicht? Sie ist lau und warm. Wie ein Sommerwind.«

Er hatte das Gefühl, ewig in ihren grünen Augen umherfliegen zu können und nie landen zu müssen. Nachdem Karl mit Qutopía auf den Balkon des Arbeitszimmers hinausgetreten war und sie eine Weile genussvoll die laue Luft eingesogen hatten, die das Wiedererwachen Phantásiens verkündete, war das Drachenmädchen in trauriges Schweigen versunken.

»Was ist mit dir, Qutopía?«, fragte Karl.

»Das frage ich dich«, antwortete sie.

»Ich verstehe nicht ...«

»Doch, Karl. Du weißt, wovon ich rede. Unten in der Drusenkammer werden die Perlen durch die schwarze Hand gezogen. Bald sind alle gebundenen Bücher wieder frei. Deine Aufgabe hier geht zu Ende. Was wirst du jetzt tun?«

Er zuckte die Achseln. »Du hast es ja gehört. Thaddäus will sich zum Narren machen ...«

»Karl!«

»Schon gut. War nicht so gemeint. Er wird zu Hallúzina gehen und für immer in Phantásien bleiben.«

»Findest du den Preis, den er dafür zahlt, zu hoch?«

Unbehaglich erwiderte er ihren herausfordernden Blick. »Der ehrenwerte Thaddäus hat sein Leben mit einem Tagesmarsch verglichen, der bald im Sonnenuntergang seinen Abschluss findet. Für mich ist der Morgen gerade erst angebrochen.«

Sie nickte verstehend. »Dann wirst du mich also verlassen.«

Karls Herz klopfte heftig in seiner Brust. Voller Schmerz sah er in Qutopías trauriges Gesicht. Er wischte mit dem Daumen eine verirrte Träne von ihrer Wange und versuchte zu lächeln. »Nicht wirklich, Qutopía.«

»Und was heißt das?«

»Du wirst immer bei mir sein. Hier drinnen.« Er deutete auf sein Herz.

Abermals nickte sie und sagte trotzig: »Ich wollte sowieso nach Hause fliegen und nach meinem Vater sehen.«

»Qutopía?«

»Was ist?«

»Ich glaube, du hast mich noch immer nicht richtig verstanden. Ich liebe dich, mein Drachenmädchen.«

Jetzt konnte sie die Schleusen ihrer Tränen nicht länger geschlossen halten. Sie sank in Karls Arme und schluchzte: »Aber ich liebe dich doch auch, du großer, tapsiger Bär.«

»Hör mal! Du sprichst mit dem Retter Phantásiens.«

»Ja, aber ohne seine wagemutige Gefährtin wäre er nicht weit gekommen.«

Beide lachten, wenngleich in ihrer Heiterkeit noch immer ein Hauch von Bitterkeit schwang.

Schließlich fragte Karl: »Denkst du, dein Vater würde dir auch in Zukunft hin und wieder den Glücksdrachen borgen?«

Sie sah ihm ernst ins Gesicht, aber ihre Augen begannen mit einem Mal zu lachen. »Natürlich wird er das, und ich weiß auch schon, wohin ich damit fliegen werde.«

Karl nickte. »Für die *Fuchur* ist die Phantásische Bibliothek von keinem Ort dieser Welt zu weit entfernt.«

Qutopía brach im Morgengrauen auf. Im Gepäck hatte sie einen Handschuh aus dem Mähnenhaar von Albinoeinhörnern, und darin befand sich der Nox. »Wirf ihn bitte ins Meer der Tränen, an der tiefsten Stelle, die es gibt«, hatte der neue Meisterbibliothekar zu ihr gesagt; es war sozusagen seine erste Amtshandlung. Sie befolgte den Auftrag gewissenhaft.

Danach flog Qutopía nach Hause und fand ihren Vater auf dem Wege der Besserung. Ihre Eltern waren froh, das verwegene Mädchen wohlbehalten in die Arme schließen zu können. Der berühmteste Weltreisende Phantásiens war bald wieder kerngesund, und die *Fuchur* hatte nun zwei Piloten, die rosenfarbene Blitze an den Himmel malten. Karl und das

Drachenmädchen trafen sich übrigens wieder und wurden das erste Paar, das sich über die Grenze zweier Welten hinweg ein Leben lang liebte. Ohne Folgen blieb das für beide nicht. Aber das ist eine andere Geschichte und soll ein andermal erzählt werden.

Weil es für niemanden ratsam war, sich länger als nötig in der Nähe der Herzsteine Gmorks aufzuhalten, und weil zudem die schwarzen Perlen in fast jedem eine fast unwiderstehliche Habgier weckten, hatten sich zahlreiche Geschöpfe dabei abgelöst, die dunklen Perlenschnüre durch die hohle Handfläche des Nox gleiten zu lassen. Man arbeitete in Gruppen, um sich gegenseitig zu schützen. Nun gab es tatsächlich ein wahres Feuerwerk in der sechseckigen Kammer der Wissenden Druse. Myriaden vielfarbig funkelnder Zwergsterne sausten durch den Bücherturm. Noch bevor die Nacht zu Ende war, standen die gestohlenen Bücher wieder an ihren angestammten Plätzen in der Phantásischen Bibliothek. Einige wenige Lücken blieben jedoch leer. Vielleicht hatte Gmork die Bücher bereits in ferne Länder zu besonders ungeduldigen Sammlern verschickt oder sie auf andere Art dem ewigen Vergessen anheim gegeben. So wurde das Nichts zu einer ständigen Herausforderung für den neuen Meisterbibliothekar.

Bei seinem Abschied hatte Herr Trutz gesagt, das Nichts werde sich kaum ausbreiten können, solange das Licht der anderen Bücher es im festen Griff behalte. Gefährlich werde es erst, wenn wieder jemand einen Weg finde, die Schätze Phantásiens zu plündern.

Von Gmork fehlte überdies weiterhin jede Spur. Die letzte

Amtshandlung des Thaddäus Tillmann Trutz war für Karl zugleich ein ungewöhnliches Geschenk. »Nehmen Sie das Buch«, sagte er.

»Welches Buch?«, fragte Karl, obwohl er es längst ahnte.

»Nun tun Sie nicht so, als könnten Sie nicht bis drei zählen, junger Freund. Ich rede von der *Unendlichen Geschichte*. Wir können sie nicht in der Wissenden Druse aufbewahren. Falls der Werwolf zurückkehrt, liegt es für ihn wie auf dem Präsentierteller.«

»Was würde ihm das nützen? Es ist ja leer.«

»Möglicherweise könnte er jemanden suchen, der es für ihn nach seinen eigenen finsteren Vorstellungen schreibt. Irgendeinen arglosen Schriftsteller. Aus der unendlichen könnte so leicht *Die unredliche Geschichte* werden, die Phantásien den endgültigen Todesstoß versetzt. Nein, das Risiko wollen wir nicht eingehen. Nehmen Sie das Buch mit in die Äußere Welt, und behüten Sie es gut, in *Ihrer* geheimen Bibliothek.«

»Aber Phantásien ...«

»Die Weissagung nimmt ihren Lauf, mein lieber Karl. Phantásien wird durch das kupferfarbene Buch erneuert werden. Aber die Prophezeiung erwähnt nichts davon, dass es wieder in dem Ei aufbewahrt werden muss. Nehmen Sie es an sich, und bewahren Sie es gut auf. Zur rechten Zeit wird es den rechten Leser finden, der die Innere Welt neu erschafft.«

»Wäre es möglich, dass *ich* dieser Leser bin?«

Herr Trutz legte den Kopf schief und musterte Karl wie ein Gemälde. »Sie können es feststellen«, antwortete er verschmitzt.

»Und wie?«

»Indem Sie versuchen, darin zu lesen. Klappen Sie's gelegentlich auf. Wenn Sie in dem Buch eine Geschichte finden – *Ihre* Geschichte –, dann sind Sie der Glückliche.«

»Ich danke Ihnen für alles, Thaddäus. Durch Sie bin ich ein neuer Mensch …«

»Schnickschnack! Ich war nur ein Reisegefährte, der Sie auf den einen oder anderen Wegweiser aufmerksam gemacht hat. Die Verwandlung haben Sie selbst vollzogen. Ich konnte Ihre verkörperten Erwartungen doch in der Spiegelwabe sehen. Sie haben, wie ich finde, eine gute Wahl getroffen, Karl. Eines würde mich allerdings doch interessieren.«

»Nur zu, fragen Sie.«

»Haben Sie während Ihres Aufenthalts hier irgendwelche wichtigen Dinge aus Ihrem früheren Leben vergessen?«

»Wieso sollte ich?«

»Weil Sie in Phantásien schöpferisch tätig geworden sind.«

»Ich?«

Der Alte nickte. »Sie haben Dingen und Personen Namen gegeben. Denken Sie an das Finstertor oder an Galatía und Frígon, die beiden Hüter des Nox. Manchmal haben Sie's unbewusst getan, wie bei Lector, den Sie einen Blauen Haarling nannten.«

»Und bei Weisenkind.«

»Ich dachte, der Name für die Goldäugige Gebieterin sei Ihnen heute erst eingefallen.«

»Nein, ich trage ihn schon in mir, seit ich in der Spiegelwabe war. Aber warum sollte das Ausdenken neuer Namen einen Einfluss auf mein Gedächtnis gehabt haben?«

»Weil jede Schöpfung in Phantásien ihren Bildner verändert. Eine Erinnerung aus der Äußeren Welt ist der Ton, aus dem er sie erschafft. Deshalb hatte ich Sie nach irgendwelchen Gedächtnislücken gefragt.«

Karl schmunzelte. »Wenn ich tatsächlich etwas aufgeben

musste, dann kann ich mich ja nicht mehr daran erinnern. Folglich ist es mir auch unmöglich, Ihnen davon zu erzählen.«

Herr Trutz lachte. »Prächtig! Jetzt ist sogar mir altem Hasen noch eine törichte Frage eingefallen. Sie haben natürlich Recht, mein lieber Karl. Darf ich Ihnen trotzdem zum Abschied noch einen Rat geben?«

»Ja, bitte.«

»Das Magieskop. Halten Sie's einfach an den Lux. Dann wird's wieder funktionieren.«

Karl blinzelte verwirrt. Dann lächelte er. »Ich werde dran denken.«

Nachdem Huschhusch mit Herrn Trutz kurz nach Qutopías Abreise in Richtung Sonnenaufgang gestartet war, kümmerte sich Karl um ein paar letzte Dinge. Das Magieskop mit Hilfe des Lichtsteins wieder in seinen ursprünglichen Zustand zu versetzen war kein Problem. Außerdem sandte er einen Briefgreif nach Wolkenburg, um König Kumulus den yskálnarischen Kompass mit Dankesgrüßen zurückzugeben. Hiernach widmete er sich einer Aufgabe, die ihm besondere Befriedigung verschaffte, obwohl sie nicht unbedingt notwendig war. Er ließ den Lux Hunderte weiße Perlen in schwarze verwandeln. Gmork selbst hatte ihn auf die Idee gebracht: *Niemand wird merken, dass sie leer sind, wenn ich die eisigen Kügelchen einfach so verschicke.* Mit Hilfe einiger Dutzend Mitarbeiter aus der Bibliothek wurden die zwar schwarzen, aber buchlosen Perlen in die bereits adressierten und frankierten Umschläge verpackt. Karl nahm die Kartons später mit in die Äußere Welt, wo er sie bei nächster Gelegenheit in einem Postamt aufgab.

Der Lux wurde nach getaner Arbeit in ein Tuch aus der Wolle noktunischer Maulwürfe eingewickelt, das fast so gut vor der weißen Hand schützte wie Albinoeinhornhaar vor der schwarzen. Karl nahm auch den Lichtstein mit in die Äußere Welt zurück. Dort würde er ein sicheres Versteck suchen, damit niemand mehr damit Schaden anrichten konnte.

Zuletzt verabschiedete er sich von jenem phantásischen Wesen, dem er zwischen den leuchtenden und duftenden Büchern als Erstes begegnet war. Wie damals heulte Alphabetagamma Rotz und Wasser, aber diesmal aus erfreulicherem Anlass. Außerdem war es ja nur ein Abschied für kurze Zeit. Von nun an war der Bücherdrill die rechte Hand des ehrenwerten Karl und festigte zudem seinen fast schon legendären Ruf als dienstältester Gehilfe in der Phantásischen Bibliothek.

DIE RÜCKKEHR

Unendlich müde, aber dennoch zufrieden wanderte Karl mit vier großen Kisten voller Briefumschläge, die er an Seilen hinter sich herzog, durch die geheime Bibliothek des Thaddäus Tillmann Trutz. Erschöpft erreichte er das Bücherkabinett, wo noch immer der Ohrenbackensessel stand. Überraschenderweise lag eine dicke Staubschicht auf dem ledernen Sitzmöbel des guten Thaddäus ... Nein, korrigierte sich der neue Meisterbibliothekar, von nun an war es sein, Karl Konrad Koreanders, Sessel, denn er hatte ja jetzt ...

Karl erstarrte. Im nächsten Moment hieb er sich mit der ungeschwärzten Handfläche vor die Stirn. Danach jammerte er: »Die Unterschrift! Und so was will ein Held sein. Du hast sie vergessen! Wie konnte mir das nur passieren?« Als hätte jemand einen Korken aus ihm herausgezogen, entwich das letzte bisschen Kraft aus seinem ohnehin schon ausgelaugten Körper. Um nicht der Länge nach hinzufallen, ließ er sich in den Sessel sinken. Er konnte seine Gedankenlosigkeit nicht fassen. Wieder und wieder schüttelte er den Kopf. Und darüber schlief er schließlich ein.

Erschrocken fuhr Karl hoch. Er musste eingenickt sein. Verwirrt blickte er sich um. Er saß immer noch im geheimen Bücherkabinett des Thaddäus Tillmann Trutz. Oder schon wieder? Er hasste dieses Gefühl der Orientierungslosigkeit, das ihn gewöhnlich nach dem Aufwachen heimsuchte. War seine Reise durch Phantásien nur ein lebhafter Traum gewesen?

Schwerfällig erhob er sich aus dem staubigen Ohrenbackensessel. Im Kabinett standen vier große Kartons. Karls Hand fuhr zur rechten Manteltasche. Darin befand sich ein großer, schwerer Gegenstand. *Also doch kein Traum!*

Er durchsuchte die Kartons. Im zweiten fand er das Buch *Die unendliche Geschichte*. Damit lief er nach vorn in den Laden. Zu seinem Ärger stellte er fest, dass nicht nur die Tür, sondern auch das Schaufenster vernagelt war. Der Schreiner, den er mit der Reparatur der eingeworfenen Scheibe beauftragt hatte, musste nicht richtig hingehört haben. Überdies hatte er miserable Arbeit geleistet. Überall Ritzen, durch die Speere grellen Sonnenlichts eindrangen und den allgegenwärtigen Staub illuminierten. Ohne diese Mängel würde im Laden allerdings tiefe Dunkelheit herrschen, so war es wenigstens ein dämmriges Zwielicht. Zu allem Überfluss war auch noch die elektrische Beleuchtung kaputt.

Wie hatte der Laden in sieben Tagen nur so herunterkommen können? Überall Spinnweben. Alles lag unter einer fingerdicken Staubschicht. Hätte Karl gewusst, dass eine Woche ohne Saubermachen solche Folgen haben konnte, dann wäre er vielleicht doch Beamter in einer Schreibstube geworden wie ... wie irgendjemand in seiner Verwandtschaft eben; der Name wollte ihm nicht mehr einfallen. Er kletterte auf eine Leiter und versteckte den Lux hinter einer Doppelreihe Büchern direkt unter der Decke. *Die unendliche Geschichte* deponierte er an einer anderen Stelle.

Danach begab er sich zur Tür und untersuchte die Bretter. Er schüttelte den Kopf. Nicht zu fassen! Da hatten ihn die Handwerker tatsächlich eingeschlossen. Er trat gegen ein Brett. Die Nägel gaben nach, als steckten sie in morschem Holz. Mehr Sonnenlicht fiel herein. Jetzt erst kam Karl die Idee, einen Blick auf seine Taschenuhr zu werfen. Es war sieben Minuten nach elf. *In einundfünfzig Minuten läuft die Frist ab!*

Der Gedanke durchzuckte ihn wie ein Stromschlag. Vielleicht war ja doch noch nicht alles verloren. Möglicherweise hatte Thaddäus vor seiner Abreise nach Phantásien einen Brief aufgegeben und darin alles erklärt. Unvermittelt spürte Karl einen unbändigen Kampfeswillen in sich aufsteigen. Bevor der Notar ihm nicht klipp und klar ins Gesicht sagte, dass er keine Chance mehr hatte, wollte er die Hoffnung nicht aufgeben.

Er trat abermals zu. Noch mehr Licht drang ein. Sein verletztes Fußgelenk schmerzte, aber er wiederholte die Prozedur noch einige Male, dann fiel die Planke herunter. Von neuem Elan gepackt, löste er weitere Bretter. Dann fielen gleich mehrere, die durch einen diagonalen Balken verbunden gewesen waren, laut polternd herab. Karl stieg auf die Straße hinaus. Frische Herbstluft umwehte seine Nase.

Vor ihm stand Frau Holle und machte ein Gesicht, als erblicke sie ein Gespenst.

»Guten Morgen, Nachbarin. Sie sehen irgendwie mitgenommen aus. Hatten wohl eine lange Nacht gestern?« Karl biss sich auf die Zunge. Schon wieder so eine überflüssige Frage, zumal sie an eine Dame gerichtet war.

Heide Holle schüttelte den Kopf und murmelte: »Das Alter geht eben nicht spurlos an einem vorüber, nach so langer Zeit.«

»Das Alter? Ich bitte Sie, sieben Tage können doch so viel nicht ausmachen.«

Frau Holle schnappte nach Luft. *»Sieben Tage?* Sie Armer! Was haben'se denn mit Ihnen angestellt?«

Ein Waldschrat hat mich und meinen Greif vom Himmel geschossen; eine Tentakelbestie hat mich angefallen; ich war in einem Eisblock eingeschlossen; bin von Räubern gefangen genommen worden; mit Briefgreifen und Glücksdrachen geflogen; habe mit einem Werwolf gekämpft … »Nun, äh. Ich war ziemlich beschäftigt in der letzten Woche.«

»In der letzten *Woche?* Na, dann schauen Sie sich mal um, was in der letzten Woche passiert ist.« Frau Holle klang aus unerfindlichem Grund immer schriller. Sie warf die Arme hoch, deutete zur Fassade empor und verschwand brabbelnd und kopfschüttelnd im Hausflur.

Karl hatte bisher nur die Backsteinmauer auf der anderen Straßenseite wahrgenommen. Jetzt trat er weiter auf den Gehweg hinaus, drehte sich um – und bekam einen Schock.

Die Häuser zu beiden Seiten des Ladens waren nur noch Ruinen. Fassungslos drehte er sich nach rechts. Bis zum Ende der Straße nur Trümmer. Auch die Mauer gegenüber war auf weiten Strecken zerstört.

Karl begann zu laufen. Sein Ziel war das Büro von Doktor Harribald Windig. Hinkend rannte er gegen den Minutenzeiger an, aber diesmal gab er ihm nicht die Schuld. Ungläubig nahm er unterwegs die allgegenwärtigen Zerstörungen wahr. Viele Gebäude existierten einfach nicht mehr. Manchmal ragten einzelne, wie durch ein Wunder so gut wie unversehrt geblieben, aus einem Meer von Ruinen auf. Ob es auch in ihnen Türen nach Phantásien gab, die von unsichtbaren Hermetiden bewacht worden waren? Karl entdeckte auch neuere Häuser, die er nie zuvor gesehen hatte. Auf der Straße begegnete er ungewöhnlich vielen Frauen, aber kaum Männern, abgesehen von ein paar Jungen und Greisen. Was hatte sich hier ereignet? Ein Erdbeben vielleicht?

Endlich erreichte er die Kanzlei. Erleichtert atmete er auf. Das Haus hatte die offenbar ziemlich stürmische Woche überstanden. Die Fassade war zwar von unzähligen kleinen Kratern übersät, aber sonst sah es recht passabel aus. Karl stürmte die Treppe zum Hochparterre hinauf. Abermals kontrollierte er die Zeit. *Noch elf Minuten.* Er klingelte an der Kanzleitür. Eine junge Dame öffnete ihm. Vielleicht war Fräulein Schmitz krank.

»Ich muss dringend den Notar Doktor Windig sprechen.«

Die junge Dame blickte an Karl hinab. Unwillkürlich folgte er ihrem Beispiel und erschrak. Er sah zum Fürchten aus. Wie ein Landstreicher. Seine Hose war verschmutzt, die Schuhe fast ohne Farbe. Und erst der Mantel! Da gab es weiße Flecken vom Gewölbe unter dem Schieferberg am Ärmel und schwarze vom Lux. Die Außentaschen waren wie Säcke ausgebeult. Rasch schälte er sich aus dem peinlichen Kleidungsstück heraus, rollte es zusammen und klemmte es sich unter den Arm. Sein Jackett sah nicht ganz so mitgenommen aus.

»Haben Sie einen Termin?«, fragte die junge Dame streng.

»Ja.«

»Name?«

»Bei Herrn Doktor Windig.«

Die junge Dame täuschte ein Lächeln vor. »Wie mein Chef heißt, weiß ich. *Ihren* Namen hätte ich gerne.«

»Ach so. Koreander. Karl Konrad Koreander.«

»Für welche Uhrzeit sind Sie verabredet.«

»Elf Uhr achtundfünfzig.«

»Sie scherzen schon wieder. Normalerweise speist Herr

Doktor Windig um zwölf. Ich könnte mich erinnern, wenn ich einen so ausgefallenen Termin für ihn vereinbart hätte.«

»Das waren ja auch nicht Sie. Fragen Sie Fräulein Schmitz. Die kann es Ihnen bestätigen.«

Jetzt wurde die junge Dame blass. Ihr Gesicht wirkte betroffen. Dann verärgert. »Was erlauben Sie sich! Fräulein Schmitz arbeitet schon seit fünf Jahren nicht mehr hier.«

»Das muss ein Irrtum sein. Ich habe noch vor einer Woche mit ihr gesprochen.«

»Fräulein Schmitz ist seit zwei Jahren tot.«

»Was?« Karl schwankte. *Das darf alles nicht wahr sein!*

»Ist Ihnen nicht gut?« Die junge Dame war jetzt doch ein wenig besorgt.

»Nein«, gestand Karl.

»Möchten Sie einen Schluck Wasser?«

»Ja, bitte! Und wenn ich mich einen Moment setzen dürfte. Ich habe viel durchgemacht in den letzten sieben …« *Tagen?*

Die junge Dame war im Grunde gar nicht so unfreundlich, wie sie sich anfangs gebärdet hatte. In letzter Zeit gab es – was Karl noch nicht wusste – viele Entwurzelte und Obdachlose, die auf das Mitleid anderer angewiesen waren. Er sah wie einer von ihnen aus. Kein Wunder, wenn sein abgerissenes Äußeres den Argwohn der Sekretärin weckte. Nachdem er ein halbes Glas Wasser getrunken hatte und wieder etwas Farbe in sein Gesicht zurückgekehrt war, fragte sie: »Wie lautet das Datum?«

»Bitte?«

»Wann genau haben Sie den Termin, mit Doktor Windig?«

»Spätestens am …« – *Dienstag, 8. November 1938, 11.58 Uhr plus 7 Tage* – »… genau heute, um elf Uhr achtundfünfzig.«

»Spätestens?«

»Es darf auch ein paar Minuten früher sein.«

Die junge Dame sah auf ihre Armbanduhr. »Wenn Sie mit ›genau heute‹ tatsächlich den heutigen Tag meinen, dann haben Sie noch eine Minute. Welches Jahr?«

»Wie bitte?«

»In welchem Jahr hatten Sie Ihren Termin?«

»Na, 1938, wann denn sonst?«

»Wie wär's mit 1945? Das Jahr, in dem wir beide leben?«

»Ach du liebes bisschen!« Karl hielt sich an der Schreibtischkante der jungen Dame fest. Alles drehte sich um ihn.

»Trinken Sie noch einen Schluck Wasser, Herr Koreander.«

Karl gehorchte. Wie vom Wind getrieben, flog das farbige Laub seiner Erinnerungen an seinem geistigen Auge vorüber. Auf einem Blatt – wie lange war das her? – fand er Thaddäus' mit Geheimtinte geschriebenen Brief. Da war von einer »inneren Zeit« die Rede gewesen, die der Meisterbibliothekar in Phantásien nach Kräften dehnte. *Ein Jahr für einen Tag ist kein Pappenstiel.* Karl nahm einen weiteren Schluck. Andere Erinnerungsblätter taumelten vorüber. Wie oft hatte er sich in Phantásien gewünscht, mehr Zeit zu haben? Aus einem Tag ein Jahr zu machen? Offenbar war es ihm gelungen. Und dann die weiten Reisen in scheinbar so kurzer Zeit! Karl trank hastig das Glas aus.

Da öffnete sich die Tür des Büros, und ein Mann trat heraus, den Karl bereits kannte – nur in einer sieben Jahre jüngeren Version. Das braune Haar war grau geworden, der Schmerbauch größer, aber die marineblaue Jacke mit den Messingknöpfen und die gestreifte Krawatte trug er immer noch. Oder hatte er sich schon frühzeitig mit einem größeren Vorrat eingedeckt?

»Ich gehe jetzt zu Tisch, Fräulein Hasenfratz. Sollten ...« Doktor Windig verstummte, weil ihm offenbar erst jetzt der heruntergekommene Besucher auffiel. Erstaunlicherweise blieb der Notar höflich. »Guten Tag. Wird Ihnen schon geholfen?«

Karl lächelte schwach. »Ich bin eigentlich zu Ihnen gekommen, Herr Doktor Windig.«

»Hatten wir denn einen Termin?«

»Ja, am 15. November 1938, um elf Uhr achtundfünfzig.«

Mit einem Mal schienen die Augen des Notars zu wachsen. »Herr ... Warten Sie, der Name fällt mir gleich wieder ein ...«

Fräulein Hasenfratz holte Luft. »Es ist Herr ...«

Doktor Windig riss die Hand hoch. »Nichts verraten! Ich will wissen, ob mein Gedächtnis immer noch so gut ist wie früher ... *Koreander!* Ja, das war der Name. Mein Gott! Sie sind der Gehilfe vom alten Thaddäus T. Trutz, der vor sieben Jahren verschollen ist.«

»Verschollen? Nun, ich würde eher sagen, er ist ...« *Zu Halúzina ins Haus der Erwartungen gezogen.* »... verschollen.«

»Sage ich doch. Aber Sie waren genauso lange von der Bildfläche verschwunden. Ich habe den Laden verrammeln lassen, und wie durch ein Wunder hat er den Krieg überstanden. Alle Häuser ringsum sind zerbombt worden, aber ...«

»Krieg?«, entfuhr es Karl.

Doktor Windig hob zu einer Erwiderung an, doch plötzlich stutzte er. Zuerst spiegelte sich Verwunderung auf seinem Gesicht, aber dann reagierte er auf eine mitleidvolle Weise, die eher im Umgang mit verwirrten alten Leuten angemessen schien. Er nickte mit tragischer Miene und sagte voll Anteilnahme: »Die schlimmsten tausend Jahre, die man sich vorstellen kann. Anscheinend haben sie auch Ihnen arg zugesetzt ...«

»Tausend!« Karl japste. »Aber Sie hatten doch eben gesagt, es wären nur sieben ...«

»Das war eher symbolisch gemeint. Aber kommen Sie doch erst einmal in mein Büro. Möchten Sie einen Kaffee? Wir haben allerdings nur den aus Malz.«

»Ja, gerne.«

Der Notar gab entsprechende Anweisung an seine Vorzimmerdame und bat sie außerdem, die Akte »Thaddäus T. Trutz« aus dem Archiv zu holen. Danach führte er Karl in sein Büro.

Wenigstens hier hatte sich kaum etwas verändert. Dem Anschein nach sank Karl sogar in denselben Sessel ohne Seitenlehnen, in dem er schon vor sieben Jahren gehofft und gebangt hatte.

»Wo sind Sie nur so lange gewesen?«, fragte Doktor Windig. Er beugte sich vor und lehnte die Unterarme auf seinen wuchtigen Schreibtisch. Wieder hatte seine Stimme diesen säuselnden Klang, als spräche er mit einem verkalkten Greis.

»Wenn ich Ihnen das erzählen würde, Sie würden es nicht glauben.«

Der Notar nickte verständnisvoll. »Die letzten Jahre waren für alle ein Albtraum.« Er berichtete von einigen unglaublichen Ereignissen, die Karls Nackenhaare in die Höhe trieben. Er hatte gedacht, derartige Dinge könnte es in der Wirklichkeit nicht geben. »Jetzt erinnere ich mich wieder genau an Ihre unangenehme Situation damals, als wir hier saßen und nach einer Lösung suchten. Ist es Ihnen inzwischen gelungen, Herrn Trutz zu finden?«

»Ja.«

»Und sind Sie jetzt im Besitz der Legitimation?«

»Spielt denn das noch eine Rolle? Ich komme ja sieben Jahre zu spät.«

»Ich wundere mich, wie Sie wieder auf Zack sind, nachdem Sie doch anscheinend die vergangenen sieben Jahre ...«

... in geistiger Umnachtung zugebracht haben? Karl fragte

sich, ob der einfühlsame Notar es gewagt hätte, seine am ganzen Verhalten erkennbaren Eindrücke so offen wiederzugeben. Er sollte es nie erfahren, denn in diesem Moment klopfte es energisch an der Tür. Es war Fräulein Hasenfratz, die ein Tablett mit einer Kanne Malzkaffee, zwei Tassen und der Akte »Thaddäus T. Trutz« brachte. Der Notar bedankte sich – offensichtlich nicht ganz unfroh über die Unterbrechung –, und während die junge Dame das dampfende Getränk eingoss, blätterte der Notar rasch die Akte durch.

Alsbald lächelte er Karl an. »Ich kann Ihnen Hoffnung machen.«

Karl traute seinen Ohren nicht. »Inwiefern? Ist es denn nicht schon zu spät?«

»Eventuell gibt es noch ein Hintertürchen, durch das Sie hineinschlüpfen können. In den Laden, meine ich.«

Karl starrte den Notar sprachlos an. *Weiß er etwa von der geheimen Bibliothek des Thaddäus Tillmann Trutz?*

Doktor Windig grinste schief. »Entschuldigen Sie. War wieder nur bildlich gesprochen. Was ich damit ausdrücken wollte, ist Folgendes: Herr Trutz hat ziemlich komplizierte Anweisungen hinterlassen, was im Falle seines Dahinscheidens oder eines unvorhergesehenen Verschwindens mit seinem Vermögen zu geschehen habe. Konnten Sie denn in der Zwischenzeit die Legitimation beibringen?«

»Nein. Als Herr Trutz und ich voneinander Abschied nahmen, waren wir zu ergriffen, um ...« Karls Stimme versickerte.

»... an so profane Dinge wie eine Unterschrift zu denken?« schlug der Notar vor. Er schüttelte mit ernster Miene den Kopf. »Leider ist eine Generalvollmacht ohne Unterschrift und Ortsangabe ...«

»... formaljuristisch nur ein wertloser Fetzen Papier. Ich weiß. Sie haben es vor einer Woche schon gesagt.«

»Am ersten November? Da war ein Feiertag.«

»Nein, am achten.«

»Aber heute ist der achte. Sie Armer müssen ja Schlimmes durchgemacht haben, dass Ihre Erinnerung derart durcheinander geraten ist. Übrigens keine Seltenheit in diesen Tagen. Wie auch immer, abgesehen von Ihrem Äußeren kommen Sie mir wieder ganz klar vor. Sogar, wenn ich mich recht erinnere, irgendwie ... entschlossener als damals.«

»Danke.«

Der Ton des Notars wurde mit einem Mal sehr eindringlich, fast beschwörend. »Haben Sie irgendetwas anderes von Herrn Trutz bekommen?«

»Ich fürchte, ich verstehe nicht.«

»Unser alter Büchernarr hat verfügt, dass jemand, der Anspruch auf seinen Laden erhebt, ohne die erforderliche Unterschrift beizubringen, sich stattdessen durch einen gewissen Gegenstand als rechtmäßiger Erbe identifizieren kann.«

»Man kann es aber auch ganz anders machen«, murmelte Karl, während er mit glasigem Blick auf den Schreibtisch starrte.

»Was sagten Sie?«

»Nichts. Nur eine Lebensweisheit des ehrenwerten Thaddäus.«

»Fein, fein. Dann überlegen Sie jetzt bitte genau, Herr Koreander. Hat Ihnen Herr Trutz etwas anvertraut oder Ihnen irgendein Geschenk gemacht?«

Spontan fiel Karl *Die unendliche Geschichte* ein, aber davon konnte Thaddäus noch nichts gewusst haben, als er sein Testament aufgesetzt hatte. Sein Gesicht erhellte sich. »Ein Monokel!«

Der Notar schüttelte den Kopf. »Sonst nichts?«

Und dann löste sich der dunkle Nebel in Karls Kopf plötzlich auf, und alles wurde hell und klar. *Sie mag Ihnen noch einmal nützlich sein. Passen Sie gut darauf auf,* hatte der Meisterbibliothekar gesagt, als er sie ihm schenkte. Erst in der letzten Nacht war diese so eindringliche Aufforderung von ihm wiederholt worden. *Jetzt werden Sie das gute Stück hoffentlich zu schätzen wissen.* Sogar Weisenkind, die Goldäugige Gebieterin, hatte ihm einen Wink mit dem Zaunpfahl gegeben. *Du hast etwas dir sehr Wertvolles für mich geopfert, um mich zu retten.* Karl langte in die Innentasche seines Jacketts und holte das dunkelblaue Ledersäckchen hervor. Mit zitternden Fingern zog er das Verschlussband auf, entnahm dem Beutel die Meerschaumpfeife und legte sie vor Doktor Windig auf den Tisch.

Der alte Notar begann von einem Ohrläppchen zum anderen zu grinsen. Dann nickte er. »Herzlichen Glückwunsch, Herr Koreander! Damit haben Sie sich als der rechtmäßige Eigentümer des Antiquariats, der Wohnung und des übrigen Vermögens von Thaddäus Tillmann Trutz legitimiert.«

Karl kam sich vor, als wären ihm Flügel gewachsen. Die Strapazen der letzten sieben .... was auch immer ... waren vergessen. Ihm gehörte ein Antiquariat! Er konnte sein Glück kaum fassen. Als er sich allerdings dem Laden näherte, drängte sich eine Erinnerung in sein Bewusstsein, die er dort lieber für immer tief vergraben hätte. Vor einer kleinen Ewigkeit war er hier einem Mann gefolgt, der gelblich grüne, in der Dunkelheit glühende Augen hatte.

Anstatt in die Straße abzubiegen, die zum Laden führte, ging er weiter geradeaus. Er folgte der teilweise zerstörten Backsteinmauer bis zur nächsten Einmündung. Auch in dieser Straße bot sich ihm ein Bild der Zerstörung, aber ein Haus stand noch. Es war in einem beklagenswerten Zustand. Zahllose Fensterscheiben fehlten. Die Wohnungen dahinter standen offenbar leer.

Er hielt auf das Gebäude zu. Die Eingangstür fehlte. Im Treppenhaus lagen Blätter, vom Herbstwind hereingeweht. Ein gebeugter, kleiner alter Mann kam ihm im Flur entgegen. Er zog einen Handwagen hinter sich her, auf dem sich ein paar Habseligkeiten befanden. Es war eindeutig nicht der Werwolf.

Karl grüßte freundlich. »Ziehen Sie aus?«

»Ja, zu meinen Kindern aufs Land. Die Polizei hat mich geräumt, weil die Bude hier bald zusammenklappt.«

»Gibt es noch andere Bewohner?«

»Da ist nur noch eine Wohnung«, antwortete der Alte. »Die vom Mork Gustav.«

Karls Kopf ruckte nach links. Sein Blick wanderte zum »stillen Portier« hinauf.

G. Mork

Ein eisiger Schauer rann ihm über den Rücken. Damals war der Name für ihn wie jeder andere gewesen, nicht aber heute. *Gmork!* Mit trockenem Mund wandte er sich wieder dem Alten zu. »Wohnt Herr Mork noch hier?«

»Wieso? Kennen Sie ihn?«

»Kennen ist vielleicht nicht das richtige Wort. Wir hatten miteinander zu tun.«

Der Alte nickte, als wäre ihm alles klar. »Eigenartiger Bursche, dieser Mork. Sieht einen so komisch an. Ich gehe ihm immer aus dem Weg.«

»Entschuldigen Sie, aber Sie haben meine Frage noch nicht beantwortet.«

»Ob er noch hier wohnt? Wenn ich das wüsste!«

»Wie darf ich das verstehen?«

Der Alte zuckte die Achseln. »Bin ihm schon seit ein paar Wochen nicht mehr begegnet. Aber seine Miete ist scheint's noch bis zum Jahresende bezahlt. Soll mit einer grässlichen schwarzen Brandwunde aus dem Haus getaumelt sein. Ich selbst hab's nicht gesehen.«

»Kann man auf den Hof hinaus?«

»Wegen mir. Ist sowieso alles zerbombt dahinten. Gehen Sie nur.«

Karl nickte dem Alten zu. »Danke. Und alles Gute für Sie und Ihre Kinder.«

»Schönen Tag noch.«

Der Hinterhof war eigentlich keiner mehr, denn die sich anschließenden Häuser fehlten. Stattdessen lagen dort Berge von Trümmern. Aber Karl interessierte sich nur für das Vorderhaus, genauer gesagt, für dessen rückwärtige Front. Er ließ den Blick an der von Einschusslöchern übersäten Fassade hinaufgleiten und bekam plötzlich einen steifen Hals.

Im fünften Stock, unter dem Dachboden also, waren noch alle Fenster heil. Eines hatte jemand von innen mit weißer Farbe bepinselt, ein anderes mit schwarzer.

»Da also hast du deinen Wolfsbau«, flüsterte Karl. Er überlegte nur einen Moment. Dann humpelte er ins Haus zurück.

Obwohl seine Beine schwer waren und seine Füße schmerzten, erklomm er die fünf Stockwerke in einem Zug. Er bemühte sich, leise zu sein, aber in dem alten Haus knarrte jede Stufe. Dann stand er vor der Tür mit dem Namensschild »G. Mork«. Es war schon dreist, sich mit seiner Tarnung so wenig Mühe zu geben, dachte Karl, aber dann fragte er sich, ob – abgesehen vom Fünfgesichtigen Gogam und einigen wenigen Phantásiern – überhaupt je einer von einem Werwolf namens Gmork gehört hatte. Vorsichtig drückte er gegen die Wohnungstür und zuckte unwillkürlich zusammen, als diese nach innen schwang.

Sie war nur angelehnt gewesen. Der Alte mit dem Handwagen hatte gesagt, er habe Herrn Mork seit ein paar Wochen nicht mehr gesehen. In Phantásien waren währenddessen nur ein paar Stunden vergangen. Karl betrachtete nachdenklich seine linke Handfläche. Sie war immer noch scheckig von ihrem Kampf. Vom Lux. Er bildete sich das alles nicht bloß ein. Es war kein Traum. Die Wunde an Gmorks Hals war ungleich größer und tiefer gewesen. Fast wäre er daran gestorben. Karl gewann neuen Mut. Anscheinend hatte der verletzte Werwolf fluchtartig die Wohnung verlassen, weil er fürchten musste, dass Karl die Polizei rief. Immerhin war die Wohnung voller Perlen gewesen. Doktor Windig hatte etwas vom Schwarzmarkt erzählt und vom energischen Durchgreifen der Ordnungskräfte. Für einen Wolf musste es etwas Schreckliches sein, in einem Gefängnis zu schmachten.

Karl betrat die Wohnung. Er lief einen langen Flur entlang, von dem links und rechts Türen abgingen. Seine Nerven waren zum Zerreißen gespannt. Obwohl sein Verstand ihm sagte, dass er nichts mehr zu befürchten hatte, rechnete er trotzdem jeden Moment mit einem Angriff des Hünen. Doch der Hinterhalt blieb aus.

Schließlich fand Karl das Zimmer mit dem schwarzen Fenster. Irgendwie wurde für ihn erst jetzt alles zur Wirklichkeit. Dies war kein Teil Phantásiens, sondern die Äußere Welt, obwohl er diese Wohnung beim ersten Mal durch die Wissende Druse betreten hatte. *Und durch den blinden Spiegel.*

Plötzlich wusste Karl, warum er hierher gekommen war. Er stieß die Tür zur Rumpelkammer auf. Alles war so, wie er es verlassen hatte. Mit einer kleinen Ausnahme: Dort wo die Kartons voller Kuverts gestanden hatten, lag nun eine dünne

Staubschicht auf dem Boden. An einer Wand standen noch ein paar zurückgelassene Kisten mit frankierten Umschlägen. Direkt gegenüber der Tür lehnte der Spiegelrahmen. Karl tastete seinen Mantel ab. In der Brusttasche des Jacketts fand er seine »Legitimation«. Die Meerschaumpfeife.

Er nahm sich einen der Umschläge. Der Empfänger wohnte in Argentinien. Ob er für seine schwarze Perle eine Anzahlung geleistet hatte? Er würde seine Ware nie erhalten. Karl hielt eine Ecke des Umschlages in die schwelende Glut der Pfeife. Schnell fing das Kuvert Feuer. Er ließ es vor dem blinden Spiegel fallen. Dann entnahm er dem Karton einen Stapel weiterer Umschläge und legte sie zu dem brennenden hinzu. Bald loderten am Spiegel muntere Flammen.

Als Gmorks viertes und vorletztes Tor nach Phantásien lichterloh brannte, verließ Karl die Wohnung.

Die Polizei war nie dahinter gekommen, wer den Brand in dem baufälligen Haus gelegt hatte. Bald wurden die Ermittlungen eingestellt, weil es ja ohnehin abgerissen werden sollte. Von Gmork hatte Karl Konrad Koreander nie wieder etwas gesehen und lange nichts mehr gehört. Vielleicht ist irgendjemand immer noch auf der Suche nach dem Lux, den der Buchhändler sehr gut versteckt hatte. Mit Herrn Trutz dagegen stand Karl noch lange in Briefkontakt. Und von Qutopia wurde ja bereits gesprochen.

Seine erste Reise nach Phantásien hatte ihn stärker verwandelt als alle nachfolgenden. Sein Leben lang behielt er das Hinken am linken Fuß – vielleicht war es der Preis, den das Haus der Erwartungen ihm für die Erkenntnis seines wahren Ichs abverlangt hatte. Der unangenehmen Begegnung mit dem

Wechselbalg verdankte er zudem einen gewissen Argwohn gegen Kinder, die er gelegentlich ohne rechte Handhabe als Quälgeister aus seinem Laden zu vertreiben suchte. Manchmal betrachtete er sie auch misstrauisch durch ein Monokel, das er immer in der Tasche trug. Aber wer den Grund für seine Vorsicht kennt, der mag ihm diese Marotte nachsehen, zumal er, wenn erst die Harmlosigkeit des Kindes erwiesen war, ein sehr einfühlsamer Gesprächspartner sein konnte.

Die sonstigen Veränderungen waren überwiegend positiver Natur, einige wenige überdauerten allerdings nur in seiner Vorstellungskraft. Zu dieser Kategorie der unerfüllten Erwartungen gehörte nebenbei bemerkt auch das dichte Haupthaar, aus dem stattdessen bald eine sehr lichte Frisur wurde. Trotzdem hielt das Spiegelbild aus der Wabe insofern, was es versprochen hatte, als Karl sich an seinem wenig vorteilhaften Äußeren später nicht mehr besonders störte. Er konnte darüber sogar scherzen. Und wenn er Phantásien besuchte, dann waren die Haare ja ohnehin wieder da.

Jahrzehnte später machte er eines Morgens eine Entdeckung, die ihn nicht sonderlich überraschte. Am Vorabend hatte er wieder einmal versucht, in der *Unendlichen Geschichte* zu lesen, natürlich vergeblich. Bevor er nun in den Laden hinabging, betrachtete er sein Spiegelbild in der Tür des Schlafzimmerschranks und sah plötzlich einen alten Bekannten. Da stand ein im Leben gereifter Mann: nicht eben leichtgewichtig, mit dicken Fingern, einem roten Bulldoggengesicht, einer Nase, die wie eine Kartoffel aussah, und albernen weißen Haarbüscheln über den Ohren, die er hemmungslos wuchern ließ, weil sie sein letztes Bollwerk gegen den Vormarsch der Glatze darstellten. Die kleine goldene Brille trug er immer noch. In der Rechten hielt er ein Buch mit kupferfarbenem Einband und zwischen den Zähnen eine gebogene Meerschaumpfeife. Karl winkte, wie er es seinerzeit in der Spiegelwabe getan hatte, und der Pfeifenraucher in dem abgetragenen und zerknitterten schwarzen Anzug winkte lächelnd zurück.

Einen guten Monat nach dem glücklichen Ende seiner ersten Phantásien-Reise hatte Karl übrigens ein paar beachtliche weiße Perlen zu Geld gemacht. Sie gehörten zu jenem Vorrat, der nicht in schwarze Perlen verwandelt und an die Adresse gewissenloser Sammler verschickt worden war. Mit dem Erlös konnte Karl nicht nur seinen Laden auf Vordermann bringen, sondern auch das Haus drum herum renovieren lassen, dessen Besitzer er geworden war. Nun bewunderte er von der Straße aus stolz die neue Glasscheibe in der Eingangstür.

ANTIQUARIAT
INHABER: KARL KONRAD KOREANDER

Zufrieden begab er sich in den Laden zurück. Er hatte auf eine Neueröffnungsfeier verzichtet. So war es ihm lieber. Der erste Kunde würde schon irgendwann kommen. Karl zog sich mit dem Buch, das der alte Meisterbibliothekar ihm anvertraut hatte, in den hinteren Teil des Antiquariats zurück. Dort, an der Grenze zu seiner geheimen Bibliothek, hatte er den großen Ohrenbackensessel aufgestellt. Lächelnd blätterte er die leeren Seiten durch. Sosehr er sich anstrengte, so wenig gelang es ihm, auch nur einen einzigen Buchstaben der *Unendlichen Geschichte* sichtbar zu machen. Aber Thaddäus Tillmann Trutz hatte gesagt, das Buch werde zur rechten Zeit den rechten Leser finden. Und so kam es dann auch.

Aber das ist eine andere Geschichte und soll ein andermal erzählt werden.

sem licet tamen olim illos sua pena

sem licet tamen olim illo

sem licet tamen olim illo

sem licet tamen olim

sem licet tamen olim illo

sem licet tamen olim illo

sem licet tamen olim i